주키퍼스 와이프

주키퍼스 와이프

THE ZOOKEEPER'S WIFE

다이앤 애커먼 지음

강혜정 옮김

나무옆의자

주키퍼스 와이프

초판 1쇄 인쇄 2017년 9월 25일
초판 1쇄 발행 2017년 9월 29일

지은이 다이앤 애커먼
옮긴이 강혜정
펴낸이 이수철
주 간 하지순
교 정 박은경
디자인 이다은
마케팅 정범용
관 리 전수연

펴낸곳 나무옆의자
출판등록 제396-2013-000037호
주소 서울시 마포구 성미산로1길 67 다산빌딩 301호
전화 02) 790-6630 팩스 02) 718-5752

페이스북 www.facebook.com/namubench9
인쇄 제본 현문자현 종이 월드페이퍼

ISBN 979-11-6157-016-7 03840

* 나무옆의자는 출판인쇄그룹 현문의 자회사입니다.
* 이 책의 전부 또는 일부 내용을 재사용하려면
  사전에 저작권자와 도서출판 나무옆의자의 동의를 받아야 합니다.
* 이 도서의 국립중앙도서관 출판예정도서목록(CIP)은 서지정보유통지원시스템
  홈페이지(http://seoji.nl.go.kr)와 국가자료공동목록시스템(http://www.nl.go.kr/kolisnet)
  에서 이용하실 수 있습니다. (CIP제어번호 : CIP2017024123)

안토니나,
안토니나의 가족,
그리고 사람과 동물에게

차례

저자의 말

얀 자빈스키와 안토니나 자빈스키 부부(Jan and Antonina Żabiński)는 폴란드인으로 기독교도였으며, 동물들을 보살피는 동물원 사육사였다. 부부는 제2차 세계대전 당시 나치의 인종정책에 충격을 받았고, 나치의 희귀동물에 대한 집착을 이용해 3백 명이 넘는 위험에 처한 목숨을 구했다. 순수한 연민에서 우러나온 용기 있는 행동들이 때로 그렇듯, 이들의 이야기도 쉼 없이 돌아가는 역사의 틈바구니로 사라져버렸다. 그러나 제2차 세계대전 당시 폴란드에서는 목마른 유대인에게 물 한 잔 건네는 행위로도 사형을 당할 수 있었다. 그처럼 엄혹한 상황에서 자빈스키 부부가 보여준 영웅적인 행동은 실로 경이롭다 하지 않을 수 없다.

이들의 이야기를 풀어내면서 나는 참고문헌에서 밝힌 많은 자료에 의존했지만, 무엇보다 '동물원장의 아내'였던 안토니나 자빈스키의 회고록, 본인의 표현에 따르면 "일기와 되는 대로 끼적인 메모에 기초한 기억"에 많이 의지했다. 안토니나의 회고록은 무엇보다 동물원에 대한 감각적인 묘사가 돋보이는 글이었다. 또한『동물원의 삶』등 안토니나가 자전적인 내용을 담아 집필한 어린이도서, 얀 자빈스키의 저서와 회고록, 폴란드어·히브리어·이디시어 신문에 실린 안토니나와 얀의 인터뷰도 중요한 자료가 되었다. 본문에서 "안토니나 또는 얀은 생각했다, 의아해했다, 느꼈다" 등으로 표현한 부분은 모두 두 사람의 글이나 인터뷰에서 따온 내용이다. 자빈스키 부부의 가족사진도 참고했다 (얀이 털이 숭숭한 팔뚝에 시계를 찼으며, 안토니나가 물방울무늬 드레스를 아주 좋아했다는 사실은 사진을 보고 알았다). 부부의 아들 리샤르트를 비롯해 바르샤바동물원에 머물렀던 다양한 사람들, 안토니나의 동시대인으로 마찬가지로 지하운동조직을 도왔던 바르샤바 여성들과의 대화에서도 많은 정보를 얻을 수 있었다. 독일 베를린동물원 원장이자 동물학자였던 루츠 헤크(Lutz Heck)의 글, 드라마틱하게 꾸며진 바르샤바봉기박물관, 생생한 감동을 전달하는 워싱턴D.C.의 홀로코스트박물관을 비롯한 여러 박물관에 전시된 각종 물품, 국립동물학박물관에 소장된 문서와 자료, 전시에 비밀리에 활동했던 역사학자와 기록보관자들이 수집한 회고록과 서신도 귀중한 참고자료였다. 전시에 수집하여 상자나 우유교반기 등에 숨겨 보관했던 이들 문서는 현재 바르샤바유대역사연구소에 보관되어 있다. 또한 홀로코스트 기간에 위험을 무릅쓰고 유내인을 도왔던 각국의 비유내인들을 찾아 기념하는 '열국(列國)의 의인'이라는 이스라엘의 프로그램과, 11년의 기간을 거쳐 9시간이 넘는 탁월한 기록영화로 1985년에 완성된 〈쇼아〉의 제작과

정에서 나온 여러 증언도 참조했다. 바르샤바 게토 주민들이 남긴 편지·일기·설교집·회고록·기사 등의 기록물도 빼놓을 수 없는 자료였다. 나는 나치가 여러 국가와 민족을 지배하고 이데올로기를 좌지우지하려 했을 뿐 아니라, 일부 국가의 토종 동식물(인간까지 포함하여)을 절멸시킴으로써 지구생태계마저 변경하려한 점도 면밀하게 검토했다. 그들이 다른 한편으로 멸종위기동물과 그들의 서식지를 보호하고 심지어 야생소, 유럽들소 등 멸종된 혈통을 복원하는 데까지 막대한 노력을 기울였음을 알게 되었다. 아울러 나는 폴란드 야생 동물과 식물에 대한 각종 안내서(폴란드의 자연을 탐색하면서 소소한 감탄이 끊임없이 이어졌다), 폴란드 사람들의 풍습·요리·민속을 소개한 책자, 나치의 각종 약품·과학자·무기 등 여러 주제를 다룬 책들을 섭렵했다. 하시디즘·카발라와 20세기 초반의 토속신앙 신비주의, 그리고 나치즘의 비술적(祕術的) 뿌리를 탐구하는 작업은 대단히 흥미로웠고, 폴란드의 사회사와 정치사는 물론 당시 발트 지방에서 유행했던 전등갓처럼 실생활과 밀접한 내용도 즐겁게 공부했다.

바르샤바에서 태어나 스물여섯 살까지 그곳에서 살았던 마그다 다이와 마그다의 딸 아가타 M. 오쿨리치-코자린은 집필에 필요한 많은 정보를 전수해준 소중한 폴란드인 조언자들이었다. 폴란드를 여행하면서는, 유럽에 남은 마지막 원시림 비아워비에자 숲(Białowieża Forest)과 바르샤바동물원을 둘러보며 다양한 인상들을 수집했다. 동물원에서는 부부가 살던 오래된 빌라 주변을 천천히 돌아다니며 길 위에서 안토니나의 발자취를 더듬어보았다. 흔쾌히 시간을 내주고 생각을 공유해준 현 바르샤바동물원

원장 마치에이 렘비셰비스키와 그의 아내 에바 자보니코프스카에게 진심으로 감사한다. 지식을 나누고 자료를 찾아주고 기쁘게 나를 맞아준 동물원 직원들에게도 고맙다는 말을 전하고 싶다. 항상 정력적이고 활기찬 모습으로 나를 보좌해주는 엘리자베스 버틀러, 애정 어린 비판을 아끼지 않은 로버트 얀 반 펠트 교수에게도 감사의 마음을 전한다.

그동안 내가 집필한 다른 책들과 마찬가지로 이 책도 지극히 개인적인 경로를 통해 이야기를 접하고 집필을 결심하게 되었다. 나의 외할아버지와 외할머니는 폴란드 출신이다. 폴란드 남동부 도시 프셰미실 외곽에 위치한 레트니아에 살다가 제2차 세계대전 전에 폴란드를 떠난 외할아버지와 어머니에게서 들은 폴란드의 일상에 대한 이야기는 내게 직접적으로 영향을 끼쳐왔다. 어머니의 몇몇 친척과 친구들은 전쟁 당시 은신처에 숨어 지내거나 수용소 생활을 하기도 했다. 자그마한 농장을 꾸려 살던 외할아버지는 대대로 전해지는 폴란드 민간설화들을 내게 들려주었다.

그중에는 작은 서커스단이 있는 마을 이야기도 있었다. 서커스단의 사자가 갑자기 죽자, 단장은 가난하고 늙은 한 유대인 남자에게 사자 시늉을 해볼 의향이 있느냐고 물었고 돈이 궁했던 남자는 그러마고 했다. "사자 가죽을 뒤집어쓰고 우리에 앉아서 사자인 척만 하면 되네. 사람들이 믿게 말이야." 단장의 말에 남자는 "살다 살다 별 희한한 일을 다해보는군" 하고 중얼거리며, 시키는 대로 우리 안에 앉아 있었다. 그때 갑자기 들려오는 소음에 생각을 멈추고 앞을 보니, 다른 사자가 우리 안으로 기어 들어와 굶주린 눈동자를 자기한테 고정시키는 것이 아닌가. 몸이 부들부들 떨릴 만큼 겁에 질려 이러지도 저러지도 못하던 그의 머릿속에 떠오르는 것이라곤 한 가지뿐이었다. 그는 큰소리로 유대교 기도문을 암송하기 시작했다. "셰마 이스로엘(들으라, 이스라엘아)." 절박한 심정으로 첫 구절을 암송하자마자…… 상대 사자가 "아도나이 엘로헤누(우리 주 하나님은)" 하고 다음 구절을 이었다. 그리고 두 가짜 사자는 함께 기도문 암송을 마무리했다. 민간에 전해오는 이야기가 이제 내가 말하려는 역사적인 사실과 얼마나 절묘하게 맞아떨어지는지 그저 놀라울 뿐이다.

1

1935년 여름

동틀 무렵 바르샤바의 외딴 지역. 꽃이 핀 린덴나무 줄기 주위로 햇빛이 모여드는가 싶더니 이내 회벽과 유리로 이뤄진 1930년대풍 빌라의 하얀 벽면을 타고 올라갔다. 빌라 안에 동물원장인 남편과 그의 아내가 잠들어 있는 침대는, 카누나 구강검사용 혀누르개나 등 높은 윈저의자를 만드는 데 쓰는 연한 빛의 흰 자작나무로 지어졌다. 침대 왼쪽에는 기다란 창이 둘 있는데, 사람이 앉아도 될 만큼 창턱이 넓었고 밑에는 작은 라디에이터가 놓여 있었다. 아시아풍의 러그를 깔아 훈훈한 느낌을 주는 마루는 길쭉한 나무 조각들이 교차된 모양새가 마치 깃털들을 반복해서 비스듬히 늘어놓은 듯했다. 자작나무로 만든 안락의자도 한 귀퉁이에 반듯하게 놓여 있었다.

미풍이 반투명 커튼을 살짝 들추자 은은한 새벽빛이 그림자 없이 방으로 흘러들었다. 흐릿하게 드러나는 사물들이 안토니나를 의식 세계로 붙들기 시작했다. 긴팔원숭이들이 고함칠 시간이 멀지 않았다. 이어서 한바탕 소란이 일어나면 누구라도 일어나지 않을 수 없었다. 밤늦도록 공부한 학생도, 갓난아기도. 동물원장의 아내야 두말할 나위도 없다. 온갖 일상적인 집안일이 매일 그녀를 기다렸고 그녀는 요리, 페인트칠, 바느질 등 무엇이든 척척 해내는 재주꾼이었다. 뿐만 아니라 그녀가 직접 처리해야 할 동물원 일들도 있었는데 더러는 훈련도 훈련이지만 타고난 기질에 도전해야 하는 특이한 일들도 있었다. 이를테면 하이에나 새끼 달래기처럼 말이다.

보통 안토니나보다 일찍 일어나는 남편 얀 자빈스키는 바지와 긴팔 셔츠를 입고, 큼지막한 시계에 털이 숭숭 난 팔목을 집어넣고는 소리 나지 않게 아래층으로 내려갔다. 키가 크고 호리호리한 몸매에 다부진 콧날, 육체노동자처럼 어깨 근육이 발달한 남편의 체격은 안토니나의 아버지 안토니 에르드만을 약간 닮았다. 아버지는 폴란드 사람으로 상트페테르부르크에 본사를 둔 철도 기관사로 일하면서 직업 덕분에 러시아 전역을 돌아다녔다. 얀도 마찬가지지만 안토니나의 아버지는 육체뿐 아니라 정신의 근육도 만만찮게 발달한, 소위 지식인이었다. 1917년 러시아 혁명 초기 아버지와 어머니 마리아는 '인텔리겐치아'로 분류되어 총살당했다. 당시 안토니나의 나이는 겨우 아홉 살이었다. 아버지와 마찬가지로 얀도 일종의 기관사였다. 사람과 동물 사이, 그리고 사람과 사람의 동물적 본성 사이를 연결해주는.

머리가 벗겨져 정수리 부분에만 짙은 갈색 머리칼이 몇 가닥 남은 얀은 여름이면 햇볕에 타지 않도록, 겨울이면 추위를 피하도록 모자를 써야 했다. 그래서 야외에서 찍은 얀의 사진을 보면 대부분 챙이 말린 중절모를 쓴 모습이다. 모자를 쓴 데는 나름 근엄하고 침착해 보이려는 의도도 있긴 했지만. 실내에서 찍은 얀의 사진은 주로 책상에 앉아 있거나 라디오 스튜디오에 있는 모습인데, 뭔가에 집중하는 양 입술을 꼭 다문 얼굴이 어찌 보면 쉽게 울컥하는 다혈질 같기도 하다. 깨끗이 면도했을 때도 얀의 얼굴에는 거무스름한 수염이 살짝 드러나는데 코와 입술 사이 인중에서 한층 뚜렷하다. 시종 선이 뚜렷한 윗입술은 여자들이 립라이너로 일부러 그리기라도 한 듯 중앙에서 선명한 봉우리를 이룬다. 이런 '큐피드의 활' 모양은 얀에게서 보이는 유일하게 여성적인 모습이다.

부모님이 돌아가신 이후 고모는 안토니나를 종일제로 운영되는 시립음악학교에 보내 피아노를 배우게 했고, 이어 우즈베키스탄 타슈켄트에 있는 학교에 보냈다. 안토니나는 그곳을 열다섯 살에 졸업했다. 그해가 저물기 전에 그들은 바르샤바로 이사했고, 안토니나는 외국어와 그림 수업을 들었다. 잠시 교직에 있던 안토니나는 기록관리전문가 시험에 합격하여 과거 바르샤바 농업대학이라고 불리던 곳에서 근무하게 되었고, 거기서 자기보다 열한 살 많은 동물학자 얀을 만났다. 얀도 과거 미술학교에서 그림을 배운 적이 있었기에, 두 사람은 동물과 동물화에 대한 관심을 공유했다. 1929년 동물원장 자리가 공석이 되자(초대원장은 설립하고 2년 뒤에 사망했다), 얀과 안토니나는 새로운 동물원을 설계하고 동물들과 함께 생활할 기회를 기꺼이 받아들였다. 1931년 두 사람은 결혼하여 강 건너 프라가 지역으로 이사했다. 빈민가에서는 특유의 거리 속어가 통용되는 험한 공업지구지만, 전차를 타고 15분이면 도심에 닿는 곳이었다.

과거에 동물원은 사사로이 소유하고 주고받는 사유물이었다. 호기심에서 시작되는 소규모 동물수집이야 누구든 가능하지만, 초대형 악어·최고령 거북·최고 헤비급 코뿔소·희귀 독수리 따위를 수집하려면 상당한 재력과 어느 정도의 광기가 필요했다. 17세기 폴란드-리투아니아 공화국의 얀 3세 소비에스키는 왕궁에서 많은 외래동물을 길렀고, 부유한 귀족이 부의 상징으로 영지에 개인동물원을 두는 경우도 종종 있었다.

오랫동안 폴란드 과학자들은 수도 바르샤바에 유럽에서 으뜸가는 대형 동물원이 들어서기를 갈망했고, 특히 세계적으로 인정받는 독일의 웅장한 동물원들에 뒤지지 않기를 원했다. 동물원이 간절하기는 폴란드 어린이들도 마찬가지였다. 유럽에는 예로부터 아이들의 상상력을 자극하고, 어른들을 유년시절의 소중한 추억으로 이끄는 매개체로서 말하는 동물들(일부는 거의 사실적이고, 일부는 유쾌하게 꾸며진 허구의 산물로서)이 등장하는 동화가 많았다. 안토니나는 자기네 동물원이 동양의 전설적인 피조물들을 보여주는 공간, 책 속의 페이지들이 현실로 튀어나오고 사람들이 상상의 맹수와 교류하는 장이 된다는 사실이 뿌듯했다. 야생 펭귄이 배를 바닥에 대고 썰매 타듯 비탈을 내려가는 모습, 캐나다 로키산맥에 서식하는 나무산미치광이가 커다란 솔방울처럼 몸을 둥글게 만 모습을 본 사람이 얼마나 되겠는가. 안토니나는 동물원에서 이런 동물들을 만나는 경험이 자연을 보는 관람객의 시야를 넓히고, 자연을 인격화하고, 자연에 특성과 이름을 부여

하리라 믿었다. 이곳에 야생의 자연, 그 사납고 아름다운 괴물이 살고 있었다. 우리 안에서 사람들과 벗하면서.

동물원이 밝아오는 매일 아침, 찌르레기 한 마리가 다른 데서 집어온 노래 메들리를 뽐내면, 멀리서 굴뚝새들이 서너 가지 아르페지오 화음을 넣기 시작하고, 거기에 정각에 울리는 시계소리처럼 단조로운 뻐꾸기 소리가 가미되었다. 별안간 긴팔원숭이들이 집합나팔 소리처럼 요란하게 고함을 치기 시작하면, 늑대와 사냥개들이 일제히 짖어대고, 하이에나들이 뜻 모를 소리를 지껄이고, 사자들이 으르렁거리고, 갈까마귀들이 깍깍대고, 공작들이 새된 소리를 지르고, 코뿔소가 쿵쿵거리고, 여우들이 캥캥대고, 하마들이 시끄럽게 울어댔다. 이어 긴팔원숭이들은 암수 이중창으로 옮겨가, 수컷들은 고함 소리 사이사이에 끼익끼익 하는 낮은 소리를 더하고, 암컷들은 '웅장한 나팔 소리' 사이사이 길게 늘어지는 울부짖음을 섞었다. 동물원에는 짝을 지은 긴팔원숭이 커플이 몇 있는데, 녀석들은 서곡·코다·간주·이중창·독창 순으로 격식을 갖춘 노래를 요들조로 불렀다.

안토니나와 얀은 익숙한 인간의 시간개념뿐 아니라 계절의 주기에 맞춰 사는 법도 터득했다. 다른 사람들과 마찬가지로 시계를 보며 살았지만 그들의 일과는 그다지 통념적이지 않았다. 동물에게 맞춰진 현실과 인간에게 맞춰진 현실이 공존하며 그들의 일과를 구성했다. 두 시각표가 충돌할 때면 얀이 밤늦게 귀가하기도 하고, 안토니나가 밤늦게까지 깨어 있기도 했다. 기린의 출산을 도와야 했을 때가 바로 그랬다(기린의 산파역이 늘 까다로운 이유는, 산모가 뻣뻣하게 서서 출산을 하고, 새끼는 머리가 먼저 나오는데도 산모

18

가 전혀 도움을 원하지 않기 때문이다). 덕분에 하루하루 색다른 경험의 층이 더해졌다. 가끔 난해한 문제로 애를 먹지만, 그 또한 환영할 만한 경이의 순간으로 그녀의 삶에 각인되었다.

안토니나의 침실 유리문을 열면 집 뒤편의 널찍한 2층 테라스가 나오는데, 이곳은 2층에 있는 세 개의 침실과 그들이 다락으로 부르는 창고와도 통하는 테라스였다. 테라스에 서면 상록수의 뾰족한 이파리가 자세히 들여다보였고, 거실 창 근처에 심은 라일락도 내려다볼 수 있었다. 여섯 개로 이루어진 커다란 거실 창은 강에서 불어오는 산들바람을 불러들였고, 바깥의 향기를 집 안으로 퍼지게 했다. 따뜻한 봄날이면, 기상나팔을 연상시키는 원뿔형의 보랏빛 라일락 꽃잎들이 성당의 향로처럼 흔들리고 그때마다 고급 향수처럼 달콤한 향기가 공중을 떠돌았다. 향긋한 기상나팔 사이에서 코가 잠깐씩 휴식을 취하도록 간격을 두고서. 테라스에 앉아 은행나무·가문비나무와 같은 고도에서 공기를 들이마시노라면 어느새 나무 위에 사는 한 마리 동물이 된다. 동틀 무렵, 잎과 가지로 무성한 참나무 너머 꿩 우리를 지나, 라투쇼바 길에 면한 동물원 정문 쪽으로 50미터쯤까지 시야를 넓혀보면, 습기를 머금은 수많은 프리즘이 노간주나무를 장식한 것이 보인다. 라투쇼바 길 건너는 프라스키공원으로, 따뜻한 여름이면 많은 바르샤바 사람들이 이곳을 찾는다. 린덴나무의 담황색 꽃술이 내뿜는, 후각을 마비시키는 달콤한 향기와 주변을 맴도는 벌들의 격정적인 룸바춤에 공원의 공기 전체가 취하는 계절이다.

예로부터 린덴나무는 여름의 정령을 사로잡았다. 7월을 의미하는 폴란드어 '리피에츠(Lipiec)'는 린덴을 뜻하는 '리파(lipa)'에서 유래한 것이었다. 한때는 사랑의 여신을 기리는 나무로 신성시되었고, 기독교가 도래하자 성모마리아의 거처가 되었다. 지금도 여행자들은 린덴나무 아래 노변 제단에서 성모마리아에게 소원을 빈다. 바르샤바에서 린덴나무는 공원에 활기를 불어넣고, 공동묘지와 시장을 둘러싸고 있다. 대로변에 늘어선 잎이 무성한 키 큰 나무들도 린덴나무다. 린덴나무에 꼬이는 벌들은 신의 종으로서 경배의 대상이며, 식탁에 올릴 벌꿀술과 벌꿀은 물론이고 교회예배에 쓰일 밀초를 제공한다. 많은 교회에서 뜰에 린덴나무를 심는 것도 이런 이유다. 벌과 교회의 유대관계가 어찌나 끈끈했던지, 15세기 초반 마조프셰 마을 주민들은 꿀벌을 훔치고 벌통을 파괴하는 사람을 사형으로 다스리자는 조례를 통과시킬 정도였다.

안토니나의 시대에도 폴란드 사람들은 선조들만큼 과격하지는 않았지만 여전히 벌이라면 애지중지 모셨다. 얀은 동물원 한쪽 구석에 벌통 서너 개를 두고 관리했는데 옛날 부족의 오두막처럼 모여 있었다. 주부들은 벌꿀을 설탕 대신 아이스커피에 타거나, 따뜻한 보드카에 넣어 크루프니크(krupnik)를 만들기도 하고, 피에르니크(piernik)라는 달달한 꿀맛이 나는 케이크나 피에르니츠키(pierniczki)라는 꿀향 가득한 쿠키를 굽는 데도 사용했다. 또한 사람들은 한기를 누그러뜨리거나 신경을 이완하기 위해 린덴 잎을 차로 끓여 마셨다. 이번 여름, 안토니나는 전차역이나 교회, 시장에 가려고 공원을 가로지를 때마다, 농밀한 린덴꽃 향기로 가득한 통로, '반쪽 진실'이 수런대는 그 길을 걸었다(린덴을 뜻하는 리파는 현지인들이 쓰는 은어로 '선의의 거짓말'을 가리키기도 한다).

강 건너를 보면, 구시가지의 스카이라인이, 투명잉크로 적어 놓은 문장이 빛을 받아 천천히 모습을 드러내듯, 이른 아침 엷은 안개 위로 모습을 드러낸다. 먼저 지붕 위의 곡선 기와가 비둘기 깃털처럼 겹쳐져 쌓인 모습이 눈에 들어온다. 다음으로 자갈길을 따라 시장광장까지 늘어선 코발트색·분홍색·노란색·빨간색·구리색·베이지색 연립주택들이 보인다. 1930년대에는 프라가 지구의 종프코프스카(이빨) 거리에도 노천시장이 있었다. 정확히 말하자면 땅딸막한 성처럼 생긴 보드카 공장 옆에. 하지만 장터 특유의 왁자지껄한 축제 분위기는 역시 구시가지 시장에 가야 느낄 수 있었다. 노란색과 황갈색 천막 아래서 수십 명의 상인이 공산품·수공예품·음식을 판매하고, 상점 진열창에는 발트해 지역 특산광물인 호박이 전시되어 있었다. 동전 몇 닢만 주면 훈련받은 앵무새가 작은 단지에 담긴 둘둘 만 종이들 중에 당신의 운세를 뽑아다주었다.

구시가를 벗어나자마자 넓은 유대인 지구가 나온다. 미로처럼 얽히고설킨 골목길, 가발 쓴 여자들(기혼 여성은 공공장소에 나갈 때는 가발을 썼다), 곱슬곱슬한 구레나룻을 한 남자들, 종교적인 춤, 특유의 사투리와 독특한 향기의 뒤섞임, 유난히 작은 상점, 염색 비단, 지붕이 평평한 건물들로 가득한 세상이다. 이들 건물에는 검은색이나 황록색으로 칠해진 철제 발코니가 딸려 있었는데, 위아래 층별로 설치된 발코니들은 오페라 극장의 특별석을 연상시켰다. 사람이 아니라 토마토 화분이나 꽃들로 채워져 있기는 했지만. 이곳에 가면 속이 실하고 큼지막한 유대식 만두 크레플라흐(kreplach)도 볼 수 있었다. 크기는 주먹만 한데, 양념해서 뭉근한 불에 익힌 고기와 양파로 속을 채운 다음 삶고, 굽고, 튀기는 과정을 거친다. 그리고 마지막 단계에 시럽을 입혀 베이글처럼 겉을 딱딱하게 만든다. 폴란드 음식으로 치면 특이한 피에로기(pierogi)쯤 될 것이다.

바르샤바 유대인 지구는 동유럽 유대 문화의 중심지였다. 유대 연극·영화·신문·잡지·예술가·출판사·정치운동·스포츠·문학 클럽을 모두 이곳에서 만날 수 있었다. 수백 년 전부터 폴란드는 영국·프랑스·독일·스페인에서 박해를 피해 도망친 유대인들의 망명을 허용했다. 12세기 무렵 폴란드 동전에 유대 글자가 새겨져 있을 정도다. 속설에 따르면, '폴란드'라는 나라 이름이 히브리어로 '포 린(po lin)', 즉 '여기서 쉬라'는 명령문과 발음이 비슷해서 유대인들이 특히 폴란드를 좋아했다고도 한다. 그렇지만 인구 130만 명 가운데 3분의 1이 유대인인 20세기 바르샤바에도 반유대주의는 팽배했다. 유대인들은 주로 유대인 지구에 모여 살았지만, 도시 곳곳의 호화 주택가에도 골고루 퍼져 있었다. 폴란드 사람들과 섞여 살아도 대개는 독특한 복장과 언어, 문화를 고수했고, 일부는 아예 폴란드어를 사용하지 않았지만.

여느 날과 다를 것 없는 여름 날 아침, 안토니나는 테라스 벽의 평평하고 넓은 턱에 몸을 기댔다. 차가운 살굿빛 타일에 맺힌 이슬 때문에 빨간색 실내복 소매가 축축해졌다. 고함소리·흐느낌·울부짖음·와글와글 소리가 모두 빌라 밖에서 들려오는 것만은 아니었다. 지하실에서도 소리가 흘러나왔고 현관·테라스·다락도 예외가 아니었다. 자빈스키 부부는 반려동물뿐 아니라 태어나자마자 어미를 잃은 새끼나 아픈 동물들을 집 안에 두었고, 이런 '동물 하숙생'을 먹이고 길들이는 일은 안토니나의 몫이었다. 이들 안토니나의 피보호자들도 먹이를 달라며 새벽의 아우성에 동참했다.

거실도 동물들의 출입금지 구역이 아니었다. 풍경화로 착각하기 쉬운 기다란 창문 여섯 개가 있는, 길고 좁은 응접실은 안팎의 경계가 모호한 공간이었다. 건너편 대형 나무 진열장 선반에는 책·잡지·새둥지·깃털·작은 두개골·알·뿔과 기타 공예품들이 진열되어 있었다. 피아노 밑에는 러그가 깔려 있고, 옆에는 빨간색 천 쿠션이 놓인 네모난 안락의자들이 흩어져 있었다. 반대쪽, 제일 따뜻한 구석에는 암갈색 타일로 장식된 벽난로가 있고, 벽난로 선반 위에는 햇빛에 바랜 들소의 두개골이 놓여 있었다. 오후면 햇살이 밀려드는 창가에도 안락의자들이 놓여 있었다.

얀을 인터뷰하려고 방문한 기자가 거실로 들어오는 고양이 두 마리를 보고 깜짝 놀란 적도 있었다. 첫 번째 고양이는 발에, 두 번째 고양이는 꼬리에 붕대를 감고 있었다. 목에 철제 보호대를 두른 앵무새가 뒤를 따르더니, 이어 한쪽 날개가 부러진 갈까마귀가 절뚝거리며 걸어왔다. 빌라 안에 동물들이 북적여도 얀은 이렇게 설명할 뿐이었다. "멀리서 연구하는 것만으로는 부족합니다. 동물의 행동과 심리를 알려면 옆에서 함께 살아야지요." 얀은 하루에도 여러 번 자전거를 타고 동물원을 도는데, 항상 따라붙는 동행이 있었다. 바로 '아담'이라는 몸집이 큰 엘크다. 녀석은 좌우로 몸을 흔드는 요란한 걸음걸이로 얀의 뒤를 바짝 좇곤 했다.

새끼 사자, 아기 늑대, 아장아장 걷는 어린 원숭이, 독수리 어린것 등과 함께하는 생활에는 뭔가 연금술적인 것이 있었다. 공간을 공유하는 혼합가족 안에서 동물 냄새, 바닥 긁는 소리, 고함소리가 사람의 체취와 음식 냄새, 수다, 웃음소리와 뒤섞인다. 새로운 구성원은 처음에는 예전 습관에 따라 먹고 자지만 서서히 다른 동물들에게 동화되고 결국에는 모두 같은 생활리듬에 따라 움직인다. 그렇다고 호흡까지 같아지는 건 아니다. 식구들이 잠드는 밤이면 각기 다른 숨소리, 콧소리가 어우러져 일부러는 만들려도 만들기 힘든 동물들의 칸타타가 만들어진다.

안토니나는 동물들과 교감하면서 그들이 세상을 인지하고 느끼는 방식에 매료되었다. 안토니나와 얀은 야생고양이 같은 포식동물 주위에서는 느릿느릿 움직여야 한다는 사실을 터득했다. 양쪽 눈이 가깝게 붙어 있어 정확한 거리지각 능력을 갖고 있기에, 근거리에서 일어나는 빠른 움직임에 흥분하는 경향이 있기 때문이다. 반면에 말이나 사슴처럼 포식자의 먹이가 되는 동물들은 시야각이 넓어서 슬금슬금 다가오는 포식자를 재빨리 포착하지만 쉽게 겁을 먹는다. 지하실에 밧줄로 매어놓은, 다리 저는 얼룩무늬독수리는 시력이 얼마나 좋은지 날개 달린 쌍안경이 따로 없다. 하이에나 새끼는 칠흑 같은 어둠 속에서도 다가오는 사람이 안토니나란 사실을 분간한다. 다른 동물들도 마찬가지다. 안토니나의 접근을 감지하고, 냄새를 구별하고, 옷자락 스치는 소리를 듣고, 깃털처럼 가볍게 마룻바닥을 울리는 발걸음 무게를 감지할 뿐만 아니라, 그녀의 움직임으로 밀려나는 공기 중의 티끌까지 인지한다. 이들의 아주 오래되고 섬세하게 조율된 감각은 안토니나에게 부러움의 대상이었다. 동물들한테는 흔하디 흔한 재주지만, 만약 인간이 그런 능력을 가졌다면 마법사라 불릴 것이다.

안토니나는 인간의 껍데기에서 빠져나와 잠시나마 각각의 동물의 시선으로 세상 염탐하기를 즐겼다. 그리고 종종 동물들의 관점에서 글을 썼다. 그런 글을 보면, 안토니나는 동물들이 무엇을 보고, 느끼고, 두려워하고, 감지하고, 기억하는지를 포함해 그들의 관심사와 노하우를 직관적으로 파악하고 있었다. 안토니나가 그들의 본거지로 들어가는 순간 일종의 감각의 전이가 일어났고, 그녀는 자기가 들어올린 스라소니 새끼들의 입장에서, 눈앞에 어른거리는 시끄러운 존재들의 세계를 자세히 들여다볼 수 있었다.

[……] 작은 다리 아니면 큰 다리로, 부드러운 슬리퍼 아니면 딱딱한 구두를 신고, 조용하게 아니면 시끄럽게, 은은한 천 냄새 아니면 진한 구두약 냄새를 풍기면서 걸어온다. 부드러운 천 슬리퍼는 조용하고 차분하게 움직여 가구에 부딪히지 않으니 주변에 있어도 안전했다. [……] "키-치, 키-치" 하고 부르는 소리와 함께, 가늘고 보드라운 금발로 덮인 머리 하나가 나타나고, 한 쌍의 눈동자가 커다란 유리 렌즈 뒤에서 내려다보곤 했다. [……] 우리가 부드러운 천 슬리퍼와 가늘고 보드라운 금발로 덮인 머리, 고음의 목소리가 모두 한 물체라는 것을 알아차리는 데는 그리 오랜 시간이 걸리지 않았다.

안토니나는 종종 이렇게 재미 삼아 자기를 비우고 동물의 감각에 자신의 감각을 일치시키면서, 애정 어린 호기심으로 동물들을 대하고 돌보았다. 주파수를 맞춰주는 이런 태도에는 동물들을 편안하게 해주는 무언가가 있었다. 날뛰는 동물들을 달래고 진정시키는 안토니나의 신기한 능력은 동물원 사육사들은 물론 그녀의 남편까지도 감탄할 정도였다. 얀은 엄밀히 말하자면 과학적으로 설명할 수 있으리라 생각하면서도 그녀의 능력이 이상야릇하고 신비하다고 인정했다. 얀은 열렬한 과학 신봉자였지만 동물을 다루는 문제에서는 안토니나에게 거의 주술적인 공감 능력이라 할 만한 "형이상학적인 파동"이 있다고 믿었다. "안토니나는 무척 예민합니다, 동물들의 마음을 거의 읽는다 해도 과언이 아니죠. [……] 아내는 말 그대로 동물들이 됩니다. [……] 거기에 딱 맞는 아주 특별한 능력을 갖고 있어요. 동물들을 관찰하고 이해하는 흔치 않은 능력인데, 일종의 육감이죠. [……] 어렸을 때부터 항상 그랬답니다."

매일 아침 안토니나는 주방에서 자기가 마실 홍차를 준비하고, 이어 식구 중에 가장 어린 녀석들이 사용할 유리젖병과 고무젖꼭지를 소독했다. 비아워비에자 숲에서 태어난 새끼 스라소니 두 마리를 받아 키울 수 있었던 것은 동물원 보모로서 커다란 행운이었다. 비아워비에자 숲은 유럽을 통틀어 유일하게 남아 있는 원시림으로, 폴란드 사람들은 이 생태계를 '푸슈차(puszcza)'라고 불렀는데 사람의 손을 타지 않은 태고의 삼림지대를 환기시키는 단어였다.

현재 국경을 사이에 두고 벨로루시와 폴란드에 걸쳐 있는 비아워비에자 숲은, 가지는 달라도 뿌리는 하나인 사슴뿔처럼 하나의 생태계와 신화로 양쪽을 긴밀하게 연결한다. 이곳은 예로부터 두 나라의 역대 왕과 제정 러시아 황제들이 즐겨 찾는 사냥터로 명성을 날렸고(이들은 숲에 화려한 사냥용 별장을 두었다), 안토니나 시대에는 과학자·정치인·밀렵자 들의 관할이 되어 있었다. 또한 유럽 최대의 육상동물인 유럽들소가 몸싸움을 벌이며 뛰놀던 공간으로, 이들의 개체수 감소가 폴란드에서 숲 보호운동이 일어나는 도화선이 되었다. 러시아에서 나고 자란 폴란드인으로 나중에 폴란드로 돌아와 생활하는 이중언어 사용자인 안토니나는 서로 다른 체제(당시 벨로루시는 구소련에 포함되어 있었다)를 연결하는 이곳 녹색의 지협(地峽)에서, 5백 년 된 나무 그늘 밑을 걸으며 고향의 편안함을 느꼈다. 그곳에서 숲은, 눈에 보이는 국경과는 무관하게, 더없이 친밀하게, 깨지기 쉬우면서도 하나의 완결된 유기체로서 다가온다. 사람의 손길이 닿으면 안 되는 엄중보호구역으로 지정된 광대한 원시 처녀림에서는, 동물들이 놀라거나 나뭇잎이 오염되지 않도록 비행기도 땅에서 최소 몇 킬로미터 이상 떨어져 비행해야 한다. 펼쳐진 낙하산처럼 숲을 뒤덮은 무성한 나뭇잎 사이로 올려다보면 한 마리 작은 새처럼 소리 없이, 멀리서 비스듬히 날아가는 비행기를 보게 될지도 모른다.

법으로 금하고 있음에도 밀렵이 여전히 자행되는 통에 어미 잃은 새끼들이 생겼고, 그중 희귀동물들은 보통 '살아 있는 동물'이라고 표시된 상자에 담겨 동물원으로 보내졌다. 동물원은 일종의 구명보트 역할을 했고, 안토니나는 번식기인 4월, 5월, 6월이면 맞춤형 개별 식단에 습성도 제각각인 까다로운 어린것들을 맞을 마음의 준비를 했다. 한 달 된 늑대 새끼를 받아 키운 적도 있는데, 정상적인 상황이라면 두 살까지는 어미 늑대와 피붙이들의 보살핌을 받았을 녀석이었다. 깔끔하고 붙임성 좋은 새끼 오소리는 장시간 산책에 곧잘 따라나서 도중에 마주치는 곤충과 풀로 식사를 했다. 얼룩무늬멧돼지 새끼는 식탁 위에 남은 음식이라면 무엇이듯 가리지 않고 먹어치웠다. 붉은사슴 새끼는 한겨울까지 우유를 먹었고, 나무 바닥에서 미끄러져 다리뼈가 탈골되는 사고를 겪기도 했다.

안토니나가 특히 아꼈던 아이들은 '토피'와 '투파'라고 이름 붙여준 3주 된 스라소니 새끼였는데, 6개월은 우유를 먹여 보살펴야 했고 생후 1년은 지나야 진정한 자립이 가능했다(심지어 1년이 지났을 때도 토피와 투파는 끈에 매여 프라가 번화가 산책하기를 좋아했고, 그럴 때면 행인들은 입을 헤벌리고 녀석들을 바라보았다). 유럽에 야생 스라소니가 거의 남아 있지 않았기에 얀은 직접 비아워비에자 숲으로 가서 새끼들을 데려왔고, 안토니나는 우리가 아닌 집 안에서 기르자는 제안을 했다. 어느 여름날 저녁, 택시가 동물원 정문에 도착하자 경비원이 뛰어가 작은 나무상자를 옮기는 얀을 거들었고, 함께 빌라까지 들고 왔다. 그동안 안토니나는 집에서 유리젖병과 고무젖꼭지를 소독하고 따뜻한 혼합분유를 준비하면서 목이 빠져라 녀석들을 기다렸다. 상자 뚜껑을 열자 얼룩덜룩한 솜털로 덮인 수컷 새끼 두 마리가 모습을 드러냈다. 녀석들은 성난 표정으로 사람들을 쳐다보더니 쉿쉿 소리를 내면서 누구든 손을 내밀면 물어뜯고 할퀴기 시작했다.

안토니나가 작은 소리로 말했다. "여러 개의 손가락이 이리저리 움직이는 사람 손이 얘들을 겁나게 하는 거예요. 큰 목소리와 눈부신 등불도 마찬가지고요."

실제로 새끼들은 부들부들 떨고 있었다. 안토니나는 일기에 당시 상황을 "공포로 반죽음 상태였다"고 기록했다. 살며시 안토니나가 한 녀석의 목덜미를 잡았다. 부드럽고 따뜻했다. 그녀가 상자에 깔린 지푸라기에서 들어올리자 스라소니는 긴장을 풀고 축 늘어지더니 잠잠해졌다. 안토니나는 다른 한 마리도 그렇게 들어올렸다.

"이렇게 해주는 걸 좋아해요. 자기들을 이리저리 옮겨 나르던 어미의 주둥이를 피부로 기억하고 있는 거죠."

식당 바닥에 내려놓자 새끼들은 잽싸게 이리저리 움직이면서 매끌매끌한 새 풍경을 잠시 탐사하더니, 이내 돌출한 바위 밑이라도 되는 양 옷장 아래로 숨었다. 그러고는 자신들이 찾아낸 가장 어두운 틈 속으로 계속해서 조금씩 들어갔다.

1932년 폴란드 가톨릭교도의 전통에 따라 안토니나는 갓 태어난 아들에게 '리샤르트(Ryszard)'라는 가톨릭 성인 이름을 붙여주었다. 리샤르트를 줄여 부르면 '리시(Ryś)'가 되는데, 폴란드어로 스라소니를 뜻한다. 아들은 "네 발 달린 털북숭이나 날개 달린" 부류는 아니었지만 까불대며 뛰노는 한 마리 어린것으로 복합가족의 일원이 되었다. 원숭이처럼 재잘거리며 여기저기 매달리고, 곰처럼 네 발로 기어다니고, 늑대처럼 여름이면 까매지고 겨울이면 하얘지는 어린 짐승으로. 안토니나는 직접 쓴 어린이 책에서 종이 다른 유아 셋이 동시에 걸음마를 배우는 광경을 묘사하는데 바로 자기 아들과 사자, 침팬지였다. 코뿔소부터 주머니쥐까지 모든 포유류의 새끼가 사랑스럽다고 생각하는 안토니나는 스스로 포유류로서 많은 어린것들의 어머니이자, 보호자로 군림했다. 예로부터 반은 사람이고 반은 동물인, 검을 휘두르는 인어가 도시의 상징이었던 바르샤바에서는 그리 기이할 것도 없는 이미지다. 안토니나의 말대로, 동물원은 금세 그녀가 다스리는 "비스와 강 우안의 녹색 동물왕국", 도시 풍경과 공원을 옆에 둔 왁자지껄한 에덴동산이 되었다.

2

"아돌프를 말려야 해요." 한 사육사가 강한 어조로 말했다. 이 야기의 주인공이 아돌프 히틀러가 아니라 '유괴범 아돌프'라는 사실을 안은 알고 있었다. 녀석은 레서스원숭이 무리를 이끄는 우두머리로 최고령 암컷인 마르타와 전쟁을 벌이고 있었다. 마르타가 낳은 수컷을 뺏어다가 총애하는 암컷 넬리에게 주었기 때문인데 넬리에겐 이미 자기 새끼가 있는 상황이었다. "이러면 안 되지요. 어미가 각자 낳은 자기 새끼를 키워야 하는데 마르타에게서 새끼를 뺏고, 넬리에게 두 마리나 안겨주다니요?"

다른 사육사들은 동물원 명물들의 건강상태를 보고했다. 기린 로즈, 아프리카 사냥개 메리, 어린이 동물원의 수컷 당나귀 사힙 등인데, 사힙은 겁 많은 프셰발스키말들과 방목장에 숨어들기도 했었다. 코끼리는 몸통에 헤르페스바이러스로 인한 포진이 생기는 일이 잦다. 좁은 곳에 갇혀 지내는 환경에서는 조류레트로바이러스나 결핵 같은 질병이 사람한테서 앵무새·코끼리·치타를 비롯한 다른 동물들에게 쉽게 전염되고, 반대로 동물에게서 사람으로의 전염도 쉽게 일어난다. 특히 당시는 항생제가 나오기 전이라 심각한 전염병은 동물, 사람 상관없이 동물원 주민 모두에게 엄청난 타격을 줄 수 있었다. 그런 조짐이 보이면 동물원 수의사 로파틴스키가 출동해야 했다. 그는 언제나 가죽 재킷에 귀마개가 달랑거리는 커다란 모자, 코안경을 걸치고 엔진 소리가 우렁찬 오토바이를 타고 왔다. 오는 동안 바람을 맞은 볼이 발그레한 것도 한결같았다.

매일 회의에서는 또 어떤 사안들이 논의되었을까? 예전 동물원 사진을 보면, 얀이 반쯤 지은 커다란 하마 우리 옆에 서 있는 사진도 있다. 선체 제작에 쓰이는 굽은 늑재(肋材) 같은 육중한 나무 서까래로 일부를 떠받친 사육장이었다. 사진 속 배경에 나온 식물들을 보니 계절은 여름이다. 보통 땅이 굳기 전에 땅 파는 작업을 마무리해야 하는데 폴란드에서는 10월 초면 땅이 굳는다. 그러므로 필시 얀은 여름에 그와 관련된 경과보고를 듣고 십장을 독촉하기도 했으리라. 절도도 동물원의 걱정거리였다.[1] 외래 동물 매매가 횡행하는 통에 무장한 경비원이 밤낮으로 순찰을 돌았다.

얀의 여러 저서와 방송인터뷰를 보면, 바르샤바동물원에 대한 그의 웅대한 비전이 빛난다. 그는 동물들이 자연서식지로 착각할 정도로 근사한 동물원을 꿈꿨다. 천적들이 갈등 없이 각자의 구역에서 생활하는 자연서식지여야 했다. 근본적인 휴전상태의 그 신기루를 만들기 위해선, 충분한 부지를 확보하고, 구역이 겹치는 경계에는 해자를 파고, 배관도 창의적으로 설치해야 한다. 얀은 바르샤바의 사회·문화 생활의 중심지에 세계적 가치를 지니는 혁신적인 동물원을 만들겠다는 포부를 품었고, 한때는 동물원 안에 놀이공원을 만들 생각까지 했다.

예나 지금이나 동물원의 기본적인 관심사에서 동물들을 육체적·정신적으로 건강하고, 안전하게, 그리고 무엇보다 침착한 상태를 유지하도록 보호하는 일이 빠질 수 없다. 동물원에는 항상 기발한 방식으로 우리를 탈출하는 재간꾼들이 있게 마련이다. 네 발 달린 번개나 다름없는 바위타기영양은 사람 머리를 훌쩍 넘기며 도약해 자기 몸의 4분의 1 크기인 바위 턱에 착지할 수 있다. 또한 활처럼 휜 등에 땅딸막한 체격으로 몸무게가 18킬로그램에 불과하지만 힘이 좋고 민첩하며 무척 예민하다. 발굽을 수직으로 곧추세우고 도약할 때면 영락없이 발끝으로 서서 춤추는 발레리나이다. 놀라기라도 하면 영양 특유의 통통 뛰는 걸음걸이로 우리 안을 요란스레 휘젓고 다니고 가끔은 울타리를 뛰어넘기도 한다. 일설에 따르면 포고스틱(Pogo stick)이라는 놀이기구가 영양의 뛰어넘기에서 힌트를 얻어 발명되었다고 한다.[2] 1919년에 미얀마의 한 남자가 자기 딸이 학교 가는 길에 물웅덩이를 건너게 하려고 콩콩 뛰는 지팡이를 만들었고, 딸 이름이 포고여서 그런 이름이 붙었다는 이야기다.

2005년 현재 바르샤바동물원 원장인 렘비셰프스키 박사는 재규어가 동물원 해자를 뛰어넘을 뻔한 사건 이후 전기 울타리를 설치했다. 주문제작이라는 점과 훨씬 높다는 점만 다를 뿐, 사슴의 작물 접근을 막으려고 농부들이 사용하는 울타리와 같은 종류이다. 전기울타리는 얀의 시절에도 활용 가능했으니, 어쩌면 그는 회의시간에 가격을 알아보고 대형 고양잇과 동물 구역 주변에 설치했을 경우 타당성이 있는지를 논의했을지도 모른다.

매일 아침을 먹고 나면 안토니나는 동물원 관리사무소 건물로 가서 VIP 손님들을 기다렸다. 집안일을 처리하고 아픈 동물들을 돌보는 것 이외에 그녀는 국내는 물론 해외에서 오는 특별 손님들을 맞이하고 언론이나 정부 관리들을 접대하는 일을 맡았다. 안내 도중 안토니나는 책에서 보기나 얀에게 들은 내용, 또는 직접 관찰한 내용을 토대로 흥미로운 이야기와 일화를 곁들여 손님들을 즐겁게 해주었다. 방문객들은 동물원을 한가로이 거닐면서 습지·사막·숲·초원·스텝 지역을 둘러보았다. 응달이 있는가 하면 유난히 햇빛이 쏟아지는 곳도 있고, 지붕이 날아갈 만큼 강한 겨울바람에도 버틸 수 있도록 우리 주변에 교목·과목·바위 따위를 전략적으로 배치한 모습도 볼 수 있었다.

안토니나의 동물원 안내는 보통 라투쇼바 거리에 면한 정문에서 시작되었다. 정문에서 보면 쭉 뻗은 대로 양쪽으로 동물 우리가 늘어서 있는데, 가장 먼저 손님의 시선을 붙드는 것은 분홍 물체가 어른거리는 연못이었다. 그곳에서는 무릎이 뒤로 굽은 빨간 다리에 동전지갑을 연상시키는 까만 주둥이가 이채로운 홍학들이 한껏 뽐내며 걷고 있었다.[3] 야생 홍학만큼 빛깔이 선명하지는 않지만, 먹이를 통해 카로틴을 많이 섭취한 결과 나타나는 연한 산호색은 충분히 인상적이어서 처음 손님을 맞는 접대원으로 손색이 없었다. 게다가 연못 안은 귀에 거슬리는 으르렁 소리, 끙끙대는 소리, 끼루룩 소리로 시끌벅적했다. 홍학 바로 너머에는 세계 각국의 새들을 모아놓은 새장들이 보였다. 구관조·사랑앵무새·아프리카대머리황새·관두루미 등 다채로운 깃털을 자랑하는 외래종들이 갖가지 소리를 연출했다. 물론 몸집이 작은 난쟁이올빼미나 발톱으로 토끼를 낚아채는 대형 수리부엉이 같은 토종 조류들도 있었다.

공작과 작은 사슴들은 동물원 여기저기를 마음대로 거닐다가 사람이 다가가면 보이지 않는 파도에 떠밀리듯 재빨리 뒤로 물러섰다. 풀이 무성한 작은 언덕 위에서는 암컷 치타가 한가로이 햇볕을 쬐고, 어린 새끼들이 주변을 뛰어다녔다. 새끼들은 서로 맞붙어 힘겨루기도 하고, 놓아기르는 사슴과 공작에게 한눈을 팔기도 했다. 이처럼 방목하는 먹잇감들은 우리에 갇힌 사자·하이에나·늑대 등의 포식동물을 감질나게 했는데, 이는 포식자들이 사육되는 환경에서도 날카로운 감각을 잃지 않고 야수본능을 환기시키게 하는 효과도 있었다. 흑고니와 펠리컨을 비롯한 습지성 조류들이 용 모양으로 만든 연못 위를 떠다녔다. 왼쪽엔 탁 트인 벌판에서 풀을 뜯어먹는 유럽들소·영양·얼룩말·타조·낙타·코뿔소가 보였고, 오른쪽으로는 호랑이·사자·하마가 보였다. 이어서 자갈길을 따라가면 기린·파충류·코끼리·원숭이·바다표범·곰을 보면서 크게 한 바퀴를 돌게 되었다. 안토니나가 생활하는 빌라는 펭귄 우리에서 정동쪽, 침팬지 우리에 이르기 직전, 조류 사육장의 요란한 울음소리가 멀리서 들릴 정도의 거리에 위치하는데 나무에 가려 거의 보이지 않았다.

초원 서식지에는 유독 다리가 긴 아프리카들개가 있었다. 기질적으로 쉽게 흥분하는 편이라 항상 뛰어다니기 바쁜 녀석들이

었다. 커다란 귀를 쫑긋 세우고 넙데데한 안면을 흔들며 뭔가 수
상쩍다는 표정으로 코를 킁킁거리면서. 아프리카들개의 학명은
카니스 픽투스(Canis pictus)로 '색칠한 개'라는 의미인데 여기저기
에 노란색·까만색·빨간색 반점들을 지닌 털의 아름다움을 암
시한다. 하지만 맹수 기질에 끈기까지 갖추어, 도망치는 얼룩말
을 쓰러뜨리고 영양을 몇 킬로미터씩 쫓아간다. 산지인 아프리
카 농부들은 포악한 골칫거리 정도로 생각하지만 바르샤바동물
원에서는 유럽 최초라는 자부심과 긍지의 상징이지 아름다운 흥
행몰이꾼이었다. 털의 무늬가 모두 다른 아프리카들개 앞에는
구경꾼이 끊이지 않았다. 동물원은 또한 아비시니아가 원산지인
그레비얼룩말을 최초로 사육하고 있었다. 얼핏 보기에는 일반
얼룩말과 다를 바 없는 친숙한 모습이지만 자세히 보면 키가 더
크고, 줄무늬가 훨씬 조밀하다. 또한 몸통 부분은 조밀한 수직 줄
무늬지만 다리께로 내려가서는 수평으로 바뀌어 발굽 부분까지
계속되는 점도 그레비얼룩말의 특징이다.
　아직도 뽀얀 아기 잔털로 덮인 암컷 '투징카'도 초원 서식지의
주민인데, 동물원에서 열두 번째로 태어난 코끼리라 열둘을 의
미하는 폴란드어 '투진'을 써서 이름을 지었다. 안토니나는 서늘
한 4월 새벽 세 시 삼십 분에 어미 카시아가 투징카를 낳을 때 산
파 역할을 했다. 안토니나는 일기에서 투징카를 거대한 덩어리
라고 묘사하면서 자기가 지금까지 본 가장 큰 아기였다고 말했
다. 몸무게 114킬로그램, 일어섰을 때 키는 120센티미터가 조금
넘고, 푸른 눈동자에 검은 배내털, 커다란 팬지꽃 모양의 귀, 덩
치에 비해 너무 길어 보이는 꼬리…… 감각으로 분주한 삶의 현

장에 떨어져 불안에 떨며 혼란스러워하는 갓난아기였다고. 투징카의 푸른 눈동자는 놀란 기색으로 깜박거렸는데, 안토니나가 갓 태어난 다른 동물들의 눈동자에서 본 것과 동일했다. 온갖 빛과 금속성 소리에 한편으론 혹하고 다른 한편으론 당황한 채 멍하니 바라보는 모습.

투징카는 어미 코끼리 밑에 서서 뒷다리만 구부린 채 젖을 먹으려고 부드러운 주둥이를 내밀었다. 투징카의 눈빛은 따뜻한 젖과 어미의 안심시키는 심장박동소리가 그 순간 투징카에게 세상의 전부라고 말하고 있었다. 사진사들은 1937년 이런 투징카의 모습을 찍어 흑백 엽서로 만들었는데 천으로 만든 아기 코끼리 인형과 함께 동물원 기념품으로 인기를 끌었다. 옛날 사진들을 보면 관람객들이 투징카와 어미 코끼리 코를 만지며 즐거워하는 모습이 보인다. 어미는 낮은 철책을 두른 좁은 해자 너머로 코를 길게 빼고 있는 모습이다. 코끼리는 뛰어오르지 않기 때문에 윗부분 넓이는 1.8미터이고 밑으로 갈수록 좁아지는 깊이 1.8미터짜리 해자면 녀석들을 우리 안에 잡아둘 수 있었다. 코끼리가 해자를 흙으로 메우고 건너가지 않는 한. 일부 코끼리는 실제 그렇게 하기도 했다고 한다.

동물들이 풍기는 냄새는 동물원의 후각적인 풍경을 결정한다. 어떤 것은 은은하지만 어떤 것은 익숙지 않은 사람에게는 구역질이 날 정도였다. 특히 하이에나라는 표지판이 있는 곳에서는 지독한 냄새가 난다. '하이에나 버터'라고 알려진 냄새 고약한 분비물을 여기저기 흘려놓기 때문이다. 이 영역 표시 광고의 냄새는 한 달쯤 가는데, 다 자란 수컷은 1년에 약 150일간 그것을 그려댄다. 하마는 작은 꼬리를 빙빙 돌리면서 변을 도처로 뿌려 자기 영역을 표시한다. 수컷 사향소는 습관적으로 소변을 여기저기 흩뿌리고, 바다사자는 이빨 사이에 끼여 썩어가는 음식물 때문에 숨을 쉬면 1미터 거리에서도 악취가 느껴질 정도다. 카카포는 검은 깃털로 덮인, 날지 못하는 앵무새로 하얀 눈에 오렌지색 부리를 지녔는데, 오래된 클라리넷 케이스에서 나는 냄새를 풍긴다. 수컷 코끼리는 짝짓기 철이면 눈 근처 작은 분비샘에서 냄새가 강력한 끈적끈적한 분비물을 뚝뚝 흘린다. 볏 달린 작은바다쇠오리의 날개에서는 탄제린오렌지 냄새가 나며, 특히 번식기에 구애를 펼치는 작은바다쇠오리는 자극적인 냄새를 풍기는 서로의 목둘레 깃털을 부리로 쿡쿡 찌른다. 모든 동물은 부르는 소리만큼이나 뚜렷이 구별되는 냄새라는 코드로 신호를 타전한다. 시간이 흐르자 안토니나는 생명 위협, 발정, 새 소식 등 그들의 주요 안건을 알리는 진한 향기들에 익숙해졌다.

안토니나는 사람들이 동물들과 보다 긴밀하게 연결될 필요가 있을 뿐 아니라, 동물들도 "인간과 친구가 되기를 바라며, 인간의 관심을 구하고 있다"고, 말하자면 인간과 동물이 서로를 갈망한다고 확신하게 되었다. 상상 속에서 동물의 세계로 이동함으로써 그녀는 잠시나마 인간세상을 잊었고, 어느 날 갑자기 부모님이 사라져버리는 무력과 충돌의 왕국을 몰아냈다. 스라소니 어린것들과 쫓고 쫓기며 함께 뒹구는 놀이를 하고, 손수 우유를 먹이고, 손가락을 핥는 깔깔하고 따뜻한 혀와 여기저기 건드리는 집요한 발짓에 자신을 내맡기고 있노라면, 길들여진 인간과 야생의 동물 사이에 놓인 무인지대, 그 날카로운 경계가 한결 무여지는 가운데, 안토니나가 "영원하다"고 표현했던 동물원과의 결속이 견고해졌다.

동물원은 또한 안토니나에게 자연보호를 설파할 일종의 설교단을 제공했다. 그런 의미에서 동물원 안내는 하급 신들을 둘러보는 일주이자 걸으면서 진행되는 목회요, 비스와 강변의 복음이랄 수 있었다. 여기서 안토니나는 방문객들에게 자연과 연결되는 독특한 다리를 제공했다. 그러나 우선 사람들이 비스와 강에 놓인 동물 우리를 연상시키는 다리를 건너, 털 많은 짐승 구역으로 들어와야 했다. 안토니나가 들려주는, 스라소니를 비롯한 여러 동물들에 관한 흥미진진한 이야기를 들으면, 막연하게만 느껴지던 지구의 광대한 자연이 분명한 실체와 이름을 가진 구체적인 얼굴, 혹은 주제로 초점이 맞춰지면서 명쾌해졌다. 안토니나와 얀은 동물원에서 영화제·음악회·연극제 같은 다채로운 이벤트를 열도록 직원들을 독려하고, 외부 요청이 있으면 동물들을 빌려주기도 했다. 아기 사자는 최고의 인기를 누렸다. 안토니나는 일기에서 "동물원에는 늘 활기가 넘쳤다"고 말했다. "청소년·동물애호가·단순 구경꾼 등 방문객이 끊이지 않았다. 함께 일할 동업자도 많았다. 국내외 대학, 폴란드 보건복지부, 예술원까지." 지역 예술가들이 솜씨를 부려 당시 유행하던 아르데코 양식의 동물원 포스터를 만들었고, 자빈스키 부부는 여러 부류의 예술가를 초청해 동물원에 와서 맘껏 상상의 날개를 펼치게 했다.

3

어느 날 자전거를 타고 동물원을 둘러보던 얀은, 엘크 아담을 풀을 뜯어먹도록 잔디와 관목이 있는 풀숲에 놔두고서, 축축한 건초와 석회 냄새가 나는 따뜻한 새집으로 들어갔다. 새장 가까이에 서서 팔꿈치를 이리저리 움직이는 자그마한 여자가 보였다. 깃털을 다듬고 보란 듯이 포즈를 취하는 새들의 자세며 움직임을 흉내 내보는 것이었다. 까만 곱슬머리에 아담한 체형, 헐거운 작업복 아래로 나온 가느다란 다리까지, 여자는 한 마리 새인 양 주변과 거의 완벽한 조화를 이루고 있었다. 머리 위에서 깐닥거리는 그네 위에 앉아 있던, 부리부리한 눈알의 앵무새가 새된 소리로 외쳤다. "이름이 뭡니까? 이름이 뭡니까?" 그러자 여자가 듣기 좋은 목소리로 노래하듯 따라했다. "이름이 뭡니까? 이름이 뭡니까?" 앵무새는 고개를 숙이고 한쪽 눈으로 여자를 뚫어져라 보더니, 고개를 돌려 다른 눈동자를 여자에게 고정시켰다.

"지엔 도브리." 얀이 인사를 건넸다. '좋은 날입니다'라는 의미로 폴란드 사람들이 가장 정중하게 말을 붙일 때 쓰는 표현이었다. 여자는 자신을 막달레나 그로스(Magdalena Gross)라고 소개했는데 그로스의 조각은 폴란드 부호들은 물론 세계적으로도 많은 사랑을 받고 있었기에 얀도 익히 알고 있는 이름이었다. 얀은 그로스가 동물을 조각한다는 말을 듣지 못했고, 그녀 역시 그전까지는 생각지 못했던 일이었다. 나중에 그로스가 안토니나에게 털어놓은 이야기에 따르면, 처음 동물원을 방문했을 때 너무 매료된 나머지 자기도 모르게 모형을 뜨듯 손이 허공에서 움직이기 시작했다. 그리하여 도구를 챙겨 본격적인 사파리 여행에 나서기로 결심했다. 그리고 미래의 기차처럼 날렵한 유선형의 조류 사육장으로 운명처럼 끌려오게 되었다. 얀은 폴란드의 관습에 따라 그로스의 손등에 가볍게 키스하고, 동물원을 야외 스튜디오로 생각하고 동물들을 움직이는 모델로 여겨준다면 자기로서는 더없이 영광일 것이라고 말했다.

이런저런 자료를 종합해보면 키가 크고 호리호리하며 살결이 하얀 편인 안토니나는 휴식 중인 발키리 여신과 같았고, 키가 작고 피부색이 짙은 유대인 막달레나는 에너지로 들떠 있는 사람이었다. 안토니나는 막달레나를 여러 가지 대조적인 면들을 동시에 갖춘 매력적인 사람이라고 생각했다. 강하면서 연약하고, 과감하면서도 신중하고, 괴짜 같으면서도 대단히 엄격하고, 항상 생기 가득한 사람. 얀처럼 금욕적이지도 엄숙하지도 않은 안토니나에게는 아마도 이 생기 가득함이 가장 큰 매력으로 느껴졌을 것이다. 두 여성은 비슷한 유머감각에 둘 다 미술과 음악을 사랑했고 나이도 엇비슷했으며 공유하는 친구들도 많았다. 이렇게 하여 평생 이어질 소중한 우정이 시작되었다. 막달레나와 차라도 같이 마실 때면 안토니나는 어떤 것들을 대접했을까? 바르샤바 사람들은 보통 손님에게 홍차와 단것을 대접한다. 안토니나는 장미를 기르고 각종 저장식품도 만들어 사용했으므로, 분홍빛 장미 꽃잎 잼을 채워 넣고 숯불 향이 밴 오렌지 시럽을 입힌 폴란드 전통 페이스트리인 부드러운 도넛도 대접한 적이 있으리라.

막달레나는 머리가 멍하고 매사가 시들하고 창작 에너지가 바닥났다고 느끼던 어느 날, 우연히 동물원에 갔다가 점잔 빼며 지나가는 홍학 무리에게서 받은 강렬한 인상을 털어놓았다. 홍학들 너머에는 한층 낯선 동물들이 꿈처럼 무리지어 서성이고 있었다. 탁월한 모양새에다 빛깔 역시 어떤 화가가 만들어낸 것보다도 오묘했다. 이 경관은 깨달음을 주는 강력한 힘으로 다가왔고, 훗날 전 세계가 감탄하게 될 동물 조각 연작을 만들도록 영감을 주었다.

1939년 여름 무렵, 동물원은 그야말로 근사한 모습이었고 안토니나는 이듬해 봄에 있을 행사 계획을 세심하게 짜고 있었다. 국제동물원장협회 연례정기모임이 바르샤바에서 개최되는 영예를 누리게 된 것이었다. 행사 계획에 이처럼 공을 들이는 것은 감당하기 힘든 공포를 머릿속에서 밀어내려는 노력이기도 했다. 우리 세상이 무사할 수 있을까? 대략 1년 전인 1938년 9월 히틀러는 독일과 국경을 맞댄 체코슬로바키아 영토로, 주민 대다수가 독일인이었던 주데텐란트 지방을 무력으로 점령했다. 프랑스와 영국은 이 공격을 묵인했지만 폴란드 사람들은 자국의 국경지방을 우려하지 않을 수 없었다. 제1차 세계대전 이후 1918년부터 1922년 사이에 독일 영토였던 슐레지엔 동부와 과거 '폴란드 회랑'이라 불리던 포모제 동부지역이 폴란드에 할양되었다. 특히 포모제 동부지역은 1939년 당시 독일 영토였던 동프로이센과 독일 본토를 사실상 분리하고 있었다. 또한 독일이 중요하게 생각했던 항구 도시 그단스크는 1919년 베르사유 조약에 의해 독일에서 분리되어 '자유도시'가 되었으며 독일과 폴란드 모두에게 항구를 개방했다.

체코슬로바키아 침략 한 달 뒤, 히틀러는 폴란드에 그단스크 반환과 폴란드 회랑을 관통하는 치외법권이 허용되는 도로건설권을 요구했다. 독일의 요구를 둘러싸고 1939년 초반에는 외교적인 힘겨루기가 벌어지더니 3월 즈음에는 대립과 반목으로 비화되었다. 그 무렵 히틀러는 휘하 장군들에게 "폴란드 문제를 처리하라"고 은밀히 명령했다. 폴란드와 독일 관계는 서서히 악화되었고 폴란드 사람들은 불길한 전운을 감지하고 있었다. 양국의 전쟁은 분명 무서운 일이지만 사실 새삼스럽지는 않았다. 중세 이래 독일이 워낙 빈번하게 폴란드를 점령하는 바람에(가장 최근에는 제1차 세계대전 기간인 1915년부터 1918년까지), 튜튼족(독일)에 맞서는 슬라브족(폴란드)이라는 이미지가 폴란드 내에서는 애국 전통으로 자리 잡을 정도였다. 동유럽에서 차지하는 지정학적인 위치는 폴란드에게는 차라리 저주였다. 그 때문에 폴란드는 무수히 침략당하고, 약탈당하고, 분할되었으며, 국경도 밀려왔다 밀려가는 조수처럼 수없이 바뀌었다. 어떤 마을 아이들은 이웃과 대화하기 위해 무려 다섯 개의 언어를 배워야 했다. 양친을 한 꺼번에 잃은 끔찍한 기억 때문에 안토니나는 전쟁이라면 생각도 하기 싫었다. 그래서 안토니나도 대다수 폴란드 사람들처럼 프랑스와의 굳건한 동맹, 강력한 군대라는 보호자, 영국의 보호약속을 환기하며 스스로를 안심시켰다. 천성적으로 낙천적인 안토니나는 지금의 삶이 누리는 행운에 집중했다. 1939년 폴란드 상황에서 이처럼 행복한 결혼생활, 건강한 아들, 만족스러운 직업에 감사할 수 있는 여성은 그리 많지 않았다. 더군다나 그녀에겐 의붓자식으로 여기는 수많은 동물들까지 있었다. 축복감과 생동감으로 가득 찬 안토니나는 8월 초에 아들 리시, 리시를 돌보는 나이 먹은 보모, 세인트버너드 종인 개 조시카를 데리고서 작고 인기 많은 휴양지 레옌투프카로 휴가를 떠났다. 얀은 바르샤바에 남아 동물원을 관리하기로 했다. 현기증으로 횃대에서 자주 떨어지는 나이 많은 분홍색 유황앵무 코코도 데려가기로 했다. 코코가 가슴팍의 털을 뽑아대는 신경질적인 버릇이 있어 목에 금속 목걸이를 씌워두었는데 결국 불만을 토로하는 확성기 모양이 되었다. 안토니나는 코코가 "숲에서 신선한 공기를 마시고 야생 뿌리와 잔가지를 먹어" 병이 낫고 예전처럼 화려한 깃털을 갖게 되길 바랐다. 이제 완전히 자란 스라소니들은 집에 남겨두었지만, 새로 온 아기 오소리 보르수니오('꼬마 오소리'라는 의미)는 집에 내버려두기엔 너무 어려 함께 데려갔다. 무엇보다 리시가 온통 전쟁이야기뿐인 바르샤바에서 벗어나 교외에서 맘껏 뛰놀게 하고 싶었다. 이 마지막 여름을 아이도 그녀 자신도 둘 다 즐기길 바랐다.

자빈스키 부부의 시골집은 부크 강변의 넓은 습지에서 6.5킬로미터, 부크 강 지류인 종드종 강에서는 불과 몇 분 거리인, 숲속 빈터에 자리 잡고 있었다.⁴ 안토니나와 리시가 별장에 도착한 것은 뜨거운 여름날이었다. 송진 냄새가 공기를 떠돌고, 꽃이 만발한 아카시아와 페튜니아가 물결을 이루고 있었다. 햇살의 마지막 광선이 고목의 끝을 비추었고, 숲의 더 낮은 지역에는 이미 어둠이 내렸다. 매미의 날카로운 외침에 뻐꾸기의 낮은 울음소리, 굶주린 암모기의 윙윙대는 소리가 뒤섞였다.

잠시 후 안토니나는 작은 베란다에 드리운 포도덩굴 그늘 아래서 은은한 포도의 꽃향기에 취해 있었다. "희미해서 거의 느끼기 힘든 꽃향기였지만 장미보다도, 라일락이나 재스민보다도 멋진 향기였다. 들판의 황금 루핀의 최고로 달콤한 향기보다도 멋지다. 무성한 풀밭을 지나 몇 발짝만 가면 [……] 울창한 숲이 하늘 높이 솟아 있고, 참나무의 연초록 사이에 하얀 자작나무가 여기저기 잠식해 있었다[……]." 안토니나와 리시는 바르샤바에서 족히 몇 광년은 떨어진 듯한 평온한 초록 세상에 차츰 빠져들었다. 물리적인 거리만이 아니라 개인적으로 느끼는 내면적인 거리도 엄청났다. 시골집에는 라디오조차 없었고 자연만이 교훈과 뉴스와 놀 거리를 제공했다. 숲에 들어가 사시나무 개수를 세는 것이 이 지역에서 인기 있는 소일거리에 포함되었다.

여름마다 그들은 이곳 시골집을 찾았다. 시골집에는 접시며 냄비, 빨래통, 침대시트, 넉넉한 건량(乾糧)이 갖춰져 있었다. 그들은 인간과 동물의 앙상블을 만들어, 작은 집을 신명나는 공간으로 탈바꿈시켰다. 베란다에 새장을 세워놓고, 앵무새에게 오렌지를 먹이고 나니, 리시가 오소리 보르수니오에게 끈 달린 굴레를 씌우고 산책을 나가자고 꼬드겼다. 보르수니오는 못 이기는 척 따라나섰지만 속도로는 오히려 리시를 끌고 다니는 형국이었다. 안토니나가 돌보는 다른 동물들과 마찬가지로 보르수니오도 안토니나를 좋아했다. 안토니나는 보르수니오를 '의붓아들'처럼 여겼다. 이름을 부르면 달려오도록 가르쳤고, 강에서 함께 물놀이 하는 법, 침대 위로 올라가 병 우유 마시는 법을 가르쳐주었다. 보르수니오는 용변 보러 가겠다는 표시로 현관문을 긁는 방법을 스스로 터득했고, 사람처럼 빨래통에 반듯이 앉아 목욕하면서 앞발로 가슴에 거품물을 끼얹었다. 안토니나의 일기를 보면 타고난 동물적 본능, 배우고 익힌 인간의 습성, 개체의 독특한 개성이 보르수니오에게서 어떻게 혼합되었는지 기록되어 있다. 이를테면 용변 처리 원칙에 얼마나 철저한지 녀석은 집 좌우에 용변 보는 구멍을 파놓고는, 멀리 산책을 나갔다가도 용무가 생기면 전속력으로 달려오곤 했다. 어느 날 보르수니오가 보이지 않았다. 옷장 서랍, 안토니나의 침대시트와 솜이불 사이, 보모의 여행가방 등 평소 낮잠 자는 모든 공간들을 확인해봤지만 허사였다. 마침내 리시의 침실로 가서 몸을 굽히고 침대 밑에서, 보르수니오가 리시의 유아용 변기 뚜껑을 열고, 흰 에나멜 용기 위로 올라가 용도대로 사용하는 모습을 발견했다.

여름휴가가 끝나갈 무렵, 리시의 친구 마레크와 슈비셰크(프라스키공원 건너편에 사는 의사의 아들들)가 발트 해의 헬 반도에서 집으로 돌아가는 길에 시골집에 들렀다. 아이들은 그디니아 항구에 정박한 수많은 배, 훈제생선, 항해 여행, 부두에서 본 온갖 색다른 것들에 대해 시간 가는 줄 모르고 이야기를 나눴다. 밤이 깊도록 안토니나는 희미한 불빛이 비치는 거실에 앉아 아이들이 현관 계단에 앉아 나누는 여름 모험담을 들었다. 안토니나는 리시에게, 3년 전 방문했던 발트 해가 부딪히는 파도와 정오의 매끄럽고 뜨거운 모래를 포함한 아련한 기억으로만 남아 있다는 것을 알아차렸다.

"믿기지 않겠지만 사람들이 바닷가를 마구 파헤치고 있다니까! 내년에는 민간인이 한 명도 없을 거래." 마레크가 말했다.

"아니, 왜?" 리시가 물었다.

"요새를 짓는대. 전쟁을 하려고!"

형이 노려보자 마레크는 리시한테 어깨동무를 하면서 별것 아니라는 듯 말했다.

"바닷가야 알 게 뭐냐. 보르수니오 얘기나 해줘."

그러자 리시가 이야기를 시작했다. 처음에는 말을 조금 더듬더니 이내 목소리에 활기가 돌고 속도도 빨라지면서 숲속의 약탈자요 장난꾸러기인 보르수니오의 면모를 조목조목 이야기했다. 보르수니오가 잠든 옆집 부인의 침대 위로 기어가서 침대 옆에 놓인 차가운 물통을 쏟아버렸다는 이야기를 할 즈음에 수다는 절정에 이르렀다. 아이들은 일제히 폭소를 터뜨렸다.

"아이들이 웃는 소리를 들으니 기분이 좋았다. 하지만 전쟁을 암시하는 단편적인 단어들이 튀어나와 리시를 자극했다. 아직 리시에게 전쟁은 흐릿한 개념일 뿐이다. 아이는 어뢰나 요새 같은 말을 들어도 장난감을 떠올릴 뿐이었다. 종드종 강변에 모래성을 만들고 주위에 띄운 아름다운 배들을 떠올리고. 카우보이나 인디언이 되어 화살로 솔방울을 맞히는 요즘 홀딱 빠져 있는 놀이도 있다[……]. 하지만 동시에 다른 가능성, **진짜** 전쟁이 일어날 가능성도 있다. 감사하게도 아이는 아직 모르고 있지만."

리시보다 나이가 많은 두 형제도, 안토니나처럼, 전쟁이란 어른들의 일이지 아이들과는 무관하다고 생각했다. 안토니나는 리시가 형들에게 질문을 퍼붓고 싶어하면서도, 멍청해 보이고 싶지 않아서, 더욱 중요한 이유로는, 철없는 꼬마처럼 보이고 싶지 않아서 잠자코 있음을 감지했다. 그것은 혹어 터질세라 모두가 두려워하는 발밑의 보이지 않는 수류탄에 대한 것이었다.

"순진한 아이들 입에서 저런 이야기가 나오다니." 안토니나는 햇볕으로 구릿빛이 된 세 아이들의 얼굴이 커다란 석유램프 불빛으로 번들거리는 모습을 흘긋 보며 상념에 잠겼다. 아이들의 안전을 생각하니 "서글퍼져서, 전쟁이 일어나면 아이들은 어떻게 될까?" 질문을 다시 던져보았다. 지난 몇 달 동안 애써 부인하고 회피하고, 반복해온 질문이었다. 그녀는 마침내 스스로에게 이렇게 확신시켰다. "우리의 동물공화국은 폴란드에서 가장 번화하고 떠들썩한 곳에, 수도의 보호를 받는 작은 자치 정부로 존재한다. 동물원 안의 생활은 세상과 단절된 고립된 섬에 있는 것과 마찬가지다. 유럽을 휩쓰는 사악한 풍랑이 우리의 작은 섬까지 뒤덮지는 못할 것이다." 모든 것에 어둠이 스며들어 사물의 윤곽마저 사라지면, 활개 치는 불안이 그녀를 괴롭혔다. 아들의 삶이라는 천에 구멍이라도 나는 순간 꿰매주리라는 마음은 간절하지만, 상황이 해결되기를 기다릴 수밖에 없었다.

안토니나는 시골생활을 알차게 마무리하고자 다음날 아침 버섯채취단을 꾸리고, 붉은젖버섯·그물버섯·양송이를 가장 많이 따오는 사람한테 줄 상과 명예도 준비했다. 모은 버섯은 절여서 단지에 보관할 생각이었다. 정말로 전쟁이 일어나 겨울에 절인 버섯을 빵에 얹어 먹게 되면, 강에서 수영하고 보르수니오의 별난 짓으로 즐거웠던 시골집의 날들을 함께 기억하게 되리라. 버섯채취단은 부크 강까지 6.5킬로미터를 걸었다. 리시는 이따금 목말을 탔고, 조시카는 총총걸음으로 따랐고, 보르수니오는 배낭 안에 몸을 실었다. 도중에 멈춰 풀밭에서 도시락을 먹고, 보르수니오와 조시카를 골키퍼로 세우고 축구도 했다. 보르수니오가 가죽 공을 이빨과 발톱으로 붙잡으면 놓지 않으려고 맹렬하게 버티긴 했지만.

안토니나는 대부분의 주말에 리시를 보모와 함께 시골집에 남겨두고 바르샤바로 가서 얀과 이삼 일을 같이 지냈다. 1939년 8월 24일 화요일, 독일이 침략하면 폴란드를 돕겠다는 영국의 의지를 거듭 확인한 그날, 안토니나는 여느 때처럼 바르샤바를 방문했다가 충격적인 광경과 마주쳤다. 도시를 빙 둘러 대공포가 설치되었고 시민들은 참호를 파고 방어벽을 세우고 있었다. 무엇보다 놀라게 한 것은 임박한 징집을 알리는 포스터였다. 바로 전날, 독일 외무장관 리벤트로프와 소련 외무장관 몰로토프가 양국이 불가침조약에 날인했음을 공표해 전 세계를 경악하게 했었다.

"모스크바와 베를린을 가르는 건 폴란드뿐이다." 안토니나는 그런 생각을 했다.

당시에는 안토니나도 얀도 독소불가침조약의 비밀조항에 대해서 알지 못했지만, 양국이 폴란드를 분할 점령하고, 원하는 대로 농경지를 나누어 갖는다는 내용이 포함되어 있었다.

"외교관들은 워낙 속내를 알 수 없다. 어쩌면 그냥 엄포를 놓은 것인지도 모른다."이렇게도 생각해보았다.

얀은 폴란드에는 독일과 겨룰 비행기나 무기, 전쟁장비가 없다고 판단했고, 부부는 리시를 좀 더 안전한 어딘가로 보낼 방법을 진지하게 논의했다. 군사적으로 이해관계가 전혀 없는 그런 마을이 있다면 말이다.

안토니나는 "긴 꿈에서 깨어난 것 같은, 아니면 악몽 속으로 들어가는 것 같은" 느낌이었다. 어느 쪽이든 심리적인 지진에 다름아니었다. 바르샤바의 정치적 소란에서 멀리 떨어진 시골집에 있다 보면, 다시 말해 "평온하고 단조로운 전원생활, 하얀 모래 언덕과 수양버들의 조화"안에서 고치 속 누에처럼 감싸인 채, 별난 동물들과 작은 소년의 모험으로 하루하루에 생기가 돋는 생활을 하다 보면, 세상일 따위는 무시할 수 있을 것 같았다. 아니, 적어도 낙관주의를 유지할 수는 있을 줄 알았다. 그것이 고지식할 정도로 순진한 생각이라 해도.

4

1939년 9월 1일, 바르샤바

동트기 직전, 안토니나는 멀리서 들려오는 소음에 잠이 깼다. 잠결에 듣기에는 철제 활송(滑送) 장치에 자갈을 흘려보내는 듯한 소리였다. 잠이 깬 그녀의 뇌는 그것이 비행기 엔진 소리임을 금방 간파했다. '기동훈련 중인 폴란드 비행기였으면.' 안토니나는 기도하는 마음으로 테라스로 걸어가 기묘하게 어두운 하늘을 살폈다. 하늘에는 일찍이 본 적 없는 묘한 베일이 드리워 있었다. 구름이 아니라 황금색과 흰색이 섞인 광택 같은 것이 커튼처럼 지상 낮은 곳에 걸쳐져 있었다. 연기도 안개도 아닌 것이 수평선 끝에서 끝까지 쭉 뻗어 있었다. 제1차 세계대전 참전용사이자 예비역 장교인 얀은 불침번을 섰는데 정확히 어디 있는지는 그녀로서 알 길이 없었다. 그저 "동물원 밖 어딘가", 안토니나에게 심리적 해자나 마찬가지인 비스와 강 건너 도시를 에워싼 협곡 어디께라고만 짐작했다.

"수십 대, 어쩌면 수백 대일지도 모르는 비행기가 윙윙 돌아가는 소리"가 들렸다. "멀리서 들리는 파도소리, 그것도 평온한 파도가 아니라 폭풍우 치는 날 해변을 강타하는 거친 파도소리" 같았다. 잠시 소리에 귀기울이던 안토니나는 독일 폭격기 특유의 으르렁거리는 소음을 감지했다. 전후에 런던 시민들이 꼭 "너 어딨어? 너 어딨어? 너 어딨어?"하며 으르렁대는 듯했다고 증언한 바로 그 소리였다.

오전 8시에 얀이 흥분한 모습으로 집에 돌아왔지만 그가 알고 있는 것도 피상적인 정보뿐이었다. "기동훈련 소리가 그렇게 들릴 리가 없어. 독일 폭격기 루프트바페일 거야. 진격하는 독일군을 호위하는 것이겠지. 당장 떠나야 해." 얀이 말했다. 리시와 보모는 안전한 레옌투프카에 있었으므로, 부부만 사촌들이 사는 인근 마을 잘레시에로 가기로 하고 정확한 소식을 듣기 위해 라디오에 귀를 기울였다.

9월 1일은 여름방학을 끝낸 폴란드 아이들이 처음 등교하는 날이었다. 평상시라면 교복에 책가방을 멘 아이들이 인도에 가득했을 터였다. 하지만 테라스에서 보니 아이들 대신 군인들이 사방을 질주하고 있었다. 길에서, 잔디밭에서, 심지어 동물원 안까지 들어와 소대별로 장벽을 세우고, 장벽을 따라 대공포를 설치했다. 높게 쌓아둔 대포탄환은, 동물이 싸놓은 것처럼 한쪽 끝으로 갈수록 가늘어졌다.

동물들은 아직 위험을 감지하지 못한 모양이었다. 동물원 동물들은 작은 불꽃 정도로는 겁을 먹지 않았다. 오랫동안 가정용 모닥불을 보아왔기에 안전하다는 것을 알았다. 그러나 갑작스레 몰려온 군인들을 보고는 겁을 먹기 시작했다. 이른 아침에 동물들이 보는 사람이라곤 낯익은 파란색 유니폼을 입고 손에 음식을 든 사육사들뿐이었기 때문이다. 스라소니들은 울부짖음과 흐느낌의 중간이라 할 수 있을 목울림 소리를 내기 시작했고, 표범은 낮게 으르렁거렸고, 침팬지는 깽깽거렸다. 곰들은 경박한 당나귀처럼 시끄럽게 울어댔고, 재규어는 목에 뭔가 걸렸을 때처럼 헛기침 비슷한 것을 반복했다.

오전 9시쯤 얀과 안토니나는, 히틀러가 침략을 정당화하려고, 폴란드군이 독일 국경 마을 글라이비츠를 선제공격한 것처럼 자작극을 벌인 사실을 알게 되었다. 나치 친위대가 폴란드 군복을 입고 들이닥쳐 현지 라디오 방송국을 장악한 뒤 독일과 전쟁에 돌입한다는 허위 선전포고를 한 것이었다. 자작극을 목도하도록 외국 기자들을 끌어들였으나, 기자들은 폴란드 군복을 입힌 죄수들의 시신을 보고도 빤한 속임수에 넘어가지 않았다. 그럼에도 새벽 4시 독일 전함 슐레스비히-홀슈타인이 그단스크 인근 보급창을 폭격하기 시작했고, 러시아의 붉은 군대 역시 동쪽에서 침략 준비를 시작했다.

급히 짐을 챙긴 안토니나와 얀은 빌라를 나와 다리를 건넜다. 비스와 강 건너 남동쪽으로 20킬로미터 떨어진 잘레시에 마을까지 도달하기를 희망하면서. 즈바비치엘 광장에 가까워졌을 무렵, 엔진 소리가 커지는가 싶더니 이내 비행기가 머리 위를 날아다녔다. 지붕들 사이로 지나가는 비행기의 모습이 마치 환등기로 보는 슬라이드 같았다. 획획 소리를 내며 투하된 폭탄이 거리 여기저기에 떨어졌다. 검은 연기가 피어오르더니 곧 산산이 부서진 기와들이 쏟아져 내렸고, 회반죽으로 고정시킨 벽돌들 역시 요란한 소리를 내며 무너졌다.

폭탄은 떨어질 때마다 다른 냄새가 났다. 어느 지점에 떨어져 무엇을 연기로 만들어버리느냐에 따라 공기 중에 흩어지는 입자가 달라지고 결과적으로 인간의 후각이 감지하는 냄새도 달라졌다. 냄새 입자들이 방출되는 순간, 인간의 후각은 만여 가지 다른 냄새를 민감하게 구별해낸다. 오이 냄새부터 바이올린 줄에서 나는 송진 냄새까지. 빵집이 폭격을 당하자 뽀얗게 솟아오른 먼지구름에서 시큼한 이스트 냄새부터 계란·당밀·호밀 냄새가 났다. 향신료로 쓰는 정향·식초·타는 고기 냄새가 뒤섞여 있으면 정육점이었다. 까맣게 탄 살과 소나무 냄새가 나면, 맹렬한 화력을 자랑하는 소이탄이 가정집에 떨어졌으며 집 안에 있던 가족들이 빠른 속도로 타죽었다는 의미였다.

"돌아가야겠어." 얀이 말했다. 부부는 구시가지의 벽들을 지나 휘파람소리가 나는 금속제 다리를 허둥지둥 건넜다. 동물원으로 돌아온 안토니나는 다음과 같이 기록했다. "너무 우울해서 아무것도 할 수 없었다. 직원들에게 지시를 내리는 얀의 목소리만 듣고 있었다. '마차 가져와서 음식이랑 석탄 싣고, 따뜻한 옷가지 챙기고, 곧장…….'"

얀에게 군사적 이해관계가 없는 안전한 마을을 찾는 문제는, 생각지도 못한 미지수들이 산재한 방정식이었다. 그도 안토니나도 독일이 폴란드를 침공하리라고는 생각하지 않았던 것이다. 부부는 걱정하면서도 "겁을 주려는 위협용 행동"이라는 데 동의했다. 은밀한 압력임에는 분명하지만 임박한 전쟁의 징조는 아니라고 본 것이었다. 안토니나는 자신들이 어쩌다가 그렇게 잘못된 추측을 했는지 의아스러웠다. 얀은, 자신은 동물원에 남아 가능한 한 오래 동물들을 돌보며 추이를 보고 가족들은 어딘가 안전한 곳으로 피신시키는 데 집중했다.

"바르샤바 공격은 곧 끝날 거야. 그런 다음에 독일 군대는 계속 동진할 거고. 그러니 당신은 레옌투프카 시골집으로 돌아가는 것이 최선인 것 같아." 얀의 판단이었다.

얀의 말을 곰곰 생각해본 안토니나는 불안한 마음이 없지는 않았지만 그렇게 하기로 결심했다. "그래요. 적어도 우리가 잘 아는 장소고, 리시가 즐거운 추억을 떠올릴 수 있는 장소니까요." 사실, 안토니나로서는 확신 없이 얀의 육감만 믿고 짐을 꾸렸다. 피난이 장기화될 경우에 대비해 수레에 이런저런 물건을 싣고, 도로에 사람들이 많아지기 전에 서둘러 출발했다.

휴양지인 레옌투프카는 바르샤바에서 40킬로미터밖에 떨어져 있지 않았지만, 안토니나와 수레꾼은 일곱 시간이 걸려서야 도착했다. 거리에는 수천 명의 사람들이 이동하고 있었는데 대다수는 걷고 있었다. 군에서 승용차·트럭·말을 대부분 징발했기 때문이었다. 망연자실한 낯빛의 여자·아이·노인 들이 가능한 물건들을 챙겨들고 황급히 도시를 빠져나가고 있었다. 유모차·수레·손수레를 밀고 가는 사람, 여행가방을 끌고 가는 사람, 아이 손을 꼭 붙들고 가는 사람, 모두 제각각이었지만 옷을 몇 겹으로 껴입고 배낭·가방·신발 따위를 몸에 사선으로 걸치거나 목에 대롱대롱 걸고 가는 모습은 한결같았다.

도로 옆으로는 커다란 포플러나무·소나무·가문비나무가 늘어섰고 굵은 가지에는 갈색 겨우살이 뭉치들이 얹혀 있었다. 전신주 위에 둥지를 튼, 희고 검은 황새들이 아프리카로 가는 고된 비행을 위해 여전히 살을 찌우고 있었다. 얼마 안 가서 길 양쪽으로 들판이 펼쳐졌다. 곡식들이 반짝이고 치렁치렁 늘어져 하늘을 향하고 있었다. 안토니나는 흘러내리는 땀줄기, 뒤엉킨 호흡, 혼탁한 공기에 관해 썼다.

멀리서 폭풍우처럼 요란한 굉음이 들리고, 수평선에 모기떼처럼 자욱한 먼지가 일더니 순식간에 독일 비행기가 거대한 모습을 드러냈다. 머리 위에서 저공비행을 하며 영공을 휘젓는 가운데, 사람들을 공포로 몰아갔고 말들도 마찬가지였다. 탄환이 세차게 퍼부어 모두들 날아다니는 먼지 구름을 통과해 서둘러 나아갔다. 운 나쁜 이는 쓰러졌고, 그나마 운 좋은 이는 탄환 속을 뚫고 도망쳤다. 죽은 황새와 개똥지빠귀와 떼까마귀들이 나뭇가지며 떨어진 손가방과 뒤섞여 길가에 널브러졌다. 탄환에 맞느냐 마느냐는 순전히 운에 달렸고, 일곱 시간 동안 안토니나에게 운이 따라주었다. 하지만 이미 죽은 생명과 죽어가는 생명의 장면들이 뇌리에 새겨지는 것은 피할 수 없었다.[5]

그래도 아들 리시가 레옌투프카에 있어, 이러한 좀처럼 지워지지 않을 광경을 목도하지 않아도 되니 다행이었다. 특히 어린 아이들의 뇌는 부지런히 세상에 대한 정보를 수집하고 이를 통해 기대되는 바를 배운 다음, 이 진실들을 엄청난 수의 연관관계에 따라 적절한 지점에 수놓는다. 이런 참담한 광경을 목격한다면 아이의 뇌는 스스로에게 이렇게 말할 것이다. '평생 이런 세상을 각오해야 한다고. 끔찍한 파괴와 불안이 지배하는 세상을.' "죽지 않는 한, 시련은 우리를 더욱 강하게 만들 것이다."[6] 니체 는 『우상의 황혼』에서 이렇게 말했다. 열을 가하고 두드리고 구 부리고 다시 불리면 점점 단단해지는 사무라이의 칼처럼, 인간 의 의지도 시련 속에 단련된다는 의미다. 하지만 어린 아이라는 금속을 두드리면 어떻게 될까? 안토니나는 일기에서 아들에 대 한 걱정과 함께 독일인의 만행에 대한 도덕적 분노를 표출했다. 독일인들은 "현대화된 전쟁, 과거 우리가 알았던 전쟁과는 현격 히 다른 이 전쟁에서, 여자·어린이·민간인을 무참히 살육하고 있다."

먼지가 가라앉고 푸른 하늘이 다시 모습을 드러내자, 폴란드 전투기 두 대가 들판 위에서 육중한 독일 폭격기를 공격하는 모 습이 눈에 들어왔다. 멀리서 보니 독수리를 쫓아내려고 격렬하 게 싸우는 굴뚝새가 연상되었다. 사람들은 폴란드 전투기가 연 기를 내뿜으며 폭격기를 공격할 때마다 환호했다. 저렇게 민첩 한 공군이라면 당연히 루프트바페를 격퇴할 수 있지 않을까? 창 백한 햇빛 속에서 섬광이 번쩍하더니 별안간 독일 폭격기가 핏 빛 화염을 토하고, 급격한 곡선을 그리며 땅으로 추락했다. 그리 고 소나무 꼭대기에서 하얀 해파리 한 마리가 떠올랐다. 낙하산 에 매달려 이리저리 움직이던 독일 조종사가 보랏빛이 감도는 푸른 하늘을 배경 삼아 서서히 땅으로 내려왔다.

여느 폴란드 사람처럼 안토니나도 사태의 심각성을 깨닫지 못 하고, 최상의 훈련을 받았다고 호언장담하는 폴란드 공군과 용 감하다고 소문이 자자한 조종사들(특히 당시 바르샤바 방위를 맡은 포슈치고바 여단의 조종사)을 철석같이 믿었다. 실상을 들여다보면, 폴란드 공군은 수적으로도 열세인 데다 고물이나 다름없는 구식 PZL P.11 전투기는, 빠르고 방향전환도 자유로운 독일의 융커스 JU-87 슈투카와는 상대가 안 되었다. 폴란드의 PZL. 23 카라시 경폭격기는 워낙 느린 속도로 독일 탱크를 향해 덤벼드는 바람에 어이없이 대공포에 희생되곤 했다. 안토니나는 독일이 폴란드를 상대로 훗날 블리츠크릭(Blitzkrieg), 즉 전격전(電擊戰)이라고 불리게 될 새로운 통합군사작전을 시험 중이라는 사실도 알지 못했다. 이는 모든 부대(탱크·전투기·기갑부대·포병대·보병)가 일제히 움직여 기습공격을 가하는 방식으로 적에게 심리적 충격을 주어 대응 능력을 마비시키는 군사작전이었다.

마침내 레옌투프카에 도착해서 보니 여름철 손님이 모두 빠져나가 유령도시나 다름없는 상황이었다. 상점은 모두 문을 닫았고 심지어 우체국까지 닫혀 있었다. 지치고 먼지까지 뒤집어쓴 안토니나는 키 큰 나무들로 둘러싸여 조용히 불을 밝힌 시골집으로 수레를 몰고 갔다. 흙·풀·썩은 나무·송유(松油) 냄새가 뒤섞인 편안하고 익숙한 향기가 그녀를 맞아주었다. 아들 리시를 꼭 끌어안고 보모에게도 인사를 건네는 안토니나의 모습을 누구나 그려볼 수 있으리라. 메밀·감자·수프로 저녁식사를 하고, 짐을 풀고, 목욕하고 난 그녀는 여느 여름처럼 별다를 것 없는 일상을 갈망했지만 불안한 마음을 진정시킬 수도, 불길한 예감을 억누를 수도 없었다.

이후 며칠 동안 그들은 종종 현관에 서서, 횡대로 정렬한 채 하늘을 검게 뒤덮은 독일 비행기가 바르샤바 방향으로 몰려가는 모습을 지켜보곤 했다. 그 어김없는 규칙성이 안토니나를 혼란스럽게 했다. 매일 새벽 5시에 일제히 이동했다가 해 질 무렵 돌아가는 비행기가 정확히 어디를 폭격하고 가는 것인지 그녀로서는 알 수 없었다.

주변 풍경도 낯설기는 마찬가지였다. 가을에 피서객도 애완동물도 없는 레옌투프카를 방문한 적이 없었던 것이다. 껑다리 린덴나무는 청동색으로, 참나무는 탁한 피를 연상시키는 타오르는 적갈색으로 변했다. 녹색이 조금 남은 단풍나무 위에서 저녁 콩새라고도 불리는 연미복밀화부리가 날개 달린 씨앗을 먹느라 분주했다. 모래로 덮인 도로변에는 털붉나무 관목들이 사슴뿔처럼 잔털 덮인 가지들을 드러냈고, 잔털 덮인 붉은 열매의 옥수수처럼 생긴 송이들도 드러냈다. 푸른색 치커리, 갈색 큰잎부들, 흰색 큰장대, 분홍색 엉겅퀴, 주황색 조밥나물, 선황색의 미역취 등 형형색색의 꽃들이 초원을 가을빛으로 물들였다. 미풍이 불어와 줄기를 휘게 하면 벨벳 카펫 위로 손이 지나가는 것처럼 풍경이 달라졌다.

9월 5일, 얀이 기차를 타고 시골집으로 왔다. 어두운 안색을 보고 안토니나는 남편이 "많이 낙담하고 당황한 상태임을" 알 수 있었다.

"동프로이센 쪽에서 진격한 독일 비행대대가 곧 레옌투프카에 도착한다는 소문을 들었어. 하지만 아직 선봉대가 바르샤바에 도착하지 않은 상태야. 시민들은 서서히 공습에 익숙해지고 있어. 우리 군대가 무슨 일이 있어도 수도는 지킨다는 각오로 최선을 다하고 있으니까 집으로 돌아가는 편이 낫겠어."

아주 확신에 찬 목소리는 아니었지만 안토니나는 남편의 의견을 따르기로 했다. 얀의 예감은 주로 적중하는 편인 데다 훌륭한 전략가라는 점도 있었지만, 이럴 때일수록 가족이 함께 지내며 서로 위로하고 걱정과 불안을 나누면 한결 나을 거라는 생각도 있었다. 다시 간선도로로 이동하는 것은 생각도 못할 일이었다.

자빈스키 가족은 밤중에 창문을 가린 완행열차를 타고 이동하여 새벽의 흐릿한 여명 속에 바르샤바에 도착했다. 태양이 수평선 위로 모습을 드러내기 전, 공습도 잠시 소강상태에 접어든 시간이었다. 안토니나의 일기를 보면 기차역에 마차가 대기 중이었다. 바람 없이 잔잔한 날씨에 축축한 공기, 과꽃 울타리, 알록달록한 단풍, 삐걱대는 마차 굴대, 따각따각 포석에 말굽 부딪히는 소리, 여느 날과 다름없는 분위기였다. 마차를 타고 집으로 향하는 내내 뭔가에 홀린 기분이었다. 잠시 타임머신을 탄 듯 기계화 이전의 과거, 태곳적 고요 속으로 깊이 빠져들었다. 전쟁이 비현실적인 허구처럼 아득하게, 멀리서 빛나는 희미한 달빛처럼만 느껴졌다.

그러나 프라가 지구의 동물원 정문에 내리자 처참하게 파괴된 도시 모습이 눈에 들어오면서 정신이 번쩍 들었다. 폭격으로 아스팔트가 산산이 부서졌고, 목조 건물들은 뭉텅이로 군데군데 떨어져나간 상태였다. 대포바퀴가 깔아뭉갠 잔디밭에는 깊은 홈이 드러났고, 오래된 버드나무와 린덴나무에는 부러진 굵은 가지들이 대롱대롱 매달려 있었다. 눈앞에 펼쳐진 황량함이 아들에게 전염이라도 될까 안토니나는 리시를 꼭 끌어안았다. 불행하게도 동물원은 비스와 강에 놓인 여러 다리에서 멀지 않은 곳에 위치했다. 사람들의 왕래가 잦은 다리들은 당연히 독일군의 주요 표적이었다. 게다가 폴란드 군대까지 주둔하는 바람에 동물원은 독일군의 최우선 목표물이 되다시피 하여 며칠 동안 계속해서 공격받았다. 그들은 무너진 잔해 사이로 조심조심 발을 디디어, 빌라와 폭격으로 움푹 꺼진 뜰에 들어섰다. 말발굽에 짓뭉개진 화단이 눈에 들어왔다. 안토니나는 "색색의 눈물방울처럼" 짓밟혀 땅속에 박힌 작고 연약한 꽃받침들을 오래도록 바라보았다.

동이 트자마자 소강상태였던 전쟁도 활개 치기 시작했다. 정문 현관에 서니, 협곡에서 메아리치는 폭발음이며 건물의 철제 도리가 부러지는 소리에 간담이 서늘했다. 갑자기 땅이 흔들리더니 발밑이 푹 꺼졌다. 황급히 집 안으로 피했지만 지붕을 떠받친 기둥·바닥·벽이 모두 흔들리고 있었다. 대형 고양잇과 동물 우리에서 들리는 사자의 신음소리, 호랑이의 구슬픈 울음소리가 점점 커졌다. 안토니나는 사자며 호랑이 어미들이 "공포에 질려 어린 새끼의 목덜미를 물고, 새끼를 숨길 안전한 장소를 찾아 초조하게 서성이고 있었을 것"이라고 짐작했다. 코끼리가 나팔소리 같은 울음을 뿜어대고, 하이에나들은 겁에 질려 딸꾹질을 하고 숨을 헐떡였다. 아프리카 사냥개는 섬뜩하게 짖어댔고, 붉은 털원숭이들은 흥분하여 서로 뒤엉켜 싸우고 있었다. 흥분한 동물들의 날카로운 외침이 대기를 갈랐다. 이런 소란 속에서도 사육사들은 동물들에게 물과 음식을 가져다주고 우리의 빗장이며 자물쇠를 확인했다.

루프트바페의 공습 도중 반 톤짜리 폭탄이 북극곰이 생활하는 언덕 위로 떨어졌다. 충격으로 담장·해자·방책이 무너지고 겁먹은 동물들이 밖으로 뛰쳐나왔다. 피를 흘리며 무너진 우리 주변을 맴도는 곰들을 폴란드 소대가 찾아내 즉시 사살했다. 사자와 호랑이를 비롯한 맹수들도 탈출할 가능성이 있었다. 결국 군인들은 가장 공격적인 놈들을 죽이기로 결정했고, 투징카의 아버지인 수컷 코끼리 야시도 사살대상에 포함되었다.

현관에서 안토니나는 현장을 잘 볼 수 있었다. 마당 저편 웅덩이 옆에 군인들이 모여 있고 동물원 직원 몇 명도 근처에 와 있었다. 한 사람은 울고 있었고 나머지는 굳은 표정으로 침묵을 지켰다.

"지금까지 죽인 동물들이 얼마나 될까?" 안토니나는 자문해보았다.

항의하거나 가슴 아파할 시간조차 없이 일이 진행되었다. 살아남은 동물들에게 도움이 필요했으므로 안토니나와 얀은 사육사들을 도와 동물들을 먹이고, 치료하고, 달래는 일에 최선을 다했다.

"적어도 사람들은 생필품을 꾸려 피난을 가고, 뭐든 할 수 있다." 안토니나는 이렇게 생각하며 한숨을 내쉬었다. "독일이 폴란드를 점령하면 도움이 필요한 이곳 동물들의 생활은 어떻게 될까? ……동물들은 우리보다 훨씬 열악한 상황에 놓여 있다. 우리한테 전적으로 의존하고 있기 때문이다. 동물원을 다른 데로 옮긴다는 건 상상도 못할 일이다. 더군다나 동물원은 아주 복잡한 유기체이다." 전쟁이 금방 끝난다 해도 여파는 만만치 않으리라고 그녀는 속으로 생각했다. 동물원 운영에 필요한 돈과 음식을 어디서 구할 것인가? 최악의 시나리오를 떠올리지 않으려 애쓰면서, 그럼에도 안토니나와 얀은 건초·보리·건과일·밀가루·건빵·석탄·나무를 추가로 구입했다.

9월 7일 폴란드 장교가 현관문을 두드렸다. 그는 신체 건강한 남자(당시 마흔 두 살이었던 얀도 포함되었다)는 모두 북서전선에 배치된 군대에 합류해야 하며, 모든 민간인은 즉시 동물원을 비우고 떠나야 한다고 정식으로 통보했다. 안토니나는 급히 짐을 챙겨 리시와 함께 다시 강을 건넜다. 이번에는 바르샤바 서쪽 카푸친스카 거리 3번지, 아파트 건물 4층에 위치한 올케의 집에서 머물기로 했다.

5

한밤중. 카푸친스카 거리의 작은 아파트 건물에서 안토니나는 낯선 소음을 들었다. 독일 포병대에서 들려오는 쇠 부딪히는 소리였다. 다른 어딘가에서 그녀 또래의 여자들은 나이트클럽에 가서 글렌 밀러의 곡에 맞춰 춤을 추고 있었다. '진주 목걸이'나 '작은 갈색 병' 같은 제목을 가진 흥겨운 노래들에 맞추어. 길가 싸구려 술집에 설치된, 새로 발명된 주크박스 음악에 맞춰 춤추는 이들도 있었다.[7] 부부들은 보모에게 아이를 맡기고서 1939년 개봉 영화를 보러 극장으로 향하고 있었다. 그레타 가르보 주연의 〈니노치카〉, 장 르누아르 감독의 〈게임의 규칙〉, 주디 갈런드 주연의 〈오즈의 마법사〉 같은 신작 영화를 감상하러. 가족들은 차를 타고 郊외로 나가 화려한 가을 단풍을 즐기고 추수감사절에는 사과케이크와 튀긴 옥수수를 먹었다. 많은 폴란드 사람들에게 삶은 잔여물, 즉 원료에서 즙을 짜내고 남은 찌꺼기가 되었다. 나치 점령기에 사람들은 일상생활의 흥취를 대부분 상실한 채 현실이라는 덫에 빠졌다. 그 현실에서 중요한 것은 당장의 생존에 필요한 생필품뿐이었고, 그것에 개인의 에너지·시간·돈·생각을 쏟아부어야 했다.

다른 동물의 어미들처럼 안토니나도 자식을 위한 안전한 피난처를 찾는 데 점차 절망감을 느꼈다. "하지만 그들과 달리 나는 리시를 입에 물고 안전한 둥지로 데려가는 재주는 없었다"고 안토니나는 일기에 기록했다. 아파트 4층인 올케의 집에 계속 머물 수도 없었다. "건물이 무너지는데 위층에 있어서 도망치지 못하면 어쩔 것인가?" 전등갓을 파는 작은 가게가 있는 1층으로 옮기는 것이 최선이겠다고 결정했다. 그녀가 가게에 들어와도 된다고 주인을 설득할 수 있다면 말이다.

안토니나는 리시를 안고서 4층에서부터 어두운 계단을 내려가 1층 문을 두드렸다. 문이 열리고 두 명의 노부인, 차데르스카 부인과 스토코프스카 부인이 나타났다.

"어서 들어와요, 어서." 안토니나가 들어가자 두 부인은 복도를 재빨리 둘러보고 급히 문을 닫았다.

직물, 아교, 페인트, 땀, 그리고 오트밀 요리 냄새가 섞인 어수선한 가게 안으로 들어서서 눈앞의 풍경에 고개를 돌리니, 낯설고 새로운 대륙이 나타났다. 산호초 같기도 하고 천문관 같기도 했다. 판매용 전등갓들이 천장에 매달려 있거나, 신전 모양 진열대에 놓여 있거나, 이국적인 연처럼 모여 있었다. 나무 선반에는 슈트루델 과자처럼 둘둘 말린 천·청동액자·수공구·나사·대갈못이 놓여 있었고, 꼭대기 장식들을 유리·플라스틱·나무·금속 등 재료별로 구분해 담은 트레이들도 빛나고 있었다. 당시 이런 가게에서는 여성들이 손으로 천을 바느질해 직접 새 전등갓을 만들었고, 낡은 갓을 수선했으며, 다른 데서 만든 것을 판매하기도 했다.

가게를 구경하다가 당시 유행하는 스타일의 붙박이 가구들이 안토니나의 눈에 들어왔다. 1930년대는 발트 지방의 장식 스타일이 빅토리아풍에서 아르데코풍으로 바뀌던 시기로 전등갓도 예외는 아니었다. 국화무늬가 찍힌 장밋빛 실크로 만든 튤립 모양의 전등갓, 흰색 공단 레이스가 사이사이 길게 들어간 녹색 시폰 전등갓, 상아빛 주름 천으로 만든 기하학적 모양의 전등갓, 연노랑 천을 세로로 길게 대어 만든 나폴레옹 모자 형태의 전등갓, 테두리에 인조보석이 박혀 있고 여덟 면마다 구멍이 뚫린 금속 전등갓, 수사슴을 쫓는 궁수를 아르누보 양식으로 돋을새김한 석고 구체를 꼭대기에 장식한 금운모 전등갓, 그리고 소름처럼 오돌토돌한 다홍색 유리로 만든 반구 모양의 전등갓도 있었는데, 크리스털을 매달아 테두리를 장식했으며, 밑에는 소용돌이로 타고 올라가는 아이비를 돋을새김한 곤돌라가 매달려 있었다. 프랑스어로 고르즈드피종(gorge-de-pigeon)이라고 하는 당시 유행하던 다홍색 유리는, 전통적인 유럽식 와인잔 재료로도 쓰였다. 피전블러드(pigeon blood), 즉 암적색으로 물들인 것인데 어두울 때는 진한 앵두색이지만 불을 켜면 막 껍질을 벗긴 블러드오렌지 빛깔로 달아오른다. 피전블러드는 가장 신선한 피 색깔을 닮은 최상급 루비를 일컫는 단어이기도 하다.

리시가 안토니나의 시선을 방 반대쪽으로 이끌었다. 놀랍게도 행색이 추레한 인근의 여자와 아이들이 전등갓에 둘러싸여 앉아 있었다.

"지엔 도브리, 지엔 도브리, 지엔 도브리." 안토니나는 여자들에게 차례차례 인사를 건넸다.

전등갓 가게의 아늑한 분위기를 닮은 그 무엇이 전쟁 통에 집을 잃고 추위에 떠는 난민들을 이곳으로 이끌었다. 식량, 석탄, 잠자리를 기꺼이 남들과 나누는 할머니 같은 두 여성들이 운영하는 이곳으로. 안토니나는 다음과 같이 기록했다.

전등갓을 파는 가게 겸 작업실은 자석처럼 많은 사람들을 끌어들였다. 훌륭한 두 부인 덕분에 우리는 끔찍한 시기를 견딜 수 있었다. 체구가 무척 작은 두 부인은 정말로 따뜻하고 사랑과 인정이 넘쳤다. 여름밤의 따뜻한 등불 같은 이들이었다. 같은 건물 위층에서 내려온 사람, 근처의 다른 집에서 피난 온 사람, 건물이 무너지는 바람에 집을 잃은 사람, 아예 다른 지구에서 온 사람까지 수많은 이들이 두 여성의 따사로움에 매료된 나방처럼 가게로 몰려들었다.

쭈글쭈글한 손으로 음식(주로 오트밀이었다)과 단것, 그림엽서가 든 앨범, 작은 장난감을 내미는 두 부인을 보며 안토니나는 말로 표현할 수 없는 감동을 받았다. 매일 밤, 잠자리를 고를 때면 안토니나는 튼튼한 문틀 아래 놓인 매트리스에 누워 리시를 자기 몸으로 가려준 다음, 우물에 빠진 사람처럼 불안하게 잠들었다. 행복했던 과거가 점점 아득하게만 느껴졌다. 얼마 전만 해도 이듬해를 위한 계획이 어찌나 많았는지. 그러나 지금은 이 밤 자신과 리시가 살아남을 수 있을지, 살아서 얀을 다시 볼 수 있을지, 아들이 다음해 생일을 쇨 수 있을지조차 불확실했다. "끔찍한 현실과 죽음에 대한 생각이 항상 머릿속에 가득했다." 안토니나는 회고록에서 그렇게 말하며 이렇게 덧붙였다.

폴란드의 동맹국은 오지 않았다, 우리를 돕지도 않았다. 우리 폴란드인은 고립된 채 홀로 싸워야 했다. 영국군의 공격 한 번이면 연일 계속되는 독일군의 바르샤바 폭격이 멈췄을 텐데……. 폴란드 정부와 관련된 침울한 소식까지 들려왔다. 시미그위 군사령관과 정부 관료들이 루마니아로 탈출했다가 붙잡혀 억류되었다는 것이었다. 우리는 배신감을 느끼고 경악했으며, 모든 상황이 우울하기 짝이 없었다.

영국과 프랑스가 독일에 선전포고를 했다는 소식에 폴란드인들은 기뻐했다. 라디오에서는 며칠 동안 프랑스와 영국 국가를 수도 없이 틀어주었다. 그러나 9월 중순까지도 무자비한 폭발음과 둔중한 대포소리는 잦아들지 않았다. 안토니나는 "포위 공격을 받는 도시에서의 삶"에 대해 믿기 어려운 참담한 내용들을 회고록에서 언급했다. 획획 소리를 내며 떨어지는 폭탄, 귀를 찢는 폭발음, 마른벼락 같은 붕괴음, 굶주린 사람들로 가득한 한 도시. 처음에는 물과 가스처럼 일상생활에 필요한 것들이 사라졌고, 곧 라디오와 신문도 사라졌다. 거리에 한 번 나가는 데도 용기가 필요했고, 그나마도 허겁지겁 뛰어다녔다. 소량의 말고기나 빵을 얻으려고 줄을 서는 데도 생명의 위협을 감수했다. 3주 동안 안토니나는 낮이면 포탄과 총알이 획획 날아다니는 소리를, 밤이면 폭탄이 어둠의 장막을 강타하는 소리를 들었다. 오싹 하는 휘파람소리가 들리면 이어 몸서리쳐지는 굉음이 뒤따랐다. 안토니나는 휘파람소리가 날 때마다 귀를 곤두세우고, 최악의 사태가 올까 두려움에 떨다가, 다른 사람의 생명이 폭발하는 굉음을 듣고 난 뒤에야 겨우 숨을 내쉬곤 했다. 굳이 애쓰지 않아도 그 거리를 가늠할 수 있었고, 자기가 폭탄의 표적이 되지 않았음에 안도감을 느꼈다. 그러나 그것도 잠시, 곧바로 다음 휘파람소리가 들리고, 다음 굉음이 이어졌다.

위험을 무릅쓰고 밖으로 나갈 때마다 그녀는 영화 같은 전쟁터로 들어섰다. 누런 연기, 건물 자리에 피라미드처럼 쌓인 잔해, 부서져 들쭉날쭉한 벽, 바람에 흩날리는 종이와 뒹구는 약병, 부상당한 사람들, 다리가 괴상하게 꺾인 채 죽은 말들. 하지만 무엇보다 비현실적인 느낌을 주는 것은 따로 있었다. 도시 상공을 떠도는 물체로, 얼핏 보면 눈송이 같은데 움직임은 달랐고, 미묘하게 위아래로 움직이지만 바닥에 닿지는 않았다. 눈보라보다 더 섬뜩한 그 정체는 바로 베개와 이불에서 빠져나온 부드러운 깃털 뭉치였다. 옛날 옛적에 한 폴란드 왕이 병사들의 등에 깃털로 만든 커다란 고리를 달아 터키 침략자들을 물리쳤다. 병사들이 말을 타고 전향을 향해 전속력으로 달리자 가짜 날개가 바람에 맹렬히 휘날리기 시작하여 토네이도처럼 왱왱 도는 모습을 보고 적의 말들이 기겁하여 그 자리에 얼어붙은 채 앞으로 나가기를 거부했던 것이다. 아마도 많은 바르샤바 사람들에게 이 도시를 떠도는 깃털들은 그 기사들, 즉 도시의 수호천사들의 죽음을 연상시켰을지도 모른다.

어느 날 불발탄이 안토니나가 있는 건물에 떨어져 4층 천장에 박혔다. 그녀가 각오했던 폭발음은 들리지 않았다. 그날 밤 폭탄이 하늘을 가로질러 연기의 로프를 뿌려대는 동안 안토니나는 리시를 데리고 인근 교회 지하실로 갔다. 그리고 "질식할 것 같은 침묵이 흐르던 아침에" 리시를 데리고 전등갓 가게로 돌아왔다. "나는 동물원의 암컷 사자와 똑같았다. 두려움에 떨며 어린 새끼를 우리 이쪽에서 저쪽으로 옮기는." 훗날 안토니나는 다른 이들에게 그렇게 말했다.

얀의 소식을 듣지 못한 안토니나는 걱정으로 거의 잠을 이루지 못했다. 그러면서도 자신이 남아 있는 동물들을 구하지 못하면 얀의 기대를 저버리는 것이라고 생각했다. 동물들이 살아 있기라도 한 것인지 궁금했다. 십 대 아이들에게 맡기고 왔는데 정말로 동물들을 잘 돌보고 있을까? 선택의 여지가 없다 싶었다. 너무 무서워 속이 울렁거렸지만 리시를 올케한테 맡겨두고, 총알과 포탄이 빗발치는 강을 건너도록 자신을 억지로 이끌었다. "사냥꾼에게 쫓기는 동물이 이런 느낌"이라 생각하며 아수라장 속에 사로잡혔다. "영웅다움은 고사하고, 어떻게든 무사히 집에 도착해야 한다는 미치광이 같은 모습이었다." 안토니나는 코끼리 야시와 사자, 호랑이 같은 맹수들의 죽음을, 폴란드 군인들이 총을 바로 대고 직사한 것을 기억했다. 동물들의 최후의 장면은 그녀를 고문했다. 그리고 떨치기 더 어려운 또 하나의 끔찍한 상황이 떠올랐다. 만일, 그때 사살당한 녀석들이 오히려 결과적으로 운이 좋았던 것이라면?

6

나치 폭격기들은 총 1150회에 이르는 바르샤바 상공 출격으로, 공교롭게 대공포 근처에 있던 동물원을 완전히 파괴했다. 유난히 청명한 날, 휙휙 소리와 함께 하늘을 가르며 불꽃이 날아들더니 우리가 폭발하고, 해자의 물이 공중으로 솟구치고, 울타리의 쇠막대들이 비틀리고 분리되면서 끽끽 소리를 냈다. 뜨거운 열기에 휩싸인 목조 건물들이 폭삭 내려앉았다. 상처에서 피가 철철 나는 얼룩말이 허겁지겁 달리고, 겁에 질린 짖는원숭이와 오랑우탄이 울부짖으며 나무와 관목들 사이로 돌진하고, 뱀들이 미끄러지듯 바닥을 따라 이동하고, 악어들이 발끝을 세운 채 종종걸음을 치는 동안, 유리며 금속 파편이 동물들의 피부·깃털·발굽·비늘을 무차별 공격했다. 날아온 포탄이 새장의 그물을 찢자 앵무새가 아즈텍의 신들처럼 위쪽으로 나선을 그리더니 이내 수직으로 곤두박질쳤다. 다른 열대 조류들은 관목이나 교목 사이로 숨거나 하나뿐인 날개로 날아보려고 몸부림쳤다. 각자의 우리나 연못에 숨은 일부 동물들은 파도처럼 밀려드는 화염에 휩싸였다. 기린 두 마리가 죽어서 바닥에 널브러졌는데 충격이 얼마나 컸는지 다리가 꼬여 있었다. 탁한 공기로 호흡이 곤란했고 불타는 나무, 건초, 사체가 엄청난 악취를 풍겼다. 원숭이와 새들의 날카로운 울부짖음은 차라리 저승의 합창곡 같았고 포탄과 폭탄이 터지는 팀파니 소리가 배경음악이었다. 대소동은 동물원 주변에 메이리가 되어, 수천수만의 복수의 여신들이 아마도 세상을 미치게 만들기 위해 지옥에서부터 할퀴어대는 소리처럼 울려퍼졌다.

안토니나와 몇 안 되는 사육사들은 동물원 구내를 이리저리 뛰어다니며 다친 동물들은 구조하고 어떤 동물은 풀어주었다. 동시에 자신들의 부상 위험까지 피해 다니면서. 우리에서 우리로 바삐 뛰어다니면서 안토니나는 전장에서 싸우는 남편도 걱정했다. "그이는 용감한 사람, 양심적인 사람이다. 아무 죄 없는 동물들마저 지키지 못한다면 그이가 얼마나 실망할까?" 남편이 돌아오면 어떤 모습을 보게 될까? 머리 한쪽에서는 또 다른 의문이 떠올랐다. 어미 코끼리 카시아는 어디 있지? 우리가 특별히 아꼈던 녀석인데. 마침내 카시아의 우리에 도착했지만 우리는 무너졌고 카시아는 보이지 않았다(이미 포탄에 맞아 죽었다는 사실을 안토니나는 나중에 알게 되었다). 하지만 두 살배기 아기 코끼리 투징카는 살아 있었다. 투징카의 우렁찬 울음소리가 멀리서 들려왔다. 수많은 원숭이가 포탄에 맞거나 화재에 휩싸여 죽음을 맞이했고, 나머지는 관목과 교목 사이를 허겁지겁 뛰어다니며 미친 듯이 소리를 질러댔다.

폴란드의 수도가 불타는 와중에도, 일부 동물들은 기적적으로 살아남았고 이중 다수가 동물원을 탈출해 다리 건너 구시가지로 들어갔다. 동물원이 텅 비고 동물들이 바르샤바 거리를 활보하는 동안, 창가에 서서 밖을 내다볼 만큼 용기 있는 자, 혹은 집을 잃고 밖을 떠돌 만큼 불운한 자는 성서에나 나올 법한 기이한 광경이 눈앞에 펼쳐지는 것을 보았다. 바다표범이 비스와 강둑을 따라 어기적어기적 걷는가 하면, 뒷골목을 배회하는 낙타와 라마는 포석 때문에 자꾸 발굽이 미끄러져 애를 먹었다. 타조와 영양이 포식자인 여우·늑대와 나란히 종종걸음을 치고, 개미핥기는 벽돌 위를 황급히 달리면서 '해치, 해치' 소리를 질렀다. 털이나 가죽만 얼핏 보이는 물체들이 공장과 주택을 지나 재빨리 달아나고, 귀리·메밀·아마를 키우는 외딴 경작지를 향해 질주하고, 개천으로 황급히 뛰어들고, 계단통이나 창고에 숨는 모습도 여기저기서 목격되었다. 진흙탕에 빠진 채로 하마·수달·비버가 살아남았다. 곰·유럽들소·프셰발스키말·낙타·얼룩말·스라소니·공작을 비롯한 여러 조류·원숭이·파충류도 용케 살아남았다.

안토니나의 일기에는 빌라 근처에 있는 젊은 군인을 찾아가 보르수니오의 행방을 물었던 일이 기록되어 있다. "큰 오소리 본 적 있으세요?"

군인은 이렇게 답했다. "오소리 한 마리가 한참 동안 빌라 문을 쾅쾅 치고 긁고 했었는데 저희가 들여보내주지 않으니까 덤불 속으로 사라졌습니다."

"불쌍한 보르수니오!" 가족 같던 어린것이 겁에 질려 문 앞에서 애원했을 모습을 상상하니 가슴이 아팠다. "무사히 도망쳤기를 바라며" 우울해하는 것도 잠깐, 다시 불꽃과 연기가 이는 것을 보고 안토니나는 발길을 돌렸다. 그리고 억센 갈기의 몽골산 프셰발스키말을 살피러 뛰어갔다. 리시의 조랑말 피글라시('장난꾸러기'라는 의미)를 비롯해 여러 말과 나귀가 거리 여기저기서 시체로 발견되었지만 어찌 된 영문인지 희귀종인 프셰발스키말만은 살아남아 평소 풀을 뜯던 목초지에서 공포에 떨고 있었다.

마침내 안토니나는 동물원을 나와 프라스키공원을 가로질렀다. 화재로 인한 뿌연 연기가 후광처럼 에워싼 린덴나무 숲길을 지나 자신과 아들의 피신처인 전등갓 가게로 돌아가는 길이었다. 정신이 몽롱하고 체력이 고갈된 상황에서 안토니나는 버섯구름처럼 피어오르는 연기, 뿌리째 뽑힌 나무와 풀, 여기저기 피가 튀긴 건물과 동물 시체들을 그려보았다. 그러다가 마음이 조금 진정되자 미오도바 거리 1번지에 위치한 석조 건물로 향했다. 그리고 계단을 올라, 흥분한 사람들이 가득하고 여기저기 서류가 산더미처럼 쌓인 작은 사무실에 도착했다. 레지스탕스의 비밀 거점 중 하나인 이곳에서 안토니나는 오랜 친구 아담 엥글레르트를 찾았다.

"새로운 소식 있어요?"

"폴란드 군대는 탄약과 보급품이 바닥났고 공식 투항을 논의하고 있다네요." 그가 암울한 표정으로 말했다.

회고록에서 안토니나는 친구가 하는 말을 듣긴 했지만, 단어들이 밖에서 붕붕 떠다녔다고 썼다. 연일 계속되는 공포로 포화

상태가 된 자신의 뇌가 "논 세르비암"(non serviam: '섬기지 않겠노라'
라는 뜻의 라틴어)이라 외치며 받아들이길 거부하는 것 같았다고.

무너지듯 소파에 주저앉자 몸이 달라붙은 것처럼 꼼짝할 수
없었다. 지금까지 그녀는 조국이 정말로 독립을 포기하리라고는
꿈에도 생각해본 적이 없었다. 이런 일이 다시 일어나다니. 점령
당하는 것이 처음이 아니라면, 적을 몰아낸 경험도 있다는 것이
지만, 독일과의 마지막 전쟁 이래 21년의 세월이 흘렀으니 그것
은 안토니나가 살아온 세월의 대부분을 차지했다. 미래를 생각
하니 망연자실할 뿐이었다. 과거 10년간 동물원은 비스와 강이
라는 해자에 의해 보호받는, 자체 주권을 가진 작은 공화국처럼
발전해왔고, 안토니나의 풍부한 감수성에 딱 맞는 일상으로 그
녀의 하루하루를 채워주었다.

전등갓 가게로 돌아온 안토니나는 모두에게 엥글레르트에게
서 들은 유감스러운 뉴스를 전했다. 그것은 폴란드 시장 스타르
진스키의 낙관적이고 고무적인 라디오 방송과 상반되는 내용이
었다. 스타르진스키 시장은 수차례 라디오 방송에 나와 나치를
맹비난하고, 희망을 가지라면서 모든 시민이 나서서 기필코 수
도를 사수해야 한다고 촉구했다.

그는 이렇게 웅변하기도 했다. "여러분에게 말하고 있는 지금,
유리창 너머로 바르샤바가 보입니다. 위대하고 영광스러운 도시
가 자욱한 연기와 화염에 휩싸여 붉게 타오르는 모습이 보입니
다. 영예로운 도시, 불굴의 도시, 투지로 불타는 바르샤바!"[8]

당황한 사람들은 누구를 믿어야 할지 혼란스러워했다. 대중
앞에서 연설하는 시장을 믿어야 할지, 레지스탕스를 믿어야 할

지. 분명 후자이리라. 다른 방송에서 스타르진스키 시장은 특이하게 과거 시제를 사용했다. "저는 바르샤바가 위대한 도시가 되기를 바랐습니다. 바르샤바가 위대해질 것이라 믿었습니다. 나와 동료들은 위대한 바르샤바의 미래를 위한 계획을 세우고 청사진을 구상했습니다." 그가 쓴 시제로 볼 때(단순히 실수였을까?) 안토니나의 뉴스가 더 신빙성 있어 보였고 모두 침울해졌다. 이런 와중에도 두 노부인은 탁자들 사이를 오가면서 작은 전등들에 불을 켰다.

며칠 뒤 9월 27일, 바르샤바가 항복한 뒤에 안토니나는 사람들과 식탁에 둘러앉았다. 배는 고팠지만 워낙 낙담한 터라 앞에 놓인 얼마 안 되는 음식마저 먹히지 않았다. 그때 노크 소리가 또렷하게 들렸다. 손님의 방문은 끊긴 지 오래였고, 누구도 전등을 사거나 전등갓을 수선하러 오지 않았다. 주인들은 걱정하면서 조심스레 문을 열었는데, 놀랍게도 그곳에는 얀이 서 있는 것이었다. 그는 지쳤지만 안도하는 기색이었다. 포옹과 키스가 한차례 이어지고 나자, 얀은 자리에 앉아 사람들에게 그간의 이야기를 들려주었다.

얀과 친구들은 몇 주 전인 9월 7일 저녁, 바르샤바를 출발해 비스와 강을 따라 부크 강변에 위치한, 벨로루시의 국경 도시 브제시치 방향으로 걸어갔다. 아직까지는 합류할 부대를 찾는 '허울뿐인 군대'였다. 결국 합류할 부대를 찾지 못하자 그들은 해산했다. 9월 25일, 얀은 미에니라는 마을의 한 농장에서 하룻밤을 보내게 되었다. 여름에 레옌투프카를 드나들며 농장 주인과 친분을 쌓은 곳이었다. 다음날 아침 가정부가 와서 얀을 깨우더니 지난밤에 도착한 독일인 장교와의 대화를 통역해달라고 부탁했다. 나치와의 만남은 어떤 식이든 위험했으므로 얀은 옷을 입으면서 불상사에 대비해 가능한 시나리오와 대처방법을 궁리했다. 합법적인 손님으로 보이기 위해 태연자약하게 계단을 오른 얀은 거실에서 주인과 식량에 관한 이야기를 나누는 독일 장교를 주시했다. 나치가 얀을 향해 고개를 돌렸을 때 얀은 도저히 믿을 수 없었고, 너무 긴장해서 잘못 본 게 아닐까 의심했다. 그러나 동시에 장교의 얼굴에도 놀란 빛이 서리더니 이내 미소가 번졌다. 장교는 국제동물원장협회 회원인 밀러 박사로, 크룰레비에츠(당시 동프로이센에 속한 지역으로 전쟁 전에는 '쾨니히스베르크'라 불렸고, 1945년 소련령이 되어 '칼리닌그라드'로 이름이 바뀌었다)에 있는 동물원을 책임지고 있었다.

밀러가 웃으며 말했다. "내가 아는 유일한 폴란드인이 자네인데 여기서 만나다니! 이런 우연이 있단 말인가?" 병참장교인 밀러는 군용 식량 확보 차 농장을 찾은 것이었다. 밀러에게서 바르샤바의 처참한 상황과 동물원 근황을 들은 얀이 즉시 돌아가고 싶어하자, 밀러는 도와주겠다고 했지만 얀과 비슷한 연배의 폴란드 남자들은 길에서 안전하지 않다고 경고했다. 밀러가 제안한 최선의 계획은 얀을 체포한 다음 죄수로서 자기와 같은 차를 타고 바르샤바까지 이동하는 것이었다. 과거에 잘 지낸 사이지만 얀은 밀러를 믿어도 될지 걱정스러웠다. 그러나 밀러는 폴란드가 항복하자 바르샤바로 떠났고 약속대로 얀을 차에 태워 가능한 한 도심 깊숙이까지 데려다주었다. 좋은 시절에 다시 만나기를 기약하며 작별인사를 나눈 다음, 얀은 폐허가 된 도심을 지나 카푸친스카 거리로 향했다. 과연 안토니나와 리시가 머무는 곳까지 도달할 수 있을지 의심스러웠다. 물론 두 사람이 살아 있다는 가정 하에. 얀은 마침내 4층 건물을 찾아냈다. 그리고 처음 문을 두드렸을 때 아무 대답이 없자 "불길한 생각에 몸이 휘청거렸다."

이후 며칠 동안 바르샤바의 잔인한 정적은 불안감을 키워갔고, 얀과 안토니나는 은밀히 다리를 건너 동물원에 가기로 결정했다. 이번에는 쏟아지는 포탄이나 총알이 없었다. 일부 사육사들이 돌아와 예전처럼 일하고 있었다. 주민의 절반이 학살당한, 폐허 같은 마을에서 일하는 그들의 모습은 마치 유령부대 같았다. 경비실과 숙소는 잿더미였고 작업장과 코끼리 우리, 울타리로 둘러싸인 각종 서식지들도 모두 불타거나 붕괴되었다. 가장 희한한 것은 꼭 아방가르드 용접 작품처럼 그로테스크한 모양으로 녹아내린 우리의 쇠창살들이었다. 빌라 내부도 경악스럽기는 마찬가지였다. 기괴하고 무질서한 초현실주의 작품이 따로 없었다. 길쭉한 유리창들은 폭발로 산산조각 났고, 미세한 유리조각들이 모래알처럼 사방에 널려 있었다. 또 공습 때 폴란드 군인들이 피신해 지내면서 갖고 들어온 지푸라기들이 짓밟히고 으깨진 채 어지럽게 흩어져 있었다. 온통 수리할 곳 천지였고 특히 창문이 급했지만, 유리가 희귀물품이니 임시로 합판을 대기로 했다. 그로 인해 더 밀폐된 생활을 해야 한다 해도.

우선은 나진 동물들을 찾는 작업을 시작했다. 숨어 있을 법하지 않은 장소까지 동물원 구내를 철저히 수색했다. 누군가 살아 있는 동물을 찾아낼 때마다 다들 환호성을 질렀다. 파편에 깔려

옴짝달싹 못하고 굶주렸지만 그래도 살아 있었으니까. 안토니나의 기록에 따르면, 죽어 널브러진 군용 말들도 많았다. 부어오른 배, 드러난 이빨, 겁에 질려 얼어붙은 커다란 눈동자. 발견한 동물 사체는 기본적으로 매장하고, 영양·사슴·말은 토막 내어 굶주린 사람들에게 나누어주었다. 얀과 안토니나로선 차마 눈뜨고 볼 수 없는 광경이라 사육사들에게 일임했다. 빌라가 사람이 거주하기 힘든 상태였으므로, 해 질 무렵 부부는 몸과 마음이 지칠 대로 지쳐 카푸친스카 거리로 돌아갔다.

이튿날 독일의 롬멜 장군이 라디오에 나와 바르샤바의 군대와 시민은 품위 있게 항복을 받아들여야 하며, 독일 군대가 파괴된 도시를 행진하는 동안 경솔한 행동을 삼가야 한다고 역설했다. 롬멜의 방송은 다음과 같이 끝났다. "저는 바르샤바 시민들을 믿습니다. 그들은 도시를 지키기 위해 용감하게 싸웠고 뜨거운 애국심을 보여주었습니다. 그리고 이제 독일 군대의 진입을 조용히, 품위 있게, 그리고 침착하게 받아들일 것입니다."[9]

안토니나는 어쩌면 좋은 소식이라고 생각했다. "마침내 평화가 온 것이고, 재건할 기회가 온 것이다."

아침 비가 내린 뒤에 두꺼운 구름이 걷히고 따사로운 10월 햇살이 비칠 무렵, 독일 군대가 인근을 행진했다. 군용 부츠굽이 도로에 부딪히는 탁탁 소리와 뜻 모를 외국어가 거리를 가득 채웠다. 이어서 쉬쉬 하는 치찰음이 많고 명료한 다른 소리들이 전등갓 가게 안으로 스며들었다. 폴란드 사람들이 모여들어 내는 목소리였다. 안토니나는 도심을 향해 "천천히 흘러가는 하나의 거대한 유기체"와 하나둘씩 건물에서 나와 대열에 합류하는 사람들을 지켜보았다.

"다들 어디로 가는 걸까요?"

라디오에서 히틀러가 열병식을 시찰하는 장소를 알려주었고, 안토니나와 얀도 삼투압에 끌리듯 밖으로 나와 대열에 합류했다. 안토니나는 도처에서 파괴의 참상을 보았다. 휘갈겨 쓴 메모에서 안토니나는 당시를 이렇게 묘사했다. "전쟁으로 건물들이 참수당했다. 건물 위에서 사라진 지붕이 뒤뜰 어딘가에 흉물스러운 모습으로 놓여 있었다. 어떤 건물들은 슬퍼 보였다. 폭탄이 떨어져 지붕부터 지하실까지 처참히 부서져버렸다." 그런 건물들을 보며 안토니나는 "상처가 수치스러워, 열린 복부를 가리려고 안간힘을 쓰는 사람들"을 떠올렸다.

다음으로 안토니나와 얀은 회반죽이 떨어져나간 채 비를 흠뻑 머금은 건물들을 지나쳤다. 벗겨진 자리마다 드러난, 피처럼 붉은 벽돌은 따뜻한 햇살을 받아 김을 내뿜고 있었다. 아직도 곳곳에 불길이 보였고 안에서 연기가 나는 집도 더러 있었다. 매운 연기가 자욱하게 퍼져 눈물이 나고 목이 컬컬했다. 집단최면이라도 걸린 양 점점 많은 사람들이 집에서 나와 도심으로 향하는 대열에 합류했다. 당시 상황을 찍은 기록용 필름을 보면 줄을 지어 간선도로를 걸어가는 군중의 모습이 보이고, 앞쪽에는 정복자인 독일군이 암회색 군복을 입고 도도한 급류처럼 행진하고 있다. 밧줄로 딱딱한 나무를 치는 것처럼 발을 쿵쿵 울리면서.

얀이 몸을 돌려 안토니나를 보니 쓰러질 듯 위태로워 보였다.

그녀가 말했다. "숨을 못 쉬겠어요. 회색 바다에 빠져 익사하는 기분이에요. 회색 바다가 도시 전체에 범람해서 우리의 과거와 사람들을 모조리 휩쓸어버리고, 지구 위의 모든 것을 때려 부수는 것 같아요."

빽빽한 군중 속에서 그들은 번쩍번쩍 빛나는 탱크와 총, 얼굴이 불그레한 군인들이 지나가는 모습을 지켜보았다. 어떤 군인들은 어찌나 험악한 표정으로 노려보는지, 얀은 자기도 모르게 고개를 돌리곤 했다. 폴란드에서 사랑받는 민중예술인 인형극은, 어린이를 위한 내용에 한정되지 않고, 고대 로마에서처럼 풍자적이고 정치적인 주제를 날카롭게 파고들기도 했다. 독일군의 바르샤바 행진 내용을 담은 기록필름들을 보면 주민들이 당시 상황을 한 편의 풍자 인형극이라 생각하지 않았을까 싶다. 요란한 취주악단이 시작을 알리면 화려하게 꾸민 기병대와 잔뜩 힘이 들어간 보병대가 뒤이어 등장한다. 그리고 길에서 멀리 떨어진 연단에 위풍당당하게 선 히틀러가, 보이지 않는 줄을 잡아당겨 인형을 조종하는 사람처럼 한 손을 높이 쳐들고 군대를 사열한다.

모여든 군중들은 모르고 있었지만 당시 사열식에서 히틀러를 암살하려는 시도가 있었다. 폴란드 주요 정당 대표들이 은행 귀중품보관실에서 비밀리에 회합을 갖고 상세히 논의했으며, 모든 것이 계획대로 척척 진행되었다. 연단 아래 폭약을 설치해 히틀러를 산산이 날려버리려 했던 것이다. 그러나 마지막 순간에 한 독일 관리가 폭파를 맡은 사람을 다른 위치로 불러내는 바람에 도화선에 불을 붙이지 못했다.

독일군이 신속하게 도시의 모든 기능을 접수했고 은행은 문을 닫고 월급 줄 돈도 바닥났다. 안토니나와 얀은 집으로 돌아갔지만 돈도 식량도 모두 약탈당한 터라 폴란드 군인들이 남겨둔 음식을 뒤져야 할 정도였다. 신생 독일 식민지를 통치한 사람은 히틀러의 개인 변호사였던 한스 프랑크였다. 법학자였던 그는 일찍부터 나치 당원에 합류해 독일 법률을 나치 논리에 맞게 개정하는 데 앞장섰으며, 특히 인종차별적 내용을 담은 법률과 레지스탕스를 겨냥한 각종 악법을 만들어냈다. 식민통치를 시작한 첫 달에 프랑크 총독은 유대인과 관련된 엄중한 포고문을 발표했다. "지정된 구역을 떠나는 유대인은 누구든" 처형될 것이며, "그런 유대인에게 고의로 은신처를 제공하는 사람도 마찬가지다. [……] 교사자든 방조자든 가해자와 똑같은 벌을 받게 될 것이며, 미수에 그친 범죄라도 완성된 범죄행위와 같은 수위로 처벌할 것이다."

한스 프랑크는 얼마 안 있어 '폭력행위처벌법'을 공포했다. 당국의 명령에 대한 불복종, 각종 파괴행위 및 방화, 총이나 기타 무기류 소지, 독일인에 대한 공격, 야간통행금지 위반, 라디오 소지, 암시장 거래, 비밀독립운동조직의 인쇄물 소지, 이들 행위를 저지른 위반자에 대한 미신고까지, 상기의 범죄를 저지른 자는 누구든 사형에 처한다는 내용이었다. 법률위반과 위반자에 대한 신고의무 불이행, 말하자면 실제 행위와 목격만 하는 것이 똑같이 처벌받는 범죄행위였다. 원래 인간의 본성이 그렇듯 대다수 사람들은 이런 일에 연루되기를 원치 않는지라 고발당하는 사람은 거의 없었고, 타인을 고발하지 않았다는 이유로 고발당하는 사람은 더더욱 드물었다. ……그런 분위기에서 관심도 갖지 않고 행동도 하지 않는다는 일종의 '부조리주의'식 고리가 재빨리 만들어졌다. 행위와 무위 사이의 어디쯤에 각자의 양심이 적절히 자리를 잡았다. 그리하여 대부분의 폴란드인은 목숨의 위험을 감수하며 도망자들을 구하지도 않았지만, 동시에 그들을 밀고하지도 않았다.

히틀러는 프랑크에게 "전쟁터이자 전리품인 폴란드 지역을 무자비하게 착취하고, 폴란드의 경제·사회·문화·정치 구조를 철저히 파괴해도 좋다"[10]고 허락했다. 프랑크의 주요 업무 중 하나는 교사·사제·지주·정치인·법률가·예술가 등 영향력 있는 인사를 모조리 죽이는 것이었다. 또한 프랑크는 5년 남짓한 점령기간에 엄청난 인구를 이리저리 이주시키며 재배치했다.[11] 폴란드인 86만 명이 삶의 터전에서 쫓겨났고, 독일인 7만 5천 명이 들어와 쫓겨난 이들의 땅을 차지했다. 130만 명의 폴란드인이 강제노역자로 독일로 이송되었고, 33만 명이 사살되었다.

용기와 지략을 겸비한 폴란드 레지스탕스는 독일군의 장비를 파괴하고, 열차를 탈선시키고, 다리를 폭파하고, 1100가지나 되는 간행물을 발간하고, 라디오 방송을 내보내고, 비밀리에 운영하는 고등학교와 대학교에서 학생들을 가르치고(10만 명의 학생이 수업에 참가했다), 유대인을 숨겨주고, 무기를 공급하고, 폭탄을 제조하고, 나치의 비밀경찰인 게슈타포 요원들을 암살하고, 포로를 구출하고, 비밀 연극을 상연하고, 책을 발간하고, 시민저항의 위업을 이끌고, 자체적으로 재판을 진행하고, 런던에 있는 망명정부와 정보를 주고받았다. 레지스탕스가 이끄는 국내군에는 최대 38만 명이 소속되었으며, 얀 자빈스키도 일원이었다. 훗날 인터뷰에서 얀은 "아주 초기부터 나는 동물원 지역의 국내군과 연결되어 있었다"[12]고 밝혔다. 독일 점령하의 삶은 분명 혼란스러웠지만, 영토보다 언어로 긴밀하게 연결된 폴란드 지하정부는 6년 동안 잠시도 멈추지 않고 투쟁했다.

폴란드 지하저항운동이 힘을 얻을 수 있었던 핵심비결은 상부와의 접촉금지 및 가명과 익명 사용 전략이었다. 조직원들이 자신의 윗선을 모르면 설사 체포된다 해도 조직 상층부가 위험에 빠지지 않게 되며, 조직원들이 서로의 실명을 모르면 조직원 색출 자체가 힘들 수밖에 없다. 지하운동조직 본부는 한곳에 머물지 않고 도시 곳곳을 떠돌아다녔고, 비밀학교들도 교회나 주택 등 수업이 진행되는 장소를 계속해서 옮겨갔다. 비밀전령과 불법으로 운영되는 인쇄소들이 조직원에게 지속적으로 변동사항을 알렸다. 농민저항운동조직은 "가능한 적게, 느리게, 서툴게"를 슬로건으로 채택하고, 독일인에 대한 물품인도를 고의로 방해하고 지연시켰으며, 보급품을 빼돌려 도시민들에게 전달했다. 동일한 곡물이나 가축의 인도를 반복적으로 요구하고, 영수증에 수치를 부풀리고, 걸핏하면 식량을 잃어버리고 파기하고 숨겼다. 페네뮌데에서 진행되는 독일의 비밀로켓프로그램에 강제 동원된 노동자들은 소변으로 전자기기를 부식시켜 로켓을 무용지물로 만들어버렸다. 폴란드 레지스탕스는 수많은 세포조직을 망라하고 있어 나이, 교육수준, 체력에 상관없이 누구라도 쉽게 연결고리를 찾을 수 있었다. 얀은 위험을 즐기는 사람이었다. 그는 나중에 기자에게, 비밀활동이 정말 흥분되는 일이었다고 말했다. 얀의 절제된 표현에 따르면, 보통 사람 같으면 심장이 벌렁거릴 일도 그한테는 "이기든 지든 양단간에 하나인, 체스 게임처럼" 느껴졌다.

7

가을이 오자 문 밑 작은 틈으로 냉기가 스며들었다. 밤이면 거
센 바람 때문에 빌라의 평평한 지붕이 흔들리고, 이미 뒤틀린 합
판 덧문들이 덜컹거리고, 난간을 댄 테라스 주변에서는 울부짖
음 같은 소리가 들렸다. 건물도 잔디밭도 엉망이었음에도 동물
원은 얼마 남지 않은 동물들이 겨울을 날 안식처가 되어주었다.
하지만 모든 것이 전쟁 전과는 다르게 보였다. 계절에 따라 달라
지는 동물원의 풍경이 특히 그랬다. 동물원이 일종의 동면기에
접어들면 일상의 속도가 극적으로 바뀌곤 했다. 여름 휴가철이
면 1만 명이나 되는 인파로 붐비는 넓은 가로수 길은, 거의 인적
이 끊겨 황량했다. 소수 관람객만이 원숭이 우리, 코끼리, 해자로
둘러싸인 육식동물 서식지, 바다표범이 사는 풀장을 찾았다. 라
마·조랑말·낙타·놀이 자동차를 타려고 기다리는 아이들의 긴
줄은 사라진다. 홍학, 펠리컨처럼 예민한 동물은 추운 날씨에도

건강을 위한 짧은 산책을 빼먹지 않으므로, 과감히 밖으로 나와 얼어붙은 땅 위를 조심조심 일렬종대로 행진한다. 낮이 짧아지고 나뭇가지가 드러남에 따라 대부분의 동물들은 우리 안에 머무는 시간이 길어질 뿐 아니라 심지어 발성조차 달라진다. 귀에 거슬리는 요란한 울부짖음이 사라지고 활기 없는 중얼중얼 소리로 바뀌는 것이다. 동물원 종사자들은 이런 겨울을 흔히 '죽음의 계절'이라 부르는데, 동물들은 휴식을 취하고 인간은 미루어두었던 수리를 하는 시기다.

불안한 전시에도 동물원은 살아 있는 생명체로 구성된 복잡한 기계로서 제 기능을 다했다. 흔들거리는 나사 하나, 손상된 톱니바퀴 하나도 대참사를 유발하므로 동물원 관리자는 녹슨 나사도, 어느 원숭이의 콧물도 간과해서는 안 되며, 자물쇠를 채우거나 건물 내부의 온도를 맞추는 일, 유럽들소의 헝클어진 턱수염을 살피는 일도 망각해서는 안 된다. 폭풍이 휘몰아치거나 비가 오거나 혹한이 엄습했을 때는 이런 일이 곱절로 중요해진다.

지금은 낙엽을 긁어모으던 여자들, 지붕이며 마구간 벽에 짚을 대고 단열처리를 하던 남자들, 추위에 약한 장미와 관상용 관목들을 짚으로 감싸주던 정원사들이 보이지 않았다. 파란색 유니폼을 입은 도우미들이 사탕무·양파·당근을 지하실에 차곡차곡 쌓은 다음 꼴로 잘 덮어 마무리했어야 했다. 겨울을 나는 동물들이 비타민(1912년 폴란드 생화학자 차시미르 푼크가 만들어낸 단어이다)을 충분히 섭취할 수 있도록. 헛간에는 건초가 가득하고, 광이며 식품저장실에는 귀리·밀가루·메밀·해바라기 씨·호박·말린 번데기를 비롯한 필수 주식이 그득해야 했다. 손수레에 석탄과

86

코크스를 실어 나르고, 대장장이가 고장난 연장을 고치고, 철조망을 손보고, 자물쇠에 기름칠을 했어야 했다. 목공소에서 울타리·탁자·의자·선반을 수리하고, 봄에 땅이 풀리면 증축할 건물에 필요한 문이며 창문을 공들여 만들고 있어야 했다.

보통 때라면 안토니나와 얀은 이듬해 예산을 짜면서 새로 오는 동물들을 기다리고, 비스와 강과 지붕이 뾰족한 구시가지의 주택들이 보이는 사무실에서 이런저런 보고서를 읽었으리라. 홍보부에서는 강연이나 콘서트를 준비했을 테고, 실험실 연구원들은 활강 운반 장치에 기름칠을 하고 운행을 시험했을 것이다.

죽음의 계절이라고 해서 일이 없거나 마냥 수월한 시기는 아니지만, 이 시기 동물원은 보통 외부인의 출입이 통제되는 은밀한 보호구역이 된다. 동물원 주민들은 차곡차곡 쌓아둔 식료품, 식량배급에 관한 내부 규정, 자급자족에 대한 믿음에 의지하여 겨울을 난다. 전쟁이 이 세 가지를 모두 흔들었다.

어느 날 아침, 밖에서 타닥타닥 말발굽 소리가 나더니 짐마차 두 대가 삐걱거리며 정문으로 다가오는 모습이 보였다. 취사장, 레스토랑, 가정집에서 남은 과일과 채소 껍질을 수거해오는 짐마차였다. 이를 보고 안토니나가 얀을 안심시켰다. "도시 전체가 타격을 입었지만, 그래도 사람들은 동물들을 먹이려고 애쓰고 있어요. 적어도 우린 혼자가 아니에요."

"그래. 바르샤바 시민들은 정체성 회복의 중요성을 알고 있는 거야. 우리만의 고유한 특징이자 활력소가 되는 모든 요소들 말이야. 다행히, 동물원도 거기에 포함되는 거지." 얀이 대답했다.

안토니나는 점령정부가 수도를 크라쿠프로 옮기기로 결정했을 때의 심정을 일기에 기록했다. 지방도시로 전락하는 바르샤바에는 동물원이 필요하지 않을 거라는 생각에 땅이 꺼지는 기분이었다고. 안토니나가 할 수 있는 일이라곤 '정리'를 기다리는 것뿐이었다. 그것은 떠올리기도 싫은 단어였다. 그녀의 가족이, 털·날개·발굽의 집합체가 아니라 독립적인 개체로 생각하고 존중하는 동물들이 그야말로 파국을 맞는다는 의미였다.

다들 떠나고 안토니나, 얀, 리시만 빌라에 남았다. 식량도 많지 않고, 돈도 거의 없었고, 일거리도 없었다. 안토니나는 매일 빵을 굽고, 여름철 텃밭에서 얻은 채소와 떼까마귀·까마귀·버섯·딸기를 절인 통조림을 먹으며 생활했다. 교외에 사는 친구와 친척들이 정기적으로 음식을 보내주었는데, 가끔은 베이컨이나 버터처럼 전쟁으로 초토화된 도시에서는 좀체 구하기 힘든 음식도 있었다. 전쟁 전에 동물원에 말고기를 대주던 남자도 적은 양이지만 고기를 조달해주었다.

9월 말의 어느 날이었다. 한 친숙한 얼굴이 독일 군복을 입고 현관에 모습을 드러냈다. 과거 베를린동물원에서 경비원으로 일하던 사람이었다.

"베를린동물원 루츠 헤크 원장님이 보내서 왔습니다. 안부와 함께 소식을 하나 전해달라고 하셨습니다." 의례적인 말투였다. "원장님이 돕고 싶다며 답변을 기다리고 계십니다."

안토니나와 얀은 깜짝 놀라, 무슨 생각을 하는지 불안해하며 서로 바라보았다. 부부는 국제동물원장협회 연례회의를 통해 루츠 헤크를 알고 지냈다. 협회의 규모는 크지 않았지만 사람 모이는 곳이 으레 그렇듯 이타주의자·실용주의자·복음주의자·무뢰한까지 나름 다양한 사람들로 구성되었다. 20세기 초 동물학자들 사이에는 외래종을 키우는 방법에 대해 견해를 달리하는 두 학파가 있었다. 한 학파는 각각의 동물이 모국에서 누리는 자연서식지·풍경·기후를 인위적으로 만들어주어야 한다고 생각했다. 베를린동물원의 루드비히 헤크 교수와 그의 큰아들 루츠 헤크가 이런 견해의 열광적인 지지자였다. 반대 견해는 동물들을 방임하고 동물원이 어디에 있든 스스로 새로운 환경에 적응하도록 해야 한다고 주장했다. 이런 견해의 대표주자는 루츠 헤크의 동생이자 뮌헨동물원 원장인 하인츠 헤크였다.[13] 바르샤바동물원은 헤크 집안 사람들의 주장을 골고루 받아들여, 동물들이 새로운 환경에 쉽게 적응하도록 설계하면서 동시에 넓고 편안한 서식지를 제공하고자 했다. 당시 폴란드의 동물원들은 동물들을 무조건 좁은 우리 안에 가두어두었으므로, 바르샤바동물원은 폴란드에서 처음 선보이는 새로운 행태의 동물원이었다. 얀은 동물들마다 구역을 정해주고, 해당 구역을 동물의 특성에 맞게 꾸미고, 가능한 한 야생에서 사는 것처럼 친화적인 환경을 만들어주려고 노력했다. 직접 우물을 파서 공급하는 질 좋은 천연수, 정교한 배수체계, 필요한 훈련을 이수한 헌신적인 직원들도 바르샤바동물원의 자랑거리였다.

동물을 돌보는 일을 전문으로 하는 만큼 동물원장들은 누구나 자신의 동물원을 자랑스러워했고, 동물원에 관심과 열정을 쏟았다. 그러므로 이들이 모이면 자연스럽게 공감대가 형성되었다. 이따금 이념 문제로 불쾌한 분위기가 연출되기도 하지만, 연례모임은 언어장벽에도 불구하고 공감대와 우정을 기반으로 서로의 기쁨과 지식을 공유하는 유익한 자리였다. 다른 동물원장들은 폴란드어를 하지 못했고, 얀은 유창한 독일어는 구사하지 못했다. 안토니나는 폴란드어 이외에 약간의 러시아어·프랑스어·독일어를 구사했다. 하지만 여기서도 중립적인 공통어라 할 일종의 에스페란토어(폴란드인의 발명품)가 생겨났다.[14] 독일어와 영어를 많이 쓰면서 사진, 직접 그린 그림, 동물 소리, 무언극을 동원하는 식이었다. 말하자면 연례회의는 동창회나 친목회처럼 화기애애한 분위기였고, 가장 젊은 동물원장 부인이었던 안토니나는 특유의 재치와 호리호리한 외모로 분위기를 사로잡았다. 참석자들은 또한 얀이 정력적이고 결단력 있는 동물원장이며, 희귀동물이 많이 태어나는 동물원으로 훌륭하게 운영하고 있다고 보았다.

헤크는 항상 사람들을 따뜻하게 대했고, 안토니나에게는 유독 친절했다. 하지만 본업인 동물학 연구에서, 그리고 현재의 정치적 행보에서도 나치즘이 강조하는 아리아인을 위시한 혈통주의에 집착했고, 열성 나치당원이 되어 거물급들과 어울리고 있다는 소문이 들려왔다. 제3제국 원수인 헤르만 괴링, 선전장관으로 제3제국의 나팔수 역할을 하는 요제프 괴벨스를 자주 집에 초대하고 사냥도 함께하는 사이라고.

"헤크 교수의 제안에 진심으로 감사드립니다." 안토니나가 정중하게 답했다. "감사하다는 말과 함께 도움은 필요 없다고 전해주세요. 동물원이 정리될 테니까요." 안토니나는 히틀러 정권에서 최고위직에 오른 동물학자로서 헤크가 동물원 정리 업무를 맡은 장본인일 수 있다는 사실을 충분히 생각하고 있었다.

뜻밖에도 이튿날 경비원이 다시 찾아와 헤크가 곧 방문할 것임을 전했다. 경비원이 가고 나자 그들은 어떻게 해야 할지 고민했다. 그들은 헤크를 믿지 않았지만, 한편으로 생각하면 헤크는 안토니나에게 반해 있었고, 같은 동물원장으로서 자빈스키 부부의 상황에 동정을 느낄 만도 했다. 식민지에서는 고위직과 친분이 있느냐에 따라 생존여부가 결정되는 일도 드물지 않으므로, 헤크와 잘 지내는 것은 나름대로 의미가 있었다. 안토니나는 헤크가 자신의 보호자가 되는 그림을 즐기는 모양이라고 생각했다. 〈원탁의 기사〉에 등장하는 기사 퍼시벌처럼, 그녀의 마음도 얻고 동시에 본인의 고귀함도 증명하려는 낭만적인 이상주의자인 양. 헤크의 제안이 선의인지 아닌지를 고민할수록 자꾸 안 좋은 생각들이 떠올랐다. "어쩌면 우리를 가지고 놀려는 것인지도 모른다. 큰 고양이는 늘 가지고 놀 작은 쥐들을 찾는 법이니까."

얀은 헤크의 제안이 선의일 가능성을 주장했다. 동물원장으로서 헤크는 동물을 사랑했고 평생 동물을 보호하며 살았으니, 틀림없이 동료의 불행에 동정심을 느낄 것이라는 논지였다. 그렇게 희망과 두려움이 뒤섞인 상태로 그들은 루츠 헤크의 방문 전날 밤을 보냈다.

야간통행금지령 이후 폴란드 사람들은 별빛을 받으며 한가로이 걷는 일 따위는 할 수 없었다. 그래도 8월에 출현하는 페르세우스자리 유성군과 뒤이어 가을에 쏟아져 내리는 용자리 유성군, 오리온자리 유성군, 사자자리 유성군을 창문을 통해 혹은 발코니에서 볼 수 있었다. 하지만 포격과 자욱한 먼지 덕분에 낮에는 대부분 날씨가 흐렸고 저녁놀은 복잡하고 기기묘묘했으며,

동트기 전에는 부슬부슬 이슬비가 내렸다. 그로테스크한 폐허를 양산하며 광범위한 지역에서 진행 중인 교전과 그로 인한 공해 때문에 오히려 아이러니하게도 하늘은 다채로운 장관을 연출해내었다. 이제는 밤에 선을 그으며 떨어지는 유성을 보면, 모습이 제아무리 연 같아도, 포격과 폭탄의 이미지가 떠올랐다. 이전에 유성과 연결된 심상은 기술적인 것과 동떨어진, 얼음이 얼어붙은 철조망처럼 별들이 찬란하게 빛을 발하는 머나먼 나라에서 온 나그네와 같았다. 오래전에 가톨릭교회에서는 페르세우스자리 유성군에, 성자 세인트로렌스의 축일 즈음에 출연한다는 이유로 '세인트로렌스의 눈물'이라는 기독교 이름을 붙였다. 하지만 유성은 과학현상 자체로 볼 때 더 오묘하고 성스럽다. 티끌 같은 얼음알갱이가 태양계의 가장자리를 유유히 흐르다가 보이지 않는 파동과 중력의 영향으로 지구로 끌려와 땅으로 떨어지는 것이 우리가 보는 유성이니까.

8

루츠 헤크는 1931년에 유명한 아버지로부터 베를린동물원을 물려받자마자 동물원의 자연환경은 물론 이념까지 개조하기 시작했다. 1936년 베를린올림픽에 맞춰 자국 야생동물을 찬미하는 '독일 동물원'을 개장했다. 중앙의 '늑대 바위'를 중심으로 곰, 스라소니, 수달을 비롯한 토종동물 구역이 배치된 형태였다.(늑대는 히틀러를 상징한다. 히틀러의 이름 '아돌프Adolf'는 귀족을 의미하는 '아델Adel' 과 늑대라는 의미의 '볼프Wolf'가 합쳐진 것으로 히틀러 스스로도 자신을 '늑대' 라고 표현했다.—옮긴이) 주변에 흔한 토종의 가치를 강조하고, 군이 지구 반대편의 외래종에 집착할 필요가 없다는 감탄할 메시지를 담은 대담한 애국적 전시였다. 헤크가 요즘 같은 세상에 이런 전시회를 열었다면, 아무도 그의 동기를 의심하지 않았으리라. 하지만 당시의 시대상, 헤크의 평소 신념, 집안이 보여준 국수주의를 고려할 때, 독일이 지배민족이라는 나치 이념을 찬양함으로

써 나치 친구들의 환심을 사려는 의도가 다분했다. 1936년 사진을 보면 헤크가 쇼르프하이데에서 사냥하며 헤르만 괴링과 함께 찍은 사진이 보인다. 쇼르프하이데는 프로이센에 위치한 헤크 집안 사유의 광대한 사냥터였다. 이듬해 헤크는 나치당에 가입했다.

대형동물 사냥을 좋아했던 헤크는 사냥꾼으로 스릴과 모험을 만끽하며 한창때를 보냈다. 일 년에 몇 번씩은 동물원에서 사육할 동물수급 목적으로 사냥을 나섰다. 벽을 장식할 긴 뿔 달린 양머리를 챙기고, 사납게 날뛰는 회색곰 암컷과 정면으로 맞붙는 스릴을 맛보려는 목적도 있었으리라. 그는 야생을 상대하는 위험천만한 사냥을 즐겼는데 특히 아프리카에서의 사냥을 좋아했다. 동료들이 잠든 시간에 캠프용 접의자에 걸터앉아 랜턴 빛에 의지해 사냥 광경을 생생하게 묘사하는 편지를 쓰기도 했다. 모닥불이 활활 타고 육안으로는 보이지 않지만 사자들이 으르렁거리는 소리가 들리는 그런 밤에. 언젠가 그는 편지에서 이렇게 말했다. "앞에는 모닥불이 가물거리고, 끝 모를 어둠이 펼쳐진 뒤에는 보이지 않는 야생동물 소리가 신비롭게 들려온다."[15] 혼자지만 동시에 주변을 둘러싼 포식동물들의 존재를 희미하게 감지하면서, 그는 펜으로 낮의 아슬아슬한 무용담을 재연했다. 스스로 기억해두려는 마음으로, 그리고 이 순간 완전히 다른 세상에 있는 친구들과 나누려는 마음으로. 유럽은 지금 그에게 다른 행성만큼이나 멀게만 느껴졌다. 편지에 현장사진을 동봉하는 경우도 많았다. 올가미로 기린을 잡는 모습, 코뿔소 새끼를 끌고 가는 모습, 땅돼지를 포획하는 모습, 돌진하는 코끼리를 교묘히 피하는 모습.

헤크는 수렵을 기념할 전리품 수집에도 열을 올렸다. 동물원에 전시할 살아 있는 동물, 박제로 만들 죽은 동물, 친구들과 나누거나 액자에 넣어둘 사진은 외진 황야에서 분출되는 본인의 야성을 두고두고 기억하게 해줄 훌륭한 기념품이 될 터였다. 한창 사냥하던 시기에, 그는 본인의 인생 자체를 끊임없이 수집하고 정리하는 사람 같았다. 그는 여러 권의 일기를 쓰고 수백 장의 사진을 찍고 야생에 대한 자신의 열정을 묘사하는 대중서들(『동물—나의 모험』 같은)을 집필했다. 이런 자료들 속에서 그는 자신의 비상한 용기와 냉철함, 노련함을 자세하게 묘사했다. 그는 본인의 강점을 잘 알았고, 자신은 물론 타인에게서 보이는 영웅적인 면모에 감탄을 아끼지 않는 사람이었다. 그는 연례모임에서도 술잔을 기술이며 자신의 무용담을 이야기하곤 했다. 가끔은 본인을 포장하느라 과장한 감도 없지 않지만, 기본적으로 그의 성격은 자신의 직업과 잘 맞았다. 그는 안락한 가정에 안주하지 않고 기꺼이 목숨의 위험을 감수하면서 새로운 모험과 탐험을 갈망하는 부류의 사람이었다. 이런 사람들이 없었다면, 지금까지도 세계지도 속의 지구는 여전히 평평한 모습일 테고, 아무도 나일 강의 수원을 알지 못할 것이다. 그는 가끔 전설 속의 용처럼 아름답고 희귀한 생명체들을 죽였지만, 주로는 산 채로 잡았고 사진을 찍고 동물원에서 전시하는 것을 즐겼다. 열정적인데다 집요한 구석까지 있는 그는 본인이 목표로 정하면 야생에 있는 녀석이든 누군가의 소유든 개의치 않고 달려들었다. 미끼든 책략이든 생각할 수 있는 모든 수단을 동원했고, 동물이 기진

맥진해서 나가떨어지거나 동물 임자가 백기를 들 때까지 집요하게 매달렸다.

수십 년 동안 헤크 형제는 참으로 기상천외하고 환상적인 목표에 매달렸다. 동생 하인츠는 열심히 하는 정도였지만, 형인 루츠는 정신을 못 차릴 만큼 깊이 빠져 있었다. 바로 세 가지 동물의 사라진 순종 혈통을 복원하는 일이었다. 타팬말(Equus f. sylvaticus)로 알려진 중앙아시아 초원지대에서 살았던 몸집이 작은 야생말, 유럽에서 기르는 각종 소의 원종격인 야생소 오록스(Bos primigenius), 유럽들소(Bison bonasus)가 그들의 복원 목표였다. 전쟁 직전 헤크 형제는 자체적으로 오록스 및 타팬말 유사종(자신들의 이름을 따서 '헤크말'이라 불렀다)을 만들어냈지만, 폴란드에 있는 혈통(폴란드에서 순종 혈통 복원을 위해 만들어낸 코니크말)이 좀 더 순종에 가까운, 말하자면 더 깨끗한 혈통의 계승자였다.

반드시 선사시대 동물, 혼혈로 더럽혀지지 않은 순수 혈통이어야 했다. 혈통 복원을 통해 권위와 명성을 얻고 싶었을 뿐 아니라 사라져버린, 그리하여 복원이 불가능해 보이는 동물을 되살리는 데서 성취감을 느끼고, 신처럼 녀석들의 운명을 지배하고 재미삼아 사냥도 하면서 짜릿한 스릴을 맛보고자 하는 지극히 개인적인 동기도 한몫했다. 유전공학은 1970년대에 등장했으니 그와는 거리가 있었다. 헤크는 특정 형질을 나타내는 동물 번식에 사용되는 전형적인 방법인 우생학을 활용하기로 했다. 그의 논리는 다음과 같았다. 동물은 부모 각각으로부터 50퍼센트씩 유전자를 물려받는다, 그러므로 멸종한 종의 유전자도 살아 있는 동물의 유전자 풀에 남아 있다, 따라서 멸종한 종과 가장 유사한 동물들을 교배시켜 번식시키는 작업에 집중하면, 시간이 흘러 선조의 순종 혈통에 닿게 될 것이다. 전쟁 덕분에 그는 작업에 필요한 최적의 표본을 보유한, 유럽의 동물원과 야생동물을 약탈할 빌미를 갖게 되었다.

공교롭게도 헤크가 원하는 동물들이 모두 폴란드에서 번성했고, 특히 비아워비에자 숲이 중요한 역할을 하고 있었다. 그러므로 평판 좋은 폴란드 동물원의 허가를 따내면 합법적으로 폴란드의 동물자원들을 활용할 수 있을 터였다. 독일이 폴란드를 침공하자 헤크는 타펜말의 유전적 특성을 보존한 암말을 찾아서 농장들을 돌아다녔다. 그런 암말을 찾아서 셰틀랜드 조랑말, 아라비아말, 프셰발스키말을 비롯한 야생말들과 짝짓기를 시킬 참이었다. 자신이 복원하고자 하는 이상적인 후손, 크로마뇽인의 동굴에 그려진 황토색 말, 워낙 사나워서 사람이 타기도 힘들 것 같은 그런 말을 낳아주길 바라며. 헤크는 그리 많은 세대를 거슬러 올라가지 않아도 순종 혈통 복원이 가능하다고 보았다. 대략 여섯 세대나 여덟 세대 정도면 충분하리라는 것이 그의 계산이었다. 비교적 최근인 1700년대만 해도 타펜말이 폴란드 북동부 숲을 돌아다녔기 때문이다.

두꺼운 얼음이 유럽 북부를 뒤덮고, 바람이 매서운 툰드라지대가 지중해 지방까지 뻗어 있던 빙하기에, 폴란드 북동부의 울창한 숲과 비옥한 초원은 큰 무리를 지어 이동하는 타펜말에게 안전한 도피처가 되어주었다. 이들은 유럽 중앙 저지대를 한가로이 배회하고, 동유럽 스텝지역에서 마음껏 풀을 뜯고, 아시아와 아메리카 대륙을 질주했다. 기원전 5세기, 그리스 역사가 헤로도토스는 현재 폴란드 영토인 늪지대에서 풀을 뜯는 타팬말 무리를 바라보는 일이 얼마나 즐거웠던가를 이야기했다. 오랜 세월 타팬말은 온갖 사냥꾼들을 물리치고 유럽에서 명맥을 유지했지만 18세기에 와서 개체수가 많이 줄었다. 정찬을 즐기는 고상한 사람들이 타팬말 고기를 높이 평가한 것도 부분적인 이유였다. 맛도 좋았지만 희귀하다는 점이 더욱 사람들의 관심을 끌었다. 번식능력이 좋은 후손을 보려고 타팬말을 농장에서 키우는 말과 이종교배시킨 것도 개체수 감소의 중요한 원인이었다. 1880년 우크라이나에서 사람들에게 쫓기던 최후의 야생 암컷 타팬말이 지표의 갈라진 틈으로 떨어져 죽었다. 생포되었던 최후의 타팬말은 그로부터 7년 뒤에 뮌헨동물원에서 죽음을 맞이했다. 그리고 타팬말이라는 종은 공식적으로 사라지고, 지구생물 기록지의 한 면을 차지하는 과거로만 남게 되었다.

인간은 대략 6천 년 전부터 야생말들을 가축으로 길들였고 동시에 개량하기 시작했다. 반항하는 놈들은 죽여서 식량으로 쓰고 가장 온순한 말들을 번식시켜 안장을 얹어도 쟁기질을 시켜도 순순히 따르는 말을 만들어냈다. 이 과정에서 인간은 말의 타고난 기질까지 바꾸었다. 열정적이고, 거칠고, 제멋대로인 녀석들의 '야성'을 억지로 버리게 만들었다. 넓은 지역에 방목하는 프셰발스키말은 이런 야성을 아직까지 간직하고 있었으므로, 헤크는 프셰발스키말의 전투적 기질을 복원 중인 타팬말 유전자 풀에 집어넣을 생각이었다. 기록에 따르면, 폴란드 말의 혈통을 조사하던 러시아 탐험가 니콜라이 프셰발스키 대령이 1879년 아시아 혈통의 야생말을 '발견'하여 이를 자기 이름을 따서 명명했다고 한다. 당연한 얘기지만 프셰발스키에게 '발견된' 말은 몽골 사람들에게는 익숙한 종으로 이미 '타크히'라는 이름을 갖고 있었다. 헤크는 타크히의 신체조건과 기질을 꼼꼼히 검토하고 자기가 생각하는 조건에 대입해보았지만, 그가 원하는 것은 훨씬 오래된 종, 선사시대 지구를 지배했던 말이었다.

진정 강하고 완벽한 말. 발굽이 선명한 앞발로 땅을 박차며 거칠게 반항하는 관능적이고 극도로 예민한 말. 하인츠 헤크는 전쟁 후에 그와 형이 호기심에서 혈통 복원 프로젝트를 시작했지만,[16] 동시에 "인간이 인간을 포함한 생물체에 대한 광적인 파괴 행위를 멈출 수 없는 상태에서, 이미 멸종시킨 동물 중에 일부라도 복원할 수 있다면 최소한의 위로가 되리라는 생각도 했었다"고 썼다. 그러나 사냥할 동물이 없는데 타고 달릴 타팬말이 왜 필요하겠는가?

이윽고 루츠 헤크는 바르샤바동물원에서 훔친 것을 포함해 몇 안 되는 유럽들소들도 지극정성으로 보살폈다. 선조들이 그랬듯, 나무의 정령들이 사는 비아워비에자 숲에서 번성하기를 바라며. 헤크는 햇빛이 수십 미터 높이의 참나무 가지 사이로 내리쬐는 시간에 산길을 따라 질주하는 유럽들소의 모습을 상상했다. 늑대·스라소니·야생곰을 비롯한 사냥감들로 생기가 넘치는 숲에 머지않아 자신이 복원한 고대 말들이 합류하는 그런 광경을 꿈꿨다.

헤크는 또한 전설의 황소 오룩스를 복원하려 했다. 한때 유럽 최대의 육상동물이었고 억센 기질과 잔인함으로 악명 높았던 동물이다. 대략 1만 2천 년 전, 빙하가 녹아내릴 무렵 거대 포유류가 대부분 사라졌지만 북유럽의 냉온대림에 소수의 오록스가 살아남았다. 현대에 가축으로 기르는 모든 소가 당시 살아남은 몇 안 되는 오록스의 자손이다. 8천 년 전에 오록스를 길들여 가축화하기는 쉽지 않았으리라. 진화론적 관점에서 보자면 비교적 최근이랄 수 있는 1600년대에 멸종되었기 때문에 헤크는 오록스를 복원할 수 있다고 판단했고 오록스를 '종족퇴화'에서 구하려 했다. 헤크는 스와스티카(swastika) 문양과 함께 오록스가 나치즘의 상징으로 쓰일 날을 꿈꾸었다. 당시의 일부 그림을 보면, 정신적인 온화함과 엄청난 물리력을 결합시킨다는 의미로 오록스와 스와스티카 문양을 함께 그린 표장도 더러 보인다.

여러 고대 문명에서 오록스 황소를 숭배했는데 특히 이집트·키프로스·사르디니아·크레타 섬(최고 통치자를 성스러운 황소의 후손으로 간주했다)이 오록스 숭배로 유명하다. 그리스 신화에서 제우스는 종종 황소의 모습으로 둔갑한다. 아름다운 인간을 유린하여 신비로운 능력을 지닌 후손을 낳는 데 유리했던 모양이다. 에우로페를 납치할 때 제우스는 짧은 턱수염에 뾰족하고 거대한 두 개의 뿔을 가진, 아름다운 황소, 오록스의 모습이었다(오록스의 뿔은 큰뿔소의 뿔, 혹은 〈니벨룽겐의 노래〉에서 용사들의 투구에 붙은 뿔과 비슷했다). 제3제국의 숭배동물로 이만한 동물이 어디 있겠는가? 나치 고위층도 헤크처럼 오록스 혈통 복원에 강한 의지를 보이는 동시에 이 작업이 멸종동물의 재창조 이상의 의미를 가진다는 사실을 분명히 했다. 히틀러가 권력을 장악한 이후, 종족적 순수성을 확립한다는 나치즘의 생물학적 목표와 관련된 많은 프로젝트가 양산되었고, 그 과정에서 강제 불임수술·안락사·대량살상이 정당화되었다.[17] 제3제국의 핵심 과학자로 헤크의 동료이자 절친한 벗인 오이겐 피셔는 '인류학·유전학·우생학 연구소'라는 것을 설립했는데, 요제프 멩겔레를 비롯해 포로수용소 입소자들을 실험용 쥐로 사용한 가학적 성향을 지닌 나치 친위대 소속 학자들의 연구를 지원하는 곳이었다.[18]

오이겐 피셔는 격렬함과 혈기왕성한 남성성, 즉 선천적으로 용감하고, 대담무쌍하며, 사납고, 억세고, 기민하고, 활기차고, 의지가 강한 것에 매료되었다. 그는 인간에게서 일어난 유전적 돌연변이도 가축의 그것만큼이나 파괴적이라고 보았다. 또한 유전적인 혼합은 본연의 강인함을 잃게 만든다면서 인종적 순수성을 강조하고, 이종교배는 "아름답고, 훌륭하며, 영웅처럼 당당하던" 야생동물의 본성을 바꿔버린 것처럼 인간이라는 종족을 퇴화시킬 것이라고 주장했다. 나치즘은 툴레회·튜튼기사단·민족정체성 운동·범게르만주의를 비롯해 여러 국수주의 예찬 집단을 양산한, 20세기 초 독일 사회에서 기승을 부리던 신비주의에 뿌리를 두었다. 이들 신비주의 집단은 아리아인을 초인적인 종족이라고 찬미하며, 모든 열등한 종족을 시급히 없애야 한다고 믿었다. 그들은 고대에 초인적인 선조들이 지혜와 권력, 번영을 가져다준 영지주의 통치원리에 따라 세상을 다스렸으나, 이방인의 적대적인 문화(말하자면 유대인·가톨릭·프리메이슨)가 들어와 그런 전통을 밀어내고 자리를 꿰찼다고 주장했다. 또한 선조들은 구원의 지식을 신비로운 형태(이를테면 룬 문자·신화·전통)로 암호화해놓았고 선조들의 영적인 후계자들만이 암호를 해독할 수 있다고 믿었다.

이런 인종적 순수성에 대한 논리는 콘라트 로렌츠와 더불어 전성기를 맞는다. 로렌츠는 노벨상을 수상한 과학자로 나치 집단에서 존경받았던 인물이다. 그는 대중적인 인기를 끌었던 『서구의 몰락』(1920)이라는 저서에서 모든 문명은 필연적으로 사멸한다고 주장했던 오스발트 슈펭글러의 주장에 공감하면서도 슈펭글러의 비관주의에는 동의하지 않았다. 대신에 로렌츠는 무계획적인 교잡에 의한 야생동물의 가축화가 문명이 어떻게 몰락하는지 보여주는 전형적인 예라고 주장하면서 생물학적인 해결책을 제시했다. 바로 종족위생학이었다. '퇴화하는' 인자들을 제거함으로써 몰락을 미연에 방지하는, "과학적인 원리에 따라 신중하게 수립된 인종정책"[19]을 의미하는 것이었다. 로렌츠는 종·인종·민족이라는 단어를 상호 대체 가능한 의미로 사용하면서, "건강한 민족의 신체는 '퇴화요소'의 침투를 종종 '지각'하지 못한다"고 경고했다.[20] 그는 이런 퇴화를 신체적으로 문제 있는 사람의 암으로 묘사하고 각 동물의 목표는 종족보존이라고 역설하면서, 성서도 옹호한다는 윤리적 계명에 호소했다. "무엇보다도 너희 민족의 미래를 사랑하여야 한다"는 구절로써. 그리고 "온전한 가치"를 가진 사람과 "열등한 가치"를 가진 사람(정신적 또는 신체적 장애를 안고 태어난 모든 인종과 개인이 포함된다)으로 나누어, 사람이든 동물이든 열등한 존재는 제거해야 한다고 주장했다.

헤크는 로렌츠의 주장에 적극 동조하며 독일의 자연환경을 바꾸고, 정화하고, 다듬고, 완전하게 만들겠다는 대망을 품었다. 나치즘의 열성신자가 된 헤크는 나치 친위대의 환심을 샀고, 인종순수성에 대한 피셔와 로렌츠의 사상을 받아들이면서 히틀러와 이상적 후원자라 할 수 있는 헤르만 괴링[21]의 총애를 받게 되었다. 이들이 꿈꾸는 위생적인 유토피아에서, 헤크의 임무는 기본적으로 자연을 재창조하는 일이었으며 이런 작업에는 돈이 들게 마련이었다. 헤크는 괴링이 풍부한 재력을 갖춘 관대한 후원자라는 사실을 알았다. 그에 대한 답례로 헤크는 폴란드의 위대한 자연의 보물이자 세월조차 비켜간 환상적인 원시림, 폴란드와 벨로루시 국경에 위치한 비아워비에자 숲에 대한 지배권을 선사하고 싶었다. 헤크가 정확히 간파한 것처럼, 대부분의 소지품에 가문의 문장을 찍고 "기다란 가죽조끼, 매끈한 수렵용 장화, 풍성한 비단 셔츠 같은 중세복장으로, 창을 꼬나들고 빌라과 영지 주변을 위풍당당하게 행진하고 싶어하는" 남자에게 이보다 좋은 선물은 없었다. 다수의 독일 귀족이 나치당의 요직을 차지했고, 군 수뇌부 대부분이 사냥용 별장이나 사냥터를 갖고 있었다. 그러므로 최고의 사냥감들을 확보하고 독창적인 방식으로 비축해두는 것이 헤크의 중요한 임무 가운데 하나였다. 하나뿐인 유럽의 원시림을 소유한 데다 중세 성들이 곳곳에 산재한 폴란드는 최적의 조건을 갖춘 사냥터였다. 전쟁 전에 찍은 괴링의 사진 중에는 베를린 북부에 위치한 호사스러운 사냥용 별장에서 찍은 것도 있다. 발트 해까지 뻗은 광대한 부지에 있는 개인 사냥터로 총넓이가 64제곱킬로미터에 달하는데, 괴링은 그곳에 엘크·사슴·야생곰·영양을 비롯한 다양한 사냥감들을 가져다놓았다.

 더 확장해서 보자면 나치는 열렬한 동물애호가요 환경보호주의자로서 정권을 잡은 뒤 미용체조와 건강한 생활방식, 정기적인 교외나들이, 포괄적인 동물권리보호 정책을 내놓고 장려했다. 괴링은 시민들의 여가생활을 윤택하게 하면서 동물도 보호하는 일석이조의 효과를 지닌 야생동물보호구역('녹색 허파')을 지원하고, 주변 풍광이 아름다운 곳에 고속도로를 내는 일을 자랑으로 여겼다. 이런 나치의 정책은 루츠 헤크뿐만 아니라 물리학자 베르너 하이젠베르크, 생물학자 카를 폰 프리슈, 로켓 설계자 베르너 폰 브라운 같은 세계적인 과학자들에게 훌륭하다는 인상을 주었다. 제3제국 하에서 동물들은 사람과 더불어 고귀하고 신비한 존재, 거의 천사 같은 존재로 대접받았다. 물론 슬라브족·집시·가톨릭교도·유대인은 그런 사람에서 배제되었지만. 멩겔레의 실험 대상들은 진통제 하나 없이 수술받았음에도, 한 저명한 생물학자가 실험 도중 곤충을 충분히 마취시키지 않았다는 이유로 처벌받은 적이 있는데, 이는 나치의 동물애호 성향을 단적으로 보여준다.

9

사실상 빛이 차단된 데다 동물들도 대부분 사라진 터라, 침실로 흘러드는 햇빛과 동물들의 별난 합창으로 새벽시간을 가늠할 수도 없었다. 침실 창문에는 합판이 대어져 있고 동물들의 외침도 없어지거나 억눌린 상태라, 안토니나는 어둠과 침묵 속에서 잠을 깼다. 정적이 얼마나 깊은지 신체기관이 돌아가는 소리, 예를 들면 피가 출렁이고 폐가 울리는 소리까지 들릴 것만 같았다. 어둠은 또 얼마나 깊은지, 반딧불이가 춤을 추면 건너편의 눈동자에 비친 자기 모습을 볼 수 있을 정도였다. 얀이 테라스 문 옆에서 옷을 입고 있다 하더라도 안토니나는 알아보지 못할 것이다. 침대 저쪽으로 손을 뻗어 베개를 쓰다듬어본 다음에야 얀이 없는 것을 확인할 수 있었다. 여느 때 같으면 전쟁 전 활기찼던 동물원에 대한 기억에 빠져 그대로 누워 있고 싶은 유혹을 느꼈을지 몰랐다. 안토니나가 쓴 어린이 책에서 묘사한 꿈결 같은 광휘에 빠져서. 하지만 이날만은 그럴 수 없었다. 이것저것 처리할 일이 많아 바쁘게 움직여야 했다. 동물들한테 음식을 주고, 리시를 준비시켜 학교에 보낸 다음 헤크의 방문에 대비해서 집도 정리해야 했다.

안토니나는 헤크를 "진정한 독일 낭만주의자"라고 생각했다. 정치적 견해에서는 고지식하고 어찌 보면 오만했지만, 세련되고 인상적인 사람이라고. 헤크의 관심에 우쭐해지기도 했다. 안토니나를 보면 자기가 많이 좋아했던 첫사랑이 떠오른다고 했다는 말도 그를 아는 다른 친구로부터 전해 들었다. 서로 만날 일이야 많지 않았다. 그래도 안토니나와 얀이 가끔 베를린동물원을 방문했고, 헤크는 사냥 도중 찍은 사진을 애정 어린 편지와 함께 보내주곤 했다. 편지를 보낼 때면 부부가 하는 일에 대한 칭찬도 빼놓지 않았다.

안토니나는 사교모임에 즐겨 입는 물방울무늬 드레스 중 하나를 입었다(레이스 달린 것도 있고, 칼라에 주름장식이 있는 것도 있었다). 사진 속의 그녀를 보면 항상, 스라소니의 얼룩무늬처럼 작은 물방울무늬나 색깔이 옅고 굵은 물방울무늬 옷을 입은 모습이다. 배경은 주로 검은색이나 짙은 감색이어서 그녀의 금발머리가 유독 눈에 띈다.

얀과 안토니나는 현관에서 헤크의 차가 정문을 통과해오는 모습을 지켜보았다. 그리고 차를 주차할 무렵 부부는 당연히 미소를 지어보였다.

"안녕하신가요, 여러분!" 헤크가 차에서 내리며 인사를 건넸다. 키가 크고 근육질인 헤크는 머리를 뒤로 빗어 넘겼고 검은 콧수염은 깨끗하게 손질한 단정한 모습이었다. 나치 장교 제복을 입고 있었는데 예상했던 일인데도 부부한테는 어색하게 느껴졌다. 그동안 민간인으로 동물원 유니폼이나 사냥복을 입은 모습에 익숙해 있던 탓이었다.

헤크가 얀과 따뜻한 악수를 나눈 다음 안토니나의 손에 키스했다. 손에 키스하는 것이 폴란드의 풍습이므로 마땅히 그랬겠지만, '진정한 독일 낭만주의자'가 과연 '어떤' 키스를 했을까는 그리 간단한 문제가 아니다. 무심하게? 아니면 호들갑스럽게? 입술이 손등에 닿았을까, 아니면 입김만 살짝 닿았을까? 악수와 마찬가지로 손에 하는 키스도 미묘한 감정들을 표현한다. 여성성에 대한 경의, 두근거리는 가슴, 마지못한 인사치레, 내밀한 헌신의 순간을.

동물학자로서 헤크와 얀은 희귀동물 사육 문제를 논의했을 것이다. 특히 헤크가 관심을 가진 녀석들에 대해서. 그의 필생의 사명(혹자는 강박이라고도 한다)은 나치의 욕망과도 환상적으로 맞아떨어지는, 타고 다닐 순종말과 사냥할 순종동물들을 복원하는 것이었다.

희귀동물에 관한 이야기를 나누며 얀과 루츠는 폴란드 토종, 특히 비대한 몸집에 턱수염이 있고 털이 많은 유럽들소(Bison bison bonasus)에 대한 애정을 공유했다. 북아메리카 들소(Bison bison)와 사촌지간으로 유럽에서 가장 큰 육상동물이기도 했다. 얀은 이들 소과 동물 전문가로 폭넓은 인정을 받았고 국제유럽들소보존협회에서도 핵심적인 역할을 맡고 있었다. 1923년 베를린에서 창립된 보존협회는 현존하는 유럽들소를 모두 파악하는 일을 첫 번째 과제로 삼았다. 동물원에 있든 개인 수집물이든 상관없이. 협회는 총 54마리의 유럽들소를 찾아냈는데 대부분은 번식적령기를 훌쩍 넘긴 것들이었다. 1932년 하인츠 헤크가 이들의 혈통을 추적해 첫 번째 유럽들소 혈통대장을 완성했다.[22]

안토니나는 나중에, 헤크가 전쟁 전에 만났던 일이며 그들의 공통 관심사를 추억하면서 설립한 지 얼마 되지 않은 동물원에 쏟는 부부의 노고를 거듭 칭찬하는 소리를 듣고 희망을 느꼈다고 썼다. 마침내 대화가 헤크의 실질적인 방문 목적으로 이어졌고, 안토니나의 기억에 따르면 대략 다음과 같았다.

"제가 약속드리겠습니다." 헤크가 진지한 표정으로 말했다. "믿으셔도 됩니다. 제가 독일 수뇌부에 대단한 영향력을 행사하진 못하지만, 그래도 바르샤바동물원에 관대한 처분이 내려지도록 설득하겠습니다. 그리고 여기 있는 중요한 동물들을 독일로 데려갈 겁니다. 맹세컨대 녀석들을 진심으로 잘 돌봐드리겠습니다. 이곳 동물들을 잠시 '빌려준다'고 생각하세요. 전쟁이 끝나는 즉시 돌려드리겠습니다." 헤크가 안토니나를 보며 안심하라는 미소를 짓더니 말을 이었다. "그리고 부인께서 특별히 아끼는 스라소니들은 제가 직접 돌보겠습니다. 제가 관장하는 쇼르프하이데동물원이 녀석들한테 좋은 집이 될 거라고 확신합니다."

이후 대화는 폭탄으로 황폐화된 바르샤바의 운명을 비롯해 민감한 정치적인 주제들로 이어졌다.

헤크가 말했다. "적어도 한 가지는 축하할 일이지요. 바르샤바에서 9월의 악몽은 끝났다는 겁니다. 향후에 독일군이 바르샤바에 폭탄을 투하할 계획 따위는 없으니까요."

"전쟁이 나면 희귀동물들을 어떻게 하실 겁니까?"

"그런 질문을 많이 받았습니다. 위험한 맹수들은 어떻게 할 거냐, 공습 도중에 맹수들이 도망치면 어떻게 되느냐, 이런 질문을 포함해서요. 생각만 해도 끔찍한 일이지요. 영국이 폭격을 해서 베를린동물원이 파괴된다면, 그런 악몽이 없을 겁니다. 다른 유럽 동물원이 폭격을 당하면 어떻게 될까 하는 것도 마찬가집니다. 정말 생각하기도 싫은 얘기지요. 아마 그래서 두 분의 처지가 제 마음을 더 아프게 하는 것 같습니다. 끔찍한 일입니다. 최선을 다해 두 분을 도와드리겠습니다."[23]

"독일군이 이미 러시아에 등을 돌렸다고 하던데……."

"당연히 그럴 겁니다. 하지만 러시아 제압은 영국의 도움 없이는 불가능하리라 봅니다. 현재로선 영국이 적대적이라 우리의 승산이 희박합니다."

많은 것을 헤크에게 걸고 있는 만큼 안토니나는 그를 신중하게 살폈다. 언뜻 스치는 감정이라도 강렬한 것이라면 얼굴에 드러나게 마련이다. 공포나 거짓말할 때의 죄책감 같은 것은 특히. 전쟁이 안토니나의 인간에 대한 믿음을 파괴한 측면이 없잖아 있지만, 그래도 바르샤바 동물원의 참화는 분명 헤크에게 충격을 준 것 같았다. 히틀러의 결정에 대한 헤크의 비관적인 전망도 안토니나를 놀라게 했다. '제3제국 관료의 입에서 저런 말이 나오다니, 정말 충격이야.' 더구나 전쟁 전부터 알아온 사이지만 좀체 자신의 정치적 견해를 드러내는 법이 없었고, 오히려 "독일이 잘못할 리는 없다"는 논조만 되풀이한 위인이라 더욱 놀라웠다. 그럼에도 헤크는 곧 그녀가 아끼는 스라소니와 다른 동물들을 독일로 데려갈 것이다. 그의 말대로라면 돌봐주기 위해 빌려 가는 것이었다. 그녀로서는 그의 말에 따르고 그를 친절하게 대하고 최후까지 낙관하는 수밖에 달리 선택의 여지가 없었다.

10

저작과 행동에서 드러나는 루츠 헤크의 모습은 바람 따라 변하는 풍향계처럼 종잡을 수 없다. 필요에 따라 '매력덩어리'와 '냉혈한' 사이를 오갔으며, 목적에 따라서 맹수처럼 잔인한가 하면 한없이 따뜻하기도 했다. 그래도 '동물학자'인 헤크가 일반적으로 인정되던 잡종강세(雜種强勢), 즉 이종교배가 혈통을 더욱 강인하게 만든다는 이론을 무시했다는 사실은 여전히 놀랍다. 분명 그는 잡종이 면역체계도 뛰어나고 유전적 약점을 극복할 수단도 풍부하다는 사실, 반면에 근친교배종은 아무리 '완벽해도', 어떤 질병이든 한 개체에게 치명적인 질병이면 다른 모든 개체에게도 치명적이므로 근본적으로 취약하다는 사실을 알고 있었을 것이다.[24] 그래서 동물원들은 치타, 유럽들소 같은 멸종위기동물의 혈통대장을 꼼꼼하게 작성하고 생존에 유리한 방향으로 짝짓기를 시킨다. 여하튼, 아주 먼 옛날, '아리아인이니, 아니니' 하는 구분조차 없던 시절부터 선조들은 여러 인종이 어울려 살았고 이웃 종족간의 혼혈도 종종 일어났으며 덕분에 더욱 강하고 매력적인 후손들이 태어나 번성했다. 모든 현대인은 바로 그 강인하고 말하기 좋아했던 혼혈, 특히 대략 1만 개체 중에 하나만 살아남은 개체군 병목현상(개체군이 짧은 기간에 감소되어 유전자 빈도의 무작위적 변화가 일어나는 현상으로 유전적 병목현상이라고도 한다.―옮긴이)을 거쳐 살아남은 자의 후손이다. 2006년 미토콘드리아 DNA(세포의 세포질에 있는 미토콘드리아에 존재하는 DNA로, 부모에게서 반반씩 물려받는 핵 DNA와 달리 어머니한테서만 물려받는다.―옮긴이)검사로 아슈케나지 유대인의 모계 선조를 추적한 결과 이들의 모계 선조는 2세기에서 3세기경에 근동지방에서 이탈리아로 이주한 네 명의 여성인 것으로 밝혀졌다(1931년 당시 세계 유대인 92퍼센트가 아슈케나지 유대인에 속했다).[25] 이렇게 보면 인류 전체가 혹자는 남자라고 하고 혹자는 여자라고 하는, 한 사람의 유전자 풀에서 유래했을 수 있다.[26] 인류 전체의 운명이 하나의 유전자 풀이라는, 결과를 알 수 없는 도박에 의해 결정되었다는 사실이 믿기지 않지만, 그렇기 때문에 '우리'는 자연의 경이인 것이다.

수십 년 동안의 야생동물 연구가 인종청소는 인간에게 유용하며 불가피한 현상이라는 헤크의 생각에 영향을 미쳤을 수도 있다. 헤크는 인종청소를 유전적인 혈통을 보다 적응능력이 강한 것으로 대체하는 '혁신동력'으로 보았는데, 이런 발상은 동물의 왕국 곳곳에서 펼쳐지는 드라마와 닮은 구석이 있다. 사자를 예로 들어보자면 일반적인 시나리오는 이렇다. 침략자가 인근 무리를 공략하여 우두머리격인 수컷을 죽이고 해당 수컷의 새끼들까지 학살한 다음, 강제로 무리의 암컷들과 짝짓기를 하여 자신의 혈통을 세우면서 이전 수컷의 영토를 손에 넣는다. 속임수와 부정에 능하고 도덕성 논란을 걱정하는 인간은 그런 동물적인 본능에서 나온 행동을 '정당방위였다, 불가피했다, 충성심의 발로였다, 집단의 이익 때문이었다' 등의 말로 교묘하게 위장할 뿐이다. 제1차 세계대전이 한창인 1915년 터키인들이 아르메니아인을 학살할 때도 그랬고, 1990년대 중반 보스니아에서 세르비아 정교회교도들이 이슬람교도를 몰살시킬 때도 그랬다. 1994년 후투족과 투치족 사이에 전쟁이 일어났던 르완다에서 수백만 명이 학살당할 때도 (여자들은 성폭행을 당했다) 마찬가지였다.

그러나 홀로코스트는 달랐다. 훨씬 계획적이었고, 첨단기술과 체계적인 방법론이 동원되었으면서도 동시에 훨씬 야만적이었다. "독일의 범죄는 지금까지 알려진 가장 엄청난 범죄다. 역사라는 범위를 넘어 진화라는 범위에서 이루어졌다는 점에서."[27] 생물학자 르콩트 뒤 노위가 『인간의 존엄성』(1944)에서 한 말이다. 그렇다고 과거 인간이 진화에 개입한 적이 전혀 없었다고 말하는 것은 아니다. 알다시피 인간은 지금까지 많은 동물을 멸종시켰고, 아마 다른 인간 혈통을 그렇게 한 적도 있을 것이다. 그렇다 해도 본능에 따른 행동이 항상 불가피한 것은 아니다. 인간은 때로 제멋대로 날뛰는 본능을 억제하며, 항상 자연법칙대로만 행동하는 것도 아니다. 아마도 영토를 확보하면서 동시에 혈통을 정화하라는 히틀러의 명령이 헤크 같은 부류에게는 태곳적 본능에 적합하다고 느껴졌고, 심지어 피할 수 없는 필연으로까지 보였던 모양이다.

헤크는 또한 결과를 중시하는 실용주의자였고, 동물원을 포함한 폴란드 영토는 어차피 독일에 의해 새로운 형태로 바뀔 터였다. 그러므로 폭격으로 처참히 파괴된 바르샤바동물원을 방문했을 때도 음흉한 속내 따위는 드러내지 않았다. 자신의 방문이 독일의 동물원과 사냥터에 필요한 훌륭한 동물들과 값으로 따질 수 없는 혈통기록 약탈을 정당화하는 구실이라는 것을. 헤크는 동생 하인츠와 함께 독일 제국에 헌신하면서 독일의 자연환경에 잃어버린 활력과 짜릿한 사극을 불어넣으려 했다. 히틀러가 인류에게 새로운 활기를 불어넣으려 했던 것처럼.

헤크는 자빈스키 부부에게 자신은 동물원 폐쇄와는 무관하며, 나치 고위층에 영향력을 행사할 위인도 못 된다고 거듭 강조했다. 하지만 안토니나는 거짓말일지도 모른다는 의심을 떨칠 수 없었다. 헤크가 고위층에게 엄청난 영향력을 행사하고 있으며, 심지어 자신들의 운명을 직접 좌지우지할 수도 있으리라고. 동물원의 참담한 미래가 자빈스키 부부를 고문했다. 부부는 동물원이 해체되고, 파헤쳐지고, 새로운 형태로 재편되어 전쟁 통의 전사자처럼 아예 사라져버릴까 두려웠다. 얀은 어떻게 해서라도, 무슨 일이 일어나더라도 동물원에 남아 있어야 했다. 동물원이 지하운동을 돕고 있었으므로. 얀이 속한 프라가 지부는 90개 소대에 군인 6천 명을 거느린, 바르샤바에서 가장 큰 지부였다.[28]

국내군은 런던에 본부를 둔 폴란드 망명정부가 통솔하는 폴란드군의 국내 비밀 부대로 세포조직, 무기저장고, 수류탄 제조공장, 학교, 안전가옥, 연락책, 무기·폭약·무선수신기를 만들 실험실까지 갖춘 강력한 조직이었다. 국내군 소위였던 얀은 동물원을 제3제국이 손대지 않고 그대로 두고 싶어할 무엇으로 위장할 방법을 찾아야 했다. 독일에는 먹여야 할 군대가 있었고 독일군은 돼지고기라면 사족을 못 썼으므로, 얀은 루츠 헤크에게 쓰러져가는 동물원 건물들을 활용해 대형 돼지농장을 해보면 어떻겠냐는 이야기를 꺼냈다. 폴란드같이 황량한 기후에서 돼지를 기르려면 제대로 된 건물과 부지가 있어야 할 테고, 예전 동물원 직원들에게 다소의 수입도 안겨줄 터였다. 바르샤바 유대역사연구소에서 얀이 증언한 바에 따르면, 돼지에게 먹일 음식물 찌꺼기 수거를 빙자하여 게토의 "친구들에게 돈·베이컨·버터를 가져다주고, 이런저런 메시지도 전해줄" 요량이었다. 안토니나의 이야기를 들어보자.

우리는 헤크가 믿지 못할 사람이며, 속상한 일이지만 동물원을 구할 희망이 없다고 판단했다. 그런 판단이 서자 차선책을 제안하기로 했다. 얀은 동물원 건물을 활용한 대규모 돼지농장을 운영하기를 바랐다. [……] 동물원에서 예전처럼 야생동물들을 기르겠다는 희망은 버렸다. 독일인들이 녀석들을 살려둘 리 만무했으니까.

안토니나의 판단이 옳았다. 헤크는 돼지농장은 허락했지만 본인의 혈통 복원 및 품종개량 실험에 필요 없는 '하찮은' 동물들의 안녕 따위는 안중에 없었다. 처음 며칠 동안은 오고가는 대형 운반차 행렬이 이어졌다. 전쟁 통에 고아가 된 코끼리 투징카는 쾨니히스베르크로 보냈다. 낙타와 라마들은 하노버로, 하마는 뉘른베르크로, 프셰발스키말은 서둘러 뮌헨에 있는 동생 하인츠에게 보냈다. 스라소니·얼룩말·들소는 베를린동물원으로 보내기로 했다. 안토니나로서는 이런 급격한 변화에 동물들이 얼마나 어리둥절할지 걱정이 앞섰다. 화물차에서 내리면 우리, 직원, 기후, 일상과 식사 시간, 심지어 달래고 고함치는 언어까지, 그야말로 모든 것이 낯설 것이다. 우리를 함께 쓰는 낯선 친구며 사육사를 비롯해 새로운 생활에 익숙해지기까지는 시간이 걸릴 것이다. 특히 함께했던 무리 또는 가족이 갑자기 보이지 않는 상황에 익숙해지기까지는. 더구나 폭격으로 혹은 화마로 죽을 고비를 넘긴 것이 엊그제였다. 엄청난 충격이 가시기도 전에 녀석들로서는 천지개벽과도 같을 변화를 겪게 생겼으니 더욱 문제였다. 이를 바라보는 안토니나의 고통은 갑절이었다. 아끼던 동물들을 떠나보내야 하는 친구로서 겪는 고통, 직접적인 피해자로서 겪는 고통까지.

번식에 필요한 동물들을 모두 독일로 보낸 뒤에 헤크는 새해 전야에 동물원에서 사냥 파티를 열겠다고 했다. 새해전야 사냥 파티는 소음이 나쁜 정령들을 겁주어 쫓아버린다는 토속신앙에 따라 북유럽에 내려오는 풍습이었다. 젊은 남자들이 말을 타고 농장을 돌면서 총을 쏘고 함성을 질러 악마를 쫓아내면, 농장 주인이 젊은이들을 불러 음료를 대접했다. 가끔은 어린 소년들이 나무 주위를 돌면서 라이플총을 쏘고 종을 흔들고 각종 냄비들을 두드리기도 하는데, 잠든 자연을 깨우고 풍성한 수확을 기원한다는 의미를 담고 있었다. 나무에는 열매가 주렁주렁 열리고 땅에서는 곡식이 무럭무럭 자라기를 바라는, 시대를 초월한 오랜 의식이었다.

헤크는 전통을 왜곡하여 희한한 행사를 마련해 친위대 친구들을 초대했다. 동물원 부지에서 진행되는 사적인 사냥 파티로 평소 보기 힘든 외래동물들과 뒤섞여 신나게 노는, 일종의 특권을 누리는 자리였다. 사냥이라곤 처음인 풋내기나 만취한 총잡이라도 수확을 올릴 터였다. 헤크는 내면에 대형동물을 잡으려는 사냥꾼 기질과 자연주의자 기질이 공존하는 사람이었다. 권력자 친구의 환심을 사는 데 도움이 된다면, 역설적이게도 타인의 동물원에서 동물들을 죽이는 것을 전혀 꺼리지 않는 '동물원 사육사'였다. 헤크를 비롯한 핵심 사냥꾼 멤버들이 일요일에 도착했다. 그들은 독일군의 연전연승에 고무되어 맘껏 술을 마시고 흥겹게 웃고 떠들었다. 그리고 구내를 돌아다니면서 울타리나 우리 안에 있는 동물들을 재미 삼아 쏘아댔다. 괴링과 그가 들고 다니는 중세풍의 멧돼지 창만 빠져 있었다.

"우리는 동물 살육으로 충격받았다. 회복기 환자한테 열병이 다시 도지는 기분이었다. 상쾌한 겨울날, 유유히 그리고 냉혹하게 저지르는 만행 앞에서." 안토니는 일기에서 이렇게 말했다. 술기운에 들뜬 헤크의 친구들이 무기를 들고 도착하는 모습을 보고 안토니나는 최악의 사태를 우려해 리시를 집 안에 두기로 했다.

"엄마, 라마 서식지에 낮은 언덕에서 썰매 타고 싶어요. 나가게 해주세요." 종일 비좁은 실내에 갇혀 있다 보니 짜증스러운지 아이가 불평을 터뜨렸다. "심심해 죽겠어요. 친구도 없고."

"방에 가서 『로빈슨 크루소』 읽을까?" 안토니나의 제안에 아이는 마지못해 계단을 올라갔다. 아이 침대에 쭈그리고 앉아서 등불 옆에서 아이가 좋아하는 책을 읽어주었다. 하지만 아이는 이미 엄마의 심란함을 눈치채고 덩달아 안절부절못했고 흥미로운 부분에서도 좀처럼 집중하지 못했다. 갑자기 총소리가 겨울날의 정적을 갈랐다. 총성이 울릴 때마다 메아리가 뒤따랐다. 라이플총 소리가 지면을 흔들었다. 창문에 덧문까지 내렸어도 들릴 만큼 큰 소리였다.

"엄마, 무슨 소리예요?" 놀란 아이가 엄마의 소맷자락을 붙들며 물었다. "누가 총을 쏘는 거예요?"

안토니나는 책만 뚫어져라 바라보았다. 글씨들이 눈에 들어왔지만 소리 내어 읽을 수도 움직일 수도 없었다. 손은 얼어붙은 것처럼 펼쳐진 책장 날개를 꼭 붙들고 있었다. 지난 몇 달 동안 모든 것이 급작스럽고 현기증이 날 것 같은 시간들이었지만 어떻게든 그녀는 견뎌냈다. 하지만 이번에는 "정치나 전쟁과 상관없이 순전히 근거 없는 학살"이었다. 지금 저들이 자행하는 만행은 굶주림이나 절박함 때문도 아니고 정치적인 제스처도 아니었다. 불쌍한 동물들은 들판에, 숲에 너무 흔하다는 이유로 죽임을 당하고 있었다. 친위대는 고유한 생명체로서 동물들의 존엄성을 무시했을 뿐 아니라, 원초적 공포나 고통을 가진 존재라는 점도 인정하지 않았다. 이는 자극만 좇는 포르노그래피와 다를 바 없었다. 여기서는 살육이 가져다주는 순간의 스릴이 생명체의 목숨보다 중대했다. '앞으로 얼마나 많은 사람이 이렇게 죽어갈까?' 도살장을 보고 거기서 나는 피 냄새를 맡는 것이 더욱 끔찍하겠지만, 총소리를 들으며 총에 맞은 동물들이 도망치고 더러는 지쳐 쓰러지는 모습을 상상하는 것도 고통스러운 일임을 그녀는 깨달았다. 헤크의 배신, 충격과 무력감 때문에 머리가 어지럽고 멍했다. 마비된 사람처럼 앉아 있는 안토니나의 소매를 아들이 꼭 붙들고 있었다. 돌보는 동물들조차 지키지 못하는데 어떻게 아들을 지킬 수 있을까? 진실을 알면 헤어나기 힘든 충격에 휩싸일 텐데, 아들한테 지금 상황을 어떻게 설명할 것인가? 산발적인 총소리는 저녁 늦게까지 계속되었다. 언제 소리가 날지 예측할 수 없는 상황이라 신경계도 혼란에 빠졌다. 대비할 수 없었기에 총소리가 날 때마다 몸서리를 치는 수밖에 없었다.

나중에 안토니나는 일기에 이렇게 기록했다. "저녁놀이 무척 투명하고 연한 자줏빛인 것을 보니 다음날 바람이 불 모양이었다. 오솔길, 대로, 얼어붙은 뜰은 커다란 혼돈의 조각과 무리로 떨어지는 눈으로 두껍게 덮여갔다. 서늘한 푸른빛이 도는 하늘에, 자줏빛 저녁놀은 방금 묻힌 동물들을 위한 조종 같았다. 매두 마리와 독수리 한 마리가 정원 위를 날고 있었다. 총탄을 맞아 새장이 부서지는 바람에 훨훨 날아갔지만, 그들이 아는 유일한 집을 떠나고 싶지 않았던 탓이다. 새들은 활공으로 미끄러져 내려오더니 새장 앞에 앉아 언제나처럼 말고기 식사를 기다렸다. 머지않아 녀석들도 게슈타포 장교들의 새해 사냥 파티의 일부인 트로피가 되었다."

11

몇 주 동안 동물원에는 삶이 완전히 멈췄다. 한때 익숙한 콧바람소리와 지저귐으로 가득 찼던 우리 곳곳에 죽음만이 메아리쳤다. 안토니나의 뇌는 낯설고 슬픈 현실을 받아들이기를 거부했다. 장례식에나 어울릴 무거운 침묵이 동물원을 짓누르는 동안 안토니나는 "이건 영면(永眠)이 아니라 동면이라고" 스스로를 세뇌했다. 박쥐나 북극곰은 겨울이면 동면에 들어갔다가 봄이 오면 깨어나 겨우내 웅크렸던 사지를 펴고 먹이와 짝을 찾기 시작한다. 동면은 먹이는 없고 빙진(氷震)과 동상이 기승을 부리는 겨울을 나는 일종의 안정요법이다. 여름에 비축해둔 지방으로 체온을 유지하며 은신처에서 잠을 자는 편이 낫기 때문이다. 동면기가 오직 잠으로 채워지는 것은 아니다. 곰은 동면중에 새끼를 낳아 꼭 끌어안고 젖을 먹인다. 과실이 익어가는 봄이 올 때까지. 안토니나는 동물처럼 사람도 전쟁기간을 "일종의 정신적 동면기로 보면 어떨까" 하는 생각도 해보았다. "사상, 지식, 과학, 일에 대한 열정, 이해, 사랑, 그 모든 것이 내면에 축적되고, 아무도 그것들을 우리한테서 빼앗아가지 못하는 그런 시기로."

물론, 안토니나 종족의 동면은 원기회복을 위해 잠을 자는 은둔이 아니라 일종의 위험회피 방책이었다. 안토니나는 그런 동면상태가 정신적인 불안에 의해 야기되는 공유된 '뇌사 반응' 상태라고 생각했다. 사실 달리 방법이 없었다. 사람들이 길을 걷다가 구타당하고, 체포되고, 독일로 강제이송되고, 게슈타포 감옥이나 파비악 형무소에서 무시무시한 고문을 받고, 집단처형을 당하는 참극이 매일이다시피 벌어졌다. 공포와 슬픔 속에서 사람들은 무기력해질 수밖에 없었고, 그런 현실에 맞서기 위해 정신적인 동면이 필요했다. 하지만 그런 도피, 억제 혹은 분열도 (뭐라고 부르든) 안토니나에게는 효과가 없었다. 어떤 방법으로도 "공포, 반감, 극심한 슬픔"의 역류를 떨쳐버릴 수 없었다.

독일인들이 폴란드 도시와 거리를 접수하고 조직적으로 움직임에 따라 공공연히 폴란드어를 쓰는 것조차 금지되었다. 그단스크에서는 공개적인 폴란드어 사용이 사형에 해당하는 범죄였다. 게르만족의 '생활공간'을 넓히겠다는 나치의 목표는 폴란드에서 노골적으로 드러났다. 히틀러는 독일군에게 말했다. "동정심이나 자비심을 갖지 말고 폴란드 혈통이거나 폴란드어를 사용하는 모든 남녀, 그리고 어린이들을 죽여라. 그렇게 해야만 우리 민족은 생존에 필요한 생활공간을 확보할 수 있다."[29] 게르만적인 특징(유전인자도 포함하여)이 두드러지는 아이들은 독일로 보낸 다음 이름을 바꾸고 독일인이 키웠다. 헤크를 비롯한 나치 생물학자들은 외적인 특징을 중시하고 신뢰했다. 이상적인 종족과 많이 닮은 사람은 유전적으로 거슬러 올라가면 같은 뿌리를 가지고 있을 것이라 믿었던 것이다.

그들이 주장하는 인종논리는 대략 다음과 같았다. 생물학적으로 우수한 아리아족이 세계 곳곳으로 퍼져 많은 제국을 세우고 지배했다. 현재 제국들은 대부분 몰락했지만 아리아인의 흔적은 귀족계급들 사이에 남아 있다. 그러므로 아이슬란드, 티베트, 아마존 유역을 포함한 세계 곳곳의 후손들에게서 아리아 인종의 특징을 찾아내어 그것들을 한데 모을 수 있다. 이런 이론에 따라 친위대 지휘자였던 하인리히 히믈러는 1939년 1월 아리아 인종의 뿌리를 밝히기 위해 '독일티베트탐사대'를 발족시켰다. 당시 스물여섯 살이었던 동물학자 에른스트 섀퍼가 탐사대를 이끌었는데, 그는 사냥꾼이자 탐험가이기도 했다.

"히믈러와 에른스트 섀퍼는 적어도 한 가지 열정만은 확실하게 공유했다." 작가 크리스토퍼 헤일은 『히믈러의 성전』이라는 저서에서 이렇게 단언했다. 히믈러는 "동양과 동양의 종교에 빠져 있었다." 필기구를 들고 다니면서 "힌두교 경전 『바가바드기타』('신의 노래'라는 의미)의 내용을 직접 기록할 정도였다. 악명 높은 친위대 수장으로 무미건조한 생활을 하던 작은 남자(히믈러)에게 에른스트 섀퍼는 신비롭고 짜릿한 별세계의 특사였다." 또한 히믈러는 기독교도를 깊이 증오했던 인물로 폴란드인은 대부분 헌신적인 가톨릭교도였으므로, 모든 폴란드인이 벌을 받아 마땅하다고 보았다.[30]

일상이 엉망이 되었다. 슬로모션으로 붕괴되는 건물 같았다.

나치의 전격전은 신속이 생명이라지만 "결과는 참으로 오래갔다." 식량배급표가 등장했고, 식량을 사려면 값비싼 암시장을 이용해야 했다. 안토니나는 가을에 올케한테서 사둔 곡식이 있어 아직까지는 빵을 구울 수 있었다.

겨울이 끝날 무렵에 처음으로 암퇘지들이 도착했고 1940년 3월 즈음에는 돼지농장이 제법 모양을 갖췄다. 레스토랑과 병원에서 기부한 남은 음식과 얀이 게토에서 수거한 음식 찌꺼기를 주로 먹였다. 동물원 사육사들은 돼지들을 돌보기에는 과분하다 싶은 자격을 갖춘 이들이었다. 당연히 돼지농장은 번성했고 그해 여름 수백 마리의 새끼돼지들이 태어났다. 돼지는 가족에게 고기를 제공했고, 동물원을 지하운동 거점으로 활용하려는 애초 목적에도 기여했다.

어느 봄날, 얀이 갓 태어난 새끼돼지를 집으로 데려왔다. 어미가 도살당해 고아가 된 녀석인데 리시의 애완동물로 괜찮겠다 싶어서였다. 어찌나 에너지가 넘치는지 정신없이 움직이는 통에 우유 먹이기가 여간 힘들지 않았다. 더구나 살까지 찌자 수유는 더욱 힘들어졌다. 가족은 새끼돼지에게 '모리시'라는 이름을 지어주었다. 안토니나의 일기를 보면, 2주 반이 된 모리시는 "『곰돌이 푸』에 나오는 새끼돼지 같았다. [……] 너무나 깨끗하고 보드라운 분홍색 피부를 가진 녀석은 마르지판 과자처럼 예뻤다." (부활절에 아이들에게 작은 돼지 모양으로 만든 분홍색 마르지판 과자를 선물하는 것이 폴란드 전통이다.)

모리시는 다들 다락이라고 부르는, 길고 좁은 벽장에서 지냈다. 다락은 테라스를 통해 위층 침실과 연결되어 있었다. 모리시는 매일 아침 리시의 침실 문 밖에서 대기 중이었다. 안토니나가 문을 열면 "방으로 뛰어들어가 꿀꿀 소리를 내면서 리시의 손이 나 발을 이리저리 밀쳤다. 리시가 일어나 등을 긁어주면 모리시 는 고양이처럼 등을 활 모양으로 구부렸다. 알파벳 C자처럼 보일 만큼 충분히 등을 구부린 자세로 아주 만족스럽다는 듯 꿀꿀 소리를 냈다." 사이사이 코를 쿵쿵대는 소리와 문이 삐걱거리는 소리의 중간쯤 되는 낮은 소음을 곁들인 채.

드문 일이지만 모리시가 아래층으로 내려와서 스튜 냄새와 이런저런 소리, 이상하게 생긴 사람이며 가구 다리들이 뒤섞인 미로로 뛰어드는 모험을 감행하기도 했다. 저녁식탁을 차리는 딸그락 소리는 보통 모리시를 계단 위쪽까지 유인했다. 녀석은 잠시 그곳에서 "하얗고 긴 속눈썹이 달린 윤기 나는 푸른 눈동자를 깜빡이며 아래층 풍경을 관찰하고 소리에 귀를 기울였다." 그리고 누군가 녀석을 부르면 반질반질한 나무 계단을 천천히 내려와, 조심스럽게, 때로 발굽이 미끄러지면서, 경쾌하게 식당으로 달려와 음식 부스러기를 기대하며 식탁 주위를 맴돌았다. 실제로 얻는 것은 별로 없었지만.

날마다 저녁식사를 마치고 리시는 모리시를 데리고 텃밭으로 나가 잔디와 잡초들을 모아 예전 꿩 우리에 사는 토끼에게 먹이로 주었다. 모리시도 덩달아 신나서 덩이줄기나 푸성귀를 찾아 다녔다. 어린 아들과 새끼돼지가 연한 자줏빛 저녁놀 속에 뛰노는 모습은 별처럼 반짝이는 기억으로 안토니나의 뇌리에 각인되었다. "푸른 들판에 있는 리시와 모리시의 모습은 모두를 사로잡았다. 그들을 보노라면 긴 시간 계속되는 전쟁의 참화를 잠시 잊을 수 있었다." 아들은 이미 전쟁으로 많은 것을 잃었다. 즐거워야 할 유년의 시간을 잃었고, 개·하이에나새끼·조랑말·침팬지·오소리 등 많은 동물들을 잃었다. 그러기에 안토니나는 아들이 매일 모리시와 함께 텃밭이라는 작은 천국으로 도피하는 것을 소중하게 여겼다.

제정신이 아닌 세상, 살인이 판치고 한 치 앞을 내다볼 수 없는 세상에서 어떻게 따뜻한 감성과 유머감각을 잃지 않을 것인가? 이것이 빌라에서 일상적으로 맞닥뜨리는 과제였다. 살인자들이 동물원 구내를 날마다 돌아다니고, 죽음은 집안사람이든 지하운동가든 상관없이 그림자를 드리웠다. 또한 길거리에 있는 사람들까지 무작위로 덮치곤 했다. 안전이라는 의미 자체가 아주 작게 쪼그라들었다. 당장은 아늑한 순간, 그 다음은? 그러는 사이 머릿속에서는 불안의 변주곡과 함께 온갖 희비극이 어지럽게 펼쳐진다. 왜냐하면 불행히도 죽음의 공포는 정신을 집중시키고, 창조적 영감을 고취하며, 감각을 예민하게 만드는 경이를 행하기 때문이다. 육감에 의존하는 것은 오로지 도박으로 보이는데, 단 도박으로 볼 시간이 있을 경우에 그렇다. 그럴 경우가 아니라면 뇌가 비행기의 자동조종장치처럼 위험 요소와 과거의 대책들을 정교하게 분석하여 신속하고도 빠른 통찰을 내놓는다.

12

"20세기에 어떻게 이런 만행이 벌어질 수 있는가?!!!!!!" 안토 니나는 자문했다. 여섯 개나 되는 감탄부호에 차마 믿기지 않는 그녀의 심정이 담겨 있다. "불과 얼마 전까지만 해도 세상은 중 세 암흑시대를 잔인하다며 치욕으로 여기지 않았던가? 그런데 다시 끔찍한 만행이 자행되고 있다. 그것도 전면적으로. 종교니 문명이니 하는 허울로 포장하고 광내지도 않은 적나라한 모습 그대로, 무지막지하게."

주방 탁자에 앉아서 안토니나는 게토 친구들에게 줄 조그만 음식 꾸러미를 준비했다. 얀이 언제나처럼 바이마르돼지농장에 서 필요한 음식물 찌꺼기 수거를 위해 게토를 돌면서 친구들에 게 전해줄 것이었다. 도중에 얀의 옷이나 양동이 속을 헤집는 사 람이 없으니 정말 다행이었다. 얀은 음식물을 수거한다는 핑계 로 음식을 전해주고 오는 아이러니한 상황을 나름 즐기고 있었다. 유대인에게 금기인 돼지고기를 가져다주는 것이 다소 언짢을 수도 있겠지만, 음식물에 대한 금기 따위는 포기한 지 오래였다. 다들 게토 안에서든 밖에서든 구하기 힘든 단백질을 감사하게 생각했다.

처음에는 유대인도 폴란드인도 나치가 내놓은 인종주의 법률에 명시된 장광설과 협박을 곧이곧대로 받아들이지 않았고, 유대인 집단수용소와 살해에 대한 소름 끼치는 소문들도 믿지 않았다. 안토니나의 이야기를 들어보자. "직접 목도하고 피부로 느껴보기 전까지 우리는 그런 이야기들을 터무니없는 딴 세상 이야기나 잔혹한 소문, 또는 불쾌한 농담 정도로 치부하고 무시했다. 심지어 '인종순수성부'라는 관청까지 만들어 시내 유대인 인구에 대한 상세조사를 개시했을 때도 워낙 체계적인 것에 집착하는 독일인이니 그럴 수도 있겠구나 생각했다." 공연한 일에 힘 빼는 관료주의적 발상 정도로 말이다. 하지만 독일인, 폴란드인, 유대인이 별도로 줄을 서서 빵을 받았는데 배급량이 각기 달랐다. 독일인은 2613칼로리, 폴란드인은 669칼로리, 유대인은 184칼로리에 해당되는 양만 받았다. 혹여 누가 취지를 이해하지 못하는 경우 식민지총독 한스 프랑크는 "내가 유대인에게 바라는 것은 단 하나, 사라져주는 것이다"라고 대놓고 공표했다.

'페어보튼(Verboten: 금지)!'이 익숙한 새 구령이 되어, 군인들도 걸핏하면 외쳤고, 곳곳에 나붙은 포스터에도 느낌표를 대신하는 세운 손가락과 함께 큼지막하게 인쇄되었으며, 『데어 슈튀르머』 같은 반유대주의 신문에도 심심찮게 등장했다. 이 세 음절 단어를 무시하는 일은 사형에 해당하는 중범죄였다. 마찰음 f부터 파열음 b까지 움직이는 그 단어를 외칠 때마다, 얇은 입술에서 새어나온 역겨움부터 강타하는 듯한 앙심까지 모두 표출되었다.

경고조항과 굴욕감은 날마다 늘어갔다. 레스토랑·공원·공공화장실은 물론 벤치마저도 유대인 사용이 금지되었다. 다윗의 별이라는 파란별로 낙인찍힌 유대인은 철도와 전차 탑승이 금지되었고 공공연히 욕을 듣고 짐승 취급을 받았으며, 온갖 중상에 성폭력, 살해까지 당했다. 유대인 음악가가 비유대인 작곡가의 곡을 연주하거나 부르는 것도 금지하는 포고령을 내렸다. 유대인 변호사는 자격증을 박탈당했고, 유대인 공무원은 예고 없이 해고된 뒤 연금 지급을 거부당했다. 유대인 교사와 여행가이드도 해고되었다. 유대인과 아리아인 사이의 결혼이나 이성교제는 불법이었고, 유대인은 예술품을 창작하거나 문화행사에 참석할 수도 없었다. 유대인 의사는 (게토 안에 있는 극소수를 빼고는) 진료를 포기해야 했다. 유대인을 연상시키는 거리 이름이 바뀌었고, 아리아족 계통의 이름을 가진 유대인은 '이스라엘'이나 '사라'처럼 유대인다운 이름으로 바꿔야 했다. 폴란드 사람이 결혼증명서를 받으려면 '적합한 결혼'이라는 사전증명이 필요했다. 유대인은 아랫사람으로 아리아인을 고용할 수 없었다. 심지어 유대인 소유의 수소는 암소를 수태시킬 수 없었고, 유대인은 북미산 나그네비둘기를 기르는 것이 금지되었다.『독버섯』같은 어린이 책들이 반유대주의 캐리커처로써 나치 이데올로기를 부추겼다.

순전히 재미로 유대인을 괴롭히는 독일군도 많았다. 정통 유대교인을 대포 포신에 매달아놓고 종교적 상징인 턱수염을 잘라버리는가 하면, 노인이나 여자들을 조롱하고 억지로 춤추게 하거나 심한 경우 즉석에서 사살하기도 했다. 문서보관소에 있는 기록필름을 보면 생면부지인 사람들이 거리에서 공포에 질린 표정으로 어색하게 왈츠를 추고, 한쪽에서 나치 군인들이 박수를 치며 웃는 모습이 보인다. 독일인 앞에서 모자를 벗고 허리 굽혀 인사하지 않는 유대인은 무지막지하게 두드려 맞아도 할 말이 없었다. 나치는 유대인 소유의 현금과 예금은 물론 가구·보석·책·피아노·장난감·의복·의료장비·라디오 등 값나가는 것이면 뭐든 닥치는 대로 빼앗았다. 10만 명 이상이 집에서 쫓겨나 돈도 못 받는 고된 육체노동에 시달렸다. 유대인 여성들이 당하는 모욕은 훨씬 심했고, 자신들의 속옷을 바닥이나 변기를 닦는 걸레로 쓰라고 강요당하기도 했다.

그리고 1940년 10월 12일, 나치는 바르샤바에 있는 모든 유대인들에게 집에서 나오라는 명령을 내린 다음, 도시 북쪽의 한 지구로 데리고 갔다. 색슨가든 기차역과 그단스크로 가는 기차역 종점 사이에 위치해 교통이 편리한 곳이었다. 언제나처럼 독일 군인들이 구역을 에워싼 채 집을 비울 30분의 시간을 주었다. 사람들은 일부 소지품을 제외하고는 모든 것을 내버려두고 나와야 했다. 얼마 후 교외에서 강제 소개된 유대인까지 합류하면서 40만 명이 도시 면적의 5퍼센트에 불과한 지역, 블록으로 치면 대략 15개에서 20개, 뉴욕 중심부의 센트럴파크만 한 공간에 가두어졌다. 한 거주자가 묘사한 대로 "신경이 곤두서는 외침이 끊이지 않는 곳,"[31] 시끌벅적한 소음이 정신을 분열시키는 공간이었다. 평균적으로 15명이 2.5개의 작은 방을 함께 사용하는, 2만 7천 채의 아파트라는 이 열악한 환경은 유대인의 기를 죽여 약화시키고, 굴욕감을 주고, 저항을 억누른다는 나치의 목표에 기여했다.

유대인 집단 거주지역인 게토는 역사를 통틀어 유럽 전역에서 융성했다. 아무리 외진 곳에 위치하고 멸시를 당해도 일종의 '투과성'을 지니는 소통 공간으로 없어서는 안 될 중요한 역할을 했다. 말하자면 여행자, 상인, 그리고 문화가 양방향으로 흐르는 독특한 지역이었다. 하지만 바르샤바 게토는 극단적으로 달랐다. 바르샤바 게토 생존자인 마카엘 마조르는 다음과 같이 증언했다. "바르샤바에서 게토는 계획적인 죽음의 공간일 뿐이었다. 게토 출입문을 지키던 한 독일 경비병의 표현대로 그곳은 '작은 죽음 상자'였다. […] 독일인들이 공동묘지로 생각하는 구역이었다."[32] 영악하고 빈틈없어야 살아남았으므로 아무도 섣불리 움직이지 못했다. '위험지수'가 어떤지 확인해보지 않고는 누구도 감히 집을 나설 엄두를 내지 못했다. 보행자들은 길을 걸으면서도 서로 정보를 교환했고, "어떤 위협에 대한 단순한 언급, 가벼운 제스처 하나에도 수천 명이 집 안으로 들어갔고 거리는 갑자기 텅 비었다."[33]

하지만 죽음의 공간이라는 바르샤바 게토에서도 잡초처럼 질긴 인간의 생명력은 꽃을 피웠다. 역사가 노먼 데이비스는 초기 바르샤바 게토의 생기 넘치는 모습을 스냅 사진처럼 생생하게 포착하고 있다. "2년 내지 3년 동안, 바르샤바 게토는 보행자, 인력거꾼, 푸른색 다윗의 별을 박아 넣은 전용 시가전차로 북적거렸다. 카페와 레스토랑이 있었고, 40번지에는 '작가들을 위한 무료 급식소' 및 각종 오락시설이 있었다. 레슈노 거리 27번지, 포토플라스티콘에서는 이집트·중국·캘리포니아 같은 이국적인 장소들을 사진으로 보면서 실제 세계를 접할 수 있었다. 딸기코의 어릿광대가 보도에서 6그로시짜리 표를 사라고 행인들을 유혹했다. 레슈노 거리 2번지에 있는 아트커피하우스에서는 날마다 카바레쇼와 베라 G.나 마리스드하 A. 같은 '게토의 나이팅게일' 가수들과 라디슬라스 S.와 아르투르 G. 같은 연주자들이 출연하는 콘서트를 준비했다. 레슈노 거리 35번지 페미나음악당은 시사풍자극인 〈차르다시 공주〉, 제목이 기가 막힌 코미디극 〈사랑은 아파트를 찾는다〉 등 전통 폴란드 작품부터 야심찬 기획극까지 다양한 연극을 선보였다. 모두 필사적인 현실도피 수단이었다. 누군가 지적했듯이 '유머는 게토 사람들의 유일한 호신술이었다.'" 게토에서 유명했던 거리 명칭들을 보면 낙원, 풍요, 모험을 꿈꾸는 주민들의 소망을 엿볼 수 있다. 정원 거리, 공작 거리, 멋진 거리, 광란의 거리, 신(新) 린덴 거리, 용 거리, 소금 거리, 거위 거리, 용감한 거리, 따뜻한 거리, 다정한 거리, 유쾌한 거리.

초기에는 게토가 외부와 소통이 가능한 공간이었으므로, 자빈스키 부부의 유대인 친구들은 임시 나환자 수용소쯤으로 생각했다. 히틀러 정권은 곧 무너지고 정의가 승리할 것이라고, 자신들은 현재의 크나큰 소용돌이를 극복할 수 있다고, 나치가 말하는 '최종적 해결'이란 독일과 폴란드에서 유대인을 쫓아낸다는 의미이지, 결코 유대인의 전멸을 의미하지는 않는다고 믿었다.

당장의 충돌을 피하고 미래를 기약해보자는 생각으로 대부분은 시키는 대로 게토로 이주했다. 일부만이 집단거주를 거부하고 아리아인 구역에 숨어 지내는 위험한 생활을 선택했다. 안토니나의 친구들 중에 혼혈이거나 한쪽이 유대인인 부부는 1935년 9월 15일 공포된 뉘른베르크법(독일 거주 유대인의 독일국적을 박탈하고 유대인과 독일인의 이성교제와 결혼을 금지하는 한편, 유대인의 공무담임권을 박탈한 대표적인 인종차별법.— 옮긴이)을 놓고 착잡한 대화들을 나눴다. 과연 유대인의 피가 어느 정도 섞여야 '오염되지 않았다'고 분류되어 법적용을 면제받을 수 있는가가 주요 관심사였다. 유명한 실크로드 탐험가이자 나치 옹호자로 1936년 베를린올림픽에서 히틀러와 나란히 연단에 섰던 스벤 헤딘은 증조부가 랍비였지만, 그리고 히틀러 측근이 이 사실을 분명히 알고 있었지만, 뉘른베르크법 적용을 면제받았기 때문이다.

이런 인종주의 법률이 결국 유대인의 생명을 좌지우지하리라는 사실을 초기부터 간파한 사람은 드물었다. 그래도 일부 유대인은 재빨리 기독교도로 개종했고 어떤 이들은 허위신분증을 사들였다. 자빈스키 부부의 친구인 아담 엥글레르트와 반다 엥글레르트 부부는 위장이혼과 행방불명이라는 방법을 택했다. 반다가 유대계 혼혈이었는데 이런 사실이 발각될까 두려워 위장이혼을 하고 반다가 행방불명된 것으로 꾸미기로 한 것이었다. 반다는 '공식적으로' 행방불명되기 전에 가족과 가까운 친구들을 불러 작별파티를 열기로 했다. 장소는 도심에 있는 옛날 무기고였고 날짜는 하짓날로 했다.

그해 하짓날은 6월 22일로 세례요한 축일을 이틀 앞둔 날이기도 했다. 세례요한을 기리는 성스러운 전야였으니 무기고는 당연히 머그워트 잔가지들로 장식되었다. 머그워트는 쑥속(屬)에 속하는 키 큰 식물로 줄기는 자줏빛을 띠고 잎은 회록색이며 자잘한 노란 꽃이 피는 허브의 일종인데, 옛날부터 사악한 주문을 깨고 마법사와 마녀를 물리치는 데 효험이 있다고 믿었다. 세례 요한 축일 전야인 6월 23일에는 특히 그랬다(참수형을 당한 세례요한의 목이 머그워트 밭으로 굴러 떨어졌다는 전설 때문이다). 미신을 믿는 폴란드 농부들은 머그워트 가지를 외양간 처마 밑에 매달아 밤에 마녀가 암소의 젖을 짜내가지 못하게 막았고, 소녀들은 머그워트 화환을 머리에 둘렀으며, 주부들은 머그워트 잔가지를 문간과 창턱에 매달아 마귀를 물리쳤다. 실체가 뚜렷한 악마에게 점령당한 시점에서 세례요한 축일 전야에 파티를 연 것은 결코 우연이 아니었다.

6월 22일, 얀과 안토니나는 파티에 가려고 집을 나섰다. 화창한 날씨에 활기차게 걷거나 전차를 타고 키에르베치 다리를 건널 생각이었다. 예전 사진을 보면 키에르베치 다리를 에워싼 금속 트러스는 스테이플러 알맹이를 길게 늘어놓은 모양이고, 트러스 사이사이에는 쇠막대를 X자 형태로 엇갈리게 촘촘히 박아 놓았는데 성기게 짠 대나무 바구니를 연상시키고 이 때문에 다리 위는 빛이 많이 들지 않는다. 바람이 이 사이로 불어올 때면 무늬에 막혀 속도가 바뀌면서 곡조가 제멋대로인 피리소리를 내고, 동시에 음악소리에 공기가 밀리는 것 같은 가벼운 떨림을 만들어낸다. 코끼리들이 내는, 뼈가 울리는 듯한 극저음과 비슷하다. 코끼리들은 인간의 가청주파 이하인 초저음파로 말하고 듣는데, 사육사들이 코끼리 근처에 서면 몸으로 느낄 수 있다.

얀과 안토니나는 보통은 프라스키공원을 통과하는 지름길로 간다. 도심의 오아시스인 프라스키공원은 과거에는 면적이

74에이커에 달해 나폴레옹이 세운 성벽 너머까지 뻗어 있었다. 1927년 설립된 동물원 부지로 공원의 반이 흡수되었지만, 공원의 오래된 나무들은 가능하면 제자리에 남겨두었다. 그래서 전차를 타고 프라스키공원을 가로질러 도착한 관람객들은 동물원 초입의 나무 밑을 지나면서 수종이 공원의 것과 동일하다는 것을 알게 된다. 서곡과 이야기처럼 늘어선 북미산 주엽나무, 잎이 단풍나무와 비슷한 개버즘단풍나무, 은행나무, 유럽밤나무를 보면서. 하지만 이날 오후 부부는 담배가 떨어진 탓에 공원을 에두르는 우카신스키 거리를 택했고, 강한 폴란드 담배의 달콤한 냄새가 진동하는 가게에 들렀다. 가게를 나와 담배에 불을 붙이는 찰나, 엄청난 폭발음과 함께 몸이 울타리 근처에 내동댕이쳐지고, 뿌연 모래흙먼지 사이로 돌덩이들이 빗발치듯 쏟아졌다. 동시에 공기가 서늘해지고 주변이 어두워지는가 싶더니, 요란한 비행기 엔진 소리가 들리고 얇은 분홍색 줄이 하늘을 가로지르는 것이 보였다. 휘청거리며 일어서서 입술을 달싹였지만 정작 목소리는 나오지 않았다. 폭발음 때문에 귀는 멍했고 제정신이 아니었다. 이어서 늑대 울음 같은 공습경보해제 사이렌이 울렸다. 비행기 편대가 아니라 폭격기 한 대가 키에르베치 다리 파괴를 목표로 출격했던 것임을 알 수 있었다. 어쨌거나 다리도 프라스키공원도 멀쩡했다. 하지만 폭격당한 전차에서 폭발이 일어났고, 검은 연기가 거품처럼 떠오르고 다시 폭발하기를 반복했다.

"지름길로 갔더라면 우리도 저 꼴이 되었겠군." 얀의 목소리에서 분노가 묻어났다.

문득 몇 시인지 알아차린 안토니나가 공포에 질렸다. "리시가

학교에서 돌아올 때 자주 타는 거잖아요!"

그들은 전속력으로 거리로 달려 나가, 불꽃을 튀기며 경련하는 시가전차로 뛰어들었다. 폭격으로 뒹굴면서 선로에서 이탈한 전차는 가톨릭교회 앞에 널브러져 있었는데, 증기를 뿜어대는 거대한 매머드 같았다. 금속표피는 갈기갈기 찢어졌고, 철사는 탯줄처럼 늘어졌으며, 50명쯤 되는 사람들이 안팎에 힘없이 흩어져 있었다. "눈물을 흘리면서 죽은 이들의 얼굴을 살폈다. 리시의 얼굴이 있나 보려고." 안토니나는 당시를 그렇게 회상했다. 매캐한 연기가 피어오르고 여전히 뜨거운 잔해 속에서 아들을 찾아 헤맸지만 보이지 않았다. 부부는 곧장 학교로 뛰어갔으나 아이들은 모두 떠난 뒤였다. 그들은 사고를 당한 전차와 주변에 몰려든 사람들을 지나치고, 프라스키공원을 가로질러 집으로 돌아갔다. 동물원 우리들을 허겁지겁 지나쳐 집 뒤쪽 계단을 부리나케 올라가서 주방으로 뛰어들었다. 그들은 리시의 이름을 부르면서 집안 곳곳을 이 잡듯 뒤졌다.

"여기는 없어." 마침내 얀이 의자에 힘없이 앉으며 말했다. 잠시 후 아들이 계단을 올라오는 소리가 들려왔다.

"앉아라." 얀이 아이를 의자 쪽으로 이끌면서, 차분하지만 날카로운 목소리로 물었다. "도대체 어디를 갔다 오는 거냐? 학교에서 곧장 집으로 돌아와야 한다는 걸 잊었어?"

리시가 사정을 설명했다. 폭탄이 터졌을 때 학교에서 막 나온 참이었는데 처음 보는 어른이 아이들을 걱정해 집으로 데려가 공습경보해제 사이렌이 울릴 때까지 돌봐주었다는 것이었다.

당연히 안토니나와 얀은 반다의 작별파티에 참석하지 못했다.

하지만 친구를 잃거나 못 볼 일은 없었다. 머지않아 계획대로 '행방불명된' 반다가 리시의 '비유대인' 가정교사가 되어 동물원으로 올 테니까.

13

얀과 안토니나의 입장에서 나치의 인종주의는 상식적으로 설명 불가능하고 악마적인 것이었으며, 온 마음에 혐오를 불러일으키는 것이었다. 부부는 이미 게토에 있는 친구들을 돕고 있었지만, 위험을 감수하더라도 더 많은 유대인을 돕기로 했다. 유대인은 특히 얀의 유년시절의 추억에서 중요한 부분을 차지하는 이들이었다.

"저는 유대인에게 정신적인 빚을 지고 있습니다." 얀은 언젠가 한 기자에게 말했다. "아버지는 철두철미한 무신론자였습니다. 그래서 1905년에 저를 크레츠모르트 학교에 등록시켰지요. 당시 바르샤바 소재 학교 중에 기독교 신앙을 요구하지 않는 유일한 학교였으니까요. 어머니는 독실한 가톨릭교도였기에 많이 반대하셨지요. 학생의 80퍼센트가 유대인이었습니다. 저는 그곳에서 과학과 미술 분야에서 두각을 나타내는 아이들과 친밀하게 지냈습니다. [……] 고등학교를 졸업하고는 로지케르 학교에서 학생들을 가르치기 시작했습니다." 거기도 역시나 유대인이 다수인 학교였다. 결과적으로 얀은 유대 지식인들과 돈독한 우정을 나누었고, 많은 학창시절 친구들이 담장 너머 게토 안에 살고 있었다. 얀은 공개적인 자리에서 아버지에 대해 많은 말을 하지는 않았다. 그래도 언젠가 기자에게 "아버지의 반대를 무릅쓰고 동물학을 선택했다"고 털어놓았다. "아버지는 동물을 좋아하지도 소중하게 생각하지도 않았습니다. 동물들을 아예 집 안으로 들이지 않았지요. 그러니 허락 없이도 들어오는 모기나 나방 말고는 집에서 동물이라고는 볼 수 없었지요!"

아버지와 아들은 유대인 친구들에 대한 신뢰에 있어서는 더 많은 견해를 공유했다.

아버지와 나는 둘 다 유대인 지구에서 자랐다. 아버지는 변호사였고, 아주 부유한 집안과 결혼하긴 했지만(어머니는 지주의 딸이었다) 혼자 힘으로 중산층의 위치에 오른 분이었다. 우리가 바르샤바의 가난한 유대인 지구에서 자라게 된 것은 순전히 우연이었다. 어려서부터 아버지는 유대인들과 어울렸고 유대인을 동등하게 대했다. 나도 그런 아버지의 영향을 받았다.

사실 동물원은 도망자들을 숨겨주기에 좋은 조건은 아니었다. 빌라는 라투쇼바 거리에서 가까운 데다 거칠 것 없이 열린 공간에 등대처럼 우뚝 서 있었다. 주변에는 동물 우리와 서식지들뿐이었다. 동물원 중앙, 빌라에서 500미터쯤 떨어진 곳에 직원용

숙소와 사무실 건물 몇 채가 있을 뿐, 몇 에이커에 달하는 탁 트인 부지가 빌라를 둘러쌌고 대부분 작은 정원으로 구획되어 있었다. 비스와 강을 따라 남북으로 뻗은 철로가 동물원 울타리 바로 너머에 있었다. 작은 목조 건물들이 보이는 북쪽은 군사지역으로 독일군이 삼엄하게 경비를 섰다. 항복 이후, 독일군은 동물원 중앙, 해자로 둘러싸인 사자의 섬에 폴란드 군대에서 압수한 무기를 넣어두는 창고를 지었다. 군인들은 파릇파릇한 자연과 고요를 맛보고 싶어 특별한 이유 없이도 동물원에 드나들었다. 이들이 언제, 얼마나 많이 나타날지는 누구도 예측할 수 없었다. 하루 중에 특정 시간을 선호하는 것 같지도 않았다. 순찰 중인 경비병의 마음가짐이 아니라, 근무를 마치고 휴식을 취하는 느긋한 마음가짐으로 찾아온다는 점이 그나마 다행이었다. 여하튼 동물원은 프라스키공원과 다를 바 없는 외양에 폭격은 덜했으니 산책에는 그만이었다.

놀랍게도 안토니나는 전쟁 기간에 얀이 말하지 않은 비밀 하나를 끝까지 알아채지 못했다. 얀의 도움을 받아 국내군이 탄약을 코끼리 구역의 해자 근처에 묻어두었다는 사실이다(전쟁 후에 판자를 댄 작은 방이 발견되었다). 독일군 무기고에서 몇 발짝밖에 안 떨어진 동물원 한가운데 총기를 묻어둔다는 것이 얼마나 위험천만하고 무모한 행동인지 얀도 잘 알았다. 그래서 더욱 안토니나에게 말할 수 없었다. 안토니나가 겁을 먹은 나머지 가족의 안전이 우선이라고 고집하면 어쩌나 싶었기 때문이었다. 다행히 얀의 짐작대로 독일군은 폴란드인이 이런 대담한 행동을 하리라고는 생각하지 못했다. 슬라브인은 육체노동에나 걸맞은 심약하고 우둔한 인종이라고 생각했기 때문이다. 얀은 그런 부분까지 내심 계산하고 있었다.

"독일 사람들의 사고방식과 성향으로 봐서 이렇게 사람 눈에 잘 띄는 곳에서 어떤 식이든 비밀지하조직을 돕는 활동이 벌어지리라고는 상상도 못할 테니까요."

얀은 한사코 칭찬을 거부하며 본인의 용기 있는 행동을 드러내지 않으려 했다. "왜들 이렇게 호들갑인지 모르겠습니다. 누군가의 목숨이 위험하면 당연히 구해야지요. 사람이든 동물이든." 얀의 생각은 그랬다. 인터뷰와 저서, 안토니나의 설명으로 미루어볼 때, 얀은 천성적으로 고독을 좋아하면서도 한편으로 사교적인 사람, 자제심이 강하고 자신과 가족에게 엄격하며, 본인의 행동과 감정을 감추는 재주가 워낙 탁월해서 '낯 두껍다'고 말할 수도 있을 사람이었다. 그리고 무엇보다 강한 의지력(폴란드어로 hart ducha)을 가진 사람이었다. 얀이 몸담고 있던 폴란드 지하운동 조직에서는 하루가 멀다 하고 공중곡예처럼 아슬아슬한 상황들이 펼쳐졌다. 그곳에서도 얀은 대담하고 침착하며 위험을 마다하지 않는 용감한 인물로 소문이 자자했다. 얀의 암호명은 '프란시스'였는데 동물의 수호성인이기도 한 아시시의 성 프란체스코 이름을 딴 것이었다. 거칠 것 없이 훤히 보이는 곳, 나치 야영지 중심부에 무기와 유대인을 감추기로 한 얀의 판단은 훌륭한 심리전으로 판명되었다. 하지만 나는 또한 상대의 허를 찌르는 이런 행동이 얀의 짓궂은 장난기, 상대를 조롱하는 은밀한 익살의 표현이라고 생각한다. 얀은 위험을 나름의 방식으로 희화화하고 즐길 줄 아는 사람이었다. 그렇더라도 들킨다면 결과는 잔혹

할 터였다. 당장에 그와 가족이 죽음을 맞을 것이고, 이외에도 얼마나 많은 사람이 죽임을 당할지 알 수 없는 노릇이었다. 동물원을 "게토를 도망친 이들이 최종목적지가 결정되어 은신처로 갈 때까지 잠시 머무르는 장소," 즉 '중간 기착지'로 만들면서 얀은, 무신론자가 된다고 해서 자신에게 달려드는 운명과 짊어져야 할 숙명에 대한 확고한 감각까지 피해갈 수는 없다는 사실을 깨달았다.

14

1940년 여름. 지하운동조직에서 보내는 '손님들'을 기다리는
자빈스키 부부는 전화나 편지는 물론 작은 속삭임에도 바짝 긴
장하곤 했다. 잠시 몸을 숨겼다가 이동하는 유대인은 유목민이
지 빌라의 정착민은 아니었다. 그들은 잠시 휴식을 취하며 재충
전한 다음, 최종목적지인 어딘가로 떠났다. 외모가 아리아인처
럼 보이고 독일어를 구사하는 유대인은 위조신분증을 받아 순
조롭게 이동했다. 이동이 원활치 않은 사람들은 동물원 우리와
빌라에서 몇 년을 보내기도 했다. 빈 동물 우리에서 동시에 최대
50명 정도 지낸 적도 있었다. 반다 엥글레르트를 비롯한 여러 '손
님'이 부부의 오랜 지인이자 친구였고, 안토니나는 이들을 '준가
족'으로 여겼다. 이들을 감춰주는 것이 위험한 일임에는 분명했
다. 하지만 생명체를 감추는 적절한 위장전술을 고안해내는 데
동물원 사육사보다 능한 자가 있겠는가?

야생에서 동물들은 주변 환경에 교묘하게 섞여드는 위장술을 갖고 태어난다. 예를 들어 펭귄은 위는 까맣고 아래는 흰색인데, 먹이를 찾아 하늘을 나는 도둑갈매기들은 그들을 뒤엉킨 바다라 생각하고, 레오퍼드바다표범은 구름이나 먼지라 생각하고 무시한다. 사람을 감추는 가장 좋은 위장전술은 더욱 많은 사람들과 섞이게 하는 것이다. 그래서 자빈스키 부부는 계속해서 합법적인 방문자들을 초대했다. 삼촌, 이모, 고모, 사촌, 체류기간도 다양한 여러 친구들까지. 항상 인원이 들쭉날쭉한 곳, 그래서 예측 불가능한 곳이라는 인상을 심어주려 했다. 집안사람들의 얼굴, 체격, 말투가 끊임없이 바뀌는 것을 범상하게 받아들이도록. 얀의 어머니도 자주 찾아오는 손님이었다. 안토니나의 회고록에는 시어머니에 대한 이야기도 나온다.

"누구나 어머니를 좋아했다. 어머니는 자애롭고 품위 있는 분이셨다. 현명하고, 기억력도 좋고, 판단도 빨랐고, 아주 예의바르고, 섬세했다. 또한 온몸을 흔드는 호탕한 웃음과 훌륭한 유머감각을 갖고 계셨다." 한편으로 안토니나는 어머니를 무척 염려했다. "어머니는 가냘픈 온실 속의 화초 같은 분이었다. 그러므로 공포나 고통 때문에 정신적 충격을 받거나 우울해하지 않도록 어머니를 지켜드려야 했다."

얀은 어머니를 돌본다거나 하는 미묘한 문제들은 안토니나에게 맡겼다. '까다로운 동물들'을 묘한 능력으로 능숙하게 다루는 안토니니가 분명 어머니를 편안하게 하고 고통에서 구할 기회도 '본능적으로' 포착하리라 믿었기 때문이다. 얀은 군사령관·스파이·전략가 역할을 하는 쪽을 선호했다. 특히 적을 골탕 먹이거나 망신 주는 일을 즐겼다.

다른 나치 점령 국가에서는 유대인 은닉이 감옥행 정도로 끝나는 범죄였지만, 폴란드에서는 행위자는 물론 가족과 이웃까지도 즉시 사형당할 수 있는 중범죄였다. 일종의 '공동책임'으로 간주되었던 것이다. 그런 상황에서도 많은 병원 종사자들이 유대인을 간호사로 위장시키거나 어린 아이인 경우 약을 먹여 진정시킨 다음 배낭에 넣어 몰래 탈출시켰다. 장례식장에서 송장을 나르는 수레 내부의 송장 더미 아래 사람들을 감춰주기도 했다. 가톨릭을 믿는 많은 폴란드인들이 전쟁 기간 내내 유대인 친구들을 숨겨주었다. 식량이 줄어들고 끊임없이 불침번을 서야 하고 새로운 방책을 짜내야 하는 힘든 일이었음에도. 집으로 유입되는 여분의 식량, 낯선 실루엣, 지하실이나 벽장에서 흘러나오는 속삭임, 무엇이든 경찰이나 도시에 만연한 밀고자들에게 단서를 제공할 수 있었다. 도망자들은 어둠 속에서 거의 움직이지도 못한 채 몇 년을 보내는 경우도 있었다. 마침내 밖으로 나와서 사지를 폈을 때는 근육이 너무 약해져서 꼭두각시 인형처럼 맥없이 들것에 실려 가기도 했다.

동물원이 항상 손님들의 첫 번째 숙박지는 아니었다. 특히 게토에서 도망친 사람 중에는 하루나 이틀 밤을 에바 브루주스카와 함께 보낸 이들도 많았다. 각진 얼굴의 에바는 키가 작고 혈색 좋은 60대 여성으로 사람들은 그녀를 '밥치아,' 즉 할머니라고 불렀다. 에바는 셍지오프스케 거리에서 조그마한 식료품점(가로 5미터, 세로 1미터)을 운영했다. 작은 가게들이 으레 그렇듯 에바의 식료품점도 보도까지 물건을 진열했는데, 소금에 절인 양배추와 피클을 담은 통, 토마토와 채소들을 담은 바구니를 쭉 늘어놓았다. 독일군의 자동차 수리점이 길 건너에 있었음에도 불구하고 사람들은 우글우글 몰려와 물건을 사고 이런저런 대화를 나누었다. 매일 게토에서 호송된 유대인 남자들이 자동차 수리점에 와서 차를 고쳤다. 할머니는 그들의 편지를 은밀하게 부쳐주거나 그들이 친지와 이야기를 나누는 동안 망을 봐주었다. 게토에서 도망친 사람들을 뒤에 숨겨주려고 커다란 토마토 자루들을 여기저기 세워놓기도 했다. 1942년엔 가게 안쪽에 있는 방들이 지하운동 세포조직의 지부가 되었다. 에바는 소금에 절인 오이와 양배추가 든 통 밑에 신분증·출생증명서·돈·식량배급표 따위를 놔두었다가 나누어주고 '불온' 출판물들을 창고에 숨겨두었다. 도망친 유대인들을 재워주기도 했는데 이중 일부는 물론 동물원으로 넘어갔다.

안토니나는 손님들이 언제 오는지, 어디서 왔는지에 대해서는 거의 몰랐다. 계획을 짜고 지하조직과 연락하는 것은 온전히 얀의 몫이었다. 결과적으로 안토니나도, 빌라에 숨은 다른 사람들도 얀의 지하조직 활동의 범위와 규모를 정확히 알지 못했다. 주방 히터 위에 설치된 선반에 커피통이나 우유 상자가 종종 놓여 있다 사라지곤 했는데 아무도 내용물을 알지 못했다.

"연구에 쓸 작은 스프링들을 넣어뒀어. 만지거나 옮기지 말아줘. 언제든 쓸 수 있게." 하루는 얀이 대수롭지 않게 그렇게 말했다고 한다.

얀은 늘 작은 금속 부속품(나사·와셔·장비)들을 수집했기 때문에 아무도 이상하게 생각하지 않았다. 평소에는 그것들을 연구실에 보관하긴 했지만. 얀은 철물광이었고, 얀을 아는 사람들은 그의 별난 취미도 알고 있었다. 아내인 안토니나마저도 얀이 폭탄제조에 필요한 퓨즈를 모으고 있다는 사실을 알지 못했다.

어느 날 동물학연구소에서 젊은 연구원이 커다란 화학비료통을 들고 왔다. 얀은 이것을 빌라 옆 동물병원 건물에 두고 가끔 그곳을 지나가면서 아무개 집 정원용인데 조만간 와서 가져갈 것이라고 말하곤 했다. 전쟁이 끝난 뒤에야 안토니나는 그 통 안에 사실은 C13F라는 수용성 폭약이 담겨 있었으며, 얀이 독일군 열차 파괴에 주력하는 지하운동 세포조직의 지도자였다는 사실을 알았다. 그들은 주로 열차 바퀴 베어링에 폭약을 쑤셔 넣는 방법을 썼는데, 이렇게 장착된 폭약은 기차가 움직이면 점화되었다(1943년 한 달 동안 그들은 열일곱 대의 기차를 탈선시켰고 백 대의 기관차에 피해를 입혔다). 전쟁 기간에 얀이 일부 돼지들을 기생충에 감염시킨 다음 몸에 해로운 미트볼을 만들어, 독일군 식당에서 일하는 열여덟 살 난 청년의 도움을 받아 독일군의 샌드위치에 집어넣었다는 사실도 안토니나는 나중에야 알았다.

얀은 지하운동조직원들이 숨어 지내는 벙커 건설도 거들었다. 전시 폴란드에서 벙커는 오늘날처럼 단순한 참호가 아니라 위장용 나무줄기와 통풍관을 갖춘 축축한 지하 은신처로 보통은 정원이나 공원 귀퉁이에 위치했다. 에마누엘 링겔블룸(Emanuel Ringelblum)이 숨어 지냈던 벙커는 그루예츠카 거리 81번지, 시장에서 꽃을 파는 정원사가 관리하는 온실 밑에 있었다. 10제곱미터 공간에 열네 개의 침대가 빠듯하게 놓여 있었고, 최대 38명까지 수용했다. 에마누엘의 '벙커메이트'로 에마누엘과 달리

1944년 발각되기 전에 벙커를 떠난 오르나 야구르는 처음 벙커 생활을 시작하던 순간을 다음과 같이 회상한다.

후텁지근한 공기가 갑자기 덮쳐왔다. 땀 냄새, 퀴퀴한 옷 냄새, 먹다 남은 음식 냄새가 뒤섞인 고약한 악취가 아래서 뿜어져 나왔다 [……].
은신처 거주자 중 일부는 어두운 침상에 누워 있었고, 나머지는 테이블에 앉아 있었다. 땅속의 열기 때문에 남자들은 상반신은 벗은 채로 아래만 파자마를 걸치고 있었다. 얼굴은 창백하고 지쳐 보였다. 눈동자에는 공포와 불안이 엿보였고, 목소리는 초조하고 긴장한 기색이 역력했다.

그들이 있었던 벙커는 그나마 관리하는 가족도 친절하고 음식도 훌륭하고 튼튼하게 잘 지어진 '괜찮은 벙커'에 속했다.

이와 비교하면 동물원 생활은 널찍한 공간에서 즐기는 평화로운 전원생활이라 할 수 있었다. 지하운동조직원들은 동물원을 암호명으로 '미친 별 아래 집'이라고 불렀다. 집이라기보다는 진기한 구경거리로 가득한 특대형 호기심 상자로, 괴상한 사람들과 동물들이 뒤범벅이 되어 요행히 들키지 않고 살아가는 요상한 곳이라는 의미였다. 특히 도심에서 살던 사람들은 널찍한 공원으로 둘러싸인 빌라를 좋아했다. 40에이커쯤 되는 녹색 풍경을 바라보며 잠시나마 전쟁을 잊고 교외에서 휴가를 보내는 것 같은 착각에 빠질 수 있었다. 낙원이란 본래 비교하는 가운데서만 존재하는 것인지라, 게토에서 도망친 손님들은 빌라를 작은 에덴동산으로 생각했다. 푸른 정원과 동물들, 빵을 구워주는 자애로운 주인이 있는 곳으로(낙원이란 단어의 어원이 이렇다).

어두워지면 등화관제 명령에 따라 창문에 검은 종이를 걸어두지만, 낮이면 대외적으로 한 가족이 사는 것으로 알려진 2층짜리 빌라는 유리창으로 둘러싸인 벌통처럼 와글와글 활기가 넘쳤다. 모든 합법적인 거주자들(가정부·보모·가정교사·친척·친구·반려동물)이 섞여 온갖 소음과 형상을 만들어내는 바람에 한쪽에서 기묘한 소리가 들려와도 정상처럼 보였나. 사실 빌라 내부는 놀랍도록 잘 보였다. 유리창이 워낙 길어서 커다란 진열장처럼 빛났고, 주변을 둘러싼 관목이나 교목도 많지 않았다. 빌라의 이런 풍경은 얀이 의도적으로 연출한 것이었다. 얀은 '공개적일수록 혐의가 줄어든다'는 원칙에 따라 모든 것을 노출하고 많은 사람이 오가게 하는 전략을 썼다.

왜 그렇게 유리창이 많을까? 빌라는 '인터내셔널 양식'으로 지어졌다. 이 양식은 건축물 주변의 역사·문화·지질·기후를 무시하고, 기계문명과 미래주의에 경도되어 장식적인 요소를 완전히 배제한 극단적인 단순미를 추구하고, 재료도 주로 유리·철근·콘크리트만 사용했다. 발터 그로피우스·루드비히 미스 반데어 로에·마르셀 브로이어·르코르뷔지에·필립 존슨이 대표적인 건축가인데, 이들은 아무것도 감추지 않는 열린 건물을 만들어 정직함·솔직함·당당함의 가치를 보여주려 했다. 이들은 "장식은 죄악이다,""기능이 형태를 결정한다,""생활을 위한 기계"를 슬로건으로 내걸었다. 따지고 보면 모더니스트 빌라를 건설하고 그곳에서 생활하는 자체가 (고전 건축을 숭상하는) 나치 미학과는 상충되며, 국가사회주의를 모욕하는 행동이었다. 얀과 안토니나는 그런 양식의 함의인 투명함·정직함·단순함을 자신들에게 유리한 방향으로 최대한 이용한 것이었다.

이름도 확실치 않은 불특정 다수가 예고도 없이 들고 나는 유동적인 상황에서는, 누가 '손님'인지 분간하기 쉽지 않았고, 어떤 이들이 어느 시기에 그곳에 없었는지를 판별하기란 더더욱 어려웠다. 하지만 겉으로 드러나는 정직함과 천진난만함은, 온갖 소음을 그럴듯하게 꾸미고, 톱니바퀴처럼 맞아떨어지도록 모든 움직임을 끊임없이 살피고 확인하는 아슬아슬한 줄타기의 결과였다. 예를 들자면 '저 소리가 변화무쌍한 빌라의 삶에 들어맞는 것인가?' 하는 질문을 계속해서 던져야 했다. 필연적으로 집 안에는 편집증이 널리 퍼졌다. 상존하는 위험에 대응하려면 어쩔 수 없는 노릇이었다. 한편 거주자들은 남의 눈에 띄지 않는 '잠행 기술'을 완벽하게 마스터했다. 발끝으로 걷기, 얼음처럼 꼼짝 않기, 위장하기, 시선 분산시키기, 무언극하기. 일부 손님들은 낮에는 숨어 있다가 어두워진 다음에 밖으로 나와 맘껏 집 안을 돌아다녔다.

사람이 많으니 안토니나의 집안일이 늘어난 것은 자명한 이치였다. 무엇보다 안토니나에게는 두루 살펴야 할 대가족이 있었고 손길을 기다리는 가축·가금·토끼도 있었다. 토마토며 덩굴제비콩에 막대를 세워주는 텃밭일도 분주했다. 매일같이 빵을 굽고, 저장식품·절인 채소·설탕에 절인 과일을 만들어 비축하는 것도 안토니나의 몫이었다.

폴란드 사람들은 식민지의 예측할 수 없는 위험과 공포에 점점 익숙해졌다. 한 순간 맥박이 고르다가도 다음 순간 미친 듯이 날뛰었다. 전쟁이 그들의 신진대사마저 바꿔버렸는데, 특히 주의 집중력이 휴식하는 수준에 있어 그러했다. 그들은 매일 아침, 그날의 운명이 어찌 될지 알지 못한 채 깨어났다. 비장한 일이 일어날 수도, 체포로 막을 내릴 수도 있었다. 안토니나는 상상했다. 우연히 어떤 시가전차나 교회 안에 있다가 사라져버릴수도 있었다. 실제로 독일군은 무례한 행위에 대한 보복으로 교회나 시가전차를 무작위로 골라 출구를 봉쇄하고 안에 있는 사람들을 전부 죽이는 만행을 저지르고 있었다. 그들이 문제 삼는 무례한 행위는 때로 실체가 있기도 하지만, 순전히 꾸며낸 허구일 때도 많았다.

반복적이고 지루하긴 해도 집안일은 익숙하고, 안전하며, 기계적인 움직임으로 마음을 편안하게 해주었다. 끊임없는 긴장으로 심신이 피로했고 신체 감각들도 편히 쉴 새가 없었다. 머릿속 야경꾼은 잠시도 쉬지 않고 주변을 둘러보고 어둠 속을 응시하며 위험하지 않을까 촉각을 곤두세웠다. 누가 시키지 않아도 스스로 죄인이 되어 자신을 괴롭히는 형국이었다. 사형선고를 받은 나라에서는, 아침 햇살이나 별자리처럼 계절을 알려주는 단서들조차 덧문 뒤에 감춰져 보이지 않았다. 시간마저 과거와 다른 모습을 띠고 경직되었다. 안토니나는 자신의 하루하루가 "금방 부서지는 비누거품처럼 불안정했고" 하루살이 목숨 같았다고 기록했다.

얼마 지나지 않아 핀란드와 루마니아가 독일 편에 섰고, 유고슬라비아와 그리스가 항복했다. 독일의 과거 우방인 소련 공격에 관해 수많은 풍문과 예측이 난무했다. 장기전으로 돌입한 레닌그라드 공방전 소식을 듣고 안토니나는 한층 맥이 풀렸다. 전쟁이 서서히 잦아들지 모른다고, 적어도 새로운 불씨가 지펴지지는 않으리라고 내심 기대했던 탓이었다. 이따금 베를린이 폭격을 당했다, 폴란드 독립군인 카르파티아 여단이 독일군을 제압했다, 독일군이 항복했다는 식의 소리를 풍문으로 들었지만, 대부분 정보는 전시 내내 발간된 비밀 일간지·주간지·소식지를 통해 얻었다. 일차적으로는 조직원들에게 지속적으로 정보를 제공하는 것이 목적이었지만, 편집자들은 게슈타포 본부에도 소식지를 발송했다. "여러분의 올바른 상황 파악을 돕기 위해서다, [그리고] 당신들에 대한 우리의 생각을 알리기 위해서······."34

독일 군인들은 구름처럼 하늘을 덮은 까마귀 떼를 향해 그것들이 나무에 앉으려고 하강할 무렵 총질하기도 했다. 군인들이 가고 나면 안토니나는 몰래 나가 죽은 시체들을 수거해 깨끗이 씻은 다음 고기파이를 만들었다. 손님들은 그것을 폴란드에서 진미로 치는 꿩으로 여겼다. 미리 준비해둔 저장식품이 많은 모양이라며 부인들이 감탄을 연발하자, 안토니나는 말없이 속으로만 웃고 말았다. "굳이 중요하지도 않은 동물 이름을 거론해서 식욕을 망칠 필요가 있겠는가?"

빌라의 분위기는 양극단을 오갔다. 느긋하게 유쾌한 농담을 주고받다가도 우울한 소식이 들려오면 순식간에 얼어붙었다. 대화와 피아노 소리가 어우러지면서 삶에 활기가 넘칠 때면, 잠시 전쟁을 무시할 수 있었고 즐겁다는 생각마저 들었다. 특히 도심이 안 보일 만큼 안개 자욱한 아침이면 다른 나라, 다른 시대에 있는 양 상상할 수 있었다. 안토니나는 일기에서 그런 상황에 진심으로 감사한다고 말했다. 카푸친스카 거리의 전등갓 가게에서 삶은 끊임없이 내리는 슬픔의 보슬비에 젖어 있었기 때문이다.

지하운동조직원들이 자주 빌라를 거쳐 갔다. 보이스카우트와 걸스카우트 소속인 열둘에서 열일곱 살짜리 어린 친구들도 종종 보였다. 전쟁 전에는 잘나갔지만 나치 점령기에 청소년단체들은 불법화되었다. 하지만 청소년단체 회원들은 국내군의 비호를 받으며 군인·심부름꾼·사회복지사·소방대원·앰뷸런스 운전사·파괴공작원으로 지하운동에 힘을 보탰다. 더 어린 스카우트 대원들은 가벼운 방해공작을 수행했다. "폴란드가 승리할 것이다!" "히틀러는 개사냥꾼이다!"(그의 이름을 가지고 치는 장난으로, 히틀러는 '양치기'를 뜻하고 아돌프는 앞서 밝힌 대로 '고귀한 늑대'라는 의미—옮긴이) 따위의 말을 벽에 휘갈겨 쓰는 일도 이들의 몫이었는데, 발각되면 총살되는 중범죄였다. 이들이 은밀히 편지를 전하는 심부름꾼으로 활약한 반면, 나이를 더 먹은 스카우트 대원들은 나치 관료 암살부터 게슈타포에 붙잡힌 포로 구출까지 위험부담이 큰 임무들을 해냈다. 빌라에 있는 동안에는 모두가 장작을 패고, 석탄을 운반하고, 화덕의 불을 살피면서 일을 거들었다. 일부는 정원의 감자와 기타 채소들을 자전거 수레에 싣고 곳곳의 은신처로 운반하는 일을 도왔다. 이 수레는 택시가 사라지고 모든 차들이 독일군 수중으로 넘어간 점령기에 폴란드인들이 즐겨 사용한 운반수단이었다.

이런 상황이니 리시가 스카우트 대원들이 소곤소곤 이야기하는 매혹적인 비밀들을 엿듣게 되고, 전부 흥미진진한 스파이 활동을 하는 마당에 자신만 끼지 못하는 것을 속상해하게 된 것은 어쩔 수 없는 노릇이었다. 리시는 거의 태어난 순간부터 위험한 환경을 접하며 자랐고, 이런 위험이 옛날이야기에나 나오는 허구가 아니라 실제라는 것을 배워왔다. 게다가 손님들이 한 말을, 상대가 누구든 절대로 남한테 발설하면 안 된다고 누누이 주의받았기에, 리시는 자신이 실수라도 하면 자신과 부모는 물론 집안 모든 사람들이 죽게 된다고 알았다. 어린 아이에게 이 얼마나 버거운 짐인가! 별난 사람들, 신기한 사건들이 마구 뒤섞이면서 아이를 둘러싼 세계가 호기심 동하는 짜릿한 세계가 되었는데, 정작 아이는 감히 누구한테도 이런 별난 세상 이야기를 할 수 없었다. 리시가 점점 불안해하고 걱정이 많아지는 것도 이상할 게 없었다. 안토니나는 회고록에서 이런 현실을 한탄했지만, 어른들까지 모두 불안해하고 걱정에 휩싸여 있는 마당에 그녀가 무엇을 할 수 있겠는가? 결국 어쩔 수 없이, 아이 자신이 스스로를 억누르는 무서운 악몽이 되었다. 친구들과 놀다가 손님 이름이나 지하운동조직의 비밀을 무심코 내뱉기라도 하면 엄마와 아빠가 총살을 당할 테고, 자기는 살아남는다 해도 부모 없는 외톨이가 될 터였다. 순전히 자신의 잘못 때문에. 자신을 믿을 수 없으므로 아이는 낯선 사람, 특히 다른 아이들과 어울리는 것을 피하는 게 당연했다. 안토니나의 기록을 보면, 리시는 학교에서 친구 사귀기를 꺼리고 서둘러 집에 돌아와 새끼돼지 모리시와 놀았다. 마음껏 이야기해도 되고 결코 자신을 배신하지도 않을 친구였으니까.

모리시는 자기들끼리 '겁먹기 게임'이라고 부르는 놀이를 좋아했다. 모리시가 아주 작은 소리, 리시가 책을 덮는 소리나 탁자에 물건 놓는 소리에 깜짝 놀라는 척하며 황급히 도망치는 놀이였다. 도망칠 때면 매끄러운 나무 바닥에 모리시의 뭉툭한 발굽이 자꾸만 미끄러졌고, 몇 초 뒤에 리시가 앉은 의자 옆으로 다가와 기분 좋게 끙끙거렸다. 다시 놀라서 도망치는 척할 만반의 준비를 하고.

안토니나는 리시에게 평범한 유년시절을 보내도록 해주고 싶은 마음이 간절했지만, 전쟁을 포함한 주변 여건들이 그 가능성을 빼앗아버렸고 아이의 일상을 계속해서 좀먹고 있었다. 어느 날 저녁, 독일 군인들이 근처를 어슬렁거리다 정원에서 노는 리시와 모리시를 발견했다. 모리시는 인간을 두려워하지 않는 터라 독일군 앞으로 쪼르르 달려가 코를 킁킁거리고 몸을 비벼댔다. 리시가 공포에 질려 바라보는 동안, 독일군은 날카로운 목소리로 알아듣지 못할 말을 지껄이더니 모리시를 끌고 가서 도살했다. 충격을 받은 리시는 며칠을 서럽게 울고서, 몇 달간 정원에 발을 내딛지 않았고 토끼·닭·칠면조에게 풀을 가져다주기도 거부했다. 시간이 흐르자 아이는 용기를 내어 정원 세상으로 다시 나갔지만, 예전과 같은 유쾌한 태평스러움은 더 이상 갖고 있지 않았다.

15

1941년

돼지농장은 한겨울까지만 지속되었다. 한때 코끼리, 하마 같은 열대동물들이 살았던 중앙 난방형의 동물원 건물이지만 겨울에는 추가 보온 물품들이 필요했기 때문이다. 동물원에 자금을 댄 '도살장 주인'은 상냥한 태도로 얀의 이야기에 귀를 기울이는 듯했지만, 무슨 심보인지 밀짚 구입비 지원을 거절했다.

얀은 나중에 안토니나에게 "말도 안 되는 일"이라며 분개했다. "정말 어리석은 작자네요!" 안토니나도 놀랐다. 먹을 것이 귀해지면서 돼지가 걸어다니는 금덩이 취급을 받는 상황인데, 그깟 밀짚이 얼마나 한다고?

"마음을 돌려보려고 할 수 있는 건 다 해봤는데 어쩔 수 없었어. 그동안 우리를 도와준 좋은 친구였는데."

"게으르고 고집만 센 바보예요!"

밤이면 추위가 기승을 부리고 유리창에는 하얗게 서리가 끼었다. 매서운 칼바람이 목조 건물을 뚫고 들어와 새끼돼지들의 목숨을 앗아갔다. 설상가상으로 전염성 설사병까지 퍼져 많은 돼지들이 죽자 도살장 주인은 돼지농장을 폐쇄했다. 그 자체만으로도 속상한 일인 데다, 빌라에서 고기를 먹을 수 없게 되었을 뿐만 아니라, 음식물 찌꺼기 수거를 빙자한 얀의 게토 방문에도 지장을 초래했다. 몇 달이 지난 뒤에야 진짜 내막이 드러났다. 도살장 주인이 다른 하위관료와 한통속이 되어 동물원을 독일의 약초재배회사에 임대하기로 한 것이었다.

3월의 어느 날, 일단의 일꾼들이 톱과 도끼를 들고 동물원에 와서, 정문에 심어진 아끼던 장미를 비롯해 화단 식물, 장식용 관목 들을 난도질하듯 베어냈다. 자빈스키 부부가 항의하고, 애원하고, 얼러도 보고, 위협도 해보았지만 소용없었다. 아무래도 나치의 명령에 따라 동물원을 뿌리째 뽑기로 작정한 것 같았다. 꽃과 풀까지 모두. 어쨌든 그들이 보기에 동물원에는 건강한 독일 식물을 위한 비료로나 제격일 하찮은 '슬라브 식물'만 있었으니까. 새로운 땅에 정착한 이민자들은 보통 모국의 특징적인 요소들을 정착지에서도 재현하려고 무진 애를 쓴다. 특히 요리가 대표적이다. 아무튼 독일이 말하는 '생활공간'은 사람에게만 적용되는 것이 아니라 독일 식물과 동물에도 적용된다는 사실을 안토니나는 새삼 깨달았다. 나치는 우생학을 통해 사실상 폴란드와 관련된 모든 유전자를 지구상에서 없애려 하고 있었다. 유전자의 뿌리를 제거하고, 허리와 줄기를 뭉개버리고, 독일의 씨앗으로 대체하려 했다. 바르샤바가 항복한 이후, 1년 전부터 안토니나가 두려워했던 일이 현실로 나타나고 있었다. 아마도 그들은 우수한 군사는 양질의 식품을 먹어야 한다고 생각했을 것이다. 나치 생물학에 따르면 양질의 식품은 '순종' 씨앗에서만 나올 수 있었다. 나치즘이 식물이든 동물이든 아시아나 지중해 혈통이 섞이지 않은 고대의 순수 혈통을 보여줘야 한다는, 그들만의 신화와 식물학과 동물학에 매달리는 한, 정화작업은 필수였다. 수많은 폴란드 농부, 그리고 소위 폴란드나 유대의 작물과 가축을 독일산으로 교체함으로써.

그 주말, 갑작스레 독일인 바르샤바 시장[35]이자 동물원 예찬론자인 단글루 라이스트가 부인과 딸을 데리고 동물원을 방문해 '전직' 동물원장인 얀에게, 구내를 안내하면서 전쟁 전의 동물원에 대해 들려달라고 요청했다. 얀은 그들과 함께 거닐면서 바르샤바동물원의 국지적인 특징을 베를린·모나하임·함부르크·하겐베크를 비롯한 독일 도시들과 비교하여 설명했고 라이스트는 대단히 흡족해했다. 그러고서 얀은 손님들을 정문 근처의 파괴된 장미 정원으로 데려갔다. 아름다운 대형 관목들이 무지막지하게 뽑혀 널브러져 있고, 부러진 줄기들이 전쟁터의 전사자처럼 수북이 쌓여 있는 그곳으로. 라이스트 부인과 딸은 아름다운 식물의 처참한 최후를 보고 흥분했고, 라이스트도 분개했다.

"이게 어찌 된 겁니까?" 라이스트가 따지듯 물었다.

"제가 그런 것이 아닙니다." 얀은 응당 느껴야 할 비통함과 분노를 적절히 곁들이면서 차분하게 설명했다. 문을 닫은 돼지농장과 도살장 주인, 동물원을 임대한 독일 약초재배회사에 대해.

"그런 일이 일어나는데 어떻게 그냥 손 놓고 계셨습니까?" 격분한 라이스트가 얀을 보며 물었다.

라이스트 부인은 안타까움에 어쩔 줄 몰라 했다. "어떻게 이렇게 끔찍한 일이! 내가 얼마나 장미를 좋아하는데!"

"저한테는 말 한마디 없이 벌어진 일입니다." 얀은 차분한 어조로 라이스트 부인에게 유감이라는 뜻을 전했다. 얀의 대답에는 자신의 잘못이 아니며, 필시 당신 남편의 무능 때문에 생긴 일이리라는 암시가 담겨 있었다.

부인이 탓하는 시선으로 라이스트를 바라보자, 그가 성난 표정으로 항변했다. "난 아무것도 몰랐다고!"

동물원을 나서기 전에 라이스트는 얀더러 다음날 아침 10시까지 자기 사무실로 오라고 했다. 폴란드인 부시장 율리안 쿨스키를 만나 사정을 들어보자는 것이었다. 다음날 삼자대면을 통해 부시장 쿨스키도 이번 일을 전혀 몰랐다는 사실이 밝혀졌다. 시장은 즉시 동물원 임대계약을 백지화하고, 관련자들을 엄벌하겠다고 약속했다. 그리고 쿨스키에게 동물원을 보존하면서 활용할 좋은 방안을 생각해보라고 지시했다. 라이스트는 몰랐지만 얀은 쿨스키가 지하운동조직에 관여하고 있다는 사실을 알았다. 쿨스키 부시장이, 시민들에게 경작지를 할당해주는 공용 채소밭을 제안하자 얀은 흡족한 미소를 지었다. 시민들은 싼 값에 채소를 얻을 수 있고, 나치로서는 온정적인 통치자연할 수 있어 좋은 일석이조의 훌륭한 계획이었다. 땅을 잘게 분할해 주민들에게 나눠주는 것은 동물원의 근본을 해치는 일이 아니었고, 쿨스기 부시장의 신뢰도와 영향력은 증가할 것이었다. 라이스트가 허락하자 얀은 또다시 직업을 바꾸었다. 동물원장에서 돼지농장 관리자로, 그리고 이제는 공용 남새밭을 관리하는 행정관으로. 이 일로 얀은 '바르샤바 공원·정원관리국'과 인연을 맺게 되었고 덕분에 게토에 출입할 새로운 구실이 생겼다. 이번에는 게토의 식물상과 정원을 조사한다는 명목이었다. 사실 게토에는 식물이랄 것도 별로 없었다. 레슈노 거리에 있는 나무 몇 그루가 전부였고 공원이나 정원은 전혀 없었다. 그래도 얀은 친구들을 방문할 어떤 구실도 소홀히 하지 않았다. "희망을 잃지 않게 친구들을 독려하고 음식물도 몰래 가져다주어야 했으니까."[36]

이전부터 자빈스키 부부는 저명한 곤충학자인 시몬 테넨바움(Szymon Tenenbaum)과 그의 부인인 치과의사 로니아 테넨바움, 그리고 그들의 딸 이레나를 가끔 방문했다. 얀과 시몬은 같은 학교를 나온 어린 시절 친구로, 곤충을 찾기 위해 함께 도랑 주변을 기어다니고 바위 밑을 훑고 다닌 적이 있었다. 당시 시몬은 이미 곤충에 심취해 있었다. 이집트에서 태양신의 화신으로 숭배했던 스카라브와 비슷한 딱정벌레가 시몬의 태양신이자 전문분야이자 열정의 대상이 되었다. 성인이 된 시몬은 시간이 날 때마다 세계 곳곳을 여행하며 자료를 수집하기 시작했고, 발레아레스 제도의 딱정벌레를 다룬 다섯 권의 연구서를 출판함으로써 일류 곤충학자 대열에 합류했다. 학기 중에는 유대인 고등학교 교장으로 근무하고 여름 휴가철이 되면 비아워비에자 숲에서 각종 희귀종을 수집했다. 여름은 곤충이 한창인 계절로, 나무 구멍 하나만 뒤져도 작은 폼페이 발굴에 맞먹는 다종다양한 곤충들을 만날 수 있었다. 얀도 딱정벌레를 좋아했고, 독자적으로 대형 바퀴목 곤충에 대한 연구를 수행하기도 했다.

게토에 있는 동안에도 시몬은 계속해서 글을 쓰고 곤충을 수집했으며, 수집한 곤충은 핀으로 고정시켜 유리 뚜껑이 달린 갈색 나무상자에 진열했다. 처음 게토로 들어가라는 명령을 받았을 때 시몬은 엄청난 양의 귀중한 수집품을 지킬 방법을 고민한 끝에, 얀에게 빌라에 숨겨달라고 부탁했다. 천만다행으로, 1939년 나치 친위대가 동물원을 뒤져 200권의 희귀서적과 현미경을 비롯한 장비들을 훔쳐갔을 때도 50만 종이나 되는 테넨바움의 수집품은 간과된 채 남았다.

자빈스키 부부와 테넨바움 부부는 전쟁으로 더욱 가까워졌다. 매일이다시피 일어나는 끔찍한 사건들이 그들을 더욱 강하게 묶어주었기 때문이다. 전쟁이 항상 사람들을 갈라놓는 것만은 아니었다. 오히려 우정을 돈독하게도 하고 사랑을 불타오르게도 한다고 안토니나는 회고록에서 성찰했다. 또한 모든 악수는 새로운 문을 열어주기도 하고, 예기치 못한 운명으로 우리를 이끌기도 한다. 테넨바움과의 우정이 고리가 되어 부부는 우연히 한 남자를 만났고, 그는 자기도 모른 채로 얀의 게토 출입을 돕게 되었다.

1941년 여름 어느 일요일 아침, 안토니나는 리무진 한 대가 빌라 현관 앞에 멈추더니 체격 좋은 한 독일 민간인이 내리는 모습을 보았다. 남자가 초인종을 울리기 전에, 안토니나는 거실 피아노로 부리나케 달려가 요란하게 연주하기 시작했다. 그녀는 자크 오펜바흐의 오페라 〈아름다운 엘렌〉에 나오는 '가라, 가라, 가라, 크레타 섬으로!'라는 부분으로 건너뛰어, 손님들에게 은신처에 숨어 조용히 있으라는 신호를 보냈다. 오펜바흐라는 작곡가를 선택한 것은 안토니나의 개성과 당시 빌라 분위기에 대해 많은 것을 말해준다.

독일계 프랑스인이자 유대인인 자크 호프만은 성가대 지휘자였던 아버지 아이작 유다 에베르스트의 일곱째 아들로 태어났는데, 어느 날 모종의 이유로 출생지인 오펜바흐를 성으로 삼기로 한다. 아버지 아이작에게는 여섯 명의 딸과 두 명의 아들이 있었고, 음악은 가족 모두의 생활에 활력소가 되었다. 자크는 유명한 첼로 연주자이자 작곡가가 되어 카페와 인기 있는 살롱에서 연주했다. 장난기 넘치고 비꼬기 좋아하던 오펜바흐는 개인 생활에서든, 음악에서든 짓궂은 장난기를 억누르지 못했다. 권위에 도전하고 윗사람을 골탕 먹이는 일을 심심풀이로 생각할 정도였다. 엄숙한 분위기의 파리음악학교 시절, 못된 장난질 때문에 부과된 벌금이 너무 많아 몇 주씩 급료를 받지 못한 적도 있었다. 그는 유대교회 음악을 변형하여 왈츠를 비롯한 대중적인 무도곡을 작곡하기도 즐겼는데, 이는 그의 아버지를 분개하게 했다. 1855년 오펜바흐는 직접 경영하는 음악극장을 설립하면서 "다른 사람에 의해 내 작품을 생산하는 것이 부단히 불가능해지고 있기 때문"이라고 비꼬아 말하면서, "진짜 유쾌하고 신나고 재치 있는 음악이라는 개념(짧게 말하자면 삶이 깃든 음악)이 점차 망각되고 있다"고 덧붙였다.

그는 대중에게 폭발적인 인기를 끌었던 소극(笑劇)·풍자극·오페레타를 작곡했다. 그의 작품은 상류층을 사로잡았을 뿐 아니라 파리 뒷골목 사람들에게도 사랑받는, 말하자면 허세·권위·구태의연함을 맘껏 비웃는 흥겹고 익살맞은 음악이었다. 코안경에 긴 구레나룻을 기르고 현란한 옷을 입은 그는 어디서나 눈길을 끌었다. 오펜바흐의 작품이 대중에게 폭발적인 인기를 끌었던 데는 당시의 억압적인 시대 상황도 한몫 했다. 음악평론가 밀튼 크로스의 지적대로 "정치적 억압·검열·사생활 침해가 자행되는 시대에"[37] 나왔기 때문이었다. "비밀경찰이 시민의 사생활을 감시하는 숨 막히는 시대에[……] 오펜바흐의 작품은 신명·경망함·풍자로 세상을 비웃었다."

〈아름다운 엘렌〉은 고운 멜로디와 오펜바흐 특유의 익살·재치·쾌활함이 가득한 코믹오페라로, 그리스 신화에 등장하는 절세 미녀 헬레네, 따분하기 짝이 없는 헬레네의 남편 메넬라오스, 헬레네 납치에 대한 보복으로 메넬라오스가 트로이전쟁을 일으키는 과정이 펼쳐진다. 오펜바흐는 지배자들을 전쟁에만 골몰하는 광신자로 꼬집고, 지배자들이 강조하는 도덕성에 의문을 제기하며, 더 좋은 세상으로 탈출하기를 간절히 원했던 헬레네와 파리스의 사랑을 찬양한다. 〈아름다운 엘렌〉의 제1막은 메넬라오스에게 반드시 그리스로 가야 한다는 아폴론의 신탁이 내려지는 장면으로 막을 내린다. 신탁이 떨어지자마자 합창단·헬레네·파리스·기타 등장인물까지 합심하여 막무가내로 메넬라오스를 내몬다. "가라, 가라, 가라, 크레타 섬으로!"를 연발하면서. 그것의 메시지는 권력자를 조롱하고 평화와 사랑을 옹호하는 것이기에 전복적이다. 빌라에 사는 헬레네와 파리스들에게 보내는 완벽한 신호가 아닐 수 없다. 게다가 유대 음악 연주가 처벌받는 범죄행위였던 시대에, 유대 작곡가가 보내는 신호였으니 더할 나위 없었다.

얀이 문을 열었다.

"동물원 전 원장님이 여기 삽니까?" 낯선 방문자가 물었다.

잠시 후 남자는 안으로 들어왔다.

"제 이름은 지글러입니다." 그는 바르샤바 게토 노동사무소[38] 책임자라고 자신을 소개했다. 이론상으로는 게토 안팎의 실직자들에게 일자리를 찾아주는 곳이었지만, 실질적으로는 노동자들을 체계적으로 분리하여 가장 숙련도가 높은 이들을 에센에 있는 크루프스 제강소 같은 병기제조 공장으로 보내는 역할을 했다. 나치 지배 때문에 반실직 상태가 되어 굶주리는 노동자, 병들어 신음하는 노동자들에게는 거의 도움이 되지 않았다.

"시몬 테넨바움 박사님이 기증하셨다는 진기한 수집품을 보고 싶습니다. 동물원에 있다고 들었습니다." 지글러는 안토니나의 경쾌한 피아노 소리를 듣고 활짝 웃으며 덧붙였다. "정말 흥겨운 곡입니다!"

얀이 그를 거실로 안내했다. "예에, 저희 가족은 음악을 좋아합니다. 특히 오펜바흐를 좋아하지요."

"아아, 글쎄요, 오펜바흐는 천박한 작곡가였죠. 그래도 재주 많은 유대인이 많다는 사실은 저도 인정합니다." 마지못한 말투였다.

얀과 안토니나는 불안한 시선을 교환했다. 지글러가 어떻게 곤충 수집물을 안단 말인가? 훗날 얀은, 당시엔 이런 생각을 했다고 회고했다. '그래, 이걸로 끝인가 보군. 올 것이 온 거야.'

부부의 당황하는 기색을 눈치 챘는지 지글러가 말했다. "놀라신 모양이군요. 제가 말씀드리지요. 테넨바움 박사님에게 곤충 수집물을 봐도 좋다는 허락을 받고 왔습니다. 두 분이 박사님을 대신해서 보관하고 계신 것 말입니다."

얀과 안토니나는 긴장한 채 귀기울였다. 위험에 대한 판단과 대처는 불붙은 폭탄의 신관을 제거하는 일이나 마찬가지였다. 고도의 집중력과 노련함이 필요했다. 단 한 번의 판단 착오나 떨리는 말투로도 세상이 폭발해버릴 수 있었다. 지글러는 어쩔 생각인 걸까? 지글러가 원한다면 곤충 수집물을 가져가도 그만이다. 아무도 그를 말리지 못하리라. 그러니 시몬의 수집품 보관에 대해 거짓말을 해뵈야 무의미하다. 의심을 사지 않도록 빨리 대답해버리는 것이 최선이었다.

"아아, 그렇습니다." 얀이 태연을 가장하며 별것 아니라는 투로 말했다. "테넨바움 박사가 게토로 옮기기 전에 수집품을 저희한테 넘기셨습니다. 아시다시피 저희 건물은 건조합니다. 중앙난방을 하고 있거든요. 박사님의 수집품은 축축하고 차가운 곳에서는 금방 망가져버리니까요."

지글러가 아는 체를 하며 고개를 끄덕였다. "맞습니다. 그렇지요." 지글러는 아마추어 수준이지만 자신도 곤충학자라며 곤충의 매력에 홀딱 빠져 있다고 덧붙였다. 곤충에 관심이 많다 보니 자연히 테넨바움 박사도 알게 되었다는 것이다. 게다가 공교롭게도 로니아 테넨바움이 지글러의 치과의사였다.

"시몬 테넨바움 박사님을 자주 만납니다." 지글러는 이제 신나는 표정이었다. "가끔 제 차를 타고 바르샤바 교외로 나가 지하수로나 개천에서 곤충을 채집하기도 합니다. 그분은 정말 탁월한 과학자십니다."

부부는 지글러를 관리사무소 지하실로 안내했다. 깊이가 얕은 직사각형 상자들이 고서처럼 선반에 수직으로 꽂혀 있었다. 니스를 칠해 반들반들한 갈색 나무판을 열장장부촉 이음으로 결합시켰고, 상자마다 유리 뚜껑과 금속 걸쇠가 달려 있었다. 상자의 등 부분에는 이름 대신 간단한 숫자가 기록되어 있었다.

지글러는 선반에서 상자를 하나하나 꺼내 불빛에 비춰보았다. 지구에 수십만 종이나 산다는 딱정벌레목 곤충들의 화려한 파노라마가 다음과 같이 펼쳐졌다. 팔레스타인에서 채집한 녹색 딱정벌레는 보석처럼 각도에 따라 색깔이 달리 보였다. 금속성 푸른빛을 띤 참뜰길앞잡이는 다리에 털이 숭숭 나 있다. 우간다에서 채집한 붉은색과 녹색이 섞인 넵튠꽃무지에서는 공단 리본 같은 광택이 난다. 헝가리에서 채집한 홀쭉한 딱정벌레에는 표범처럼 얼룩무늬가 있다. 학명으로 피로포루스 노틸루쿠스라 불리는 작은 갈색 딱정벌레는 가장 밝은 빛을 내는 곤충으로 손꼽힌다. 널리 알려진 반딧불이보다 강한 빛으로, 남아메리카 원주민들이 등불 대신 녀석들을 이용할 정도이다. 몇 마리를 잡아 등롱 안에 넣어두고 오두막을 밝히거나 발목에 묶어서 밤길을 밝히는 데도 쓴다. 깃털날개를 가진 녀석들은 딱정벌레 중에서도 몸집이 가장 작은 것으로 알려져 있다. 끝부분에 고운 털이 달린 가느다란 줄기 몇 개가 날개다. 황록색인 수컷 헤라클레스장수풍뎅이는 아마존 지역에 서식하는데, 원주민들이 목걸이로 착용한다. 이들은 중세 마상 창술시합에 출전한 선수처럼 각자의 무기를 한껏 뽐낸다. 거대한 창 모양의 뿔이, 끝부분이 아래로 살짝 굽은 형태로 머리 정면에서 앞으로 뻗어 있고, 그보다 작은 톱니 모양의 뿔은 끝부분이 위로 살짝 굽은 형태로 앞으로 뻗어 있다.

두 개의 뿔은 큰 뿔의 중간쯤에서 서로 만난다. 암컷 헤라클레스 장수풍뎅이도 역시 거대하지만 수컷과 달리 뿔이 없고 겉날개 표면에 기포 같은 무늬와 함께 붉은 털이 덮여 있다. 이집트 산 쇠똥구리는 죽은 자의 방에 넣어두었다는 돌장식에 나온 모습 그대로였다. 사슴벌레에는 이름대로 앞에 사슴처럼 큰 뿔이 두 개 있다. 고리 모양의 더듬이를 가진 딱정벌레도 있다. 머리 위의 환상 더듬이는 시가전차의 전선이나 올가미처럼 활발히 움직인다. 껍질에 움푹 들어간 보조개 무늬가 있는 야자딱정벌레는 청산칼리가 연상되는 파란색이다. 발바닥에 6만 개나 되는 노란 털이 있어서 미끄러운 나뭇잎에도 잘 매달린다. 야자딱정벌레 애벌레는 자체 배설물로 만든 보호용 껍데기를 쓰고 있는데, 조직이 성겨서 그렇지 전체적으로는 영락없이 밀짚모자 모양이다. 항문 부근 돌출 부위에서 나온 금색 가닥으로 만든 것이다. 미국 애리조나 지방에서 채집한 홍반디과 딱정벌레의 겉날개는 탁한 주황색인데, 끝부분만 검은색이다. 이리저리 교차하는 가느다란 시맥(翅脈)이 레이스 문양 혹은 십자가 문양으로 살짝 도드라져 있고, 공격자를 물리칠 때 찔끔찔끔 방출되는 유독성 피가 흐르고 있다. 타원형 물매암이는 표면장력을 이용하여 강둑 근처의 물 위를 성큼성큼 걸어가면서 백색의 메스꺼운 수액을 분비하는데, 잡기가 여간 어려운 게 아니다. 윤기 나는 갈색의 가룃과 딱정벌레는 말려서 가루로 내어 최음제로 사용되기도 하고, 킨다리딘이라는 독소가 든 액체를 내뿜는 특성이 있다. 칸다리딘 독소는 소량으로 사용하면 발기를 돕지만, 조금만 과하게 사용하면 생명을 잃을 수 있다(로마의 시인 겸 철학자인 루크레티우스가 칸다리던 독 때문에 죽었다고 한다). 멕시코산 갈색 무당벌레는 다리에서 알칼리성 액체를 분비하여 공격자를 저지한다. 다양한 형태의 더듬이를 가진 딱정벌레도 있다. 작은 볏·손잡이·솔·발굽·터부룩한 털·꿀 뜨는 국자 같은 다채로운 모양의 더듬이를 볼 수 있다. 표면이 까칠한 할로윈 호박 모양으로 생긴 딱정벌레도 있다. 네덜란드 델프트 도자기의 미니어처처럼 푸른빛을 발하는 딱정벌레까지.

대형 딱정벌레는 끝이 동그란 핀을 독점하고 있었지만, 작은 것들은 두 마리씩 겹쳐 꽂힌 경우가 많았고, 세 마리가 핀 하나에 꽂힌 경우도 더러 있었다. 핀 밑에 파란색 잉크로 혈통을 적은 하얀 꼬리표가 붙어 있었다. 첫 대문자는 우아한 장식체였고, 전체적으로 글씨는 작지만 읽기 쉽고 차분하며 정확한 필체였다. 곤충 수집은 테넨바움이 열과 성을 다했던 프로젝트의 일부일 뿐이었다. 그는 현미경·펜·꼬리표·표본·핀셋·박물관 보관용으로 꼼꼼하게 제작된 진열상자를 앞에 놓고 실로 많은 시간과 정성을 쏟았다. 상자들을 꽂아둘 응접실 벽을 동시대 초현실주의 미술가 조셉 코넬의 작품처럼 만드는 작업에도 마찬가지였다. 딱정벌레의 다리·더듬이·주둥이가 잘 보이도록 섬세하게 정리하기 위해 얼마나 오랫동안 기도하듯 경건한 자세로 작업에 매달렸을까? 그도 루츠 헤크처럼 일종의 사냥여행을 떠났고, 루츠 헤크가 박제한 사슴머리를 들고 왔듯 유리 진열장 안에 딱정벌레를 넣고 돌아왔다. 그의 전시 공간은 사람 무릎에 놓일 만큼 작은 상자들이었지만, 어떤 사냥용 별장이나 동물학박물관 벽에 걸린 것보다 많은 사냥기념물을 걸 수 있었다. 깨알 같은 글씨로

목록을 만들고, 에틸렌 용액을 써서 조직을 유화시키고, 살아 있을 때의 형태로 세심하게 모양을 잡은 다음, 핀으로 고정하는 작업에 걸렸을 순수한 시간은 마음을 숙연하게 한다.

어떤 유리 비행장에는 폭격수 딱정벌레가 줄지어 있었다. 복부 끝부분에 돌출한 특수 분비기관에서 뜨거운 화학물질을 분사해 적을 공격하는 놈들이다. 별도로 저장되어 있을 때엔 무해한 화학물질들이, 유사시에 특정 분비기관에서 뒤섞여 신경가스처럼 강력한 휘발성 혼합물이 만들어진다. 방어용 무기제조의 최강자인 폭격수 딱정벌레는 포탑을 회전하여 정확하게 적을 조준한 뒤, 시속 31킬로미터 속도로 폭탄을 발사한다. 타오를 듯 뜨거운 액체인데, 흘러나오는 것이 아니라 동시다발적인 일제투하처럼 순식간에 터져 나온다. 폭격수 딱정벌레들이 섭씨 100도나 되는 뜨거운 액체를 분출한다는 사실은, 찰스 다윈이 벌레를 입으로 물었다가 혼쭐이 나면서 세상에 알려지게 되었다(다윈은 양손에 한 마리씩 들고 있는 상태에서 세 번째 발견한 벌레를 입에 물었다 봉변을 당했다). 하지만 폭격수 딱정벌레 내부의 비밀스러운 화학물질 실험실을 발견한 사람은 곤충학자 토머스 아이스너였다. 전쟁 이후 오랜 시간이 흐른 뒤였다. 토머스 아이스너는 화학자인 아버지(바닷물에서 금을 추출하라는 히틀러의 명령을 받았던 사람)와 표현주의 유화를 그린 유대인 어머니 사이에서 태어났다. 토머스의 집안은 전쟁 전에 나치가 장악한 독일에서 도망쳐 스페인, 우루과이를 거쳐 미국으로 이주했다. 미국에서 곤충학자가 된 토머스는 폭격수 딱정벌레가 방어용 분비물을 만들고 발사하는 과정을 밝혀냈다. 그는 폭격수 딱정벌레의 분비물 분사방식이 제2차 세계대전 중 독일이 사용했던 V-1 순항미사일의 펄스제트엔진과 묘하게 유사하다는 사실도 밝혀냈다. 2만 9천 개의 V-1 순항미사일과 추진시스템인 펄스제트엔진 모두, 베르너 폰 브라운과 발터 도른베르거가 페네뮌데 비밀실험기지에서 개발한 것이었다. 폭격수 딱정벌레는 소리 없이 발사하지만, V-1의 펄스제트엔진은 시민들을 공포에 떨게 할 만큼 요란한 소리를 낸다는 점이 달랐다. V-1은 3000피트 상공을 시속 560킬로미터의 속도로 날았다. 숨길 수 없는 그 엄청난 소음의 정지는 곧 죽음을 의미했다. 로켓이 목표물에 닿으면 엔진이 갑자기 멈추기 때문이다. 가슴 졸이는 침묵이 흐른 뒤에, 탄두가 847킬로그램이나 되는 로켓은 땅으로 곤두박질친다. 영국인들은 이를 '개미귀신'이라는 별칭으로 불렀는데, V-1의 기술은 폭격수 딱정벌레의 무기적 성질로의 회귀에 다름아니었다.

정신을 잃고 몰입하게 만드는 상자들을 하나씩 살펴보는 동안 지글러의 얼굴에서는 경이롭다는 표정이 떠나지 않았다. 그런 표정을 보며 안토니나는 지글러가 뭔가 다른 속셈을 갖고 있을지 모른다는 의구심을 지웠다. 그는 "아름다운 딱정벌레와 나비에 빠져 외부의 모든 것을 망각했다."[39] 한 줄, 한 줄 이동하면서 각각의 표본들을 눈으로 애무하고, 무기에 장갑까지 갖춘 딱정벌레 군단을 유심히 응시하면서 홀린 듯 서 있었다.

"분더바(Wunderbar: 엄청나다)! 분더바!" 그는 계속해서 혼잣말로 중얼거렸다. "대단한 수집품이야! 이렇게까지 해놓다니!"

마침내 지글러가 현실로, 자빈스키 부부에게로, 자신의 실제 용무로 돌아왔다. 그는 얼굴을 붉히고 편치 않은 기색을 드러내면서 이렇게 말했다.

"저어…… 박사님이 지금 게토로 와주실 수 있는지 물었습니다. 어쩌면 제가 도와드릴 수도 있겠습니다만……."

위험하면서도 상대방을 초대하는 듯한 침묵이 이어졌다. 지글러는 감히 문장을 끝맺지 않았지만 안토니나와 얀은 둘 다 그의 의중을 이해했다. 대놓고 제안하기엔 지나치게 민감한 사안이었다. 얀이 재빨리, 지글러와 함께 차를 타고 게토로 가서 테넨바움 박사를 만나면 일이 한결 수월해실 것 같다고 말을 받았다.

그리고 전문가다운 말투로 설명했다. "테넨바움 박사한테 서둘러 조언을 구할 것이 있습니다. 곤충상자에 곰팡이가 슬지 않게 할 최선의 방안을 물어봐야 합니다."

얀은 의심을 잠재우고자 지글러에게 공원관리국에서 내준 공식 게토 출입증을 보여주었다. 자신의 부탁이 지글러의 리무진을 타자는 것일 뿐, 결코 불법적인 것은 없음을 시사하면서. 여전히 자신이 본 경이로운 수집품에 매혹되어 있던 지글러는 이것이 후대를 위해 보존되어야 한다고 확신했다. 그는 협조하기로 했고 자기 차에 얀을 태웠다.

안토니나는 얀이, 보통 게토 출입문을 밖에서는 독일 경비병이 안에서는 유대인 경찰이 삼엄하게 지키고 있기 때문에 지글러의 차를 타고자 했다는 것을 알고 있었다. 이따금 공식 업무를 보는 사람들을 통과시켜주었지만 무사통과는 복권 당첨만큼이나 희귀한 일이었고, 보통은 연줄이 있거나 뇌물을 쥐여줘야 했다. 공교롭게도 레슈노 거리와 젤라즈나 거리가 만나는 모퉁이에 위치한 사무실 건물에 지글러가 일하는 노동사무소가 있었고, 이 건물은 악명 높은 게토 담장의 일부를 구성하고 있었다.

무급 유대인 노동력을 착취해 만들어진 게토 담장은 길이 16킬로미터에 높이는 2미터였으며, 담장 윗부분에는 유리조각이나 철조망을 박았고, 지그재그로 지어져 거리를 가로막거나 세로로 길게 양분하는 바람에 막다른 골목들이 마구잡이로 생겨났다. "게토의 탄생, 존재, 파괴는 비뚤어진 도시 계획의 일부였다."[40] 필립 뵘은 『우리보다 오래 살아남을 말들: 바르샤바 게토 생존자의 목격담』에서 다음과 같이 말했다.

절멸을 꿈꾸는 청사진이 학교·놀이터·교회·유대교회당·병원·레스토랑·호텔·극장·카페·버스정류장이 버젓이 존재하는 실제 세계 위에 그려졌다. 도시생활의 중심지들이 [······] 주택지구의 거리가 사형집행 장소로 변하고, 병원은 죽은 자들을 관리하는 장소가 되었다. 반면에 공동묘지는 생명을 살리는 소중한 통로가 되었다[······]. 독일 점령기에 바르샤바 시민이라면 누구나 도시 지리를 훤히 꿰뚫는 지지학자(地誌學者)가 되었다. 특히 유대인은 게토 안이든 밖이든 도시 상황을 민감하게 파악하고 있어야 했다. "평온한" 지역은 어디이고, 소탕작전이 실시되는 지역은 어디인지, 하수도를 통해 아리아인 지역으로 가려면 어떻게 해야 하는지.

담장의 갈라진 틈으로 바깥세상이 언뜻언뜻 보였다. 담장 너머에서는 아이들이 뛰놀고 주부들은 먹을거리를 들고 한가로이 집으로 걸어가고 있었다. 열쇠구멍 같은 작은 틈으로 게토 밖의 번화한 일상을 훔쳐보는 것은 차라리 고문이었다. 2005년 개관한 바르샤바항쟁박물관에서는 이것에서 영감을 받은 역발상의 차원에서, 반대로 보이는 벽돌담을 설치했다. 관람객들이 벽에 난 구멍을 통해 게토 안의 일상생활을, 기록 필름의 도움으로 볼 수 있게 한 것이다.

처음에 스물두 개의 출입문이 있었다가 이내 열세 개가 되고 마지막에는 네 개만 남았다. 그마저도 가축우리에나 있을 법한 섬뜩한 모양으로, 바르샤바 도심의 섬세한 장식된 연철 대문들과는 천양지차였다. 게토의 다리들은 물이 아니라 아리아인 구역 위를 가로질렀다. 아이들이 아리아인 구역에서 음식을 사거나 구걸하려고, 석돌 쌓인 데 난 좁은 구멍으로 몸을 밀어넣는 일이 종종 있었다. 구멍이 좁아 아이들만 겨우 통과할 수 있었기에 아이들은 가족의 생계를 책임지고 사선을 넘나드는 밀수업자 겸 장사치의 일원이 되었다. 몇몇 악명 높은 독일군들은 이 아이들을 사냥하기 위해 눈을 번뜩이며 게토 주위를 순찰했다. 잭 클라즈먼은 전쟁 통에 구걸과 밀수로 살아남은 고달픈 게토 아이였다. 그는 아이들이 프랑켄슈타인이라고 불렀던 잔인한 독일 소령을 생생히 기억했다.

프랑켄슈타인은 키가 작고, 다리가 짱짱하고, 왠지 으스스하게 생긴 남자였다. 사냥이라면 환장하는 사람이었는데, 동물 사냥에 싫증나 유대인 아이들을 쏘아 죽이는 것이 훨씬 즐거운 오락거리라고 생각하게 된 모양이었다. 어린 아이일수록 더욱 신이 나서 덤벼들었다.

프랑켄슈타인은 기관총이 장착된 지프차를 타고 다니며 구역을 살폈다. 아이들이 벽을 타고 오르는 모습이 보이면 프랑켄슈타인과 독일인 부하는 살인무기 쪽으로 다가갔다. 항상 운전하는 남자가 따로 있어서 프랑켄슈타인이 신속하게 기관총을 쏠 수 있었다.

담장을 타고 기어오르는 아이가 없으면 우연히 시야에 들어온 아이들을 불러 모았다. 담장에서 한참이나 떨어져 있고, 딱히 어디에 갈 생각도 없던 아이들이었다. [······] 거기에 걸려들면 그대로 끝장이었다. [······] 프랑켄슈타인은 총을 꺼내 아이들의 뒤통수를 쏘았다.[41]

아이들이 벽에 구멍을 뚫기가 무섭게 다시 메워졌고, 아이들은 다시 새로운 구멍을 파곤 했다. 드물지만 노동자나 사제들 사이에 숨어 출입문으로 나오는 어린 밀수꾼들도 있었다. 게토 벽에 완전히 둘러싸인 올 세인츠 교회 신부 고들레프스키는 사망한 교구민의 진짜 출생증명서를 긴 사제복 안에 감춰 지하운동조직에 몰래 내주었을 뿐만 아니라, 가끔은 아이를 감춰 나르기도 했다.

밖에 친구가 있고, 숙박과 뇌물을 해결할 돈이 있고, 담력이 있는 자라면 게토를 벗어날 방도는 있었다. 하지만 도망친 뒤에도 자빈스키 부부 같은 외부 후원자, 즉 보호자가 반드시 있어야 했다. 은신처·식량·각종 위조증명서가 필요했기 때문이다. 이외에도 '모습을 드러내며' 사느냐, '지하에 숨어' 지내느냐에 따라 부수적으로 갖춰야 할 것들이 많았다. 신분을 위장하고 모습을 드러낸 채 생활하다가 경찰이 방문했을 경우 위조증명서만 있다고 모든 일이 해결되지는 않았다. 경찰이 이웃·가족·친구의 이름을 대보라고 하여 전화나 직접 면담을 하게 될 수도 있었다.

다섯 개의 시가전차 노선이 게토에서 교차했다. 정문을 사이에 두고 양쪽에서 한 번씩 멈추었다. 하지만 게토 사람들은 전차가 멈춘 다음에 타는 대신, 전차가 급커브에 가까워지면서 속도를 늦출 무렵 담장 위에서 뛰어내렸고 가방이 있을 때는 가방을 승객에게 던졌다. 폴란드인 승객들이 아무쪼록 잠자코 있어주기를 기도하며. 전차에 탑승한 차장이나 폴란드 경찰 모두 뇌물을 요구했기 때문이었다(2즐로티 정도를 줘야 했다). 게토 안쪽에 자리 잡은 유대인 공동묘지도 도망자들에게는 유용했다. 한쪽 울타리를 타고 올라가 인접한 기독교도 공동묘지(두 곳이 있었다)로 들어갔다. 매일 게토를 떠났다 돌아오는 노동자 집단에 자원하여 탈출하는 사람도 있었다. 문지기에게 뇌물을 주어 인원수를 다르게 기재해달라고 하는 식이었다. 게토 출입문을 지키는 독일 경찰과 폴란드 경찰 중에 다수는 뇌물을 요구했고, 일부는 순전히 온정에서 공짜로 도와주기도 했다.

게토 밑에는 진짜 지하세계가 있었다. 은신처와 통로, 어떤 곳은 화장실과 전기까지 갖추었다. 거기서 사람들은 건물과 건물 사이, 건물 아래를 가로지르는 통로를 혼신의 힘을 다해 만들었다. 통로들은 다른 탈출로로 이어졌다. 지하 통로를 따라가다 게토 담장의 끝로 파낸 구멍으로 빠져나갈 수도 있었고, 얽히고설킨 미로 같은 통로가 종국에는 아리아인 지구에 있는 하수구 맨홀 뚜껑까지 이어지기도 했다. 이럴 경우 깊이가 90센티미터에서 120센티미터에 달하고 독한 가스를 내뿜는 하수구를 지나 탈출해야 했다. 게토를 정기적으로 드나드는 마차 아래 매달려 탈출하는 사람들도 있었다. 마부들은 음식을 몰래 들여오기도 했고 늙은 말을 아예 남겨두고 가기도 했다. 돈이 있는 사람들은 앰뷸런스나 영구차를 타고 게토를 벗어날 수도 있었다. 기독교로 개종한 유대인의 주검을 싣고 기독교도 공동묘지로 간다는 구실이었다. 물론 수위에게 뇌물을 주어 호송차를 수색하지 않도록 조치를 취해둬야 했다. 어떤 경로로 탈출하든 그다음엔 최소 여섯 가지 서류가 필요했고, 평균 7.5번 거처를 바꿨다. 이렇게 따지면 1942년부터 1943년 사이에 폴란드 지하운동조직에서 위조한 문서가 5만 가지나 된다는 사실이 놀랄 일이 아니다.

게토 구역 지정과 담장 설치가 두서없이 진행되는 통에 지글러가 근무하는 건물은 앞문은 아리아인 구역으로, 좀체 쓰지 않는 뒷문은 게토로 난 형국이었다. 옆 건물은 발진티푸스 환자 격리병동이었고, 길 건너에는 소아과 병원으로 쓰이는 칙칙한 3층짜리 학교 건물이 서 있었다. 다른 출입문과 달리 이곳 출입문에는 독일군이나 게슈타포는 물론 폴란드 경찰도 없었고, 직원들에게 문을 열어주는 수위 한 사람만 있었다. 덕분에 얀은 흔치 않게도, 경계가 삼엄하지 않은 출입문으로 드나들 수 있었다. 물론, 아리아인 구역과 게토 사이에 끼여 문이 양쪽으로 난 건물이 이것만은 아니었다. 레슈노 거리에 있는 지방법원 건물도 폴란드인과 유대인이 만나기에 편리한 접점에 위치하고 있었다. 건물의 뒷문이 아리아인 구역인 미로프스키 광장으로 연결되는 좁은 통로로 나 있었던 것이다. 겉보기에 소송 관계자들처럼 보이는 사람들은 법원 복도에 모여 귓속말을 주고받고, 보석을 거래하고, 친구를 만나고, 음식을 몰래 들이고, 편지를 전했다. 이곳에서도 뇌물을 받은 경비원과 경찰들이 유대인의 탈출을 눈감아주었다. 아이들일 경우에는 특히 관대했다. 하지만 1942년 8월 구획 변경에 따라 법원이 게토 밖으로 나가게 되었다.

드우가 거리에 위치한 약국도 게토 안팎으로 출입문이 나 있었다. 남을 돕기 좋아하는 약사가 "그럴듯한 이유만 대면 누구든 지나가게 해주었다." 이외에도 몇 즐로티만 내면 수위가 탈출을 용인해주는 시립 건물들이 몇 개 더 있었다.

리무진이 레슈노 거리 80번지 노동사무소에 도착하자 운전수가 경적을 울렸고, 수위가 신호를 알아듣고 문을 열었다. 차가 사무소 구내로 진입한 다음 얀과 지글러는 차에서 내렸다. 평범해 보이지만 알고 보면 사람의 생명을 구하는 사무소가 위치한 건물이었다. 게토 안에는 독일군이 운영하는 공장들이 있었는데, 그곳의 노동자임을 증명하는 노동카드를 지닌 유대인만이 강제 송환을 피할 수 있었기 때문이다.

얀은 정문 근처에서 꾸물거리며 일부러 큰 목소리로 지글러에게 감사를 전했다. 갑자기 격식을 차리는 태도에 놀라면서도 지글러는 정중하게 얀의 인사가 끝나기를 기다렸다. 수위가 그들을 유심히 쳐다보고 있었다. 얀은 폴란드 말을 섞은 독일어를 쓰면서 대화를 질질 끌었다. 지글러의 인내심이 바닥을 보일 즈음, 얀은 앞으로도 곤충 수집품에 문제가 생기면 여길 이용해도 되느냐고 물었다. 지글러가 수위를 보며, 얀이 원하면 언제든 문을 열어주라고 지시했다. 두 사람이 건물 안으로 들어간 뒤, 지글러는 얀에게 위층의 자기 사무실을 보여주고 건물 여기저기를 안내해주면서 게토로 연결된 문으로 가는 계단을 알려주었다. 얀은 곧장 게토로 가서 테넨바움을 방문할 것이 아니라, 먼지가 뽀얀 사무실이며 좁은 통로에서 시간을 좀 보내는 편이 낫겠다고 판단했다. 가능한 한 많은 사람들과 인사를 나눌 수 있도록. 시간이 흐른 뒤에 얀은 아래층으로 내려가서 수위에게 명령하는 목소리로 정문을 열라고 요구했다. 시끄럽고 거만하고 거드름 꽤나 피우는 관료 같은 이미지를 보여주면 강한 인상을 줄 수 있으리라 판단해서였다. 얀은 수위가 자신을 기억하기를 바랐다.

이틀 뒤에 얀이 다시 찾아가 지난번처럼 거칠고 촌스러운 말투로 문을 열라고 말하자 수위가 알아보았는지 인사를 건네며 문을 열었다. 이번에 얀은 지글러가 알려준 뒤쪽 계단을 통해 게토로 들어가, 테넨바움을 비롯한 몇몇 친구들을 만나 지글러가 연루된 흥미로운 사건들을 들려주었다.

테넨바움은 지글러가 이빨이 많이 안 좋아서 아내 로니아를 계속 찾아오는 환자라고 설명했다. 로니아는 유능한 치과의사인 데다 복잡하고 비용이 많이 드는 치료를 지글러에게 무료로 해주었다(달리 방법이 없었을 수도 있고, 잘 보이려고 그랬을 수도 있다). 그들은 지글러의 곤충학에 대한 애정을 가능한 한 오래 이용하기로 하고, 지하운동 사안을 의논했다. 당시 테넨바움은 비밀리에 운영되는 유대인 고등학교 교장으로 일하고 있었다. 그는 몰래 빼내주겠다는 얀의 제안을 거절했는데, 자신과 가족들은 게토에서 살아남을 가능성이 다른 이들보다 높다고 보았기 때문이었다.

그리하여 얀은 지글러와 가깝게 지내면서 자주 사무실을 찾았다. 가끔은 지글러를 대동하고 게토로 들어가 테넨바움과 함께 곤충 이야기를 나눴다. 머지않아 얀은 지글러의 사람으로 알려지게 되었다. 노동사무소 소장과 각별히 지낸다고 알려지자 출입문 통과가 한결 수월해졌다. 얀은 종종 혼자 들어가서 여러 친구들에게 음식물을 전해주고 나왔다. 가끔 수위에게 관례대로 약간의 팁을 건네기도 했다. 그러나 공연한 의심을 불러일으키지 않기 위해 너무 많이 혹은 너무 자주 건네지 않으면서.

드디어 처음부터 염두에 두었던 목적으로 문을 활용할 시점이 왔다. 이번에는 나오는 길에 우아하게 차려입은 세련된 남자가 얀과 동행했다. 얀은 평소와 다름없는 태도로 수위에게 문을 열라고 했고, '동료'와 함께 유유히 자유의 세상으로 나왔다.

이 성공으로 대담해진 얀은 연달아 다섯 사람의 탈출을 도왔다. 마침내 수위가 의심을 품게 되었다. 안토니나에 따르면, 당시 수위는 얀에게 다음과 같이 물었다.

"당신은 내가 알겠는데, 저 남자는 누구요?"

얀이 화난 사람처럼 '눈을 부릅뜨고' 소리쳤다. "나랑 함께 있는 사람이라고 말하지 않았소!"

겁을 먹은 수위가 기어들어가는 목소리로 대꾸했다.

"당신이 자유롭게 출입하는 거야 알지만, 저 사람은 모르겠는데요."

미묘한 뉘앙스 하나로도 얼마든지 위험해질 상황이었다. 죄책감을 내비치는 표정, 잘못된 단어 선택, 과한 우격다짐, 그 어느 것에도 수위는 위험을 감지할 테고 게토와 아리아인 구역을 잇는 귀중한 통로를 막아버릴 터였다. 얀이 재빨리 주머니에 손을 넣으며 태연하게 말했다.

"아아, 이것 말이군. 이 사람도 물론 허가증이 있소."

얀은 곧바로 공원관리국에서 내준 노란색 게토 통행증을 내보였다. 독일 시민, 인종학상의 독일인, 비유대 폴란드인에게만 주어지는 것이었다. 얀의 신분에는 의심의 여지가 없었으므로 카드를 두 장 제시할 필요는 없었다. 이어 얀은 온화한 표정으로 수위와 악수를 나누고는, 미소를 띤 채 점잖게 덧붙였다. "걱정 마시오, 나는 법을 어길 사람이 아니니까."

그날 이후로 아리아인처럼 생긴 유대인을 자유로운 바깥세상으로 데리고 나오는 데는 아무런 문제가 없었다. 하지만 수위만 통과한다고 만사가 해결되는 것은 아니었다. 노동사무소 직원이 우연히 얀과 '동료'가 함께 가는 것을 보고 밀고할 수도 있었다. 몰래 도망 나온 탈주자가 동물원에 배치된 독일군 앞을 통과하는 것도 위험하기는 마찬가지였다. 자빈스키 부부는 위험을 줄이기 위해 두 개의 비밀 통로를 만들었고, 전쟁 기간 내내 빌라의 후미진 곳이나 동물 우리·오두막·보호구역에 '손님'을 숨겨주는 일을 계속했다.

반들반들 윤기 나는 흰색 부엌 가구들 틈에 레버핸들이 달린 문이 하나 있는데, 그것을 열고 계단을 내려가면 길쭉한 지하 공간에 형태만 갖춘 방들이 나온다. 1939년 얀은 맨 끝에 있는 방에, 채소밭 옆에 위치한 꿩 사육장(중앙에 작은 건물이 딸린 넓은 새장)으로 곧장 연결되는 폭 3미터 정도의 비상 통로를 만들었다. 이곳은 빌라에 은신하는 사람들이 들어오는 입구이자 음식을 나르는 편리한 통로가 되었다. 얀은 지하실에 수도와 화장실을 설치하고, 위층 보일러에서 연결되는 배관을 묻어 비교적 따뜻하게 유지되도록 했다. 바닥이 얇아 소리가 잘 퍼졌기에, '손님'들은 위에서 나는 목소리를 듣게 되는데도 정작 그들은 소곤대며 생활했다.

다른 통로는 사자 우리로 이어지는데, 몸을 웅크려야 통과할 만큼 낮았다. 게다가 쇠창살로 둘러싸인 모습이 고래 뼈대를 연상시켰다. 사자 우리에 딸린 오두막은 소리치면 들릴 정도로 독일군 무기고에서 가까웠지만, 이곳에도 일부 손님들이 숨어 지냈다. 이 통로는 사자 같은 대형 고양잇과 동물 사육장을 드나드는 조련사를 보호하기 위한 것이었다.

지글러는 몇 차례 더 동물원을 방문하여 경이로운 곤충 박물관을 구경하고 자빈스키 부부와 담소를 나누었다. 가끔은 직접 수집가의 설명을 들으면서 수집품을 봐야 한다며 테넨바움과 함께 오기도 했다. 그럴 때면 테넨바움은 정원에서 몸을 숙이고 곤충들을 채집하면서 몇 시간 동안 자신만의 낙원을 만끽했다.

어느 날, 지글러가 테넨바움 박사가 키우는 황금색 닥스훈트 (독일산 사냥개)인 자르카를 데리고 동물원에 나타났다.

"불쌍한 녀석. 동물원에 있으면 훨씬 편안한 생활을 하지 않을까 싶네요."

"물론이죠. 여기서 지내는 건 환영이에요." 안토니나가 맞장구쳤다.

지글러가 주머니를 뒤지더니 작은 소시지 조각을 꺼내 자르카에게 주었다. 그러고는 개를 내려놓고 떠났다. 자르카가 지글러를 쫓아가서 차문을 긁어댔지만, 결국 나중엔 자신이 알던 마지막 인간이 남긴 냄새를 되새기며 그 옆에 누워버렸다.

이후 며칠간 안토니나는 자르카가, 자기 가족이 다시 나타나 익숙한 풍경과 냄새가 있는 곳으로 데려가주기를 바라며 그 자리를 지키고 있는 모습을 자주 발견했다. 안토니나는 시끌벅적한 빌라가 자르카가 감당하기에는 너무 많은 공간을 가지고 있다고 확신하게 되었다. 어두운 모퉁이, 계단과 미로는 물론이고 부산하기까지 하니 말이다. 닥스훈트 특유의 유난히 짧은 굽은 다리에도 불구하고 자르카는 한곳에 정착하지 못한 채, 쉬지 않고 걸어 다녔다. 가구와 낯선 사람들의 숲을 통과해 킁킁 냄새를 맡아가면서. 시간이 흐르자 자르카는 빌라 생활에 적응했지만 언제나 놀라길 잘했다. 누군가의 발소리나 문 여닫는 소리가 고요를 깨뜨릴 때마다 닥스훈트의 윤기 나는 털은 날씬한 몸통을 따라 신경질적으로 흔들렸다. 마치 도망칠 것처럼.

겨울이 와서 건물들이 눈으로 덮이고, 신문용지처럼 개들이 판독해야 할 냄새도 적어질 무렵, 지글러가 한 번 더 동물원을 방문했다. 여전히 혈색 좋은 뺨에 통통한 모습이었고, 언제나처럼 오래된 안경을 쓰고 있었다. 지글러가 자르카에게 다정하게 인사하자, 자르카는 단박에 그를 기억하고는 무릎 위로 올라가 주머니에서 햄이나 소시지를 찾는지 코를 대고 킁킁댔다. 오늘 지글러는 자르카에게 줄 간식거리가 없었다. 그는 자르카와 놀아주지도 않고 그저 멍하니 녀석을 쓰다듬을 뿐이었다.

"테넨바움 박사님이 돌아가셨습니다. 세상에, 불과 이틀 전에 이야기를 나눴는데. 그때도 정말 흥미로운 이야기를 많이 들려주셨지요……. 어제 갑자기 내출혈을 일으켰고…… 그리고 운명하셨습니다. 위에 궤양이 있었다던데…… 박사님이 그렇게 아픈 걸 알고 계셨습니까?"

그들은 알지 못했다. 충격적인 소식에 슬픔이 복받쳐 할 말이 떠오르지 않았다. 감정을 주체하지 못하고 지글러가 갑자기 일어서는 바람에 무릎에 있던 자르카가 떨어졌다. 그는 서둘러 자리를 떠났다.

시몬의 죽음 뒤에 빌라는 장기간 애도에 들어갔다. 안토니나는 그의 부인이 게토에서 더 오래 버틸 수 있을지 걱정이었다. 얀이 탈출 계획을 세웠지만, 어디에 그녀를 숨긴단 말인가? 인간 화물과 함께 빌라가 전쟁 속을 무사히 항해하기를 진심으로 바랐지만, 빌라는 대다수 사람들에게는 임시 은신처를 제공할 수 있을 뿐이었고, 어린 시절 친구의 부인에게도 마찬가지였다.

16

속고 속이는 기만술책이 난무하며 이를 양분 삼아 번성하는 것이 동물의 세계다. 카멜레온이나 쏠배감펭의 단순한 속임수부터 포유류의 복잡하고 거창한 사기행각까지. 방금 발견한 멜론을 무리에게 말하지 않기로 마음먹은 붉은털원숭이한테는 무리를 속이는 일을 정당화해줄 '거창한 이론' 따위는 필요 없다. 거짓말이 이익이 되더라는 단순한 경험이면 된다. 무리한테 들켜 흠씬 두들겨 맞으면, 따끔한 교훈 덕에 이기적인 버릇을 고칠지도 모른다. 하지만 대부분의 동물은 음식을 나눌까 말까 고민하고 선택하는 일이 거의 없다. 본능적으로 식사 때면 무리를 불러 모으니까. 반면에 인간을 포함한 대형 유인원은 적어도 1200만 년 전부터 영악한 속임수를 쓰고, 고의로 거짓말을 해왔다. 가끔은 재미 삼아 겨루기까지 하면서. 훈련받은 노련한 심문관은 높아진 음성, 동공 확장, 시선 회피, 공연한 푸념에서 단서를 잡고,

무엇을 숨기려 하는지도 알아낸다.

　동물학자인 얀은 오랫동안 동물들의 습성을 상세히 관찰하고 연구했다. 구애·허풍·위협·타협·지위 과시를 표시하는 온갖 행동, 사랑·헌신·애정을 표현하는 특수한 언어를. 성실한 동물학자라면 동물을 보고 배운 내용을 충분히 사람에게 적용할 수 있었다. 특히 기만술책에 있어서는. 얀은 새로운 페르소나를 재빨리 차용했다. 지하운동조직원으로 은밀한 활동에 도움이 되는 데다 그의 기질과 그동안 받아온 교육에도 들어맞는 재능이었다.

　자빈스키 부부뿐 아니라, 빌라의 모든 '손님'과 방문객들은 일종의 편집증을 키우며 자신들을 둘러싼 작은 왕국의 엄격한 규율에 따라 생활해야 했다. 어른들의 이런 행동 속에서 리시를 비롯한 집 안 아이들은 진리의 다양한 형태를 접할 수밖에 없었다. 아이들은 집안사람들의 다양한 언어와 함께, 겉모습 꾸미기, 동족에 대한 충성심, 자기희생, 그럴싸한 거짓말, 창조적인 속임수 같은 각종 지식을 흡수했다. 어떻게 해서 겉보기에 멀쩡한 상태를 꾸며낼 것인가? 집 안의 모든 것이 하나부터 열까지 허구로 꾸며낸 것이라 할지라도, 튀지 않고 자연스러워야 했다. **정상인 것처럼 행동하라.** 누구의 관점에서? 전쟁 전 폴란드 동물원장 가족의 일상이 독일 순찰병에게 정상으로 보였을까? 독일인은 폴란드인들이 무척 사교적이고, 여러 세대가 한 집에 어울려 살기도 하며, 친척이나 친구를 방문하는 일이 잦다고 알고 있었다. 그러니 어느 정도 시끌벅적한 분위기는 나쁘지 않다. 하지만 머무는 사람이 너무 많으면 아무래도 의심을 불러일으킬 것이다.

　2005년 현재 바르샤바동물원 원장인 얀 마치에이 렘비셰비스키는 학창시절, 얀이 관리하던 동물원에서 자원봉사를 했는데 얀을 엄격한 상사에 완벽주의자로 기억한다(당시 렘비셰비스키는 얀에게 장차 자신도 동물원 사육사가 될 것이라고 말했고 실제로 꿈을 이루었다). 안토니나는 얀이 가장으로서 가족에 대한 기대치도 높은 사람이었다고 말했다. 안토니나가 일을 엉성하게 처리하거나 끝마무리를 대충 하는 것을 묵인하지 않는 사람이었다고. 안토니나가 말하는 얀의 좌우명은 이랬다. "훌륭한 전략이란 적확한 행동을 구체적으로 지시하는 전략이다. 어떤 행동도 충동적으로 이루어져서는 안 되며, 가능한 모든 결과를 꼼꼼히 분석해보아야 한다. 충분한 비상대책과 대체수단을 갖고 있어야 철저한 계획이라 할 수 있다."

시몬 테넨바움이 죽은 뒤에 얀은 상세한 탈출계획을 갖고 시몬의 부인 로니아를 찾아갔다. 지하운동조직원들이 적절한 단계마다 결합하여 도울 것이며, 동물원에서 잠깐 머문 뒤에 좀 더 안전한 곳으로 피신할 것이고, 어쩌면 치과의사 일을 계속할 수 있다는 말도 덧붙였다.

노동사무소 정문에 도착하면 얀은 동일한 수법으로, 로니아를 자기와 함께 지글러를 만나러 온 아리아인 친구라고 둘러대고 빠져나올 생각이었다. 수위는 얀이 혼자서, 또는 동료들과 함께 이곳을 오가는 일에 익숙해진 터라 크게 문제될 것은 없었다. 출입문에 도착해 로니아를 데리고 곧장 나가려던 얀이 갑자기 멈췄다. 수위가 보이지 않고 어떤 여자가(알고 보니 수위의 부인이었다) 수위 자리에 대신 서 있는 것을 보고 얀은 경악했다. 노동사무소 건물에서는 평소처럼 독일인들이 분주히 움직이고 있었다. 소리만 지르면 들릴 만큼 가까운 거리였다. 당황하기는 여자도 마찬가지였다. 여자는 얀을 알아보는 것 같았다. 근처 공동주택에서 창문 너머로 남편이 일하는 모습을 지켜보았고, 남편이 얀의 투박한 말투며 행동에 대해 이야기한 적도 있기 때문이었다. 하지만 로니아의 존재에 여자는 당황했고 어찌할 바를 몰랐다. 예외 상황에 대한 준비가 안 된 터라 여자는 문 열기를 거부했다.

"지글러 씨를 방문하고 가는 길입니다." 얀이 단호하게 설명했다.

"좋아요. 그럼 지글러 씨가 오셔서 두 분의 신분을 보증해주면 문을 열어드리겠어요." 여자는 이렇게 답했다.

여자의 남편은 위협이 잘 먹히는 사람이었지만 이번에 얀은 망설였다. 위협적인 말이나 욕설이 여자한테는 어떤 효과를 낼 것인가? 별로 효과적일 것 같지 않았다. 여자의 남편이 알고 있는 대로, 시끄럽게 떠드는 오만한 사람이라는 특징을 살려 얀은 고자세로 나갔다.

"무슨 짓이오? 내가 날마다 여기 오는데 말이야. 당신 남편이 나를 얼마나 잘 아는데. 당신 지금 나한테 사무실에 다시 올라가서 지글러 씨를 성가시게 하라고 명령하고 있소! 이랬다가 당신 무슨 변을 당하려고……!"

살짝 동요는 되지만 어찌해야 할지 확신이 서지 않는지, 여자는 성난 표정으로 호통치는 얀의 붉어진 얼굴을 쳐다보았다. 얀은 정말로 응징할 능력이 있는 사람처럼 으르렁댔다. 마침내 여자가 말없이 문을 열고 통과시켜주었다. 그 다음에 일어난 일은 얀과 로니아 둘 모두를 얼어붙게 만들었다. 길 건너에서 독일 경찰 두 명이 담배를 피우고 이야기를 나누면서 두 사람이 하는 양을 유심히 바라보고 있었던 것이다.

안토니나에 따르면 로니아는 나중에 그 장면을 "공포 그리고 뭘 생각" 일색인 단어들로 묘사했다.

얀에게 '도망치자'고 말하고 싶었다. 거기서 벗어나고 싶은 마음뿐이었다. 나는 그들이 우리를 불러세우지 않기만를 바라고 있었다. 하지만 얀은 내 심정을 모르고, 달려가기는커녕 가던 길을 멈추고 담배꽁초를 주웠다. 아마 두 경찰관이 보도에 버린 것이리라. 그러고서 얀은 아주 느린 동작으로 내게 팔짱을 끼었고, 우리는 볼스카 거리를 향해 걷기 시작했다. 그 순간이 마치 한 세기처럼 길게 느껴졌다![42]

그날 밤 안토니나는 우연히 위층 침실을 지나다가 로니아가 베개에 얼굴을 묻고 숨죽여 우는 모습을 보았다. 자르카가 위로하는 듯 축축한 코를 로니아의 볼에 문대고 있었다. 로니아는 남편 시몬의 죽음을 지켜봐야 했고, 딸은 크라쿠프에서 게슈타포에게 발각되어 총살당했다. 남은 가족이라고는 암컷 닥스훈트 한 마리뿐이었다.

몇 주 뒤, 지하조직은 로니아가 머물 더 안전한 시골집을 찾았다. 로니아가 작별인사를 하자 자르카는 개줄을 입에 물고 달려들었다.

"너는 여기 있어야 해. 우린 아직 집이 없거든." 로니아가 자르카를 달래며 말했다.

안토니나는 회고록에서 눈물을 참느라 이를 악물어야 할 만큼 서글픈 장면이었다고 기록했다. 그리고 로니아는 전시를 넘기고 살아남았지만 자르카는 그러지 못했다고 기록했다. 어느 날 닥스훈트는 독일군 창고 주변에서 코를 킁킁거리다가 쥐약을 먹었고 빌라로 데려온 뒤에 안토니나의 무릎에서 죽었다.

바르샤바 봉기 개시 3주 전에 얀은 시몬의 곤충 수집품을 자연사박물관 금고로 옮겼고, 전쟁 후 로니아는 그것을 국립동물학박물관에 기증했다. 바르샤바에서 북쪽으로 한 시간 거리인 시골 마을에 위치한, 국립동물학박물관 부속 건물에 지금도 테넨바움이 남긴 25만 개의 표본이 보관되어 있다.

테넨바움의 경이로운 수집품을 보려면 포석이 깔린 좁은 길로 접어들어 동물호텔(미국에서 빌려온 새 개념)을 지나고, 날렵한 가문비나무들이 늘어선 크리스마스트리 농장을 지나, 수목이 우거진 막다른 골목까지 가야 한다. 거기에 다다르면 폴란드학술협회 소유의 단층 건물 두 개가 나온다. 작은 건물에 관리사무소가 있고, 큰 건물에는 동물학박물관 본관에 미처 수용하지 못한 이런저런 수집품들이 보관되어 있다.

거대한 보관창고로 들어가면, 성스러운 표본 수백만 종이 뒤죽박죽 섞여 있는 모습이 보인다. 재규어·스라소니·토종새 박제부터 뱀·개구리·파충류가 든 선반 위의 유리병까지, 수많은 괴상한 형상들이 자기를 봐달라고 아우성이다. 한쪽에 길게 놓인 목재 캐비닛과 서랍장으로 구획된 좁은 복도 같은 공간에, 소중한 보물들이 든 보관함이 있다. 테넨바움의 곤충 상자들은 두 개의 보관함에 책처럼 꽂혀 있다. 각 선반에 스무 상자씩 꽂혀 있는데, 보관함 하나에 선반이 다섯 칸이므로 총 200상자이다. 얀이 기자에게 400상자라 말한 것을 기준으로 하면 전체 수집품의 대략 절반이 전시된 셈이다.[43] 안토니나는 800상자로 기억하고 있었다. 박물관 기록에는 "시몬 테넨바움의 부인이 전쟁 후에 25만 개의 표본을 [……] 기부했다"고 나와 있다. 내가 방문했을 당시 상자들은 처음 그대로 보관되어 있었는데, 박물관에서는 향후 동물분류 원칙인 목·아목·과·속·종에 따라 재분류하여 다른 곤충 수집품들과 섞어 보관할 계획을 갖고 있었다. 폭격수 딱정벌레는 전부 하나의 함에 들어가고, 깃털날개를 가진 녀석들은 전부 또 하나의 함에 채우는 식이 될 것이다. 얼마나 서글픈 해체인가. 그렇게 해놓으면 연구하고 관찰하기야 당연히 쉬워지겠지만, 호모 사피엔스 사피엔스(아는 동물이자, 자신이 안다는 것을 아는 동물)라는 이국적인 아목에 속했던 수집가들의 독특한 시각과 예술 감각은 사라져버리는 것이다.

하나의 곤충 수집품은 세상의 요란한 소음 속에서 홀로 침묵하는 오아시스이고, 자연현상을 격리했기에 다른 것의 방해를 받지 않고 그것만 바라볼 수 있다. 그런 의미에서 거기에 수집되는 것은 벌레들 자체가 아니라 수집가의 깊은 관심이다. 그것은 또한 마음에 파문을 일으키는 진귀한 물품이자 일종의 미술관이다. 이 미술관의 진정한 자산은, 우리의 정신을 분산시키는 사회적·개인적 오락거리의 혼란 속에서도 경이로운 것을 영구보존하고 있다는 것이다. '모은다'는 의미의 '수집'이라는 단어는 상황에 딱 맞는 표현이다. 빗물이 모이는 방식으로 개인의 호기심을 한곳으로 모으는 과정을 통해, 잠시 동안 개인이 오롯이 '모아지기'때문이다. 유리 뚜껑이 달린 상자 하나하나엔 수집가가 독특한 관심과 애정을 쏟았던 유일무이한 표본이 들어 있고, 그것이 우리가 딱정벌레를 마디 하나까지 머릿속에 그릴 수 있으면서도, 수집품을 즐겨 보고 연구하는 이유 중 하나이다.

그러므로 상자를 어디에 두느냐는 사실 중요하지 않다. 하지만 시몬은 아마 이런 환경을 반겼을 것이다. 소형 딱정벌레를 비롯한 곤충들이 많고, 잎이 무성한 나무와 들판으로 둘러싸인 외딴 벽지를. 이런 곳에서라면 황금빛 자르카도 들판에서 새와 두더지를 쫓으며, 용감하고 민첩한 사냥개 닥스훈트의 특권을 맘껏 누릴 수 있을 것이다. 운명을 변화시키는 의외의 사물 또는 우연한 사건을 우리는 종종 뒤늦게야 알아보곤 한다. 한 열정적인 교수가 수집한, 핀에 꽂힌 딱정벌레들이 굳게 닫힌 게토의 문을 열고, 그렇게 많은 사람들을 구해내리라고 누가 상상이나 했겠는가?

17

지글러의 곤충에 대한 애착은 나치의 원칙과는 현저하게 배치
되는 것이었다. 제3제국은 전쟁 전부터 그리고 전쟁이 진행되는
내내 살충에 열을 올리면서, 살충제·쥐약 개발, 나무를 좀먹는
딱정벌레·옷좀나방·흰개미 박멸, 기타 맹독 개발 프로젝트에
자금을 지원했다. 뮌헨에서 농업을 공부한 히믈러는 솔잎벌을
비롯한 유해곤충 박멸을 강구하던 카를 프리드리히 같은 곤충학
자를 후원했다. 카를 프리드리히는 특히 나치의 인종주의 이데
올로기를 '혈통과 토지 이론'⁴⁴이라는 일종의 **생태학**으로 뒷받침
하는 데 앞장섰다. 이런 관점에서, 점령 국가 국민들을 죽이고 독
일인으로 대체하는 것은 정치적 목표와 생태학적 목표 모두에
부합하는 것이었다. 특히, 기후를 바꾸려면 먼저 나무를 심는 것
이 순서라는 나치 생물학자 오이겐 피셔의 주장에 들어맞았다.

전자 현미경(1939년 독일에서 발명되었다)으로 보면 이[蝨]는 통통

한 몸집에 긴 뿔, 돌출된 눈, 올가미 같은 여섯 개의 팔이 달린 악마처럼 보인다. 1812년 군대를 강타한 대재앙이 있었으니, 바로 '이'가 모스크바로 향하는 나폴레옹의 대군을 정복했던 사건이다. 증거 없이 소문만 무성하던 이 이야기는 최근에야 과학자들에 의해 확인되었다. 마르세유 메디테라네대학교의 디디에 라울은 2005년 1월 『전염병 저널』에서 "'이' 때문에 생긴 질병으로 나폴레옹 군대의 다수가 죽은 것으로 보인다"고 주장했다. 건설노동자들이 2001년 리투아니아 수도 빌뉴스 근처 공동묘지에서 발견한 군인들의 유해에서 치수(齒髓)를 분석해 얻은 결론이었다. 몸에 붙어사는 '몸니'가 재귀열 · 참호열 · 전염성 발진티푸스 등의 병원체를 옮기는 동안 나폴레옹의 대군은 50만 명에서 3천 명으로 급감했다. 주로 악성 전염병이 원인이었다. 1916년 『전쟁으로 인한 전염병』[45]이란 저서를 발간한 프리드리히 프린징도 같은 이야기를 했다. 미국 남북전쟁 당시 전쟁터에서 전사한 군인의 수보다 이가 옮기는 질병으로 죽은 군인의 수가 더 많았다는 것이다. 1944년 무렵 독일은 발진티푸스의 병세를 누그러뜨리는 약품은 갖고 있었지만 확실한 백신은 갖고 있지 않았다. 미국도 마찬가지여서, 서너 달만 효과가 지속되는 예방접종을 군대에서 반복적으로 시행해야 했다.

게토 안의 혼잡한 공동주택들은 금방 결핵 · 이질 · 기근으로 황폐해졌다. 발진티푸스가 창궐하여 게토 사람들은 체력 저하 · 고열 · 오한 · 통증 · 두통 · 환각에 시달렸다. 발진티푸스는 리케차 박테리아가 유발하는 유사 질병을 통칭하는 것으로 '연기가 자욱하다', '흐릿하다'는 의미인 그리스어 'typhos'에서 나온 말인

1　상처 입은 새를 치료하는 안토니나와 얀
2　애완 오소리 '보르수니오'와 산책 중인 리시

3

4

3 가족 사진. 왼쪽부터 얀의 어머니, 리시를 안고 있는 얀, 안토니나
4 전쟁 후, 오소리를 안고 있는 테레사

5

6

5 스라소니를 안고 있는 얀
6 전쟁 전 바르샤바동물원에 있었던 희귀종인 프셰발스키말

7

8

7 1930년대의 어느 날, 바르샤바동물원 풍경
8 유럽에서 기르는 각종 소의 원종 격인 오록스 그림.
　나치가 혈통을 복원하고자 했던 멸종위기동물 가운데 하나다.

9

10

9 1929년에 촬영된 조류 사육장 사진. 자빈스키 부부가 사는 빌라에서
조류 사육장까지 비밀 지하 통로가 나 있었다.
10 새끼 코끼리 '투징카'의 모습을 담은 엽서(1937년). 동물원에서 열두 번째로
태어난 코끼리여서 열둘을 의미하는 폴란드어 '투진'을 붙여 이름을 지었다.

11

12

11 1938년, 바르샤바동물원의 북극곰
12 안토니나는 때로 새끼 하이에나를 안아 키우기도 했다. 부모를 잃고 고아가
   되었거나 다친 동물들(햄스터, 돼지, 오소리, 북극토끼, 사향쥐, 스라소니 등)은
   안토니나의 정성 어린 보살핌 아래 빠르게 정상을 되찾고 동물원의 가족이 되었다.
   그녀가 동물원에 숨겨준 수백 명의 유대인들과 마찬가지로.

13 얀과 안토니나가 살았던 빌라의 현재 모습
14 전쟁 기간에 포로수용소에서 얀이 안토니나에게 보낸 엽서.
   어떤 글도 쓸 수 없는 처지였지만 그는 이 자화상을 통해
   자신의 건강 상태와 기분을 아내에게 전했다.

15

16

15 폴란드 말은 타팬말의 유전적 특성을 이어받았다.
(최후의 야생 타팬말은 1880년 우크라이나에서 사람들에게 쫓기다 낙사했다.)
나치는 이를 이용해 타팬말 순종 혈통을 복원하려 했다.
16 폴란드, 벨라루스의 역대 왕들과 제정 러시아 황제들이 즐겨 찾았던,
비아워비에자 숲의 사냥용 별장

데, 환자의 정신이 몽롱해지고, 이삼 일이 지나면 붉고 작은 발진이 나타나 서서히 온몸으로 퍼진다. 이가 발진티푸스를 옮기므로, 좁은 게토에 사람들을 빽빽하게 밀어 넣을 경우 어찌 될지는 빤한 일이었다. 시간이 흐르자 사람들은 이가 옮을까 두려워 길에서도 서로 거리를 두고 걸을 정도였다. 약도 없고 영양분 섭취도 충분하지 못한 상태에서 연민을 갖고 진료를 베풀었던 몇몇 의사들은 오로지 연령과 전반적인 건강 상태에 따라 회복 여부가 결정된다는 사실을 알고 있었다.

게토의 이런 상황은 자연히 '전염병을 옮기고 이가 득실거리는 유대인'이라는 이미지를 만들어냈다. "반유대주의는 이를 박멸하는 작업과 정확히 일치한다. 이를 잡는 일은 이데올로기 문제가 아니다. 이는 위생 문제. [⋯⋯] 머지않아 이 박멸 작업을 벌이게 될 것이다. 현재 2만 마리만 남겨두고 있으며, 작업이 끝나면 독일 제국 전체에서 이 문제가 말끔히 해소된다."[46] 하인리히 히믈러는 1943년 4월 24일에 휘하의 친위대 장교들에게 이렇게 말했다.

1941년 1월 초, 바르샤바의 독일인 총독 루드비히 피셔는 '유대인-이-발진티푸스'라는 슬로건[47]을 정하고 대형 포스터 3천 장, 소형 포스터 7천 장, 소책자 50만 장을 만들겠다고 공표했다. 그리고 "[독일의 후원을 받는] 폴란드 신문과 라디오도 홍보에 적극 참여하고 있다. 또한 폴란드 학생들에게 하루도 빼지 않고 위험을 주지시키고 있다"고 덧붙였다.

나치가 유대인·집시·슬라브인을 '인간 이외의 종'으로 재분류하자, 자연히 자신들은 그들을 사냥하는 사냥꾼이라는 이미지

가 양산되었다. 나치는 이런 이미지를 십분 살려 교외의 장원이
나 산간 휴양지에서 사냥대회를 열고 나치 엘리트들이 유혈이
낭자한 스포츠를 통해 더 거대한 사냥에 대비하게 했다. 물론 사
냥꾼이 아닌 중세 기사나 의사를 본보기로 삼을 수도 있었겠지
만, 사냥꾼이야말로 조준하고, 추적하고, 미끼로 유혹하고, 덫을
놓고, 죽은 동물의 창자를 꺼내고, 쥐를 때려잡는 등의 남성적 은
유를 제공했다.

전염병이라는 유령은 확실히 나치에게 효과가 있었다. 포스
터에는 쥐 같은 얼굴의 유대인 모습이 풍자적으로 묘사되어 있
었다(쥐벼룩은 전염병을 옮기는 대표적인 병원균 매개체였다). 이런 비유
는 일부 유대인의 정신에까지 스며들어 영향을 미쳤다. 바르샤
바 게토 봉기를 이끈 지도자 가운데 한 사람인 마레크 에델만은
비밀회의 참석차 길을 가다가, 남들이 자기가 유대인인 줄 알아
보지 못하도록 "내 얼굴이 없었으면 좋겠다는 생각에 사로잡혔
다."[48] 더구나 자기 눈에도 자신의 얼굴이,

혐오스럽고 사악해 보였다. '유대인-이-발진티푸스'라고 쓰인 포
스터에 나오는 얼굴처럼. 반면에 다른 사람들은 모두 [……] 선량
한 얼굴을 하고 있었다. 괜찮은 용모에 편안한 표정이었다. 자신이
선량하고 아름답다는 사실을 알고 있었기에 그들은 저렇게 편안할
수 있는 것이다.

종 안에 갇힌(바르샤바 게토 윤곽선은 전체적으로 종 모양을 하고 있
다.─옮긴이) 게토 사회는 내부적으로도 대립과 반목이 만연한 아

수라장이었다. 사람들이 굶주리는 한쪽에선 범죄자와 나치 부역자들이 나날이 번창했고, 음성적인 뇌물과 갈취가 판을 치는 암흑가가 생겨났다. 독일군은 일상적인 폭력을 행사하고, 재산을 약탈하고, 사람들을 붙잡아 고되고 굴욕적인 일을 시켰다. 한 게토 거주자는 당시 상황을 이렇게 평했다. "침략자가 불러온 요한묵시록의 세 기사―역병·기근·추위―로는 바르샤바 게토 유대인들을 상대하는 데 한계가 있다는 사실이 입증되자, 마지막 네 번째 기사로 친위대를 불러들여 임무를 완수하려 하는 것 같았다."[49] 독일의 통계에 따르면 1942년 초부터 1943년 1월까지 바르샤바 게토에서 강제수용소로 이송된 유대인은 총 316,822명이었다. 게토 안에서 사살된 사람들도 많았으므로 실제 사망자 수는 이를 훨씬 웃돌 것이다.

아리아인 구역에 있는 친구들의 도움으로, 전쟁이 끝나기 전까지 1만 명의 유대인이 바르샤바 게토에서 도망쳤다. 하지만 게토의 하시디즘 랍비, 칼로니무스 칼만 샤피라(Kalonymus Kalman Shapira)처럼 명예롭게 머문 이들도 있었다. 전쟁 후에 공개된 샤피라의 설교 내용과 일기를 보면 신앙과의 치열한 고투, 종교적 가르침과 현실의 역사 사이에서 고뇌하는 한 남자의 모습이 고스란히 드러난다. 어느 누가, 어떻게 홀로코스트의 고통과 사랑·기쁨·찬양을 가르치는 춤추는 종교 하시디즘을 화해시킬수 있겠는가? 하지만 어떻게든 공동체의 고통을 치유하는 것이 그의 종교적 책무였다(주어진 고통과 경건한 신앙도구들을 모두 불법화한 현실을 고려할 때 결코 쉬운 일이 아니었다). 일부 율법학자들은 신발 수선가게에 모여 가죽을 자르고 망치로 못을 박으면서 성서 구절

들을 토론했다. 이런 토론의 결과 하나님의 이름을 거룩하게 한
다는 유대교의 계율, '키두슈 하-쉠(kiddush ha-Shem)'이 이곳 게토
에서는 '파멸에 직면하여 삶을 지키려는 투쟁'이라는 새로운 정
의를 갖게 되었다. 비슷한 단어가 독일어에서도 생겨나, '위버레
벤(überleben)'은 '이겨 살아남는다'는 의미로 자동사가 되면서 반
항의 의미가 강조되었다.

  샤피라의 하시디즘에는 초월적인 명상이 포함되는데, 상상력
을 키워 감정과 영적으로 교신함으로써 신비로운 환영을 보는
명상법이다. 샤피라는 초월적 명상의 가장 이상적인 방식은 "자
신의 생각을 관찰함으로써 부정적인 습관과 성격을 바로잡는
것"이라고 여겼다. 관찰되는 생각은 약화되기 시작할 것이고, 특
히 부정적인 생각은 더욱 약화될 것이다. 부정적인 생각에 대해
서 샤피라는 제자들에게 그에 들어가지 말고 냉정하게 고찰하라
고 조언했다. 생각의 물살에 휩쓸리지 않고 오히려 강둑에 앉아
그 흘러감을 바라보는 단계를 하슈카타(hashkatah)라 부르는데, 의
식을 가라앉히는 상태를 말한다. 샤피라는 각자의 내면에 있는
신성을 발견하는 과정으로 "신성에 민감해지라"고 가르쳤다. 하
시디즘에서는 하루하루의 일상에 마음을 다해 임하라고 가르친
다. 18세기의 스승 알렉산데르 쥐스킨트는 이렇게 말했다. "먹고
마실 때는 음식과 음료에서 기쁨과 쾌락을 경험한다. 매순간 '이
기쁨과 쾌락은 무엇인가? 내가 지금 맛보는 것은 무엇인가?'라
고 질문하도록 자신을 각성시켜라."[50]

  하시디즘 신비주의를 가장 유창하게 표현한 랍비이자 작가인
아브라함 요슈아 헤셸(Abraham Joshua Heschel)은 1939년 바르샤바

를 떠나 미국 뉴욕에 있는 유대교신학교의 중요한 교수가 되었다(또한 흑인인권운동이 한창이던 1960년대에는 통합을 외치는 연설 활동가가 되었다). "사람은 전할 말을 잊어버린 전령이다." "이교도는 성스러운 사물을 찬미하고, 선지자는 성스러운 행동을 찬양한다." "이성에 대한 추구는 광대한 지식의 해안에서 끝난다." "돌은 깨지지만, 말은 남는다." "인간이 되는 것은 하나의 문제가 되는 것이며, 그 문제는 고통 속에서 확실히 드러난다." 그는 이처럼 선문답 같은 역설, 경구, 비유로 가득한 많은 말들을 남겼는데, 특히 "궁극적인 존재는 평범함 속에서 모습을 드러낸다"고 생각했고, 따라서 "[우리는] 유한한 일을 하면서 무한한 조물주를 인지하게 된다"고 믿었다. 그는 또 이렇게 썼다. "나한테는 한 가지 재주가 있다. 바로 삶과 지식 앞에서 엄청나게 놀라고, 또 놀라는 능력이다. 하시디즘이 내게 말하는 가장 중요한 명령은 이것이다. '늙지 말라, 진부해지지 말라.'"

제2차 세계대전 기간에 세계 유대인 인구의 30~40퍼센트가 죽었다는 사실을 모르는 사람은 별로 없다. 하지만 정통파 유대교 공동체의 80~90퍼센트가 사라졌다는 사실은 대부분 모른다. 그중에는 구약성서의 예언자 시대까지 거슬러 올라가는 신비주의와 명상의 전통을 간직한 유서 깊은 공동체들도 많았다. 헤셸은 바르샤바에서 보낸 유년시절에 대해 이런 말을 했다. "어려서나는 유대인 공동체 안에서 자랐다. 우리가 굳이 찾지 않아도 되는 것이 하나 있었는데, 바로 희열이었다. 우리는 모든 순간이 위대하다고 배웠다. 매순간이 단 한 번뿐이라고."

예언자를 뜻하는 히브리어 나비(navi)는 어원학적으로 보면,

세 단계를 아우르는 말이다. 나바흐(navach: 큰 소리로 외치다), 나바(nava: 세차게 흘러나오다), 나부브(navuv: 텅 비다). 명상으로 치면 "마음을 열고, 무한한 존재와 유한한 존재 사이에 영적교감을 방해하는 장애물을 없애고," 모힌 가들룻(mochin gadlut), 즉 '위대한 정신'이라고 알려진 황홀경의 상태로 올라가는 것이다. "신은 오직한 분이시다"라는 선언에 대해, 하시디즘의 스승 아브람 다비스는 이렇게 썼다.

이는 모든 범주를 포괄하는 단일성을 의미한다. 이런 단일성을 현실의 바다라고 볼 수도 있다. 그 안에서 헤엄치는 모든 것이 최초의 가르침인 십계명을 [따르고 있다.] 단 하나의 조트(zot), 즉 '이것임(thisness)'이 있다. 조트는 '이것'의 여성형이다. 조트라는 단어는 그자체로 신의 이름 가운데 하나이며, 신을 신이게 하는 개별성인 '이것임'을 지칭한다.

연약하고, 병들고, 지치고, 굶주리고, 고통받아 제정신을 차리기조차 힘든 사람들은 랍비 샤피라를 찾아와 마음의 양식을 구했다. 샤피라는 마음의 양식에 지도력까지 겸비하고 사람들을 맞았으며, 무료로 음식을 나누어주기도 했다. 어떻게 그는 분별력 있고 창의적인 상태를 유지하면서 깊은 연민으로 사람들을 감싸안을 수 있었을까? 마음의 평정을 유지하고 자연과 교감함으로써 가능했던 일이다.

세상 모든 것에서 [가르침의] 목소리를 듣는다, 새들이 지저귀는 소리에서, 소들의 음매 하는 울음소리에서, 사람들의 목소리와 왁자지껄한 소음에서. 이런 모든 것에서 신의 음성을 듣는다[……].[51]

우리의 모든 감각이 뇌의 양분이 되는데, 뇌가 잔혹함과 고통에서 주로 양분을 얻는다면 어떻게 건강할 수 있겠는가? 의도적으로 뇌에 공급되는 식단을 바꿔라. 정신적으로 마음에 초점을 다시 맞추는 훈련을 하라. 그러면 두뇌에 좋은 영양분을 공급할 수 있다. 랍비 샤피라는 게토 안에 있어도, 그리고 성직자나 수행자, 랍비가 아닌 일반인이라도 이런 방법으로 고통을 완화할 수 있다고 가르쳤다. 샤피라가 명상수행 방법으로 아름다운 자연과의 교감을 택한 것은 특히 가슴 뭉클한 대목이다. 대부분의 게토 주민에게 자연은 오직 기억 속에만 남아 있었으니까—게토에는 공원도, 새도, 초목도 없었다. 게토 주민들은 자연의 상실로 인해 일종의 환상지통(幻想肢痛)에 시달렸고, 신체의 리듬을 엉망으로 만드는 단절로 고통받았으며, 감각에 굶주렸다. 아이들한테 세상에 대한 기본적인 개념을 헤아리기란 불가능한 일이 되었다. 한 게토 주민의 이야기를 들어보자.[52]

게토에서 한 어머니가 아이에게 '멀다'라는 개념을 설명하려 애쓰고 있었다. "레슈노 거리보다 더 가는 거야. 탁 트인 들판 같은 거지. 들판이란 풀이나 옥수수가 자라는 넓은 땅이야. 사람이 그 한복판에 섰을 때 시작도 끝도 볼 수 없는 넓은 곳이지. 먼 곳이란 아주 넓고, 탁 트여 있고, 비어 있어서 하늘과 땅이 거기서 만나게 되지[……]. [멀다는 것은] 여행을 한다면 몇 시간씩 걸리는 그런 거리

란다. 며칠 밤낮이 걸릴 수도 있어. 기차나 자동차를 타고 말이야. 아예 비행기를 타기도 하고[……]. 기차는 공기를 빨아들이고, 연기를 내뿜고, 엄청난 석탄을 삼키면서 움직인단다. 네 책에 나온 그림 같은 거지만 실제 존재하는 거야. 그리고 바다는 물결이 끊임없이 오르락내리락 하는 거대한 욕조 같은 거란다. 물론 진짜 있는 것이지. 그리고 숲 말이다, 나무들이 많은 곳이야. 카르멜릭카 거리랑 노볼리피에 거리에 있는 나무들 알지? 숲에는 그런 나무들이 너무 많아서 셀 수가 없단다. 숲의 나무들은 반듯하고 튼튼하지. 위엔 녹색 잎으로 덮여 있고. 그런 나무들로 가득한 곳이 숲이야. 어디를 봐도 크고 작은 나무와 나뭇잎이 보인단다. 그리고 지저귀는 새소리가 끊이지 않는단다."

파멸이 오기 전에 사람들은 먼저 자연으로부터 추방되었다. 이제는 오로지 경이와 초월을 통해서만, 일상에서 경험하는 정신의 붕괴와 맞설 수 있다고, 게토의 랍비는 가르쳤다.

18

1941년

여름에서 가을로 접어들면서 실크로드보다 오래된 하늘길을 따라 철새들이 이동하기 시작했다. 시베리아와 북유럽에서 날아온 멋쟁이새, 붉은솔잣새, 여새 무리가 V자 대열을 이루어 남쪽으로 흘러갔다. 폴란드는 (시베리아에서 남쪽으로, 아프리카에서 북쪽으로, 중국에서 서쪽으로 오가는) 주요 철새이동로가 교차하는 지점에 위치하므로, 가을이면 바늘땀처럼 줄지어 이동하는 명금류며 V자형 대열을 지어 요란하게 날아가는 기러기들이 하늘에 수를 놓았다. 곤충을 잡아먹고 사는 새들은 아프리카 깊숙이까지 날아간다. 예를 들면 점박이딱새는 수천 킬로미터를 이동하는데 여섯 시간 동안 쉬지 않고 날아 사하라 사막을 건넌다. 그렇게 멀리 날아갈 필요가 없는, 큰왜가리를 비롯한 섭금류는 지중해·대서양·카스피 해·나일 강 등의 물가에 자리를 잡는다. 철새가 반드시 정해진 길을 따라가야 하는 것은 아니다. 전쟁 기간에 일부 새들은 동쪽이나 서쪽으로 방향을 바꾸어 폭탄 냄새가 진동하는 바르샤바를 피해갔다. 유럽의 많은 지역들도 마찬가지로 황량하고 열악한 상황임을 나중에 알게 되었겠지만.

빌라의 '손님'과 방문객들은 늦가을쯤 더 따뜻한 방, 더 튼튼한 은신처를 찾아 이동했다. 자빈스키 부부는 석탄 저장량이 부족해서 식당에만 난방을 한 채 세 번째 전시 겨울을 맞고 있었다. 그것도 난방하기 전에 먼저 라디에이터의 물을 빼내고 계단과 2층을 봉쇄한 다음에. 덕분에 빌라는 세 가지 기후로 나뉘었다. 지하의 습지, 적도 같은 1층, 극지인 침실. 사자 우리에서 아쉬운 대로 가져온 낡은 미국산 장작난로에서는 매운 연기가 났지만, 그래도 사람들은 난로 옆에 옹기종기 모여 앉아 작은 유리문 너머 석탄덩어리를 삼키며 넘실대는 빨갛고 파란 불꽃을 뚫어져라 쳐다보곤 했다. 굴뚝이 연기를 뿜어내면서 따뜻함을 위한 찬가를 부르는 사이, 가족들은 혹한의 날씨에 실내에서 누리는 따사로움을 말없이 음미했다. 하지만 침실은 사정이 달랐다. 얀과 리시는 두툼한 털옷과 내의를 잔뜩 껴입고도 여분의 담요와 솜이불까지 덮어야 잠들 수 있었다. 몸을 일으키면 침대 안이 금세 차가워졌으므로, 일단 일어난 다음에는 재빨리 옷을 챙겨 입고 학교나 일터로 나가는 게 상책이었다. 서리가 유리창 안팎을 수놓은 부엌은 냉동고나 다름없었다. 식사 준비, 설거지, 빨래는 물론 손을 물에 담가야 하는 일은 무엇이든 안토니나에게 고문이었다. 피부가 트고 갈라져 피가 날 지경이었다. "피부가 매끈한 인간은 혹한에도 적당하지 못해." 안토니나는 동물 가죽을 뒤집어쓰고 매캐한 연기가 나는 불을 때면서 그렇게 위트 있게 혼잣말을 했다.

매일 얀과 리시가 나가고 나면 안토니나는 도살장에서 가져온 음식 찌꺼기 통을 썰매에 싣고 닭 사육장으로 가져갔다. 그리고 토끼에게 여름에 채소밭에서 거둔 건초와 당근을 먹였다. 그동안 리시는 지하조직에서 운영하는 학교에서 공부했다. 학교는 동물원에서 몇 블록 떨어진 곳에 있었다. 한편 얀은 도심에 있는 작은 연구실에서 일했다. 건물들을 점검하고 소독하는 작업으로 일은 허접했지만 부수입은 쏠쏠했다. 식량배급표, 매일의 끼니(고기와 수프가 나왔다), 취업허가증, 약간의 급료, 그리고 지하운동에 결정적인 가치를 지닌, 도시 곳곳을 합법적으로 돌아다닐 수 있는 권한까지.

사육장, 오두막, 3층 빌라를 전부 난방하기에는 연료가 턱없이 부족했기 때문에 손님들은, 바르샤바 도심이든 교외든 겨울을 날 안전한 장소로 은밀히 분산되었다. 일부 유대인은 지하운동조직의 배려로 시골 농장에 숨어 지냈는데, 그곳은 독일군이 군용식량 때문에 몰수하지 않고 남겨둔 농장들이었다. 그런 곳에서 가정교사·하녀·보모·요리사·재단사로 일하는 여자들은 알고 보면 불법 거주자였다. 남자들은 들일을 하거나 제분소에서 일했다. 어떤 이들은 소작농 행세를 하며 숨어 지냈고 시골 학교 교사로 위장한 사람들도 있었다. 바르샤바 도심에서 불과 8킬로미터 거리에 위치한 마우리치 헤를링-그루진스키의 농장도 그런 은신처 가운데 하나였다. 시기마다 숫자는 달랐지만 통틀어 5백여 명이 이곳에 숨어 지냈다.

손님과 친척들은 떠났지만, 겨울 빌라에는 별난 거주민이 둘 있었다. 안토니나의 표현을 빌리면, 먼저 도착한 비체크(빈센트)는 나무랄 데 없는 귀족 집안의 자제였다. "비체크의 어머니는 희귀종으로 유명한 '실버래빗'"이었는데, 흔히 북극토끼라고 부르는 산토끼의 일종이다. 어린 새끼일 때는 털이 윤기 나는 검은색이고, 자라면서 점점 탈색되어 장성하면 뽀얀 은색이 된다. 안토니나는 정원 우리에서 키우던 비체크가 10월의 눅눅한 칼바람에 몸서리치는 것을 보고 집 안으로 데려와, 낮에는 비교적 따뜻한 식당에 두고, 밤에는 요를 두껍게 깐 리시 침대에서 함께 재웠다. 매일 아침 리시가 학교 갈 채비를 하는 사이 비체크는 침대보에서 빠져나와, 깡충깡충 뛰어 계단통까지 간 다음, 좁은 계단을 조심조심 내려갔다. 그러고는 코를 들이밀어 나무문을 밀치고 허둥지둥 식당으로 들어가 난로의 작은 유리문 옆에 기분 좋게 자리를 잡았다. 몸을 조금이라도 따뜻하게 하려는 것인지 귀를 뒤로 평평하게 눕혀 목덜미와 등을 덮은 채, 앞다리 하나만 앞으로 뻗고 나머지 세 다리는 잔뜩 웅크린 자세였다. 호박색 홍채 주변에 검은색 아이라인이 있는 녀석의 눈은 이집트 상형문자에 등장하는 눈동자와 닮은꼴이다. 세 겹이나 되는 두툼한 털, 커다란 눈신을 신은 듯한 발, 이끼와 지의류를 갉아먹기에 제격인 유난히 긴 앞니. 녀석은 어느 모로 보나 영락없는 북극토끼의 자손이었다. 하지만 집에 들어와 살면서 금세 토끼들의 세계에서는 낯선 습관과 취향에 길들여졌고, 신화 속 그리핀(독수리 머리와 날개에, 뒷다리와 몸은 사자인 상상의 동물.—옮긴이)처럼 별난 성격을 갖게 되었다.

처음에 비체크는, 리시가 식사하려고 자리에 앉을 때마다 리시의 발 위에 편안히 엎드렸다. 북극의 폭풍 속에 사는 토끼처럼 본능적으로 움츠린 모습이, 리시의 발 위에 얹힌 검은 털 슬리퍼 같았다. 나중에 몸집이 커지고 근육이 붙자, 비체크는 딱딱한 고무공처럼 집 안 여기저기를 통통 뛰어다녔다. 식사 시간에도 더이상 바닥에 엎드려 있지 않고 리시의 무릎 위로 뛰어올라, 앞발을 내밀어 리시의 밥을 낚아채기 일쑤였다. 선천적으로 채식주의자인 북극토끼들은 나무껍질과 솔방울을 먹으며 살지만, 비체크는 말고기 커틀릿이나 소고기를 훔쳐가는 것을 선호했다. 그리고 역시나 고무공처럼 통통 뛰어 후미진 구석으로 가서 게걸스레 먹어치우기를 선호했다. 비체크는 안토니나가 고기를 연하게 하려고 주방용 망치로 두드리는 소리가 들리는 즉시 득달같이 주방으로 달려와, 일단 의자로 뛰어오른 다음 다시 식탁 위로 도약하며 생고기 조각을 냅다 잡아챈 뒤, 전리품을 챙겨 잽싸게 도망가서 새끼표범처럼 고기를 먹어치웠다.

명절에 친구가 키엘바사라는 폴란드 훈제 소시지를 선물로 보냈을 때 비체크는 면도날처럼 예리한 이빨을 가진 유해동물이 되어, 부스러기라도 달라고 막무가내로 조르고, 소시지 먹는 사람만 보면 덤벼들었다. 시간이 흐르자 비체크는 주방 옆 얀의 사무실, 피아노 위에 편육을 숨겨둔다는 사실을 알아냈다. 이론상으론 피아노 다리가 미끄러워 굶주린 쥐들이 못 올라가리라 여긴 것이었으나, 굶주린 토끼한테는 별로 해당되지 않았다. 온갖 좀도둑질 덕분에 무럭무럭 자라 어느새 몸집 좋은 털북숭이 악당이 된 녀석이 식구들 옷까지 먹기 시작한 탓에, 집을 비울 때마다 모퉁이의 붙박이장에 가둬두어야 했다. 어느 날은 침실 의자 위에 걸어둔 얀의 재킷 칼라를 질겅질겅 씹고 있었고, 어느 날엔가는 중절모 테두리를 부챗살 모양으로 만들어놓았으며, 손님 코트 끝부분에 이빨자국을 내놓기도 했다. 가족들은 비체크가 '맹수 토끼'가 되어간다고 농담하곤 했지만, 안토니나는 보다 침통한 기분으로, 인간세계든 동물세계든 몸을 돌릴 때마다 "충격적이고 예기치 못한 행동"을 보게 된다고 적었다.

병든 수탉이 가솔로 합류하게 되자 안토니나는 정성껏 보살폈고, 리시도 또 다른 반려동물로 여겨 쿠바(제이콥)라는 이름까지 지어주었다. 전쟁 전 빌라에는 까불까불한 새끼수달 두 마리를 포함해 더 이국적인 동물들이 살았지만, 자빈스키 부부는 동물과 인간이 한 지붕 아래 사는 독특한 전통을 계속 이어, 길 잃은 동물들을 자신들의 삶으로, 이미 스트레스를 받은 집 안으로 맞아들였다. 동물을 돌보는 일이 운명까지는 아니라도 천성인 그들은 음식이 부족한 전시에도 동물들과 함께하며 오히려 살아 있음을 느꼈다. 동물들과의 동거는 얀의 동물 심리 연구에도 도움이 되었다. 얀은 사육환경이 동물의 심리와 성격에 중대한 영향을 미친다고 강조했다. "동물의 성격은 기르고 훈련시키고 교육하는 방식에 따라 달라지기 때문에 함부로 일반화할 수 없습니다. 개나 고양이를 기르는 사람들이 하나같이 하는 말처럼 동물들은 모두 개성을 보여줍니다. 토끼가 사람한테 뽀뽀하고, 문도 열어주고, 식사시간을 상기시켜주게 되리라고 생각이나 했겠습니까?"[53]

비체크는, 그를 "무례하고" 얼마나 교활한지 혀를 내두를 정도이고 가끔 겁나기도 한다고 선언한 안토니나에게 역시 흥미로운 존재였다. 사람한테 뽀뽀하고, 약탈을 일삼고, 육식을 하는 토끼……동화에나 나올 법한 모습이 아닌가? 실제로 비체크는 안토니나가 집필한 어린이도서에서 좋은 소재로 쓰였다. 안토니나는 비체크의 무모한 장난질을 기록해두었다. 녀석이 가만히 웅크리고서 안테나처럼 귀를 바짝 세우고, 주변의 모든 소음을 추적하고 판독하려 애쓰는 것을 바라보면서.

실내 동물원은 의례와 냄새와 소음으로 이뤄진 유쾌한 서커스를 창조해냈고, 덤으로 모두에게, 특히 리시에게 놀이와 웃음을 주는 강장제 역할을 했다. 안토니나는 동물들이 아이의 관심을 전쟁이 아닌 다른 곳으로 분산시키는 데 도움이 된다고 보았다. 날짐승이든 길짐승이든, 발톱 짐승이든 발굽 짐승이든, 사향 냄새를 풍기는 오소리든 갓 태어난 냄새 없는 사슴이든, 리시의 작은 동물원에서 차별 없이 환영받았다. 바르샤바동물원 안에 빌라 동물원이 있고, 그 안에 리시의 작은 동물원이 있었다. 동물원을 품은 마트료시카 인형처럼.

안토니나가 거느린 무리 중에는 탁자 다리나 의자에 오줌을 싸고, 물건을 갈기갈기 찢거나 갉아먹고, 가구 위로 뛰어다니는 녀석들도 있었지만, 그녀는 특별히 허용받는 아이들이나 환자들로 여기며 상황을 즐겼다. 리시가 동물들을 돌보는 것이 가족들 사이의 약속이었다. 리시는 도움이 간절한 꼬마 도깨비들의 영지를 보살피는 꼬마 사육사였다. 덕분에 리시는 자신이 잘 할 수 있는 중요한 일을 하면서 바쁜 시간을 보낼 수 있었다. 모두가 중요한 비밀과 책임을 맡은 듯, 비장해 보이는 어른들 사이에서.

그렇게 어린 아이가 복잡한 사회적 접촉·보수·물물교환·호혜적 이타주의 · 사소한 뇌물 · 암거래 · 입막음 돈 · 전시 바르샤바의 순전한 이상주의 따위를 이해할 길은 없었다. 그래도 '미친 별 아래 집'은 더욱 미치광이 같은 세상을 순간순간 잊게 해주었다. 잠깐일 때도 있고 때로는 몇 시간씩 그런 분위기가 계속될 때도 있었다. 끊이지 않는 이야깃거리, 즐거운 놀이, 집중할 일거리, 다채로운 목소리 등으로. 물론 소소한 위안과 흥밋거리에 몰입하는 와중에도 바깥세상은 여전히 위험하고 불안한 상태였지만, 이것은 안토니나가 자신과 가족을 위해 일구어낸 해결책의 리듬이었다. 안토니나라는 사람의 가장 주목할 만한 점 중 하나는 바로 이러한 결단력이었다. 그녀는 주변에 도사린 위험 · 공포 · 불안을 가까스로 모면하며 하루하루를 사는 집안에서 놀이 · 동물 · 경탄 · 호기심 · 경이 · 천진무구한 동심을 받아들였던 것이다. 그것은 전시에 소홀하게 취급되기 쉬운 남다른 용기가 있어야 가능한 일이었다.

고통을 초월하여 온전한 정신을 유지하는 방편으로 랍비 샤피라가 아름다움 · 신성함 · 자연에 대한 명상을 권했다면, 안토니나는 빌라를 사향쥐 · 수탉 · 산토끼 · 개 · 독수리 · 햄스터 · 고양이 · 새 끼여우 같은 천진난만한 생명들로 채웠다. 이들이 빌라 사람들을 평범하면서도 진기한 변함없는 자연의 세계로 데려다주었다. 서로 다른 종들의 요구와 리듬이 어울린 빌라의 독특한 생태계와 일상에 집중하다 보면 마음의 휴식을 취할 수 있었다. 동물원 주변에는 여전히 나무와 새와 정원이 있었고, 향긋한 린넨 꽃들이 향낭처럼 주렁주렁 달린 고운 풍경이 펼쳐졌다. 날이 저물면 아름다운 피아노 선율이 하루의 대미를 장식했다.

이러한 감각의 어우러짐은 나치의 소름끼치는 만행을 경험한 뒤 몸과 마음이 피폐해진 손님들에게 더욱 절실한 것이 되었다. 자빈스키 부부는 그들을 받아들이고 "지하조직 및 지인들의" 지원을 이끌어냈으며, 이 지원가들 중에는 "상당히 의외인 사람들도 많았다"고 이레나 샌들러(암호명 율란타)는 기억했다. 이레나는 가톨릭 집안에서 의사의 딸로 태어났지만 유대인 친구들이 많았는데, 사회복지사로 일하다가 전쟁이 일어나자 본인의 업무를 스스로 재조정했다. 뜻이 맞는 열 사람과 함께 가짜 서명이 들어간 위조증명서를 발급하기 시작한 것이었다. 전염병 대처를 구실로 게토로 들어가는 정식 통행증도 그럴싸하게 만들어냈다. 이레나와 뜻을 같이한 사회복지사들은 "음식·약품·의복·돈을 밀반입하고 가능한 한 많은 사람, 특히 어린이들을 게토에서 탈출시켰다." 아이들을 탈출시키는 작업은 몇 가지 단계를 거쳐야 했다. 우선 아이를 사회복지사에게 맡기라고 부모를 설득하고, 부모가 동의하면 아이들을 몰래 빼낼 방도를 모색했다. 보통은 시체 운반용 부대·상자·관에 넣어 게토와 아리아인 구역의 경계에 위치한 지방법원이나 올 세인츠 교회를 통해서 빼냈다. 그리고 아이들을 가톨릭 가정이나 고아원에 데려다주었다. 이레나가 정원에 묻어둔 단지 안에는 아이들의 실명을 기록한 종이가 들어 있었는데 이는 전쟁이 끝난 뒤에 가족과 재결합시키기 위한 것이었다. 수녀들도 바르샤바 도심이나 인근 고아원에 아이들을 숨겨주었다. 외모에 있어 워낙 유대인적인 특징이 강한 아이들을 별도로 관리하는 사람들도 있었다. 이런 아이들한테는 다친 것처럼 머리와 얼굴에 붕대를 감는 방법이 많이 쓰였다.

자빈스키 부부는 보통 전화나 심부름꾼을 통해 잠깐 머물 손님이 오게 된다는 소식을 접했다. 이레나는 주로 직접 부부를 방문했는데, 새로운 소식을 전하면서 편하게 수다를 떨기도 했고, 사무실이 감시를 받을 때는 잠시 숨어 있기도 했다. 나중에 이레나는 게슈타포에게 체포되어 파비악형무소에서 끔찍한 고문을 당했고, 지하운동조직의 도움으로 형무소를 탈출한 뒤에는 동물원에서 인기 있는 '손님'이 되었다.

런던에 있는 폴란드 망명정부는 자체 무선기지국을 두고 영국의 비행기·첩보원·자원을 빌려 특수 임무들을 수행했다. 10만 달러의 현금과 암호화된 수취인의 주소를 낙하산병의 허리띠에 묶어 몰래 들여온 적도 있었다. '어둠 속에 있는 말없는 자들'이라는 의미의 '치코쳄니(cichociemni)'라고 불리는 특수요원들이 임무를 수행했다. 이들은 현금 이외에 무기나 무기 제조 장비나 도면을 들여왔다. 치코쳄니였던 한 사람의 말에 따르면 대원들은 하강 이후의 분산을 최소화하기 위해 지표에서 비교적 가까운 90미터 상공에서 뛰어내렸다. 목표 지점은 "빨갛고 노란 꽃들이 무성하게 피어 빛을 발하는 넓은 공터였다." 낙하산을 타고 소나무 사이를 이리저리 움직여 사뿐히 땅에 내려선 다음, 헬멧을 쓴 남자를 만나 재빨리 암호를 교환하고 악수했다. 어디선가 젊은이들이 나타나 가져온 상자를 운반해가고 낙하산을 수습하여 주부들이 블라우스와 속옷을 꿰매는 데 쓰도록 했다. 국내군 사령관에게 보내는 암호화된 메시지를 전달한 뒤, 그는 긴장을 늦추지 않으려고 카페인이 가미된 엑시드린을 분량대로 삼키고서, 청산칼리 알약을 바지의 별도 주머니에 넣었다. 사람들의 안내에 따라 학교에 딸린 교사에 도착한 다음엔, 풍채 좋은 여교장이 만들어준 베이컨과 토마토를 넣은 오믈렛을 먹고 새벽에 교사를 나섰다. 낙하요원 중에 일부는 국내군에 합류하여 1944년 바르샤바 봉기에서 싸웠다. 365명의 대원 가운데 임무수행 도중 11명이 죽었고, 항공기 63대가 격추되었으며, 총 858번의 낙하 중 반만 성공했다. 그래도 그들은 지칠 줄 모르는 폴란드 지하운동조직에 물품을 공급했다. 아군 적군을 막론하고 유럽에서 가장 체계적으로 움직이는 저항운동조직이라고 일컬어졌는데, 사실 그럴 수밖에 없었다. 제3제국의 지배가 폴란드에서는 유독 가혹했기 때문에.

이 무렵, 얀은 지하운동에 더 깊이 관여하고 있었다. 바르샤바에서 비밀리에 운영되는 '이동 대학'의 약학 및 치의예과 교수진에게 생물학과 기생충학도 가르쳤다. 강의 규모는 크지 않았으며, 들키지 않기 위해 강의 장소를 바르샤바 한 끝에서 다른 끝으로 자주 옮겨 다녀, 게토 안팎에 위치한 개인 아파트·공업학교·교회·사업체·수도원 등 다양한 건물이 강의실로 활용되었다. 게토에서는 도서관·실험실·교실을 비롯하여 모든 것이 부족한 상황이었음에도 초등교육과 대학과정은 물론, 의학을 비롯한 몇몇 분야에서는 석사과정도 운영했다. 게토의 의사들은 약간의 음식물과 약품만 있으면 살릴 수 있는 환자들이 그냥 죽어가는 모습을 바라봐야만 했다. 환자들에게 해줄 수 있는 것이라곤 심심한 위로의 말뿐이었다. 그런 게토 의사들에게, 미래의 의사를 꿈꾸는 의학도를 위해 최첨단 의학을 가르치라고 하는 것은 분명히 서글픈 아이러니였다(어쩌면 그것이 낙관주의였을지도 모른다). 전쟁 도발 후, 나치는 폴란드라는 나라를 무력화시킬 작정으로 지식인들을 끌어내 총살하고, 교육과 출판을 금지했지만, 결과적으로 부메랑 효과처럼 자신들이 손해를 본 어리석은 전략이었다. 이로 인해 교육은 체제전복적인 내용으로 기울었고, 살아남은 지식인들이 모든 능력을 나치에 대한 저항과 파괴공작에 집중하는 계기가 되었던 것이다. 비밀리에 제작된 신문이 게토 안팎에 널리 유포되어, 사람들은 이것을 (독일인들이 기겁하는) 유대인 화장실에 쌓아두었다. 빈곤과 박탈의 시대에 오히려 도서관·대학·극장·콘서트는 사람들로 붐비어, 비밀리에 바르샤바 축구선수권대회까지 열릴 정도였다.

1942년 봄이 되자 손님들이 연달아 동물원에 도착해 우리·오두막·벽장에 숨어 지냈다. 그들은 공포에 짓눌린 상태에서 평범한 일상을 구축하느라 안간힘을 썼다. 시간이 흐르고 은신처에 익숙해지자 그들은 빌라에서 들려오는 무엇무엇의 투박한 발소리, 아이들이 뛰는 소리, 뭉툭한 발굽이 바닥에 부딪히는 소리, 네발 달린 짐승이 재빨리 달리는 소리, 문이 쾅 닫히는 소리, 전화벨 소리, 가끔 싸움 붙은 동물들의 날카로운 비명소리에 대해서 농담까지 하게 되었다. 라디오에 익숙한 세대였으므로, 그들은 귀로 정보를 모아 머릿속으로 이미지 그리는 일을 능숙하게 해냈다.

안토니나는 조각가 친구 막달레나 그로스가 걱정이었다. 동물원 폭격과 함께 막달레나의 생활과 예술이 모두 갈피를 잃었다. 동물원은 막달레나에게 단순한 야외작업장이 아니라 삶의 방향을 지시하는 나침반 같은 곳이었다. 안토니나의 일기에는 그로스의 황홀경에 빠진 모습이 그려져 있다. 그로스가 동물원에서 몇 시간씩 넋을 잃고 동물들에게 빠져 있어, 지나가는 이들이 멈추어 쳐다보는데도 전혀 의식하지 못할 정도였다는 것이다. 평생 조형미술에 심취했던 얀도 그로스의 작품에는 감탄을 금치 못했다.

소형 조각이 장기인 그로스는 20마리쯤 되는 동물들을 아주 사실적이면서 익살맞은 모습으로 표현했다. 주로 해당 동물의 특징적인 면모를 보여주는 익숙한 동작의 순간이나 영락없이 사람처럼 보이는 움직임의 순간을 절묘하게 포착했다. 낙타는 우뚝 솟은 혹 위로 고개를 젖히고 다리를 비스듬히 벌린 것이 스트레칭 하는 중이다. 어린 라마는 귀를 바짝 세우고 먹을거리가 없는지 살피는 표정이다. 일본 거위는 워낙 조심성이 많아 날카로운 부리는 하늘을 향하면서도 눈길은 관람객 쪽으로 두고 있는데, 그로스는 "예쁘지만 머리는 나쁜 여자"처럼 보인다고 설명한 바 있다. 홍학은 채플린처럼 걷는 중에 오른쪽 발꿈치를 든 순간의 모습이다. 수꿩은 암컷들에게 남성미를 과시하는 중이다. 외래종인 암탉은 잔뜩 웅크렸다가 잰걸음으로 뛰어나가는 모양새가 "청어를 어떻게 살지에 관해서만 생각하는 쇼핑객 같다." 사슴은 어떤 소리에 놀란 듯 목을 뒤로 길게 빼고 있다. 왜가리는 형형한 눈빛과 길고 단단한 부리, 유려한 어깨 곡선이 무척이나 매력적이다. 막달레나는 털을 한껏 부풀린 넓은 가슴에 턱을 깊이 묻은 왜가리의 모습을 자신과 동일시했다. 키가 훤칠한 아프리카대머리황새는 어깨를 잔뜩 움츠려 목이 보이지 않을 정도다. 엘크는 코를 킁킁거리며 냄새를 맡고 있는데 아마도 짝짓기

상대를 찾는 것이리라. 걸핏하면 싸우는 성질 급하고 혈기왕성한 수탉은 잔뜩 눈알을 부라린 모습이 금방이라도 한바탕 소란을 일으킬 것 같다.

그로스는 동물마다 제각각인 근육과 지방조직까지 제대로 표현하려고 애썼다. 균형을 잡기 위해 엉덩이와 어깨를 기울이는 각도는 어떤지, 경쟁자를 위협하거나 감정을 표출할 때는 근육들이 어떻게 움직이는지, 미묘한 굴곡도 놓치지 않고 유심히 살폈고, 모델의 근육과 뼈가 연결된 상태를 이해하려고 직접 자신의 팔과 다리를 구부려보기도 했다. 동물학자로서 얀은 그로스의 자문 역할을 했다. 얀은 동물의 핵심구조, 무게중심과 기하중심에 매료되었다. 예를 들어 포유류가 몸의 균형을 잡으려면 상당히 복잡한 골격과 근육, 굵은 네 다리라는 버팀목까지 필요한 반면, 새는 잔가지처럼 가는 두 다리로 펑퍼짐한 몸통의 균형을 잡는다. 대학에서 농업공학·동물학·미술을 공부한 얀은 웬트워스 톰슨의 『성장과 형태에 대하여』라는 책의 영향을 받았을 수도 있다. 이 책은 톰슨이 1917년에 발간한 생물공학연구서로 이 분야의 고전으로 손꼽히는데, 이 책은 그런 모티프들을 몸의 통증을 완화하기 위해 뼈-날개를 진화시키는 척추나 골반의 건축물로 보았다. 막달레나는 몇 달에 걸쳐 공을 들인 끝에 하나의 작품을 완성했다. 다채롭게 펼쳐지는 일련의 동작들을 보고, 동물을 생생하게 표현해줄 순간적인 자세를 선택하려면, 시간뿐 아니라 일종의 심적 도취상태, 그로스가 좋아하는 상상의 황홀경이 필요했다. 그녀의 작품에는 이 기쁨이 나타나 있다.

안토니나는 막달레나의 예술적 재능을 곧잘 칭찬했고, 인간이

미술을 통해 동물을 묘사한 긴 역사에서 막달레나가 어떤 위치를 차지하는지까지 성찰했다. 동물 묘사는 구석기시대까지 거슬러 올라가는데 그 당시 인류는 횃불 아래서 물소·말·순록·영양·매머드를 동굴 벽에 그렸다. 그것들은 정확히 그려지지 않아, 가끔 벽 위에 조심스레 안료를 도포하기도 했다(오늘날의 라스코복제동굴 벽화는 선사시대 안료도포 기술을 그대로 활용하여 그림을 재현했다). 동물 형상을 새긴 사슴뿔이나 돌조각도 근처에서 발견되었는데, 그것들은 숭배대상이거나 사냥꾼들이 성스러운 동굴 의식을 치를 때 사용했을 것이다. 울퉁불퉁한 석회암동굴 벽면에 그대로 그려진 동물들은, 심장 소리와 발굽 소리가 쉽게 혼동될 가물거리는 어둠 속에서, 성년식을 거치며 질주했을 것이다.

20세기 초, 그리고 다다이즘과 초현실주의(사실 둘 다 거창한 '주의'라기보다는, 삶에서 예술의 역할, 예술로서 삶을 고민하는 하나의 사상이다)의 절정기인 양차 세계대전 사이에 폴란드 미술계에서는 동물 조각이 크게 유행했고 이런 풍조는 제2차 세계대전 기간과 그 이후까지 지속되었다. 안토니나가 보기에 막달레나는 세계 각지에서 면면히 이어진, 신비로운 동물을 묘사하는 전통, 즉 고대 바빌로니아·아시리아·이집트·극동·멕시코·페루·인도·폴란드 미술을 돋보이게 해주었던 그런 전통에 합류한 조각가였다.

막달레나는 청동으로 형태를 굳히기 전에 점토로 모양을 만들었다. 아직 수정의 여지가 있는 작업을 하는 동안에 종종 얀에게 작품의 해부학적인 세부 묘사가 적절한지 의견을 구했다. 안토니나가 얀에게 들은 바로 막달레나는 거의 틀린 적이 없었다. 점토 작업을 하는 데만도 몇 달이 걸렸기 때문에 막달레나는 하나의 청동작품을 만드는 데 평균 1년을 소모했다. 막달레나는 모델의 아주 작은 부분, 털이나 피부의 결까지 꼼꼼히 살피며 디자인을 다듬었다. 그러다 보니 점토 작업을 쉴 새가 없었다. 한번은 최종작품이 마음에 들겠는지 묻는 누군가의 물음에 막달레나는 "선생님 질문에 3년 뒤에 대답해드리겠습니다"라고 답했다고 한다. 막달레나는 멸종위기동물 두 종(유럽산 엘크와 유럽들소)만 청동작업을 마쳤다. 특히 유럽들소 작업에 2년의 세월을 바쳤는데, 이것은 얀을 위한 특별선물이었다. 당연한 얘기지만 동물들은 모델처럼 자세를 잡고 가만히 있지 않았다. 갑자기 날아오르고 뒤뚱뒤뚱 걸어가고 시야에서 사라지기도 했다. 더구나 야생동물들은 식사·교미·결투 같은 민감한 상황에서는 주변에서 바라보는 것조차 거부했다. 좀체 가만있지 않는 녀석들을 정력적으로 살피는 작업이 그녀를 평온하게 해주었고, 그녀의 평온함이 다시 동물들을 평온하게 만들었다. 결국 시간이 흐르자 동물들은 막달레나가 오랜 시간 지켜보는 것을 편안하게 받아들이게 되었다.

이미 미술가로 성공한 유명인이었지만(1937년 파리에서 열린 국제미술전시회에서 그로스의 〈들소〉와 〈벌잡이새〉라는 작품이 금상을 수상했다), 안토니나가 만난 그로스는 놀라우리만치 겸손하고 다정하고 낙천적이었다. 그리고 동물과 미술에 그야말로 푹 빠져 있었다. 그로스는 모델은 물론 동물들을 돌보는 사육사, 경비원들까지 매료시켰다. "밝은 표정의 '마지아 부인'이 나타나면 누구나 반가워했다. 그녀는 검은 눈동자 가득 미소를 머금은 채 우아하고 경쾌한 손놀림으로 찰흙을 빚었다."

유대인은 게토로 들어가라는 명령이 내려지자 그로스는 이를 거부했다. 게토 밖의 삶은 결코 순탄치 않았다. 아리아인으로 위장하고, 폴란드 사람들이 쓰는 속어를 배우고 그럴싸한 억양까지 익히면서 항상 가면을 쓰고 살아야 했다. 아리아인 구역에 남아 위장생활을 했던 유대인들의 규모가 얼마나 되느냐에 대해서는 의견이 분분하다. 가장 신빙성 높은 아돌프 베르만(그들을 돕고 기록해온 사람)의 자료에 따르면, 1944년 말까지 1만 5천 명에서 2만 명가량이 아리아인 구역에서 생활했던 것으로 밝혀졌다. 베르만은 이는 자료에 근거한 수치이며 실제 수치는 훨씬 높을 것으로 보았다. 아리아인 구역에 살았던 유대인을 다룬 『비밀도시』라는 책에서 구나르 폴슨은 수치가 2만 8천 명에 이를 것으로 보았다. 숫자가 이렇게 많다면 폴슨의 표현대로 하나의 '도시'라 할 만하다. 이러한 숨은 도망자들의 도시는 자체적인 범죄자(수십 명의 공갈협박범·강탈자·절도범·부패경찰·탐욕스러운 지주)·사회복지사·문화생활·출판물·인기 카페·은어를 두루 갖추었다. 아리아인 구역에 숨어 지내는 유대인을 '고양이', 그들이 숨어 있는 장소를 '멜리나'(폴란드어로 '도둑소굴'이라는 뜻)라고 불렀다. 또한 '멜리나'가 발각되면 '불탔다'고 표현했다. "유대인 2만 8천 명, 방조자 7만~9만 명, '슈말초프닉스'(폴란드어로 '돼지기름'이라는 의미)라고 부르는 공갈협박범을 포함한 기타 방해꾼 3천~4천 명까지, 비밀도시 인구는 도합 10만 명이 넘는다. 그렇게 보면 바르샤바 폴란드 지하운동조직원 숫자를 초과할지도 모른다. 참고로 1944년 바르샤바 봉기 때 전투에 참가한 조직원이 7만 명이었다."[54]

'고양이'는 아주 사소한 부주의에도 들통날 수 있었다. 시가전차 비용을 모른다거나, 주변 사람들과 거리를 둔다거나, 집에 오는 편지나 손님이 너무 적다거나, 대표적인 동네 사교활동에 참가하지 않는다는 이유로. 다음은 알리챠 카친스카의 경험담이다.

주민들은 서로서로 방문했다[……]. 정치 상황에 대한 소식을 공유하고 카드놀이도 했다[……]. 저녁에 집으로 돌아올 때면 [……] 나는 건물 입구에 있는 작은 제단에서 멈추곤 했다. 바르샤바 곳곳의 건물 입구에는 이런 제단이 있었고, 바르샤바 시민들은 모두 제단 앞에서 이런 기도를 올렸다. "들으소서, 예수여, 당신의 사람들이 간청하는 소리를/들으소서, 들으소서, 그리고 중재하소서." 우리 건물 주민들도 모여서 이런 기도를 올렸다[……].[55]

구나르 폴슨의 저서에는 다음과 같은 사례도 나온다. "헬레나 쉐레쉐프스카의 딸, 마리시아는 자신이 폴란드 문화에 완전히 동화되었으므로, 자유롭게 돌아다녀도 무방하다고 생각했다. 어느 날 노점에서 (전시에 보기 힘든) 레몬을 발견하고 호기심에 가격을 물었다. 상인이 천문학적인 액수의 가격을 부르자 깜짝 놀라 폴란드 가톨릭교도들이 하는 것처럼 '예수님, 성모님!' 하고 외쳤다. 상인이 은밀하게 말했다. '짧은 기간에 그것까지 알았군, 아가씨. 모르는 게 없어!'"

그로스는 한 노파와 함께 살면서 토르테 케이크와 패스트리를 만들어 몇몇 빵집에 대주고 있었다. 거기서 받는 돈이라 해봐야 겨우 먹고살 정도였다. 가끔 위험을 무릅쓰고 '고양이'들이 자주 모이는 카페에 가서 친구를 만났다. 아리아인 구역에 숨어 지내는 유대인들은 미오도바 거리 24번지에 있는 카페나 세베리누프 거리의 카페에서 종종 만났다. 세베리누프 거리에서 유대인들은 "성요셉교회 가톨릭공동체센터에 딸린 안전한 레스토랑에서 식사를 했다. 한적한 길에 위치하고 있는 데다 수녀들의 서비스가 워낙 좋아서 유대인들한테 인기가 좋았다[⋯⋯]. 바르샤바에 숨어 지내는 거의 모든 유대인이 그곳을 알았다. 유대인들은 그곳에서 잔혹한 바깥세상을 잊고 한숨을 돌렸다. 비록 한 시간가량의 제한된 휴식이었지만."

집을 나설 때마다 들키거나 고발당할 위험이 도사리고 있었다. 어쨌든 하루가 멀다 하고 거리처형이며 가택수색이 진행되는 분위기였다. 나치가 생각지도 못한 시간에 들이닥쳐 다락이며 지하실까지 이 잡듯이 뒤져 숨은 유대인들을 잡아갔다. 안토니나는 막달레나가 사는 지역을 수색해 유대인을 잡아갔다는 풍문만 들어도 가슴이 덜컥 내려앉았다.

19

안토니나가 여느 날과 마찬가지로 빵 반죽을 치대고 있는데 뒷문에서 리시의 흥분한 목소리가 들렸다.

"찌르레기예요! 이리 와보세요! 빨리요!"

보아하니 아들한테 새로운 동물 친구가 생긴 모양이었다. 찌르레기라니 더 마음에 들었다. 찌르레기는 "기다란 검은색 부리, 용수철처럼 경쾌한 도약, 발랄한 지저귐"으로 안토니나를 매혹했다. 포고 놀이처럼 통통 경쾌하게 뛰는 모습, 벌레를 찾아 땅을 후비는 모습, 꼬리와 머리를 민첩하게 움츠리는 모습을 지켜보노라면 공연히 기분이 좋아졌다. 찌르레기로 눈이 호사를 누린다는 것은 곧 겨울이 끝나고 봄이 온다는 의미였다. "꽁꽁 얼었던 땅속이 봄을 맞아 부드럽게 풀리고 있다"는 것이었다. 찌르레기는 무리지어 하늘을 선회하면서 마치 고삐·강낭콩·소라 같은 신기한 모양을 만들어냈다. 한데 뭉치는가 싶더니 순식간에 흩어지고, 다음 순간 검은 후춧가루를 뿌린 양 우르르 하늘을 수놓는다. 안토니나는 회고록에서 땅에서 펄쩍펄쩍 뛰고 퍼덕거리는 모습을 보면 "깃털 달린 어릿광대"가 떠오른다고 했다. 리시가 그렇게 예쁜 찌르레기를 잡아 친구가 되고 돌볼 것을 생각하니 더욱 흡족했다. 끈적끈적한 반죽을 손에 잔뜩 묻히고 있던 안토니나는 싱크대 앞에서 어깨너머로 소리쳤다. 손이 너무 끈적거려 지금은 아들이 새로 데려온 귀염둥이를 맞이하기 어려우니, 나중에 보겠노라고. 그때 부엌문이 활짝 열렸다. 그제야 안토니나는 리시가 말한 찌르레기의 진짜 의미를 이해하게 되었다. 막달레나 그로스가 거기에 서 있었다. 낡은 여름 코트를 걸치고 너덜너덜한 신발을 신은 채로.

숨어 지내는 손님과 친구들은 모두 비밀의 동물 이름을 지니고 있었다. 막달레나의 동물 이름은 '찌르레기'였는데, 안토니나가 찌르레기를 좋아해서이기도 하지만, 막달레나를 생각하면 체포를 피해 "둥지에서 둥지로 날아다니는" 광경, 한 곳이 '불타면' 또 다른 '멜리나'를 찾아서 떠도는 모습이 떠올랐기 때문이었다. 외부인들은 동물원에서 동물을 부르는 소리를 듣는 것이니 놀라지 않았을 테고, 평범한 동물 이름을 부름으로써 얀과 안토니나의 생활에 정상성을 약간 복구하는 데도 도움이 되었으리라는 느낌이 든다.

전쟁 전에는 자긍심을 느끼게 했던 명성이 이제는 막달레나를 위협하고 있었다. 점령된 폴란드의 미로 같은 뒷골목에서 막달레나는 과거에 자신을 알았던 사람을 마주칠까 봐 공포에 떨었다. 누군가 알아보고 이러쿵저러쿵 이야기를 하면 어쩔 것인가?

목격자의 의도가 좋든, 나쁘든 위험하기는 마찬가지였다. 발 없는 말이 천 리를 가는 법이고, 집시들의 속담처럼 공포는 커다란 눈을 가졌다. 미술계를 비롯한 몇몇 집단에서는 꽤 널리 알려진 막달레나가 합류하면, 다른 손님들도 두 배로 신경을 써야 할 터였다. 그래서 막달레나는 감히 얼굴을 드러내지 못했다. 안토니나는 "평소 명랑해 보이던 마지아의 눈동자가 슬픈 기색을 띠고 있었다"고 말했다. 안토니나와 얀은 막달레나 그로스를 '마지아'라는, 마그다를 부드럽게 발음한 애칭으로 불렀다—딱딱한 느낌의 g 발음이 j 발음으로 약화되어 다정하고 온화한 느낌을 주었다. 미술계의 여러 친구들과 어울리는 즐거움을 포함해 "그녀는 전쟁 전에 누렸던 자유와 흥미진진한 삶을 송두리째 잃었다." 이를테면 1934년에 막달레나는 샤갈풍의 화가이자 환상적 산문의 작가인 브루노 슐츠와 교류하며 그의 첫 책으로 그의 별난 가족을 다룬 단편집 『스클레피 치나모노베』('계피 가게들'이라는 뜻)의 출판을 돕기도 했다. 막달레나에게서 그의 원고를 받아본 소설가 조피아 나우코프스카가 원고가 독창적이고 훌륭하다고 판단해 출판으로 이어지도록 조력했던 것이다.

낮에는 실내에 틀어박혀 있어야 했으므로 막달레나는 동물원을 돌아다니며 모델을 찾아다닐 수 없었다. 그래서 리시를 조각하기로 했다.

"리시는 오소리잖아." 그녀는 이렇게 농담했다. "멋진 작품이 나와야 하는데!"

어느 날 막달레나가 밀가루 반죽을 하는 안토니나에게 다가와 말을 걸었다. "이제 내가 너를 도울 수 있어. 정말 맛있는 크루아상 만드는 법을 배웠거든. 당장 찰흙으로 작품을 만들지는 못해도 밀가루 조각은 할 수 있는 거지!"막달레나가 커다란 볼에 담긴 밀가루 반죽에 손을 집어넣자 뿌옇게 밀가루가 날렸다.

"천부적인 조각가가 부엌에서 밀가루 반죽이나 해야 하다니 정말 안타깝군!"안토니나가 개탄했다.

"임시 상황일 뿐인데 뭐."막달레나는 이렇게 안토니나를 다독거리고는 팔꿈치로 살짝 그녀를 밀어내고서 힘차게 반죽을 시작했다.

"나처럼 몸집이 작은 여자는 좋은 제빵사 되기 글렀다는 사람들도 있어. 모르는 소리! 조각가가 힘이 얼마나 센데!"

실제로 점토를 주무르는 작업을 하다 보니 막달레나는 어깨가 발달하고 팔 힘과 손 힘이 보통이 아니었다. 막달레나가 속한 예술가 집단(라헬 아우어바흐, 유대시인 데보라 보겔 등이 속했다)에서는 재료를 다루는 손길과 함께 "재료의 독특하고 신비로운 점성"(브루노 슐츠의 표현)을 무척 중시했다. 멤버들은 사색적이고 문학적인 장문의 편지, 부분적으로 하나의 예술작품으로 공들여 쓴 편지에서 재료의 점성에 대해 진지하게 토론을 나누기도 했다. 편지들은 대부분 사라졌지만, 다행히 슐츠는 단편소설에서 자신의 편지 글을 상당 부분 활용했다.

전쟁 전에 막달레나는 파리의 로댕미술관에서 로댕이 말년에 제작한 역동적인 손 조각들을 보았을 것이다. 장미덤불과 건장한 조각품들로 둘러싸인 건물의 작은 음악상자 같은 그곳에서. 그리고 강하고 민첩한 손이 하는 모든 일들을 존중하고 자랑스럽게 여겼을 것이다. 아기를 흔들어 재우고, 도시를 건설하고, 채소를 심고, 연인을 애무하고, 우리의 눈에 사물의 형태를 가르치고—얼마나 원이 부풀었는지, 어떻게 모래가 서걱거리는지, 외로운 마음을 이어주고, 우리를 세상과 연결하고, 나와 타인의 거리를 가늠하고, 미를 창조하고, 충성을 맹세하고, 곡식을 음식으로 만드는 모든 손길을.

막달레나는 "눈부신 쾌활함, 에너지, 위대한 정신으로" 빌라에 활력을 불어넣었다. "막달레나는 위기의 순간에도 그런 기질을 잃지 않았다. 끔찍한 현실에 직면했지만 우리는 막달레나가 침울해하는 모습을 보지 못했다." 그동안 막달레나 없이 자신들이 어떻게 살아왔는지 의아할 정도로 그녀는 가장 씩씩한 빌라의 구성원이 되어 함께 생활하고, 걱정·고난·불안을 나누고, 집안일을 거들었다. 손님이 많을 때는 침대를 포기하고 밀가루를 쌓아두는 커다란 트렁크나 안락의자 두 개를 붙여놓고 그 위에서 잤다. "찌르레기라는 별명처럼 막달레나는 힘들 때도 휘파람을 불었다. 비슷한 처지의 많은 사람들이 절망 앞에 무릎을 꿇었을 그런 순간에도." 안토니나는 회고록에서 그렇게 추억했다. 낯선 사람이 빌라를 방문할 때마다 막달레나는 몸을 숨겼다. 방문객이 위험해 보이거나, 위층으로 올라가야 하는 심각한 상황이 발생하면 안토니나는 보통 피아노 선율로 주의를 주었다. 피아노를 연주하기 어려울 때엔 갑자기 노래를 부르기도 했다. 안토니나는 오펜바흐의 '가라, 가라, 가라, 크레타 섬으로!'가 "개구쟁이 같은 구석이 있는" 막달레나에게 도주 시간을 알리기에 제격이라고 생각했다. 일제히 뿜어대는 요란한 합창소리는 분명 장난기 많고 씩씩한 사람에게 어울리는 곡조였다.

막달레나는 그 곡이 들리면 즉시 은신처로 돌진했다. 숨는 곳은 그날그날 기분에 따라 다락, 욕실, 사람이 들어가고도 남는 커다란 옷장 등으로 달라졌다. 막달레나는 급히 숨을 곳을 찾아 들어가고 나면 자기가 처한 상황이 어이없어 숨죽여 웃는 일이 많았다고 나중에 안토니나에게 털어놓았다.

언젠가 막달레나는 이런 이야기를 했다. "전쟁이 끝나고 나서 이 음악을 들으면 어떤 기분일지 궁금해! 우연히 라디오에서 이 노래가 흘러나오면? 그때도 숨으려고 허둥댈까? 크레타로 가라고 메넬라오스를 막무가내로 쫓는 이 곡을 차분하게 들을 수나 있을까?"

한때는 활기찬 가락 때문에 막달레나가 좋아하던 곡이었지만 전쟁은 감각적인 기억조차 바꾸고 파괴했다. 순간순간 피를 말리는 긴장감, 아드레날린 분출과 빨라지는 맥박이 보다 강한 기억으로 각인되고 모든 사소한 것에까지 스며들어 사건을 영원히 잊지 못하게 만든다. 그런 경험은 우정이나 사랑을 돈독하게 만드는 반면, 음악 같은 감각의 보물을 오염시킬 수 있다. 특정한 가락이 위험과 연결되면 그 음악이 연주될 때마다 자기도 몰래 아드레날린이 솟구치고, 깊이 각인된 기억이 의식을 일깨워 급격한 공포가 뒤따른다. 막달레나가 궁금해할 만했다. 그녀의 말대로 "이는 위대한 음악을 망가뜨리는 끔찍한 방식이다."

20

1942년 가을. 폭설과 강풍이 동물원을 휩쓸었다. 음산한 소리를 내며 목조 건물을 세차게 때리던 바람이 쌓인 눈을 마구 휘저어 반짝반짝 빛나는 수플레처럼 만들어놓았다. 전쟁 초기 폭격으로 동물원 구내는 갈기갈기 찢기고 표지판들도 엉망이 되어버렸다. 다음에 폭설이 내리자 새로 생긴 길이 다시 눈에 파묻히고, 울타리가 무너지고, 자갈더미가 무너져 뒤엉키고, 금속표지판은 구겨지고 부서졌다. 사람을 현혹하는 솜털처럼 보드라운 설경 아래엔 입김이나 시선만으로 사람을 죽인다는 전설의 괴물 바실리스크처럼 위험한 금속들이 도처에 숨어 있었다. 사람들은 삽으로 눈을 치운 미로 같은 보행로와 잘 다져진 목초지로밖에 다닐 수 없었다.

안토니나의 행동반경은 훨씬 좁았다. 다리 정맥에 통증을 유발하는 염증인 정맥염(靜脈炎) 비슷한 증세로(안토니나의 기록에 명

확한 단서가 나와 있지는 않다) 다리를 절게 되었기 때문이다. 걸으면
통증이 너무 심해서 1942년 가을부터 1943년 봄까지 침대에 누
워 지내야 했다. 서른네 살의 유난히 활동적인 여성인 안토니나
는, 두꺼운 옷을 입고 담요와 이불을 겹겹이 덮은 채로 침대에 갇
혀 지내는 것을 좋아하지 않았다(그녀는 "황당하기도 하고 내가 쓸모없
는 사람처럼 느껴졌다"며 글을 통해 답답함을 호소했다). 더군다나 보살펴
야 할 대가족이 있는 이 시기에. 그녀는 제일 바깥에 있는 마트료
시카 인형과도 같았는데, 이것은 단순한 비유만이 아니었다. 실
제로 임신 중이었기 때문이다. 다리에 혈전이 형성되었는지는
정확히 알 수 없다. 임신, 흡연, 정맥류, 유전 때문에? 활동 부족
이나 비만 탓이 아닌 것은 분명하다. 하지만 정맥염도 위험의 소
지는 다분하다. 정도가 심각한 심정맥혈전증인 경우에는 혈전
이 정맥을 따라 심장이나 폐로 흘러들어가 사망할 수도 있다. 경
미한 정맥염이나 류마티스성 관절염(관절에 생기는 염증의 일종)이라
해도 다리가 붉게 부풀어 오르므로 침대 요양이 필수이다. 별 수
없이 안토니나는 가족, 친구, 직원들의 보살핌을 받으며 침대에
누워 여왕처럼 지냈다.

1942년 6월 폴란드 지하운동조직은 암호로 쓴 한 통의 편지를
받았다. 바르샤바에서 멀지 않은 시골 마을 트레블링카에 있는
죽음의 수용소에 대한 경고였다. 다음은 그 경고의 일부이다.

아저씨가 당신이 사는 곳에서도(신의 가호가 있기를) 자식들의 결혼
식을 치를 예정입니다(부디 신께서 막아주시기를)[……]. 삼촌은 그런
용도로 근처의 땅을 빌렸습니다. 당신이 사는 곳에서 지척입니다.

당신이 전혀 모르고 있을 것 같아 이렇게 편지를 써서 특급으로 보냅니다. 당신이 알아야 하니까요. 분명히 확인된 사실입니다. 그러니 마을 밖에 새로운 장소들을 빌려야 합니다. 당신 자신을 위해서, 그리고 우리의 형제자매와 이스라엘 자손들을 위해서[……]. 아저씨가 거기에 장소를 마련한 것은 분명 당신을 겨냥한 것입니다. 그런 사실을 알고 벗어날 방도를 강구해야 합니다[……]. 아저씨는 가능한 한 빨리 결혼식을 치를 생각입니다[……]. 지하로 몸을 숨기세요[……]. 우리는 성스러운 제물임을 잊지 마십시오. "그리고 아침까지 남은 것이 있다면[……]."**56**

역사학자 에마누엘 링겔블룸(바르샤바 벙커에 숨어 『제2차 세계대전 당시 폴란드인과 유대인의 관계』를 집필했다)과 다른 지하운동조직원들은 편지의 의미를 정확하게 파악했다. 난해해 보이는 마지막 문장은 출애굽기 12장 10절에 나온 유월절 의식에 대한 지시사항을 언급한 것이다. 유월절에 제물로 잡은 양고기는 아침까지 남겨두지 말아야 하며, 만약 남은 것이 있다면 **불살라**야 했다. 얼마 뒤 헤움노에서 유대인들이 대형 밴에 실려가 독가스를 마셨다는 소식이 들려왔고, 빌노에서 도망친 피난민들이 다른 도시에서도 대량학살이 있었다는 이야기를 전해주었다. 그래도 사람들은 그런 극악무도한 일이 벌어지고 있다는 사실을 여전히 믿지 못했다. 가스처형실에서 도망친 남자가 바르샤바 게토 사람들에게 직접 목도한 사실을 말해주기 전까지는. 남자는 처형실에서 도망친 다음 내내 화물차에 숨어 바르샤바까지 왔다고 했다. 그즈음 지하운동조직에서도 트레블링카 소식을 알렸지만 일부는 여전히 믿지 않았다. 나치가 바르샤바 같은 대도시 근처에서 그런 짐승만도 못한 짓을 저지를 리 없다는 것이었다.

1942년 7월 22일, 게토 소개(疏開)가 스타프스키 거리에서 시작되었다. 주민 7천 명이 기차역으로 내몰렸다. 그들은 염소소독한 빨간색 가축 운반차에 실려 마이다네크 가스처형실로 이송되었다. 나치는 '동부 재정착'이라는 있지도 않은 구실을 내세웠다. 주민들에게는 사흘치 식량과 귀중품, 15킬로그램의 개인 짐이 허용되었다. 1942년 7월부터 9월 사이에 나치는 바르샤바 게토에서 26만 5천 명을 트레블링카로 보냈다. 게토에 남은 유대인은 5만 5천 명 정도였다. 게토에서는 지도프스카 오르가니자챠 보요바(Zydowska Organizacja Bojowa), 약자로 ZOB라고 알려진 유대인전투조직이 결성되어 무장투쟁을 준비했다. 나치는 트레블링카에서 벌이는 만행을 되도록 오랜 기간 동안 감추려 했다. 트레블링카 기차역에서는 평상시처럼 기차의 도착 및 출발 시각표를 공시했다. 단 한 사람의 수감자도 출발하는 기차에 오르지 못했지만. 안토니나는 이렇게 썼다. "대단히 치밀하게, 그들은 광기 어린 목표를 향해 전진했다. 처음에는 개인의 흡혈 본능 정도로 보이던 것이 민족 전체를 말살하려는 치밀한 수단이 되었다."

소아과 의사인 헨리크 골드슈미트(Henryk Goldszmit, 필명 야누시 코르차크Janusz Korczak)는 시몬 테넨바움이나 랍비 샤피라처럼 이웃의 탈출 제안을 받고도 게토에 남는 쪽을 택한 사람이다. 저자로서 그는 자전적인 소설과 『아이를 사랑하는 법』, 『존중해야 할 아이의 권리』 같은 부모와 교사를 대상으로 한 저서들을 집필했다. 코르차크는 1912년 작가 겸 의사로서 해오던 모든 일을 접고, 크로

츠말나 거리 92번지에 7~14세 남녀 어린이를 위한 혁신적인 보육원을 설립하여 친구와 애독자와 제자들을 깜짝 놀라게 했다.

1940년, 게토로 이주하라는 명령이 떨어지자 보육원도, 코르차크가 일기에 쓴 대로 "저주받은 구역"[57]에 위치한, 버려진 비즈니스클럽 건물로 이사했다. 그가 파란색 라이스페이퍼에 쓴 일기는 보육원의 세세한 일상, 침략에 대한 생각, 철학적인 묵상, 자기 성찰의 내용으로 채워져 있다. 그것은 불가항력적인 곤경에 처했던 성인이 남긴 유물로, "역사상 가장 암울했던 시기에 숭고하고 도덕적인 사람이 어떻게 어른들의 잔학 행위로부터 천진무구한 어린아이들을 보호했는지"를 보여준다. 어른들 앞에서는 수줍음을 타고 불편해했다는 그는 자신을 '판 박사님'이라고 부르는 보육원 아이들과 함께 이상적인 민주주의를 창조했다.

그곳에서 그는 독자적인 의회와 신문, 사법제도를 갖춘 '어린이 공화국'에 헌신했다. 특유의 재치와 상상력, 그리고 자기 비하적인 유머감각을 발휘하면서. 그곳에서 아이들은 주먹질 대신에 "고소할 거야!"라고 소리치는 법을 배웠다. 그리고 매주 토요일 아침, 고소당하지 않은 다섯 명이 고소 사건에 대한 판결을 내렸다. 모든 판결은 코르차크가 만든 '법전'에 따라 이뤄졌는데, 법전의 100번째 조항은 용서를 다루고 있다. 그는 친구에게 이렇게 말했다. "나는 훈련을 통해 의사가 되었고, 우연에 의해 교육자가 되었고, 열정에 의해 작가가 되었고, 필요에 의해 심리학자가 되었다."

그는 밤이면 먹다 남은 보드카와 호밀빵을 침대 밑에 쑤셔 넣고, 가만히 누워 자신만의 비밀행성 '로(Ro)'로 탈출하곤 했다. 로에는 상상 속의 천문학자 친구 '지(Zi)'가 있는데, 지는 오랜 연구 끝에 내리쬐는 햇빛을 도덕적인 힘으로 전환시키는 기계를 완성했다. 지는 기계를 이용하여 우주 전역에 평화가 깃들게 했다. 그러고는 모든 지역에서 기계가 효력을 발휘하는데, "지구라는 행성에서만 끊임없이 충돌이 일어난다"고 불평했다. 두 사람은 지가, 전쟁을 일삼고 피비린내가 진동하는 지구를 파괴해야 하는지에 대해 논쟁을 벌이는데, 판 박사는 지구의 어린이들을 생각해서 연민을 베풀어달라고 간청했다.

그의 푸른 종이들은 기이한 공상, 흥미로운 사건, 파격적인 사상들로 수놓아져 있지만, 정작 게토에서 벌어지는 끔찍한 사건들은 일절 언급하지 않았다. 그의 예순네 번째 생일이기도 한 1942년 6월 22일, 죽음의 수용소로 게토 주민을 이송하는 작업이 시작되었지만 이에 대해서도 전혀 말하지 않았다. 그날 게토를 쩌렁쩌렁 울리던 차가운 쇳소리와 대혼란 대신, 그는 "광기에 휩싸인 암울한 지역"에 사는 빈민들의 머리 위에서 "굉장히 커다란 달"이 빛나고 있었다고 썼을 뿐이다.

그 무렵 사진에서도 드러나듯 그의 몸은 노화 증세를 보이고 있었다. 턱수염과 콧수염이 회색으로 변하기 시작했고 강렬한 검은 눈동자 아래 살들도 층을 이루며 처지기 시작했다. 건강도 좋지 않아 "유착·통증·탈장·상처"[58]로 고생하고 있었다. 그를 아끼는 아리아인 친구들이 여러 번 탈출을 권유했지만 그는 번번이 거절했다. 아이들을 남겨두고 게토를 떠날 수는 없다는 이유였다. 굶주리고 고통받는 아이들이 자신들의 처지를 "요양소의 노인들"에 비유하는 소리를 듣고 가슴이 무너지는 것 같았다고 그는 일기에 기록했다. 아이들은 고통을 초월할 방법이 필요했다. 그래서 그는 이렇게 기도를 하라고 격려했다. "감사합니다. 자비로우신 하나님! 꽃들에게 향기를 주시고 개똥벌레가 빛을 내게 하시고 하늘에 별이 빛나게 하심에 감사합니다."[59] 식사가 끝난 뒤에 그릇·숟가락·접시를 천천히 집중하여 집어들게 하는 등 일상사에 유념함으로써 정신을 달래는 법도 가르쳤다.

그릇들을 수거할 때 나는 금 간 접시, 굽은 숟가락, 긁힌 사발을 유심히 본다. [……] 부주의한 이들이 일부는 무례함으로, 일부는 귀공자 같은 오만함으로 숟가락·칼·소금통·컵을 내팽개치는 모습도 차분히 지켜본다. [……] 단역배우인 사람들이 흩어져 앉은 모습을 관찰할 때도 있다. 누가 누구 옆에 앉았는가를 꼼꼼히 살피면서. 그리고 거기에서 발상들을 얻는다. 내가 뭔가를 한다면 결코 생각 없이 하지는 않기 위해.[60]

그는 이런 천진한 게임뿐 아니라 아이들에게 위안이 될 보다 진지한 놀이도 고안하는 차원에서, 어느 날 인도 작가 라빈드라나드 타고르의 〈우체국〉이라는 작품을 상연하기로 했다. 타고르를 택한 것이 그가 동양의 종교에 심취해 있었기 때문이다. 이 작품은 아이들이 트레블링카로 이송되기 불과 3주 전인 7월 18일에 상연되었기에 상징하는 바가 크다고 지금 말할 수 있다. 몸이 아파 침대에서만 지내는 주인공 소년 아말은 밀실공포증으로 힘들어하고, 왕실 의사가 자기를 치료해주는 나라로 날아가는 꿈을 꾼다. 연극 말미에 왕실 의사가 나타나 아이를 치료해주고, 아말은 의사가 열어준 창문으로 찬란한 별들의 향연을 바라본다. 코르차크는 덫에 걸려 겁먹은 아이들이 죽음을 좀 더 편안하게 받아들이도록 돕고 싶어 이 연극을 골랐다고 말했다.

이송일(1942년 8월 6일)이 되자 코르차크는 다가올 재앙과 공포를 예감하며 트레블링카로 향하는 기차에 아이들과 함께 올랐다. 자신과 같이 있으면 아이들이 좀 더 평온할 테니까. "아픈 아이를 밤에 내버려두지는 않잖아요. 이런 시기에 아이들을 내버려두면 안 되지요." 그날, 트레블링카로 가는 유대인들의 집결지(Umschlagplatz)에서 코르차크와 아이들을 찍은 사진이 있다. 사진 속의 그는 맨머리에 군용부츠를 신고 대여섯 명의 아이들과 손을 잡고 나란히 걷고 있다. 192명의 다른 아이들과 10명의 직원이 네 명씩 줄지어 뒤따랐고 독일군이 그들을 에워싸고 있었다. 코르차크와 아이들은 빨간색 화물열차에 올랐다. 닭장보다 조금 큰, 어른 75명이 서면 꽉 차는 공간임에도 모든 아이들이 가뿐히 들어갔다. 『바르샤바 게토의 최후』에서 요슈아 페를레의 현장 목격담은 당시 상황을 이렇게 묘사했다. "기적이 일어났다. 사형을 선고받은 2백 명의 순수한 영혼들은 울지 않았다. 한 명도 도망치지 않았다. 숨으려 하지도 않았다. 상처 입은 제비처럼 아이들은, 선생님이자 멘토였고, 아버지이자 형제였던 야누시 코르차크에게 꼭 매달려 있었다."

1971년 러시아는 새로 발견한 소행성에 그의 이름을 붙여 '2163코르차크'라고 불렀다. 어쩌면 코르차크가 꿈꾸었던 행성인 '로'로 불렀어야 했을 것이다. 폴란드 사람들은 코르차크를 순교자로 추앙하고, 이스라엘 사람들은 순수한 영혼으로 세상을 구원한다는 36인의 의인으로 공경한다.[61] 유대 전설에 따르면 소수의 의로운 사람들이 선한 마음과 행동으로 사악한 세상을 파괴로부터 구원한다. 오로지 그들의 선행 때문에, 인류 전체가 구원을 받는다. 전설은, 이들이 완전한 존재도 불가사의한 존재도 아닌 그저 평범한 사람들이며, 대부분은 평생 알려지지 않은 채 살아간다고 말한다. 생지옥 같은 현실에서도 선행을 불멸케 하기를 선택하면서.

21

1942년 7월 대규모 이송 이후에 게토는 모습도 기능도 크게 달라졌다. 거리마다 사람들이 붐비던 혼잡한 도심은, 독일인 소유 작업장으로 가득 찬 강제노동수용소로 바뀌었고 나치 친위대의 감시를 받았다. 인구가 급감한 남쪽 지역은 '황량한 게토'로 불렸는데, 특수부대가 유대인들이 남긴 물품에서 쓸 만한 것을 약탈하고, 버려진 집들을 독일인 사용 목적으로 개조하느라 분주했다. 게토에 남은 유대인 3만 5천 명은 작업장 밀집지역에서 가까운 주택지구로 이주했으며, 일터를 오갈 때마다 경비병들이 따라다녔다. 실제로 이들 외에도 2만에서 3만 명의 유대인들이 게토에 숨어, 사람들의 눈길을 피해 지하터널의 미로를 돌아다니며 지하생태계의 일원으로 목숨을 부지하고 있었다.

1942년 가을, 자빈스키 부부에게 엄청난 도움이 될 비밀운동 조직 제고타(Zegota)가 출범했다. 유대인원조위원회의 약칭인 제고타의 목표는 폴란드 가정집에 숨어 지내는 유대인을 지원하는 것이었다. 대외적인 공식 명칭은 콘라드 제고타 위원회였지만 조직에 콘라드 제고타라는 사람은 없었다. 설립자는 조피아 코삭(Zofia Kossak)과 반다 크라헬스카-필리포비치(Wanda Krahelska-Filipowicz)였다. 조피아 코삭(암호명 베로니카)은 유명 작가이자 보수 민족주의자로 폴란드 상류층, 특히 지주계층과 허물없이 어울렸고 가톨릭 성직자 중에도 친한 이들이 많았다. 공동 설립자인 크라헬스카-필리포비치는 미술 잡지 『아르카디』의 편집자로 조피아 코삭과는 대조적으로, 사회주의 계열의 행동주의자이자 전직 미국주재 폴란드 대사의 아내였고, 지하운동조직의 군사·정치 지도자들과 친분이 깊었다. 충원한 조직원들 역시 각계 전문가, 정치인, 사회운동가로 폭넓은 네트워크를 갖고 있었다. 제고타의 핵심은 바로, 사회 구석구석의 다양한 사람들로 이루어진 조밀한 안전망을 만드는 것이었다. 예를 들면 알렉산데르 카민스키는 전쟁 전에 폴란드스카우트협회에서 두각을 나타냈던 인물이고, 헨리크 볼린스키는 폴란드주점협회 회원이자 좌익 시온주의자였다. 심리학자 아돌프 베르만은 게토의 어린이복지기관인 '첸토스'를 이끌었다. 작가협회, 저항언론인협회, 민주의사협의회, 철도·시가전차·공중위생국 노동자들로 구성된 노동조합이 모두 제고타를 도왔다. 이레네 토마셰프스키와 테치아 베르보프스키는 『제고타: 전시 폴란드의 유대인 구조』에서 제고타 조직원들의 특성을 다음과 같이 지적했다. "제고타 조직원들은 이상주의자이면서 동시에 활동가였다. 활동가란 천성적으로 사람들을 아는 사람, 즉 인맥이 넓은 사람들이다."[62]

폴란드 가톨릭과 각종 정치단체들을 하나의 협회 아래 단결시킨 제고타의 유일한 목적은 파괴공작이나 투쟁이 아니라 인명 구조였다. 순수한 인명 구조를 목적으로 한 조직은 제2차 세계대전 당시 나치가 점령한 유럽 국가를 통틀어 제고타가 유일했다. 역사가들은 바르샤바의 유대인 2만 8천 명의 구출 위업을 이들의 공로로 돌렸다. 주라비아 거리 24번지에 위치한 제고타 본부는 에우제니아 봉소프스카(제본업자 겸 인쇄업자)와 변호사 야니나 라아베가 운영했는데, 일주일에 두 번 사무실을 열었고 일부 도망자들의 임시 은신처가 되기도 했다. 제고타는 폴란드 지하운동조직 및 레지스탕스와 긴밀히 협력하면서 자빈스키 부부의 빌라에 돈과 위조증명서를 가져다주었고, 동물원 손님들이 전쟁이 끝날 때까지 은신할 안전한 집들을 부지런히 탐색했다. 한 사람을 살리려면 실로 많은 사람들이 위험을 감수해야 했기에, 끝없이 난관에 부딪혔고 나치의 허위 선전과 사형 위협이 끊이지 않았음에도, 바르샤바와 교외 주민 7만~9만 명, 말하자면 전체 인구의 12분의 1에 해당하는 사람들이 생명의 위험을 무릅쓰고 이웃들의 탈출을 도왔다.[63] 실제 구조자와 지하조직 협력자 이외에도 묵인이라는 방법으로 협조한 이들도 많았다. 가정부·우체부·우유배달부를 포함한 수많은 이들이 낯선 얼굴이나 새로 생긴 군식구에 대해 아무것도 묻지 않았다.

널리 알려진 변호사이자 지하운동조직원인 마르첼리 레미-웹코프스키가 위조증명서를 지참한 채 "중요한 비밀임무를 띠고" 동물원에 도착했을 당시, 마르첼리와 가족들은 동부에서 온 피난민으로 위장하고서 '아픈' 부인과 어린 두 딸 누니아와 에바가 지낼 방 두 개를 빌렸다. 마르첼리는 다른 은신처에서 생활하면서 이따금 가족을 방문해야 했다. 아픈 여자도 어린 딸도 아닌 새로운 남자가 빌라에서 지내는 이유를 둘러대기는 쉽지 않았기 때문이다. 그들이 낸 집세는 연료를 구입하는 데 쓰여 2층까지 난방이 가능하게 되었고, 예전보다 많은 사람들을 빌라에 들일 수 있게 되었다. 국내군의 청소년 파괴공작원으로 활동하는 마레크와 지우시도 빌라에 머물렀던 손님이었다. 소년들은 독일군이 폴란드인을 총살하는 주요 지점에 추도의 꽃을 갖다놓고, 담장과 울타리에 "히틀러는 전쟁에서 패배할 것이다! 독일은 망할 것이다!"같은 문구를 휘갈기면서 목숨을 건 공격을 펼쳤다.

그해 겨울, 신뢰할 만한 일부 합법적인 세입자들은 집세를 지불했지만, 빌라는 대체로 세상에서 길을 잃고 게슈타포로부터 도주 중인 길 잃은 사람들을 품에 안았다. 이레나 마이젤, 카지오 크람슈티크와 루드비니아 크람슈티크 부부, 루드비히 히르슈펠트(전염병 전문의), 국립위생연구소의 로자 안젤루프나 박사, 레미-웹코프스키 가족, 포즈난스카 부인, 치과의사 로니아 테넨바움, 바이스 부인(한 변호사의 아내), 켈러 가족, 마리시아 아셰르, 기자 마리아 아셰루프나, 라헬라 아우에르바흐, 케닉스바인 가족, 안젤름 박사와 킨셰르바움 박사, 에우지에니아 '제니아' 실케스, 막달레나 그로스, 마우리치 프라엔켈, 이레네 센들러를 비롯한 수많은 이들이 손님으로 빌라를 거쳐 갔다. 얀은 이들의 숫자가 3백 명 정도였다고 말했다.

보이지 않는 잉크가 혈관 속을 흐르듯 유대인과 폴란드인 범법자들은 실내에서만 모습을 드러냈다. 시간이 흐르면서 손님과 세입자들이 하나의 가족으로 융합되었다. 당연히 안토니나의 집안일이 늘어났지만 동시에 도우미도 많아졌다. 안토니나는 레미-웹코프스카 가족의 어린 소녀들과 함께하는 것을 즐겼다. 두 사람이 집안일에 대해 아는 것이 거의 없음을 재빨리 알아챈 그녀는 그들을 '엄격하게' 가르쳤다.

동물이 없는 동물원은 나치에게 땅을 낭비하는 것이나 마찬가지였기에 나치는 그곳에 모피동물사육장을 만들기로 했다. 모피는 동부 전선에 있는 군인들의 방한복에 유용하게 쓰일 테고(나치는 이미 게토 유대인 소유의 모피를 징발했다), 남는 것을 판매하면 전쟁 비용에도 보탬이 될 터였다. 업무 효율성을 위해서 그들은 폴란드인에게 책임을 맡겼다. 그리하여 비톨드 프로블레프스키라는 독신 노인이 동물원 구내에서 모피동물사육장을 운영하게 되었다. 메리 셸리의 『프랑켄슈타인』에서 외딴 농가의 가족들을 바라보던 외로운 영혼처럼, 비톨드도 따뜻하고 아늑해 보이는 빌라, 나중에 안토니나에게 털어놓은 대로 "환한 불빛과 빵 굽는 냄새"가 있는 그 공간을 선망하며 쳐다보았다. 어느 날 비톨드가 현관으로 들이닥쳐, 상세한 설명이나 의논도 없이, 무작정 이사를 오겠다고 선포하여, 얀과 안토니나를 경악하게 하고 곤경에 빠뜨렸다.

부부는 곧 그를 '여우아저씨'로 부르기 시작했고, 독일에서 자란 폴란드인인 그가 자신들이 하는 일에 공감하고 있으며 믿을 수 있는 사람임을 알았다. 그는 괴짜들이 모인 빌라에서도 단연 별종으로 꼽혔다. '발비나'라는 암코양이와, 안토니나의 표현을 빌리면 "분신 같은 잉꼬 몇 마리"만 데리고 들어왔을 뿐 개인 소지품조차 없었다. 덕분에 얀의 서재로 이사 오는 일이 수월했고, 턱없이 부족했던 난방용 코크스와 석탄 비용도 분담할 수 있게 되었다. 사업에 지장이 될 것임에도 '여우아저씨'는 날짜나 시간, 거리 이름, 숫자 등을 좀체 기억하지 못했다. 가끔은 피로가 엄습하여 침대까지 걸어갈 힘도 없다는 듯 책상과 침대 사이 바닥에서 잠들었다. 빌라 거주민들이 그가 전쟁 전에 전문적인 피아노 연주자였다는 사실을 알게 된 순간부터 그는 빌라의 핵심 멤버가 되었다. 막달레나가 즐겨 말한 것처럼 "미친 별 이레 집은 무엇보다 예술가를 존중했으므로." 모두들 피아노를 쳐달라고 귀찮게 조르는데도 계속 사양하던 여우아저씨는, 어느 날 정확히 새벽 한 시에 침실에서 나와 조용히 피아노 앞으로 걸어가서는 갑자기 연주를 시작했고, 날이 밝아올 때까지 멈추지 않았다. 이후로 막달레나는 정기적인 피아노 독주회를 마련했다. 통금시간을 넘긴 저녁에 여우아저씨가 연주하는 쇼팽, 라흐마니노프는 "가라, 가라, 가라, 크레타 섬으로!"의 열광적인 리듬에 익숙했던 빌라 식구들에게 멋진 변화를 선사했다.

안토니나의 일기를 보면 여우아저씨가 데려온 회색 고양이 발비나에 대한 내용이 간간이 보이는데, 발비나를 적당히 몸가짐이 헤픈 여자라고 표현했다("항상 잘생기고 멀쩡한 고양이와 짝짓기를 했다"). 그러나 발비나가 새끼고양이를 낳을 때마다 여우아저씨는 새끼들을 낚아채 가져가버렸다. 그러고는 갓 태어난 새끼여우들을 데려와 발비나에게 돌보도록 만들었다. 안토니나는 새끼고양이들이 어떻게 되었는지 언급하지 않았지만, 아마도 그는 잡식성 너구리들에게 먹이로 주었을지도 모른다(미국너구리처럼 얼룩무늬가 있는 회색 털을 얻으려고 사육하고 있었다). 전문 사육가들의 이야기를 들어보면, 암컷 여우가 한꺼번에 서너 마리 이상의 새끼를 돌볼 경우, 두껍고 질 좋은 모피가 나오지 않는다. 발비나를 유모로 활용해 나머지 새끼여우를 돌보는 것은 다소 심술궂은 해결책이지만 여우아저씨에게는 나름의 최선책이었을 것이다. "산고를 겪는 첫날이 가장 힘들었다. 산고의 고통을 겪은 뒤에 발비나는 '새끼고양이'들을 낳았다고 확신했지만, 이튿날이면 모든 것이 상상이라고 여기게 되었다."

당연히 발비나는 새끼들의 색다른 냄새와 으르렁거리는 소리에 혼란스러워했다. 더구나 새끼여우들은 식욕도 대단했다. 발비나가 많이 핥아주고 젖을 먹이고 나자 자신과 비슷한 냄새를 풍기게 되었지만, 고양이 특유의 기교를 가르치려는 시도는 거듭 실패했다. "고양이가 말하는 법을 가르치려고 [……] 목청을 가다듬고" 야옹 소리를 내보지만, 따라하기는커녕 무섭게 짖어대는 새끼들 앞에서 발비나는 놀란 가슴만 쓸어내릴 뿐이었다. 안토니나는 "고양이의 정신을 가진 발비나는 새끼들이 무식하게 짖어대는 것을 수치스러워했다"고 기록했고, 발비나에 비하면 자식들은 "성깔 사납고" 요란한 떠버리들 같았다고 덧붙였다. 새끼들은 말은 익히지 못했지만 고양잇과 동물들이 보여주는 민첩한 도약에는 능해서 탁자, 캐비닛, 높은 책장에도 쉽게 올라갔다. 빌라 주민들은 새끼여우가 바이에른 수프 그릇 모양으로 몸을 둥글게 만 채 피아노나 서랍장 위에서 자는 모습을 심심찮게 목격했다.

새끼들에게 생고기를 먹이려고 발비나는 매일 밖으로 사냥을 나가, 부지런히 새·토끼·들쥐·쥐를 물고 집에 들어왔다. 자신이 쉼 없이 사냥해도 새끼들의 끝없는 식탐을 해결하지 못한다는 사실을 머지않아 깨닫긴 했지만. 결단을 내린 발비나는 새끼들을 데리고 밖으로 나갔다. 작고 마른 얼룩고양이는 자기 몸집의 세 배는 되는 새끼들을 거느리고 앞장서서 걸어갔다. 튀어나온 긴 주둥이며 솜털로 뒤덮인 꼬리며, 새끼들의 모습은 어미와는 영 딴판이었다. 하얀 꽃이 핀 곳에 이르러 발비나는 새끼들에게 사냥법을 가르치기 시작했다. 스핑크스처럼 잔뜩 웅크린 자세로 먹잇감에 몰래 다가가는 법, 잽싸게 달려드는 법을. 새끼들이 길을 잃으면 발비나는 그들이 잰걸음으로 무리 지어 돌아올 때까지 귀에 거슬리는 야옹 소리를 냈다. 학습을 끝낸 새끼여우들은 닭을 발견하자 배를 땅에 대고 살금살금 기어가, 불시에 덮쳐 날카로운 이빨로 갈기갈기 찢어놓고 으르렁거리며 먹어치웠다. 발비나가 멀리서 지켜보는 동안.

몇 번에 걸쳐 새끼여우들을 '낳고' 심신이 지치는 어리둥절한 경험을 한 다음, 마침내 발비나는 새끼들의 이방인 같은 방식에 익숙해졌다. 새끼들은 반쯤 고양이가 되고 발비나는 반쯤 암여우가 되었다. 안토니나는 집안사람들은 절대 공격하지 않는 발비나의 훌륭한 시민의식을 칭찬하기도 했다. "발비나에게는 자체적인 도덕률이 있는 것 같았다." 여우아저씨가 자기 잉꼬들을 새장에서 풀어주어 이리저리 돌아다닐 때도 발비나는 그들의 목숨은 해치지 않았다. 토끼 비체크를 보고도 덤벼들지 않았고, 병아리 쿠바도 넘보지 않았다. 침입한 생쥐를 잡으려고 집 안을 들쑤시거나 사람들을 성가시게 하지도 않았다. 길 잃은 새가 집으

로 날아들어도(폴란드에서 불길한 징조로 본다) 나른하게 바라보기만
했다. 그러나 웬일인지 새로 들어온 애완동물 하나가 발비나의
야수 본능을 자극했다.

봄이 되자 한 이웃이 리시의 왕립동물원에 이상하게 생긴 고
아를 데려왔다. 배가 불룩한 사향쥐였다. 윤기 나는 갈색 털에,
배는 노르스름했고, 꼬리는 비늘로 덮여 있고, 새까만 작은 눈동
자를 가진 녀석이었다. 발에는 집을 짓고, 음식을 잡고, 땅을 파
는 데 유리한 발가락을 지니고 있었다. 뒷발의 딱딱한 털은 물갈
퀴 대용으로 쓰여, 헤엄을 칠 때면 카누의 노처럼 힘차게 물을 쓸
어내렸다. 사향쥐의 외모에서 가장 특이한 것은 아마도 입술 밖
으로 튀어나온 네 개의 앞니일 것이다. 날카로운 끌처럼 튀어나
온 앞니 덕분에 사향쥐는 물속에서 물풀 줄기와 뿌리를 입을 벌
리지 않고도 먹을 수 있다.

안토니나가 보기에 사향쥐는 매혹적인 동물이었다. 안토니나
는 현관에 큼지막한 새장을 갖다놓고 암실에서 가져온 사진현상
용 유리상자로 물놀이터까지 만들어주었다. 사향쥐는 타고난 수
영선수였으므로. 리시가 '슈추르치오'(꼬마 쥐)라는 이름을 붙여
주자 녀석은 금세 자기 이름을 알아들었다. 사향쥐는 먹고 자고
물속에서 뒹굴면서 시끌벅적한 빌라 생활에 적응했다. 야생 사
향쥐는 길들이기가 쉽지 않은 법인데, 몇 주가 지나자 슈추르치
오는 리시가 새장에서 꺼내 이리저리 데리고 다니고 털을 쓰다
듬거나 긁는 것을 마다하지 않았다. 슈추르치오가 자는 사이, 발
비나는 안으로 들어갈 길을 찾으며 퓨마처럼 새장 주변을 맴돌
았다. 잠에서 깨면 슈추르치오는 지체 없이 작은 욕조로 뛰어들

어 물장구를 치면서 발비나를 괴롭혔다. 발비나는 물 튀기는 것에 질색했다. 가족은 해치지 않는 발비나가 유독 사향쥐한테만 군침을 삼키는 이유는 알 수 없었다. 어쨌든 슈추르치오에게 먹이를 주거나 새장을 청소해준 뒤에는 반드시 철사를 꼬아 잠가야 했다.

안토니나는 사향쥐의 "정성스러운 몸단장"을 재미있게 바라보았다. 매일 아침 슈추르치오는 물그릇에 얼굴을 묻고 코를 세게 킁킁거린 다음 콧김을 내뿜었다. 그리고 면도를 준비하는 사람처럼 앞발에 물을 적셔 얼굴에 뿌리고는 오래도록 씻었다. 이어 녀석은 욕조 안으로 들어가 배를 깔고 누워 기지개를 켜고 몸을 뒤집는다. 그런 뒤집기는 대여섯 차례 계속되었다. 마침내 욕조에서 나오면 개처럼 털을 부르르 떨었는데 물방울이 사방으로 튀었다. 묘하게도 슈추르치오는 종종 새장 벽을 타고 올라가 횃대 위에 앉아 있었다. 새장의 이전 주인인 앵무새 코코처럼. 사향쥐는 횃대 위에서 손가락으로 조심스럽게 털을 빗질하면서 물기를 닦아냈다. 방문객들은 사향쥐가 새처럼 횃대에 앉아 털을 다듬는 모습을 보고 희한하다고 생각했지만 빌라 주인들은 예사로 받아들였다. 평온하던 시기에도 빌라에는 항상 별난 동물들이 끊이지 않았기에. 어쨌든 녀석은 리시의 총애를 받는 신참 반려동물이었다. 아침에 목욕재계를 한 뒤에 슈추르치오는 당근·토마토·민들레·빵·곡식을 먹었다. 아마도 야생 사향쥐가 즐겨먹는 잔가지·나무껍질·물풀을 그리워했겠지만.

작은 욕조에 맞지 않을 만큼 몸이 자라자 안토니나는 얀이 예전에 바퀴벌레 연구용으로 쓰던 넓은 통으로 바꿔주었다.[64] 슈추르치오가 새로운 통으로 뛰어들면서 마구 물을 튀기는 바람에 새장을 부엌으로 옮겨 갔다. 부엌 바닥에는 도기 타일이 깔려 있어 물을 닦아내기가 쉽고, 물을 갈아주기도 편했기 때문이다.

어느 날 리시가 안토니나에게 말했다. "있잖아요, 엄마, 슈추르치오가 새장 문 여는 법을 알아냈어요. 멍청이가 아니에요!"

"세상에, 그렇게 똑똑할 줄은 몰랐구나." 안토니나가 맞장구를 쳐주었다.

슈추르치오는 발가락으로 철사 끝을 잡고 몇 시간 동안이나 만지작거리며 풀려고 애쓰더니, 밤까지 끈질기게 매달린 끝에 철사의 꼬인 매듭을 푸는 데 성공했다. 새장의 미닫이문을 열고 나온 슈추르치오는 의자 다리를 잡고 기어서 바닥으로 내려왔다. 그러고는 흔들리는 수도관을 따라가 부엌 싱크대 속으로 미끄러지듯 들어갔다. 싱크대가 녀석에겐 습지로 보였으리라. 이어 난로 위로 뛰어오른 슈추르치오는 따뜻한 라디에이터 위에서 잠이 들었고, 아침에 리시에 의해 발견되었다. 사향쥐를 다시 새장에 넣은 리시는 철사를 훨씬 단단하게 꼬아놓았다.

다음날 이른 시각에 리시가 집 안을 뛰어다니다가 안토니나의 침실로 들어와, 놀란 목소리로 소리쳤다. "엄마! 엄마! 슈추르치오 어디에 있어요? 새장이 비었어요! 어디서도 찾을 수가 없어요! 발비나가 먹어버린 게 아닐까요? 전 학교에 가야 하는데. 아빠는 일하러 가야 하고요! 도와주세요!"

아직 몸져누운 처지라 안토니나는 새벽에 닥친 이 위기에 별 도움이 되지 않았다. 대신 여우아저씨와 가정부 피에트라시아를 파견하여 수색작전을 펼쳤다. 두 사람은 성실하고 꼼꼼하게, 붙박이장·소파·안락의자·후미진 구석·부츠를 비롯하여 사향쥐가 숨었을지 모를 구멍들까지 샅샅이 뒤졌지만 소용없었다.

사향쥐가 "상온에서 승화하는 장뇌(樟腦)처럼 증발했을 리는 만무했다." 때문에 안토니나는 발비나나 사냥개 자르카가 일을 벌인 게 아닌가 의심했다. 그래서 고양이와 개를 침실로 데려오게 하여 면밀히 조사했다. 안토니나는 조심스럽게 녀석들의 복부를 만지고 배가 튀어나왔는지 살폈다. 그렇게 큰 동물을 삼켰다면(거의 토끼 크기였다) 아직도 배가 불룩할 디였다. 하지만 발비나와 자르카의 배는 평소처럼 홀쭉했다. 안토니나는 무죄를 선언하고 방면했다.

그때 갑자기 피에트라시아가 침실로 뛰어들었다. "어서 와보세요, 부엌으로요! 슈추르치오가 난로랑 연결된 굴뚝 안에 있어요! 평소처럼 불을 때기 시작했는데 안에서 무시무시한 소리가 들렸어요!"

안토니나는 지팡이를 짚고 천천히 침대에서 일어나, 부푼 다리로 조심조심 계단을 내려가 절름거리며 부엌으로 들어갔다.

"슈추르치오, 슈추르치오," 안토니나가 부드럽게 불렀다.

벽에서 소란스러운 소리가 들리더니 검댕을 뒤집어쓴 머리가 굴뚝에서 불쑥 나왔다. 안토니나가 탈주범의 등을 재빨리 잡아채 밖으로 끌어냈다. 수염은 먼지 범벅이었고 앞발은 불에 살짝 그슬렸다. 안토니나는 따뜻한 물과 비누로 조심조심 녀석을 씻겼다. 여러 번 씻긴 다음에야 털에서 요리용 기름 자국이 지워졌다. 그리고 덴 곳에 연고를 바르고 새장에 데려다놓았다.

안토니나가 웃으면서, 사향쥐는 풀과 진흙으로 더미를 쌓은

246

뒤에 수위보다 낮은 곳에서부터 굴을 파서 보금자리를 만든다고 설명했다. 사향쥐는 새장이 아닌 그런 집을 원했던 것이니 야생 상태에 대한 녀석의 염원을 누가 비난할 수 있겠는가? 슈추르치오는 굴뚝으로 들어가는 길을 수월하게 하려고 금속 연소기를 구부리기까지 했다.

그날 오후 학교에서 돌아온 리시는 새장에서 슈추르치오를 발견하고 기뻐 날뛰었다. 저녁 시간에 사람들이 식탁으로 음식을 가져오자 리시는 슈추르치오와 난로 연통에 얽힌 모험담을 들려주었다. 주방에서 음식을 가져오던 소녀가 웃다가 넘어져, 그릇 가득한 뜨거운 수프를 여우아저씨의 머리와 그의 무릎 위에 있던 발비나에게 쏟고 말았다. 여우아저씨는 의자에서 벌떡 일어서더니 침실로 뛰어갔고 고양이가 따라 들어가자 문이 닫혔다. 리시가 뒤따라가 열쇠구멍으로 안을 들여다보며 작은 소리로 실황중계를 시작했다.

"아저씨가 재킷을 벗었어요!"

"타월로 재킷을 말리고 있어요!"

"이제 발비나를 말리고 있어요!"

"우와! 잉꼬들이 있는 새장을 열었어요!"

이쯤 되자 막달레나가 궁금증을 참지 못하고 문을 확 열었다. 빌라의 수석연주자 여우아저씨가 방 한가운데 기둥처럼 서 있고, 잉꼬들이 회전목마의 동물들처럼 그의 이마께를 빙빙 돌고 있었다. 잠시 후 잉꼬들이 여우아저씨 머리 위로 내려앉더니 머리카락 속을 뒤져 수프의 면발을 찾아 먹기 시작했다. 드디어 여우아저씨가 문 앞에 몰려 있는 사람들을 알아챘고, 그들은 호기

심에 가득 차 말없이 선 채 이 기괴한 장면에 대한 설명을 기대
했다.

"이런 훌륭한 음식을 버리는 것이 안타까워서요." 그는 당연한
일이라는 듯 말했다.

22

1942년 겨울

시간은 일반적으로, 알아들을 수 없는 그르렁 소리를 내며 미끄러져 흘러가지만, 빌라에서는 통금시간이 다가올 때마다 늘 빨라졌다. 그리고 통금시간이 되면 극점에 이른 것처럼 태양이 순간적으로 정지했다. 거기가 안토니나의 하루가 끝나는 지평선이었다. 이어서 시간은 무언극의 배우처럼 천천히 움직인다. 동작, 순간 정지, 다음 동작을 순차적으로 보여주듯. 통금시간까지 집에 들어가지 않으면 누구나 체포되거나, 두들겨 맞거나, 살해당할 위험이 있었기에 시간은 토속신앙같이 막강한 권위를 지녔다. 다들 통금에 얽힌 무시무시한 이야기들을 알고 있었다. 막달레나의 친구로 화가이자 산문작가였던 브루노 슐츠는 1942년 11월 19일 통금시간 이후 길을 걷다가 드로호비치에서 앙심을 품은 게슈타포 장교에게 사살되었다. 죽기 전에 브루노 슐츠는 게슈타포 장교인 펠릭스 란다우의 후원을 받았는데, 란다우는 무시무시하고 때로는 가학성과 피학성이 뒤섞여 나타나는 슐츠의 그림에 감탄한 예술적 후원자였다. 란다우는 슐츠에게 게토 출입이 가능한 통행증을 주고, 자기 아들 방에 동화의 내용을 담은 프레스코화를 그려달라고 부탁하기도 했다. 어느 날 란다우는 또 다른 게슈타포 장교 귄터의 비호를 받는 유대인 치과의사를 죽였다. 그리고 귄터는 통금시간 이후에 아리아인 구역에서 빵을 들고 가는 슐츠를 발견하고 앙갚음으로 그를 쏘았다.

모두가 안전하게 귀가하면 안토니나는, 불상사 없이 지나간 낮과 미궁의 괴물에게 잡아먹히지 않은 밤을 축하했다. 통금시간이 끝나가는 것은 리시한테도 고문이었으므로 안토니나는 아이가, 늦더라도 아버지의 귀가를 확인하고 자게 했다. 자신의 세상이 다치지 않은 것을 확인하면 아이는 평화롭게 잠들었다. 전쟁과 그로 인한 통금시간 유지가 몇 년 동안 계속되었지만 아이의 이런 습관은 변하지 않았다. 아이는 여전히 걱정스럽게 아버지의 귀가를 기다렸고, 그것은 달이 뜨는 것과 마찬가지로 반드시 지켜져야 하는 일과였다. 그런 아이를 생각해서 얀은 집에 도착하면 곧장 아이의 방으로 가서 잠시 시간을 보냈다. 배낭을 내려놓고 낮에 있었던 일을 이야기하고 이따금 주머니에서 작은 선물을 꺼내주기도 했다. 어느 날 밤 리시 방에 들어온 얀의 배낭이 철제 갈빗대라도 들어 있는 것처럼 불룩했다.

"거기에 뭐가 들었어요, 아빠?" 리시가 물었다.

"호랑이지." 얀이 무서운 표정을 지어보이며 말했다.

"놀리지 마시고요. 정말 뭐가 들었는데요?"

"정말 위험한 동물이야." 아버지가 심각하게 말했다.

얀이 배낭에서 꺼낸 금속 새장 안에는 털로 덮인 작은 짐승이 들어 있었다. 소형 기니피그 같은 모양에 색깔은 주로 밤색이었다. 뺨은 흰색이고, 옆에는 아메리카 원주민 수 족의 말처럼 얼룩무늬가 있었다.

"네가 좋다면 이건 네 거다! 아빠가 위생학연구소에서 기르는 햄스터 부부가 낳은 수컷이란다……. 아빠가 너한테 주면, 발비 나한테 먹이로 주는 일은 없어야 한다. 알겠니?" 얀이 놀림조로 말했다.

"아빠, 내가 어린아인가요? 왜 그렇게 말하세요?" 리시가 화를 냈다. 예전에도 많은 동물들을 키워봤고 어떤 녀석한테도 못되게 군 적이 없었노라고 주장하면서.

"미안 미안. 잘 돌봐주렴. 항상 지켜보고. 햄스터 부부가 낳은 일곱 마리 새끼 중에 이놈만 살아남았단다. 나머지 여섯 마리는 어미한테 죽임을 당했단다. 아빠가 말리기 전에. 속상한 일이지."

"정말 무서운 엄마잖아요! 무슨 그런 엄마가 있어요?"

"햄스터들은 모두 그런 본능을 갖고 있단다. 그 어미만 그런 게 아니야. 수컷이 암컷을 죽이기도 하지. 엄마는 새끼들을 굴에서 쫓아내고 돌보지 않는단다. 새끼들한테 어미젖을 좀 더 오래 먹이려고 했던 건데, 아빠가 적절한 시기를 놓쳐서 한 마리밖에 구하지 못했어. 실험실에서는 이 녀석을 돌볼 시간이 없단다. 하지만 네가 잘 돌봐줄 테니 안심이다."

안토니나는 일기에, 동물들이 때로 도덕관념이 없고 잔인하다는 사실을 어린아이에게 두려움을 주지 않고 설명하기가 쉽지 않았다고 적었다(전쟁의 공포만으로도 아이는 벅찬 상태였다). 그래도 부부는 아이가 현실을 알고 동물들의 타고난 본능을 이해할 필요가 있다고 생각했다. 자연은 충분히 설명할 수 있는 사악함에다 불가사의한 따뜻함을 지닌 존재라는 사실을.

"햄스터에 대해서 책을 많이 읽었어요. 햄스터가 겨울에 대비해서 곡식을 모으는 착하고 부지런한 동물이라고 생각했는데……." 아이가 실망한 모양이었다.

"그렇단다. 그건 사실이야." 얀이 아이를 안심시켰다. "겨울 동안 햄스터는 겨울잠을 잔단다. 오소리랑 똑같지. 하지만 배가 고파서 겨울잠에서 깨면 모아둔 곡식을 먹고 다시 봄까지 잠을 자러 들어간단다."

"지금은 겨울이잖아요. 그런데 이 햄스터는 왜 깨어 있어요?"

"야생 상태였다면 잠을 잤을 거야. 사람들이 키우는 동물은 본능과 맞지 않는 시간표에 따라 살게 되지. 사람들이 그렇게 만드는 거야. 그래야 돌보기가 편하니까. 그러다 보니 햄스터의 본능적인 수면 리듬이 흐트러진 거란다. 하지만 본능이 완전히 사라진 것은 아니야. 이 햄스터도 깨어 있지만 맥박이나 호흡은 여름에 비해서 훨씬 느리단다. 직접 확인해볼 수도 있어. 새장을 덮으면 곧장 잠들 거다."

리시가 담요로 새장을 덮자 햄스터는 구석으로 기어가서 웅크리고 앉아, 목을 잔뜩 움츠리고 앞발로 얼굴을 가리더니 이내 깊은 잠에 빠졌다. 나중에 안토니나는 녀석을 "시끄러운 대식가에 상당히 자기중심적인" 동물이라 평하고, "혼자 있는 것을 좋아하고 느긋한 성격"이라고 덧붙였다. 그렇게 많은 이들이 들고나는 집 안, 동물의 시간과 인간의 시간이 뒤섞여 흐르는 곳에서는, 시간의 변화가 계절이나 연도가 아닌 영향력 있는 방문객의 체류 기간에 따라 결정되게 마련이다. 두 발 달린 방문객이든 네 발 달린 방문객이든. 안토니나에게는 햄스터의 도착이 "노아의 방주에서 새로운 시대의 시작이었다. 훗날 우리는 그 시기를 '햄스터 시대'라고 불렀다."

23

1943년 새해가 밝아왔지만 안토니나는 여전히 주로 누워 지내고 있었다. 이 생활이 3개월째 접어들자 폐소성발열과 운동 부족으로 심신이 고갈되었다. 안토니나는, 멀리 있어도 집 안 사정을 파악하고 잡다한 소리며 냄새를 느끼고 호흡할 수 있도록 침실 문을 열어두려 노력했다. 1월 9일, 바르샤바를 방문한 하인리히 히믈러는 추가로 8천 명의 유대인에게 '이주'를 지시했다. 이제는 '이주'가 죽음을 의미한다는 사실을 모르는 사람은 없었다. 그래서 많은 유대인이 명령대로 집결하지 않고 숨었고, 어떤 이들은 매복하고 있다가 군인을 기습하고 옥상으로 도망치기도 하여, 이런 충돌 덕에 이주가 몇 달 지연되었다. 의외로 간단한 전신서비스가 계속되었다.[65] 독일인들이 끊지 않고 허용한 이유는 알 수 없었지만, 일부 벙커에서도 이용할 수 있었다. 영리한 기술자들은 독일군이 눈치 채지 못하게 몰래 전화를 가설했고 지하운동조직에는 자체 교환수까지 있었다.

어느 날 동트기 전에 자빈스키 부부는 잠에서 깼다. 긴팔원숭이, 사랑앵무새의 합창소리가 아닌 요란한 전화벨 소리에. 전화기 저편의 목소리는 달나라에서 들려오는 것처럼 아련하게 전해졌다. 변호사 친구, 마우리치 프라엔켈이 집으로 "방문해도" 괜찮겠냐고 물었다. 그는 수명이 다해가는 게토에서 지내고 있었다.

오랫동안 서로 연락은 없었어도 얀이 게토에 있는 그를 방문한 적도 있고, 더구나 막달레나의 "절친한 친구"로 알고 있었기에 그들은 흔쾌히 동의했다. 안토니나의 기록을 보면, 마우리치를 기다리는 몇 시간 동안 막달레나는 안절부절못했다.

막달레나의 입술은 새파래졌다. 얼굴은 또 얼마나 창백한지, 평소에는 거의 보이지 않던 기미들까지 죄다 보일 정도였다. 힘세고 항상 분주히 움직이던 손도 떨리고 있었다. 눈동자에서는 반짝이던 생기가 사라졌다. 막달레나의 얼굴에는 고통스러운 한 가지 질문만 맴돌고 있었다. "그가 무사히 여기까지 올 수 있을까?"

그는 탈출했지만 쭈글쭈글한 생물 표본이 되어 빌라에 도착했다. '다른 세상'에서 온 이무깃돌의 괴수처럼 몸은 구부정한 상태였다. 흔히들 게토라 하지만 이디시어로는 흐릿한 세상을 의미하는 시트레 아크레(sitre akhre)로 불리는 악령들의 땅, 좀비들이 "신성한 불빛 주변에서 자라나 결국에는 신성한 빛을 가리는 딱딱한 외피를 쓰고"[66] 서성대는 그곳에서 온 것처럼.

견디기 힘든 게토에서의 삶의 무게가 정말로 그의 몸을 짓눌렀다. 머리는 굽은 어깨 사이에 간신히 매달려 있고, 푹 숙인 얼굴 때문에 턱이 가슴에 닿아 호흡마저 힘겨워 보였다. 혹한으로 부푼 코는, 창백하고 병약해 보이는 얼굴과 대비를 이루어 빨갛게 빛나고 있었다. 침실로 들어간 그는 무의식중에 침대 머리맡에 있던 안락의자를 제일 어두운 구석으로 끌고 가서 웅크리고 앉았다. 안 그래도 작은 몸집이 더 오그라들어, 마치 남들 눈에 보이지 않으려고 애쓰는 사람 같았다.

"제가 여기에 머무는 걸 허락하시는 건가요?" 그가 작은 목소리로 물었다. "위험해지실 텐데……. 여긴 정말 조용하네요. 도무지 이해가 안 됩니다……." 그는 가까스로 이렇게 말하더니 이내 목소리가 잦아들었다.

혼란과 긴장의 연속인 게토 생활에 익숙해진 마우리치의 신경계가 이곳 생활에 적응하지 못해 더 힘들어할까 봐 안토니나는 걱정스러웠다. 차분하고 조용한 상황을, 무기력증을 유발하는 갑작스러운 추락으로 인식하는 것은 아닐까 싶었다. 그래서 게토에서 암울한 생활을 할 때보다 정신적 에너지 소모가 커지는 것은 아닐지.

르부프 태생인 마우리치 파벨 프라엔켈은, 고전음악에 심취한 사람으로 작곡가나 지휘자들과 가깝게 지냈다. 이따금 소규모 연주회를 열고 직접 지휘를 맡기도 했다. 학창시절 법학을 공부하고 바르샤바로 이사해 막달레나 그로스를 만났다. 마우리치는 막달레나 그로스의 예술적 재능에 감동하여 후원자가 되었고, 절친한 친구로 발전했다가 마침내 연인이 되었다. 전쟁 전에 막달레나는 그를 동물원에 데려왔다. 마우리치는 동물원을 좋아했고, 자빈스키 부부가 동물원 수리에 쓸 시멘트 사는 일도 도와 주었다.

섬뜩한 게토를 빠져나온 마우리치는 금방 강 건너 새로운 생활에 익숙해졌다. 구석과 어둠에서 과감히 빠져나오자, 휘었던 척추도 완전하진 않았지만 조금 반듯해졌다. 그는 비꼬는 유머 감각을 즐겼고, 크게 소리 내어 웃지 않으면서도 두꺼운 안경 너머 눈동자가 거의 안 보일 만큼 얼굴 가득 퍼지는 환한 미소를 갖고 있었다. 안토니나는 그를 이렇게 생각했다.

차분하고 다정하고 상냥하고 온화한 사람이었다. 공격적이거나 호전적인 모습, 불쾌한 기색을 잠시도 내비치지 않는 사람이었다. 아예 그런 방법을 모르는 사람처럼. 그러했기에 게토로 이주하라는 명령을 받고는 두 번 생각하지도 않고 곧장 짐을 쌌다. 그곳에서 온갖 고초를 겪은 뒤엔 자살까지 시도했는데, 다행히 유효기간이 지난 독약이라 효과가 나타나지 않았다. 자살 시도 이후 더 이상 잃을 것이 없다고 생각한 그는 목숨을 걸고 탈출을 감행했다.

증명서가 없었으므로 그는 어디에도 등록할 수 없었다. 오래전부터 그는 공식적으로 존재하지 않는 행방불명된 사람이었다. 친구들과 함께 살았지만 음산한 귀신 같은 존재였다. 그는 자기 안의 많은 목소리를 잃고 살았다. 변호사의 목소리, 지휘자의 목소리, 연인의 목소리를. 그러니 말하는 것은 물론 논리적으로 생각하는 것조차 어려워하는 것도 무리가 아니었다.

안토니나가 아파서 누워 지내는 동안 마우리치는 안토니나 침대 옆에 몇 시간씩 앉아 있었다. 안토니나는 그가 서서히 정신적인 안정을 찾아가고 있다고 생각했다. 더불어 다시 말할 에너지도. 마우리치에게 가장 버거웠던 것은 자신이 빌라에 있음으로써 발생할 어마어마한 위험이었다. 그는 종종 총독 프랑크가 1941년 10월 15일에 공표한, 유대인을 숨겨주는 모든 폴란드인은 사형을 당한다는 으름장 같은 법령을 언급했다. 도움을 받는 유대인은 누구나 이 고통스러운 문제에 직면해야 했다. 빌라에 숨어 지내는 열두 명, 동물 사육장에 있는 나머지 식구들도 예외는 아니었지만 마우리치는 유독 힘들어했다. 자신의 존재가 자빈스키 부부의 생명에 위협이 된다는 사실이 그를 괴롭혔다. 그는 자기 혼자 위험에 처하는 것과 현재의 상황은 다르다고 안토니나에게 털어놓았다. 자기가 많은 생명을 책임지는 동물원 전체에 공포라는 전염병을 퍼뜨린다고 생각하면 감당하기 힘든 죄책감이 밀려든다고.

침실 벽은 흰색이었다. 벽의 우묵하게 들어간 곳에 선반과 서랍장이 놓여 있고, 침대는 살짝 들어간 반침 안에 자리 잡아 통통한 방파제처럼 튀어나와 있었다. 가구는 모두 폴란드에 풍부한 자작나무로 만들어졌다. 밝은 색의 자작나무는 견고하고 오래가는 목재였다. 나뭇결은 단조로운 것부터 불길처럼 변화무쌍한 것까지 다양했고, 여기저기에 갈색 옹이가 보이고 한때 나무의 형성층을 공격했던 곤충들의 미세한 갈색 흔적들도 보였다.

남쪽에는 높은 창문과 테라스로 나가는 유리문이 있다. 북쪽에는 하얀 문이 세 개 보이는데 각각 복도·다락·벽장으로 통한다. 옷장으로 쓰는, 사람이 들어갈 만큼 넓은 벽장은 손님들이 자주 숨는 곳이다. 빌라 다른 문에는 레버핸들이 달려 있지만 벽장에는 높은 곳에 열쇠구멍만 나 있다. 내부 공간이 넓다고는 하지만 한 사람만 들어가도 쌓인 옷들 속에서 몸을 웅크려야 하는 크기였다. 매끄러운 옷감의 감촉과 안토니나의 향기는 긴장한 손님들을 안심시켜주었다. 더구나 벽장은 마술사의 트렁크처럼 양쪽으로 열리게 되어 있었다. 반대쪽 문은 복도로 통했는데, 옷을 뭉치로 쌓아 전혀 보이지 않게 감춰두었다. 도망칠 안전통로까지 확보되어 있어 특히 안심할 수 있었다. 복도로 통하는 문은 바닥에서 30센티미터쯤 올라가서 시작되기 때문에 그저 얕은 붙박이장이라는 인상을 주었고, 빨래더미나 작은 테이블로도 쉽게 가릴 수 있었다.

그날도 마우리치는 침대 옆에 놓인 의자에 앉아 있었다. 별안간 가정부 피에트라시아가 계단을 올라오는 소리가 나자 그는 재빨리 벽장으로 들어가 안토니나의 물방울무늬 원피스 사이로 편안하게 자리를 잡았다. 피에트라시아가 방을 나가자 마우리치는 말없이 나와서 의자에 앉았다. 하지만 안토니나가 뭐라 할 새도 없이 가정부가 다시 문을 열었다. 깜빡 잊은 질문이 있어 급히 돌아온 것이었다. 낯선 사람을 발견한 가정부는 얼음처럼 굳어서 숨도 제대로 못 쉬었고 정신없이 성호를 그어댔다.

"앞으로도 계속해서 살리실산을 복용하시면 됩니다." 마우리치가 안토니나를 보며 의사처럼 말했다. 그러고는 조심스럽게 그녀의 팔을 잡았다. "그럼 이제 맥박을 보도록 하지요." 나중에 안토니나는 자신의 불안한 맥박을 스스로도 느끼기 어렵지 않았다고 썼다. 그리고 마우리치의 맥박은 그의 손가락까지 전해져서 콩콩 뛰고 있었다고 썼다.

가정부는 두 사람의 얼굴을 찬찬히 살펴보고는 평온한 표정임을 확인하고 혼란스러운지 고개를 흔들었다. 자기 눈에 문제가 있든 기억력에 문제가 있는 것이라고 중얼거리며 방을 나갔다. 아래층으로 내려가면서도 믿기지 않는지 이마를 문지르고 머리를 흔들어댔다.

안토니나가 리시를 불렀다. "의사 선생님 코트하고 모자 가져다드리고, 부엌문으로 나가시도록 안내 좀 해주렴. 피에트라시아가 선생님이 나가는 걸 볼 수 있게 말이야. 그리고 피에트라시아한테 닭들 좀 봐달라고 얘기하고. 무슨 말인지 알겠지?"

눈동자를 깜빡깜빡하며 잠시 생각하더니 이내 리시 얼굴에 미소가 번졌다. "오늘 아침에 제가 실수로 닭 한 마리를 내보내서 그 닭을 찾아야 한다고 말할게요. 그리고 의사 선생님은 정원 문으로 살짝 돌아오시면 돼요. 그럼 되겠네요."

"네가 똑똑해서 얼마나 다행인지 모르겠다. 자, 서둘러라!"

그날 이후 마우리치는 밤에만 집 안을 돌아다녔다. 낮에 일하는 가정부가 돌아가고 나면, 금단의 동토지대에라도 오듯 살금살금 아래층으로 내려왔다. 매일 저녁 안토니나는 마우리치가 거실에서 왔다 갔다 서성이는 모습을 보았다. 느릿느릿, 점잖은 걸음걸이로, 그의 말대로 "걷는 법을 잊어버리지 않으려" 노력하는 사람처럼. 어떤 때는 잠깐 걸음을 멈추고 어느새 친구가 된 햄스터를 살폈다. 그러다 보면 여우아저씨의 피아노 연주회가 열리고 다른 손님들이 하나둘 거실에 나타났다.

어느 날 저녁, 라흐마니노프의 서곡을 연주하던 여우아저씨가 마우리치를 한쪽으로 데리고 갔다. "선생님, 제가 문서작업에 워낙 서툴러서 말입니다. 게다가 독일어 문서도 있는데 독일어 실력도 별로고. 모피사육장은 점점 커지는데……. 비서가 절실합니다……. 선생님이 도와주실 수 있을 것 같은데요?"

마우리치는 언젠가 안토니나에게 낯선 이름을 쓰면서 은둔생활을 하다 보니 자신이 꼭 유령 같다고 괴로운 심정을 토로했었다. 여우아저씨의 제안은 마우리치가 다시 실존인물이 된다는 의미였다. 증명서가 있으니 여기저기 움직일 수도 있을 터였다. 그리고 무엇보다 모피동물사육장 직원으로 빌라에 거주하는 '공식 주민'이 될 수 있었다. 실존인물이 되려면 적잖이 많은 절차가 수반되어야 했다. 직업을 가지려면 각종 공식 신분증과 증명서들이 필요했기 때문이다. 위조 취업서류·출생증명서·여권·등록카드·배급표·통행증 등. 마우리치의 새로운 신분증에는 파벨 지엘린스키라는 이름이 찍혔고, 모피동물사육장의 공식 직원으로 표기되었다. 그리하여 마우리치는 하숙인 신분으로 빌라 식구들과 다시 어울렸고, 위층 벽장에 숨을 필요도 없어졌다. 벽장은 또 다른 누군가를 위한 공간으로 유용하게 쓰이게 되리라. 유령에서 실존인물이 되자 심리적인 변화도 뒤따랐다. 마우리치는 아래층 식당 근처의 좁은 방에 놓인 소파에서, 그가 좋아하는 햄스터의 바스락거리는 소리를 들으며 잤다. 안토니나는 마우리치의 전반적인 분위기가 바뀌기 시작했음을 알아챘다.

마우리치는 안토니나에게, 매일 밤 천천히 기분 좋게 잠자리를 준비하는 것이, 나치 점령 이후 누리지 못했던 행복이라고 말했다. 그는 닳고 닳은 단벌정장을 정성들여 갠 다음 책꽂이 옆에 놓인 의자에 걸쳐놓는 단순한 동작을 즐겼다. 책꽂이에는 과거의 삶에서 건져온 몇 안 되는 책들이 꽂혀 있었다. 그는 옷을 걸고 나서는 자신의 실존을 충만하게 해주는 대리가족에 둘러싸여 평온하게 잠들었다.

은밀함, 신의 섭리, 그리고 무엇보다 밤이면 누워서 잠에 곯아 떨어져도 좋다는 믿음처럼. 잠재의식 속에서 사람을 안심시키는 것들. 게토는 실로 많은 사람들에게서 그 미묘한 일상의 신비주의 의식들을 빼앗아버렸다. 마우리치는 자신의 책과 자신을 실재하는 사람으로 만들어준 증명서들 가까이에서 잠들었다. 천진난만한 햄스터와 함께. 무엇보다 사랑하는 막달레나와 같은 지붕 아래서. 사랑하는 사람이 죽지 않았으며, 편안히 머물 공간이 있고, 자신의 심장이 아직 따뜻하다는 사실을 깨달으면서 비로소 희망을 느꼈을 것이라고 안토니나는 생각했다. 어쩌면 "게토에 살면서 잃어버린 기쁨과 환희의 순간, 감정"까지 되살아났으리라고.

1943년 2월 2일 독일 제6군이 스탈린그라드에서 항복했는데 히틀러 휘하 독일군이 겪은 최초의 대패였다. 하지만 그로부터 불과 3주 뒤에 베를린 무기공장에서 일하던 유대인들이 짐짝처럼 아우슈비츠로 이송되었고, 3월 중순에는 크라쿠프 게토가 소개되었다. 그사이 폴란드 지하운동조직은 계속해서 다양한 공격을 시도했다. 1943년 1월 1일 이후 무려 514차례나. 아울러 1월 18일에는 바르샤바 게토에서 최초로 무장봉기가 일어났다.

이런 격동 속에서 점점 많은 게토 주민들이 빌라 갑판 위로 떠밀려왔다. 그 처참한 몰골이 안토니나가 보기에 폭풍우에 시달리다 "난파당한 사람들 같았다." "우리는 빌라가 거센 파도에 춤추는 가볍고 엉성한 배가 아니라, 안전한 항구를 찾아 심해로 들어가 여행을 계속하는 네모 선장의 잠수함이라고 믿었다." 그 와중에도 전쟁이라는 거센 폭풍은 모두를 위협했고 "손님들의 생명에 검은 그림자를 드리웠다." "화장터와 가스처형실 문턱에서 가까스로 도망친 그들에게는" 당장의 피난처보다 절실한 것이 있었다. "안심해도 좋은 천국이 존재한다는, 언젠가는 전쟁의 공포가 끝나리라는 희망이 절실하게 필요했다." 주인들조차 방주라고 부르는 이상한 빌라에 실려 이리저리 표류하는 동안.

정신은 어찌 되든 몸만 살면 된다는 발상은 안토니나답지 않았다. 얀은 치밀한 전술과 속임수를 신봉했고, 안토니나는 늘 경계하는 가운데에서도 주어진 환경에서 가능한 한 즐겁게 사는 것을 신봉했다. 그러기에 얀과 안토니나는 항상 청산칼리를 갖고 다니면서도 한편으로 빌라 주민들에게 유머와 음악을 권하고 흥겹게 살도록 독려했다. 덕분에 빌라 주민들의 은둔생활은 나름대로 견딜 만하고 때로는 흥겨운 것이 되기까지 했다. 좁은 숙소에 숨어 지내면서 좌절감과 속상함이 없을 수 없었다. 그럴 때면 손님들은 이디시어로 전해오는 저주의 말을 내뱉으며 마음을 삭였다. 노골적인 표현부터("녹색 벌레나 싸질러라!" "길 가다가 판잣집에 깔려버려라!")[67] 다음처럼 수사적인 것에 이르기까지.

당신이 천 개의 집을 가지고 있기를,
집마다 천 개의 방이 있고,
방마다 천 개의 침대가 있는.

그리고 매일 밤 다른 집의,

다른 방에 있는, 다른 침대에서 자기를,

그리고 아침에 일어나서

다른 계단으로 내려가서,

다른 운전수가 운전하는,

다른 차를 타고

다른 의사한테 가기를,

그런데 의사는 당신의 병명을 결코 모르기를!

어쨌거나 "우리 집 분위기는 상당히 좋았다는 것을 인정해야겠다." 안토니나는 일기에서 그렇게 고백했다. "가끔은 심지어 거의 행복하다고 느낄 만큼." 빌라의 이런 분위기는 도시 인근의 다른 은신처의 삶의 질과 내부 분위기와 첨예하게 대비되었다. 아무리 최고의 은신처라 해도. 안토니나와 얀은 아돌프 베르만과 친한 사이였으니, 그가 1943년 1월에 주디트 링겔블룸(에마누엘 링겔블룸의 부인)한테서 받은 편지를 읽지 않았을까 싶다. 편지에서 주디트는 '크리시아'라는 암호명으로 불리는 벙커의 분위기를 이야기했다.

무서울 정도로 침울한 분위기가 이곳을 지배하고 있어요. 무기수 감옥에나 어울릴 법한. 평범한 소식만 들어도 기운이 날 것 같습니다. 어쩌면 우리는 가장 가까이 있는 벙커에 마지막으로 남은 이들이 우리와 함께 지내도록 조율할 수 있을 겁니다.[68]

방을 함께 쓰는 햄스터와 마우리치는 서로에게서 즐거움과 위안을 얻는 모양이었다. 안토니나는 그들이 급속도로 친해졌다고 기록했다. "있잖아요," 어느 날 마우리치가 말했다. "요 작은 녀석이 정말 맘에 듭니다. 제 새로운 이름이 파벨(폴)이니까 녀석은 피오트르(피터)라고 부르고 싶습니다. 둘 다 주님의 사도가 되는 것이죠!"

매일 저녁식사를 마치고 마우리치는 미끄러운 식탁 위에 피오트르를 풀어놓았다. 햄스터는 접시에서 접시로 잽싸게 이동하면서 음식 부스러기들을 휘젓고 다녔다. 배가 불러 고개를 들기 힘들 때까지. 그쯤 되면 마우리치가 한 손으로 햄스터를 잡아 다시 새장에 집어넣었다. 시간이 흐르자 피오트르는 마우리치의 손바닥을, 날아다니는 양탄자 삼아 집 안을 돌아다닐 정도로 그를 신뢰했다. 이 커플은 뗄 수 없이 절친한 사이가 되었고, 빌라 주민들은 파벨과 피오트르를 묶어 "햄스터네"라고 불렀다.

24

　1943년 봄. 하인리히 히믈러는 히틀러에게 어떤 것과도 비교할 수 없을 최고의 생일선물을 선사하고 싶었다. 자신을 히틀러의 측근 중에서도 최측근으로 끌어올려줄 그런 선물을. 히틀러의 사진에 대고 친밀한 대화를 나누곤 했다는 히믈러는 히틀러가 가장 총애하는 심복이 되려고 혈안이 되어 있었다. 할 수만 있다면 하늘에서 달이라도 따와 선물포장을 했을 인물이었다. 한 번은 친구에게 이렇게 말했다. "총통님을 위해서라면, 무슨 짓이라도 기꺼이 할 거네. 정말이라고. 히틀러 총통님이 어머니를 사살하라고 해도 기꺼이 따를 걸세. 나를 신뢰하신 것에 자부심을 느끼면서."[69] 1943년 히믈러는 총통님을 위한 생일선물로 바르샤바 게토에 남은 유대인들을 소개하기로 마음먹었다. 4월 19일, 유대인에게 중요한 축일인 유월절 첫 날이자 히틀러 생일 전야에.

　새벽 4시. 소규모 독일 순찰대와 암살대가 조심스럽게 게토로 진입하여 일터로 향하는 유대인 몇 명을 붙잡았다. 하지만 붙잡힌 유대인들은 도망쳤고 독일군은 철수했다. 아침 7시. 친위대 대대 지휘관인 위르겐 슈트루프 소장이 장교 36명과 2,054명의 병사를 이끌고 돌아왔다. 그러고는 탱크와 기관총을 앞세우고 요란한 굉음과 함께 게토 한복판으로 돌진했다. 놀랍게도 게토에는 바리케이드가 설치되어 있었고, 유대인들이 여러 정의 권총과 소총, 기관총 한 대, 그리고 많은 '몰로토프 칵테일'을 들고 반격했다. 몰로토프 칵테일은 휘발유를 채운 병을 불타는 천과 함께 던지는 화염병이었다. 핀란드 사람들이 1936~1939년 스페인내전에서 프랑코 국가주의자들이 임시방편으로 사용했던 병수류탄에서 아이디어를 얻어 만들어낸 것이었다. 1939년 러시아가 핀란드를 침략하자 핀란드 사람들은 화염병에 당시 러시아 외무장관 비야체슬라프 미하일로비치 몰로토프의 이름을 붙여 '몰로토프 칵테일'이라고 불렀다. "나는 핀란드인의 좋은 친구"라고 입버릇처럼 말하던 몰로토프의 위선을 비꼬는 의미였다. 수적으로도 크나큰 열세였고 장비도 형편없었지만 유대인들은 해 질 녘까지 나치를 막아냈다. 다음날 독일군이 화염방사기·경찰견·독가스를 가지고 나타나자 바리케이드는 무너졌지만, 1천 5백 명에 달하는 게릴라가 게토 곳곳에서 기회 있을 때마다 반격을 가했다.

히믈러가 계획했던 생일선물용 대량학살은 거의 한 달을 끈 포위공격으로 바뀌었다. 마침내 독일군은 모든 것(건물, 벙커, 하수도, 사람까지 모두)을 불태우기로 했다. 많은 사람들이 화염 속에서 죽었고 일부는 항복했고 일부는 자살했다. 그리고 소수가 도망쳐서 아마겟돈의 참상을 말로 글로 전했다. 지하운동조직 소식지는 기독교도인 폴란드인에게, 도망친 유대인들의 은신처 확보를 도와달라고 호소했고, 자빈스키 부부는 열과 성을 다해 조력했다.

한 생존자는 당시를 다음과 같이 회상했다. "멀지도 않은 담장 저편에서는 삶이 평소와 같이 흘러갔다. 어제처럼, 언제나처럼. 사람들, 그러니까 수도 바르샤바의 시민들은 즐겁게 살고 있었다. 사람들은 낮에는 불길 속에서 나오는 연기를, 밤에는 불길을 구경했다. 게토 옆에서는 회전목마가 빙빙 돌고, 아이들이 둥글게 모여 춤을 추었다. 아름다운 장면이었다. 그들은 행복했다. 수도를 방문한 시골 소녀들이 회전목마에 올라타 게토의 화염을 구경했다."[70] 아이들은 웃으면서 공중에 떠다니는 재를 잡으려 헛손질을 해댔고, 회전목마에서는 요란한 카니발 분위기의 노래가 흘러나왔다.

5월 16일. 마침내 슈트루프 소장은 히틀러에게 자랑스럽게 보고했다. "바르샤바 게토는 이제 존재하지 않습니다." 1943년 5월 16일자 지하운동조직에서 발간한 소식지에 따르면 아파트 10만 채, 사업장 2천 곳, 가게 3천 곳, 수십 개의 공장이 불탔다. 마지막에 독일군은 소총 9정, 권총 59정, 수백 개의 다양한 사제폭탄을 압수했다. 유대인 7천 명이 현장에서 총살되고, 2만 2천 명이 트레블링카나 마이다네크 같은 죽음의 수용소로 이송되었으며, 수천 명이 강제노동수용소로 끌려갔다. 독일군이 치른 대가는 사망자 16명, 부상자 85명에 불과했다.

빌라의 모든 사람이 게토의 봉기 소식에 촉각을 곤두세웠다.

안토니나는 그들의 분위기를 "흥분하고, 놀라고, 무력해하고, 자랑스러워했다"고 기록했다. 처음에 게토에 폴란드와 유대 깃발이 게양되었다는 소식이 들렸다. 이어서 연기가 보이고 대포소리가 들릴 무렵, 그들은 지하운동조직의 고위 조직원인 스테판 코르본스키에게서 유대인무장단과 유대인전투조합―겨우 7백 명의 남녀―이 영웅적으로 싸우고 있지만, "독일군이 수만 명의 유대인들을 이송시키고 살해하고 산 채로 불태웠으며, 이제 3백만 명의 폴란드 유대인 중에 남은 사람은 10퍼센트가 되지 않는다"[71]는 소식을 들었다.

그리고 끔찍했던 그날, 동물원에는 회색 비가 내렸다. 강 하나를 사이에 둔 유대인 거주지구가 불타면서 생긴 재가 서풍을 타고 비에 섞여 오래도록 천천히 내렸다. 지금 그들은 바르샤바 45만 유대인 말살계획의 마지막 작전을 목도하고 있었다. 그리고 빌라 안의 모든 사람들이 최종작전으로 희생된 친구들을 갖고 있었다.

12월 10일, 통금시간 직전에 얀이 무사히 집에 돌아오고 가정부가 일을 마친 뒤 퇴근했다. 안토니나는 여우아저씨, 막달레나, 마우리치, 반다를 비롯한 모든 가족을 식탁으로 불렀다. 저녁으로 나온 수프는 윤기 나는 빨간 비트 뿌리를 넣은 러시아식 수프 보르시치였다. 그릇에 담긴 채 촛불을 반사하는 수프는 커다란 은색 숟가락에 담긴 클라레 적포도주 같았다. 눈이 펑펑 내리는 혹한이었지만 빌라에는 모든 사람이 겨울을 따뜻하게 날 만큼 충분한 석탄이 있었다. 식사가 끝나고 리시는 부엌에서 슈추르치오의 욕조 물을 갈았다. 그때 차분한 노크소리가 들렸다. 리시가 조심스럽게 문을 열더니 흥분해서 식당으로 뛰어왔다.

"엄마! 검은담비네 딸과 가족들이 왔어요!"

어리둥절해진 여우아저씨가 읽던 신문을 내려놓았다. 검은담비는 밍크를 닮은 작은 동물로 고급 모피 생산에 쓰이지만 여우아저씨의 사육장에서는 키우지 않는 동물이었다. 사태를 파악한 그가 말했다.

"하여간 이 집은 완전히 정신 나갔다니까! 사람한테 동물 이름을 붙이고, 동물한테 사람 이름을 붙이니, 원! 사람 이야긴지 동물 이야긴지 헷갈린다니까요. '검은담비'는 도대체 사람인가요, 동물인가요? 도대체 이게 진짜 이름인지, 암호명인지, 사람 이름인지, 동물 이름인지 알 수가 없다니까. 어휴, 정신없어!" 말을 마친 여우아저씨는 드라마틱하게 일어서서 자기 방으로 갔다.

안토니나는 급히 부엌으로 가서 검은담비들을 맞이했다. 레기나 케닉스베인과 남편 사무엘, 그리고 그들의 두 아들(다섯 살인 미에치오와 세 살인 스테프치오)이었다. 돌도 지나지 않은 막내 스타시는 보두엔 신부가 운영하는 기아보호소에 보냈다. 아기 울음소리 때문에 사람들의 주의를 끌 것이 걱정스러워서였다. 레기나는 폴란드 사람들이 흔히 하는 말로 "가슴으로 아이를 품고 있었다." 다시 말하자면 넷째 아기를 임신 중이었다.

1942년 여름, 나치가 바르샤바 게토 유대인을 대규모로 집단 수용소로 실어 나르던 시기에 사무엘은 가톨릭교도인 친구 지그문트 피엥타크에게 가족이 탈출하여 아리아인 구역에 은신처를 마련할 수 있게 도와달라고 부탁했다. 아리아인 구역과 게토를 잇던 지방법원 통로가 봉쇄되고, 미로 같은 하수도를 통한 탈출로는 아직 만들어지기 전이었다. 대부분의 게토 탈출은 친구·지인의 도움과 운이 복잡하게 뒤얽혀 준비되고, 모든 것들이 잘 맞아떨어져야 성공할 수 있었다. 케닉스베인 가족의 탈출도 예외는 아니었다. 사무엘과 친구 샤프세 로트홀츠는 게토 순찰대에 자원했다. 그리고 유대인에게 동정적이거나 돈을 밝혀 매수가 쉬운 독일 경비원, 폴란드 밀수꾼들과 친해졌다. 케닉스베인 부부는 밤에 경비원에게 뇌물을 주고 게토 담장을 넘었다. 아이들은 진정제를 먹이고 가방에 넣어 들쳐 업은 상태였다. 처음에 그들은 피엥타크가 빌린 아파트로 가서 1943년 말까지 숨어 지냈다. 그동안 바깥세상과 가족을 이어주는 유일한 통로는 피엥타크였다. 피엥타크는 자주 아파트에 들러 음식과 필요한 물품들을 전해주었다. 하지만 집세를 낼 돈이 떨어지자 아파트에서 쫓겨났다. 피엥타크는 얀에게 지하운동조직에서 다른 은신처를 찾아줄 때까지 케닉스베인 가족을 데리고 있어달라고 부탁했다.

안토니나는 전부터 레기나를 알았다. 그녀는 소볼(검은담비라는 의미) 씨의 딸이었다. 소볼 씨는 전쟁 전에 동물원에 과일을 대주던 인정 많은 사람이었다. 굽은 어깨에 항상 똑같은 색 바랜 낡은 조끼를 걸치고 과일이며 야채가 든 무거운 바구니를 들고 힘겹게 걸었다. 그것만으로도 충분히 무거웠을 텐데 주머니에 원숭이들한테 줄 체리나 리시에게 줄 노란 사과 등 여분의 간식이나 선물을 챙기는 사람이었다. 하지만 소볼 씨 가족과 자빈스키 가족을 이어준 진정한 가교는 소볼 씨의 아들이었다. 게토 노동자인 아들은 가끔 일터에서 도망쳐 동물원으로 뛰어왔다. 자빈스키 부부는 그에게 토마토며 다른 야채들을 건네 집으로 가져가게 했다. 어느 날 그는 안토니나를 찾아와 게토 안에서 일하는 노동자로 분류되었다면서 독일인 상사를 구슬려 계속 밖에서 일하게 해달라고 간청했다. 안토니나는 그를 도와주었고 나중에 이렇게 상황을 전했다.

"내가 만난 노무담당자가 좋은 사람이었나 보다. 아니면 소볼 씨 아들이 게토로 음식을 가져가지 않으면 가족이 굶어죽을 거라는 말에 충격을 받았는지도 모르겠다. 그는 유창한 폴란드어로 나한테 '조심해야 한다'고 주의까지 주었다. 어쨌든 어린 소볼은 계속 게토 밖에서 일할 수 있게 되었다. 그리고 한 달 넘게 게토에 있는 가족에게 음식을 가져갔다."

자빈스키 부부가 레기나를 어렸을 때만 알고 지낸 것은 아니었다. 부부는 레기나의 결혼식에도 참석했고, 얀은 레기나의 남편 사무엘과 벙커 만드는 일도 함께했다. 유명한 권투선수인 사무엘 케닉스베인은 마카비·스타스 같은 바르샤바 스포츠클럽에서 경기하면서 목수일도 배워 제고타에서 은신처를 만들거나 개조하는 작업을 도왔다. 전쟁 기간에 제고타의 핵심인물인 건축가 에밀리아 히조바는 버튼을 누르면 열리는 가짜 벽을 고안해냈고, 노동자들이 시내 집에 그런 벽을 설치했다. 주민들은 일부러 그런 벽을 가구로 막지 않고 노출시켰는데 일종의 속임수이지만 효과가 있었다. 가구로 가리지 않은 벽들은 진짜처럼 보였고 아무도 주의해서 보지 않았다.

동물원에 도착한 케닉스베인 가족의 비참한 모습은 안토니나를 가슴 아프게 했다. "그들을 보니 절로 눈물이 고였다. 공포와 슬픔에 짓눌린 커다란 눈동자를 지닌 가엾은 병아리들이 나를 마주 보고 있었다." 레기나의 눈동자는 특히나 안토니나를 놀라게 했다. "죽음을 앞둔 젊은 엄마의 무기력한 눈동자"였기 때문이다.

안토니나의 내부에서 연민과 이기심 사이에 줄다리기가 벌어졌다. 자신과 가족들을 위태롭게 하지 않고는 그들을 도울 방법이 별로 없다는 사실이 당혹스러웠다. 당장 케닉스베인 가족은 어디에서 잔단 말인가? 며칠 동안 그들은 사자 우리에 머물렀다. 그리고 레기나와 아이들은 꿩 사육장 아래 터널을 통해 빌라로 들어왔다. 안토니나는 밖에서 지내는 사무엘에게 커다란 방한용 양피코트와 부츠를 주었다. 해 질 녘에 사무엘은 몰래 사자 우리를 나와 꿩 사육장으로 들어갔고 사람들이 밖에서 문을 잠갔다. 다음날 가정부가 오기 전에 레기나와 아이들은 조용히 2층 침실로 올라갔고 그런 상태로 두 달 동안 머물렀다. 안토니나가 어린 아이들이 소란도 안 피우고 소음 없이 지내는 것이 대견스럽다고 칭찬하자 학교에서 배웠다는 대답이 돌아왔다. 비밀리에 운영되는 게토의 학교에서는 좁은 공간에서 할 수 있는 놀이, 조용히 움직이는 법, 좁은 공간에서 편안히 드러눕는 법을 아이들에게 가르치고 있었다.

여우농장은 많은 이방인들을 고용했다. 아이들이 동냥을 바라고 이따금 부엌에 들렀다. 경찰들도 자주 들렀다. 모두가 위험했지만 무엇보다 위험한 존재는 가정부였다. 자빈스키 부부는 갑자기 왕성해진 비정상적인 식욕에 대해 그럴싸한 이유를 댈 수가 없었다. 가정부 모르게 주방에서 음식을 훔칠 수는 없었다. 그들은 걸신들린 사람처럼 빈 접시를 가지고 가서 두 번째, 세 번째, 네 번째 음식을 요구했다. 고용인이 주인의 식습관에 대해 왈가왈부할 처지는 아니었지만 가끔 가정부가 중얼거리는 소리가 들렸다. "어떻게 이렇게 많이 먹을 수가 있지? 믿기지가 않네. 이런 대식가들은 평생 처음일세!" 가정부가 보는 앞에서 리시가 음식을 가지고 위층, 아래층으로 부지런히 오갔다. 가끔은 얀이나 안토니나가 리시에게 말했다. "사자한테 먹이를 줘야 해." "꿩에게도." "공작에게도." 그렇게 리시는 사육장 안에 있는 손님들에게 음식을 가져다주었다. 안선을 기하기 위해 안토니나는 기존의 가정부를 해고하고 프란치슈카라는 여성을 새로 채용했다. 프란치슈카는 얀과 막역하게 지내는 친구의 처제로 믿을 수 있는 사람이었음에도, 삼차원 체스 게임장 같은 빌라 안에서 벌어지는 실존과 저항의 온갖 국면들을 결코 전부 알지는 못했다.

25

1943년

12월 중순. 얀은 기술자이자 직업군인이었던 펠릭스 치빈스키의 도움을 받아 케닉스베인 가족이 머물 새로운 숙소를 확보했다. 펠릭스 치빈스키는 제1차 세계대전 당시 얀과 함께 전투에 참가했고, 지금은 지하운동조직에서 얀과 긴밀하게 일하는 사람이었다. 결혼해서 두 아이가 있는 치빈스키는 사피에진스카 거리 19번지와 21번지에 있는 자신의 집, 여동생의 집, 부모님 집, 친구의 실내장식품 가게(친구는 잠시 가게를 닫았는데 수리 중인 것처럼 해놓았다) 등에 많은 사람들을 숨겨주었다. 그렇게 그는 열일곱 사람을 먹여 살렸다. 청결한 식습관을 가진 유대인들에게 개인 그릇과 접시를 나눠주고, 필요하면 약도 가져다주고 협조적인 의사도 데려다주었다. 1940년에 결성된 비밀조직인 '민주사회주의 의사협의회'에는 병자와 부상자를 돌보는 50명이 넘는 의사가 소속되어 있었다. 그들은 독자적인 월간 잡지도 출간했는데 나치가 주장하는 인종적 순수성이나 질병에 대한 주장이 허위임을 폭로했다. 한 달에 한 번 치빈스키는 함께 지내는 유대인들을 동물원이나 다른 안전한 장소로 옮기고 집으로 이웃과 친구들을 초대했다. 거리낄 것이 없음을 보여주는 일종의 과시행위였다. 돈이 떨어지자 펠릭스는 빚을 내고 집을 팔아 그 돈으로 네 채의 아파트를 세내어 유대인 은신처로 제공했다. 케닉스베인 가족들처럼 동물원에서 머물다가 펠릭스에게 가서 일시적으로(하루나 이틀) 머무는 이들도 있었다. 증명서가 갖춰지고 다른 집을 찾을 때까지.

케닉스베인 가족들을 옮기는 일은 안토니나와 얀에게 또 다른 고민거리였다. 대가족을 사람들의 관심을 끌지 않고 어떻게 이동시킬 것인가. 안토니나는 검은 머리를 금발로 탈색시켜 위험을 줄이기로 했다. 많은 독일인과 폴란드인이 금발은 스칸디나비아 인종의 후손이고, 유대인은 모두 검은 머리라고 오해했다. 이 잘못된 정보를 사람들은 오랫동안 믿었다. 히틀러의 아리아인답지 못한 검은 콧수염과 머리카락을 두고 우스갯소리가 유포될 즈음에도 많은 사람들이 그런 생각에 젖어 있었다. 사진과 얀의 설명을 종합해보면 안토니나가 자신의 머리를 탈색한 적이 있었지만, 살짝 밝게 하는 정도였지 검은색을 연노랑으로 바꾸는 것은 아니었다. 안토니나는 방법을 제대로 알기 위해, 약품을 준 친구에게 자문을 구했다. 에마누엘 링겔블룸도 강조했다시피 "실제로 은발에 가까운 금발은 갈색 머리보다 더 의심을 사는 것으로 드러났기 때문이다."

어느 날 안토니나는 케닉스베인 가족을 위층 욕실로 데리고 가서 문을 잠갔다. 그리고 리시더러 밖에서 망을 보라고 했다. 솜에 희석된 과산화수소를 묻힌 다음 안토니나는 차례차례 머리카락에 문질렀다. 두피가 빨갛게 변하고 손가락에 물집도 잡혔지만 머리카락은 좀체 금발로 바뀌지 않았다. 안토니나가 약품의 농도를 높였지만 원하던 빛깔은 나오지 않았다. 마침내 문을 열고 밖으로 나온 피실험자들의 머리 색깔은 누런빛이 도는 빨간 머리였다.

"엄마, 어떻게 한 거예요?" 리시가 놀라서 물었다. "다들 다람쥐 같잖아요!" 그날부터 '다람쥐'가 케닉스베인 가족의 암호명이 되었다.

밤중에 얀은 케닉스베인 가족을 데리고 지하터널을 통해 꿩 사육장으로 간 다음, 도심으로 들어가서 사피에진스카 거리에 위치한 펠릭스의 집으로 갔다. 펠릭스의 집에서도 위험에 대비하여 피난민들은 욕조 뒤에 위치한 벙커로 들어갔다. 펠릭스는 어느 날 레기나가 산기를 보일 때까지 임신 사실을 몰랐다. 이미 통금시간이 지난 뒤라 의사를 부를 수가 없었다. 어쩔 수 없이 그가 산파역을 했다. 펠릭스는 전후 인터뷰에서 당시의 감동을 이야기했다. "내 평생 가장 행복한 순간은 아기가, 말 그대로, 내 손으로 나왔을 때입니다. 바르샤바 게토를 파괴하는 막바지 작업이 한창이던 시기였습니다. 도시에는 팽팽한 긴장감이 감돌았고, 사람들이 느끼는 공포는 말로 못할 정도였지요. 독일 헌병과 밀고자들이 도망 중인 유대인을 찾아서 도시 곳곳을 훑고 다니던 때였으니까요." 펠릭스는 1944년 바르샤바 봉기 때까지 그들을 돌봐주었다. 바르샤바 봉기가 일어나자 제1차 세계대전 참전용사인 사무엘 케닉스베인은 군대를 이끌고 선두에 섰다.

유대인을 위장시키려고 화장술을 동원한 사람이 안토니나만은 아니었다. 일부 살롱에서는 정교한 화장술을 전문적으로 가르치기도 했다. 마다 발터 박사와 남편은 마르샤우코프스카 거리에서 우아한 뷰티샵을 운영하고 있었다. 발터 부인은 유대인 여성들에게 아리아인처럼 보여 주의를 끌지 않는 법을 별도로 교육했다.

"십여 명의 여성이 가운을 걸치고 있었습니다."[72] 폴란드 작가이자 제고타 조직원이었던 우와디슬라프 스몰스키가 전후에 증언한 내용이다. "전등 아래 앉아 있는 사람도 있고, 얼굴에 크림을 바르고 이상한 처치를 받고 있는 사람도 있었습니다. 발터 부인이 들어오자 다들 부인 옆으로 모였습니다. 모두 의자를 가져와서 앉더니 책을 펼치더군요. 교리문답처럼 묻고 답하는 학습이 시작되었지요!"

다들 얼굴은 유대인이었지만 목에 십자가 목걸이를 걸고 있었다. 발터 부인은 중요한 기독교도의 기도문을 가르치고 교회 안에서, 의식 중에 눈에 띄지 않게 행동하는 법을 전수했다. 돼지고기를 요리하고 접대하는 법, 전통적인 폴란드 식기류를 식탁에 차려놓는 법은 물론, 밀수입한 보드카를 '빔버'라고 부른다는 것도. 경찰이 유대인을 길에서 세우면 남자에게는 할례 여부를 확인하고 여자에게는 주기도문과 성모마리아 기도를 암송해보라고 시키는 것이 일반적이었던 것이다.

아주 사소한 부분에서도 정체가 들통날 수 있었다. 발터 부인은 일종의 차밍스쿨을 운영하며 발각되지 않는 요령을 가르쳤다. 발각을 피하려면 유행하는 화장술, 사소한 몸동작, 폴란드 민속의상까지 모든 것이 적절히 배합되어야 했다. 유대인이 흔히 쓰는 표현도 당연히 피해야 했다. 예를 들면 "어느 거리에서 사세요?" 대신에 "어느 지구에서 사세요?"라고 물어야 했다. 사람들 앞에서 어떻게 걷고, 어떤 제스처를 취하고, 어떻게 행동할 것인가 등 모든 작은 습관들에 신경을 써야 했다. 남자들은 교회에서 모자를 벗어야 한다고 주지시켰다(유대교 사원에서는 보통 모자를 쓰고 있다). 폴란드의 오랜 전통대로 친구와 가족, 자신의 수호성인을 알고 축일을 기리는 법도 배웠다.

머리카락은 이마에서 치우라고 가르쳤다. 깔끔하게 묶거나 쓸어 넘기는 것이 더 아리아인다웠다. 가지런히 잘라 내린 앞머리, 곱슬곱슬한 머리는 의심을 샀다. 검은 머리는 강렬해서 이목을 끌기에 탈색해야 하지만, 진짜 머리 같지 않은 옅은 색상은 피해야 했다. 어떤 옷을 입어야 하는가에 대한 충고도 빠지지 않았다. "빨강, 노랑, 녹색, 검은색은 피하세요. 가장 좋은 색은 회색이나 눈에 띄지 않는 여러 가지 색상이 섞인 옷입니다. 요즘 유행하는 안경 디자인은 피하세요. 유대인의 매부리코를 두드러져 보이게 합니다." 유독 눈길을 끄는 매부리코는 '외과수술'이 필요했다. 다행히 발터 부인은 폴란드인 외과의사들(유명한 안드쉐이 트로야노프스키와 동료들)의 도움을 받을 수 있었다. 의사들은 유대인의 코 모양을 바꿔주고, 유대인 남자들에게는 포피(包皮)를 다시 입히는 수술을 해주었다.[73] 특히 포피를 다시 입히는 수술은 오래전부터 은밀하게 시술되었고 그만큼 논란도 많았던 수술이었다.

로마인들이 "껍질 씌우기"라고 표현했던 이 방법은 역사를 통틀어 유대인들이 박해받을 때마다 신분을 감추는 데 도움을 주었다. 성서를 보면 기원전 168년에도 이런 방법이 쓰였다. 안티오쿠스 4세 통치기간에 나체로 하는 스포츠경기와 대중목욕탕이 유대 지방에 등장했을 무렵이다. 혈통을 감추려는 유대 남자들한테는 두 가지 방법밖에 없었다. 하나는 벌거벗은 모습을 보이지 않는 것이었다. '폰두스 유다에우스(유대인의 추)'라고 불리는 특별한 추를 이용해서 모양을 교정하는 것이 두 번째 방법이었다. 간략히 말하자면 추를 이용해 귀두를 덮을 때까지 포피를 늘이는 방법이었다. 인위적으로 늘여주면 세포 사이에 작은 틈이 생기고, 시간이 흐르면 새로운 세포들이 만들어져 틈을 메워주었다. 당연히 상당한 시간이 걸리고 통증도 따랐다. 또한 추를 매단 사실을 감추는 것도 수월치만은 않았다. 당시 옷들이 쪼이지 않고 헐렁하게 내려오는 스타일이라 그나마 다행이었다. 제2차 세계대전 때는 외과수술을 통해 같은 효과를 얻을 수 있었다. 물론 나치 시대 의학서들에는 수술 절차가 상세히 나와 있지 않지만.

지하운동조직원으로 활동했던 얀은 당연히 발터 부부를 알고 있었으리라. 안토니나가 탈색을 생각한 것도, 구체적인 방법을 익힌 것도 어쩌면 발터 가족이 운영하는 살롱을 통한 것인지 모른다. 발터 부부는 자기 집에 한 번에 다섯 명의 유대인을 숨겨주고, 전쟁 기간 내내 "끊이지 않고 찾아오는" 사람들에게 "바람직한 외모"에 대해 교육시켰다. 훗날 발터 부인은 이렇게 말했다. "전시에 임시로 우리 집에 머문 사람들 중에는 한 명도 희생자가 없었다는 우연이 미신처럼 퍼졌고, 계속해서 손님들이 늘어났습니다." 그녀는 전시에 자신이 취한 행동은 연민에서 우러나온 주술 같은 것이었다고 설명했다. "사람들의 고통이 마법의 주문처럼 나를 사로잡아, 친구와 이방인 사이의 모든 차이를 없애도록 움직였습니다."[74]

26

봄이 슬금슬금 다가오고 자연이 계절과 계절 사이를 맴돌자,
낮이면 눈이 녹고 저지대에 심은 정원 식물들이 살아났지만, 밤
이면 땅이 다시 얼어 달빛을 받은 길을 은빛 스케이트장처럼 보
이게 만들었다. 겨울잠을 자는 동물들은 아직까지 땅속에 웅크
린 채 마음 졸이며 봄을 기다리고 있었다. 빌라 사람들과 동물들
은 어느새 낮이 길어졌음을 알았고, 한바탕 돌풍이 빌라 안을 휩
쓸 때면 생명력을 회복한 토양에서 나는 달콤하고 축축한 이끼
냄새도 맡았다. 금세 파도처럼 일어날 새싹들을 예고하는 나무
끝을 덮은 연분홍색은 봄이 시간에 맞춰 서둘러 오고 있다는 확
실한 징조였다. 동물들은 어김없이 구애하고, 짝짓고, 싸우고, 춤
추고, 젖먹이고, 먹이를 찾고, 새 옷을 마련하여 허물을 벗는 축
제를 준비했다. 말하자면 되살아난 생명력의 종잡을 수 없이 보
송보송하고 부글거리는 대소동이었다.

하지만 사람들의 봄은 전쟁이 후벼 판 시간 속에 생긴 작은 균열 밖에서 부유하고 있었다. 자연과 계절의 변화에 맞춰 사는 사람들, 특히 농부나 동물사육사에게 전쟁은 다가오는 시간을 철조망에 걸려 찢어지게 했고, 밀수확기나 늑대·수달이 출몰하는 실제 시간이 아니라 그저 오랜 타성에 따라 살라고 강요했다.

푹신푹신한 침대의 감옥에 갇혀 지내던 안토니나는 가끔씩 일어나 절뚝거리며 발코니로 나갔다. 몇 발짝 안 되는 거리임에도 걸음이 힘겨웠다. 거기서 탁 트인 전망을 보고 비스와 강의 얼음이 깨지는 힘찬 소리도 들었다. 두두두두 울리는 팀파니 소리처럼 겨울의 끝을 알리는 신호였다. 침대에만 누워 있는 생활은 삶의 진행속도를 늦추고 기억을 반추할 시간을 주었다. 그리고 몇몇 사물에 대해 새로운 관점을 갖게 했다. 사람들이 그녀의 시야와 영향권을 벗어나는 바람에 생긴 여유요 통찰이었다. 당연히 리시에게는, 어른들의 관리감독이 소홀한 자유시간이 많아졌다. 안토니나는 리시를 "어떤 아이들보다 의젓하고 분별 있는 아이"로 여겼다.

청소년단체 일원으로 지하운동을 돕는 제법 큰 아이들이 불시에 찾아오기 시작했다. 안토니나도 리시도 누가 언제 올지 알 수 없었다. 얀이 예고해주기는 했지만 아이들이 구름처럼 흘러들거나 연기처럼 사라지는 순간에 얀은 대부분 집에 없었다. 아이들은 보통 꿩 사육장에서 하루나 이틀 밤을 머물고 바르샤바의 풀숲으로 총총히 사라졌다. 게슈타포 지명수배자 명단 맨 앞자리에 올랐던 즈비셰크 같은 아이는 어쩔 수 없이 꿩 사육장에서 일주일을 허비하기도 했다. 그들에게 식사를 배달하는 일은 가장 눈에 안 띄는 빌라 거주민인 리시의 몫이었다.

안토니나와 얀은 리시 앞에서 스카우트대원들이 하는 일을 결코 말하지 않았다. 아이들이 희귀동물이 관측되듯 이따금 나타나고 수수께끼처럼 어느 날 사라져버리는데도 리시는 그다지 신경 쓰지 않는 눈치였다. 평소에는 모든 것에 왕성한 호기심을 보이는 아이라 이런 반응은 의외였다. 분명 머릿속으로 그런 아이들에 대한 나름의 이야기를 만들어내겠지? 안토니나는 어떤 이야기일지 궁금해서 리시에게 어린 방문자들을 어떻게 생각하는지, 이를테면 즈비셰크 같은 형을 어떻게 보는지 물어보았다.

"아이 참, 엄마는!" 리시는 무지몽매한 부모를 아량을 베풀어 참아준다는 말투로 대답했다. "나도 다 알아요! 남자라면 당연히 아는 거예요. 엄마한테 한 번도 묻지 않은 건, 엄마랑 즈비셰크 형이 나한테 말하기 싫은 비밀이 있으니까 그런 거죠. 하지만 즈비셰크 형한테는 신경 안 써요! 나는 내 친구들이 있는 걸요. 어쨌든 내가 즈비셰크 형을 어떻게 생각하는지 정말로 알고 싶다면, 말할게요. 내 생각에 형은 바보 멍청이에요!" 아이는 그 말을 던지고 방에서 뛰어나갔다.

안토니나는 아이의 질투에는 놀라지 않았다. 지극히 정상적인 모습이니까. 다만 리시가 요즘 감추는 것이 많고 말수가 적어졌다는 생각이 들었다. 무언가가 아이의 관심을 독차지한 모양인데, 무엇일까 궁금했다. 머릿속에 떠오른 답은 새로 생긴 예지크 토포라는 친구밖에 없었다. 최근 동물원 구내 직원 아파트로 이사 온 목수의 아들 예지크는 공손하고 행동도 반듯한 아이였고, 리시보다 몇 살 위로, 연장을 잘 다루는 것을 보아 아버지의 가업을 이을 모양이었다. 리시는 예지크의 목공 솜씨에 감탄하곤 했다. 둘 다 물건 만드는 일에 흥미가 있었고 집도 가까워 매일 어울렸다. 안토니나는 가끔 2층 망루에서 아이들이 뭔가 자기들끼리만 아는 물건을 만들면서 끝없이 대화를 이어가는 모습을 지켜보곤 했다. 그리고 아이한테 새로운 놀이친구가 생겨 다행이라고 흐뭇해했다.

그러던 어느 날 아이들이 학교에 간 뒤, 예지크의 어머니가 빌라에 찾아와 조용히 이야기를 나누고 싶어했다. 뭔가 불안한 안색이었다. 안토니나가 침실로 안내하고 문을 닫자 토포 부인이 말을 꺼냈다.

"아이들은 제가 여기 온 줄 모릅니다. 아이들한테는 말하지 마세요! 어떻게 말씀드려야 할지⋯⋯."

안토니나는 걱정되기 시작했다. 아이가 무슨 짓을 저지른 건가?

이윽고 토포 부인이 말을 이었다. "아이들이 하는 이야기를 엿들었답니다. 물론 아이들은 저를 보지 못했죠. 그러면 안 된다는 것 정도는 압니다만, 우연찮게 아이들이 뭔가 꾸미고 있다는 말을 듣고는 어쩔 수가 없었습니다. 무슨 일인지 알아야겠더군요. 그래서 은밀하게 엿들었지요. 그리고 충격받았습니다! 웃어야 할지, 울어야 할지, 원. 아이들이 가고 나서도 어떻게 해야 할지 판단이 안 서더군요. 부인이랑 얘기를 해봐야겠다 싶었습니다. 하나보다는 둘이 나을 테니까요!"

심상찮은 일인 모양이었다. 토포 부인이 아이들의 철없는 장난에 과잉 반응을 하는 것이길 내심 바라며 안토니나가 물었다.

"댁 아드님은 나무랄 데 없던데. 부모님 속 썩일 그런 아이는 아니다 싶었습니다. 우리 리시야 아직 어리니까…… 물론, 필요하면 아이들을 유심히 살펴야지요……. 그런데 아이들이 정확히 뭘 한 건가요?"

"아직까지는 아무 짓도 하지 않았습니다. 엄청난 일을 계획하고 있는 게 문제지요."

안토니나는 토포 부인이 엿들은 이야기를 전해 듣고 "가슴이 철렁했다." 아이들이 애국자의 당연한 의무라면서 독일군을 몰아내자고 다짐하고, 동물원 울타리 근처 독일군 무기고 가까운 곳에 폭탄을 감춰놓았다는 것이었다. 수북이 쌓인 건초더미 아래.

토포 부인의 이야기는 계속 이어졌다. "게다가 예지크의 매트리스 아래서 댁의 타월을 하나 찾았습니다. 큼지막한 붉은 글씨로 '히틀러는 끝장났다!'라고 쓰여 있더군요. 아이들은 그 타월을 동물원 정문에 걸 생각이랍니다. 동물원에 들락날락하는 독일인들이 많으니까 보여줘야 한다는 거죠! 이런 상황이니 어째야 좋을지요? 남편 분이 아이들이랑 이야기해보는 건 어떨까요? 싸우려면 나이를 더 먹어야 한다고 설득하고, 계획대로 했다가는 모두 위험해진다는 사실도 알아듣게 설명하고…… 부인 생각은 어떠세요?"

안토니나는 일단 말없이 귀기울였다. 부인의 이야기에 집중하면서, 황당하고도 숭고하다 할 이 골치 아픈 소식을 나름대로 분석해보려 했다. 리시는 스카우트대원들의 이야기를 접하고 그런 생각을 하게 되었으리라. 스카우트대원들은 파괴 공작의 일환으로 비슷한 활동들을 하고 있었다. 지금까지 아이가 동물원의 소란한 사건들에 마음을 뺏기지 않도록 무진 애를 써왔다. 마치 다이너마이트를 안고 자는 심정으로. 그런데 정작 아이가 원했던 것은 붉은 글씨가 쓰인 깃발을 거는 소년이 되는 것이었다.

자기가 어쩌다가 리시의 이런 움직임을 놓친 것인지, 어른 세계에 대한 아이의 이해력을 그렇게 오판한 것인지 놀라웠다. 그녀는 아이의 절대 비밀 엄수를 신뢰할 수 있다 생각해왔고, 아이의 성숙도를 자신이 가늠할 수 있다고 믿었던 것이다. 아이와 자신에 대한 분노는 이내 슬픔으로 바뀌었다.

아이의 용감함과 진취적인 정신을 칭찬하고 아이가 얼마나 자랑스러운지를 말하는 대신 나는 아이를 혼내야 할 처지였다. 아이 아버지에게 아이가 폭탄을 훔쳤다는 사실도 말해야 했다. 아이는 친구 앞에서 창피를 당하게 될지도 모른다. 당연히 얀은 크게 화를 낼 테니까.

"알겠습니다. 남편에게 아이들과 얘기해보라고 하겠습니다. 우선, 타월은 태워버리세요."

그날 저녁. 안토니나는 집안 남자들의 대화를 엿들었다. 남편과 아들은 조용히, 격식을 차린 군대식 어투로 대화 중이었다.

"너를 어린애가 아니라 군인으로 대하고 있다는 사실을 알아주길 바란다." 얀은 어른 대접을 받고 싶어하는 아이들의 심리를 이용하고 있었다. "나는 집안의 지휘관이고 네 상관이다. 군사작전이 진행되는 현장에서 부하는 상사가 지시하는 대로만 움직여야 한다. 단독으로는 아무것도 해서는 안 된다. 나와 이런 관계를 유지하고 싶다면 나 모르게 어떤 일도 하지 않겠다고 맹세해야 한다. 예지크와 네가 계획하고 있는 작전은 '무질서하고' '독단적인' 행동에 속한다. 그러므로 처벌을 받아야 마땅하다. 일반 군대에서처럼 말이다."

하지만 군지휘관 역할인 아버지가 휘하 병사 역할인 어린 아들에게 어떤 처벌을 내려야 할까? 아이의 관점에서는 위험도 어른들이 보는 것과는 다른 모습을 하고 있다. 아이는 특정 사건으로 인한 파급효과를 제대로 파악하지도 못한다. 처벌이란 양쪽 당사자가 공정하다고 느낄 때만 효과가 있는 법이다. 공정함은 어린 아이들이 가장 중요하게 생각하는 황금률이다.

그래서 얀은 물었다. "너를 어떻게 처벌할지 네 의견을 말해보겠니?"

리시는 사뭇 진지하게 받아들이고 망설인 끝에 제안했다. "……볼기를 때리세요."

추측컨대 얀이 리시의 말대로 한 모양이다. 안토니나는 다음과 같은 간략한 언급으로 일기를 마무리했다. "그렇게 조용히, 우리 가족의 비밀스러운 저항운동은 막을 내렸다."

27

1943년 봄, 안토니나는 마침내 오랜 침대 생활을 정리하고 일어났다. 마멋·박쥐·고슴도치·스컹크·겨울잠쥐가 겨울잠에서 깨어나는 시기에 맞추어. 전쟁 전에 안토니나는 '자, 가자', '가버려!', '할렐루야' 같은 온갖 소음이 난무하는 봄의 왁자지껄한 동물원을 사랑했다. 특히 도시가 조용해지는 밤이면, 거대한 주크박스에서 나오는 소리처럼 거친 야성의 소리가 밤하늘에 메아리쳤다. 도시의 시간과 동물의 시간의 충돌은 안토니나가 좋아하는 색다른 리듬을 만들어냈다. 그녀는 스라소니 이야기를 다룬 어린이 책 『리시에』에서 이를 환상적으로 다루기도 했다.

봄밤 바르샤바는 시커먼 코트를 덮고 있다. 어두운 거리 여기저기서 야광 간판들이 기분 좋은 빛을 발하고, 밤기차의 경적소리만 곤히 잠든 도시의 고요를 방해한다. 바로 그때 비스와 강의 오른쪽 강변, 오래되어 가지가 처진 버드나무와 포플러나무들 사이에서, 야성의 비밀스러운 소리가 들린다. 정글에서나 날 법한 귀청을 찢는 굉음이 들린다. 늑대, 하이에나, 재칼, 들개로 구성된 춤추는 악단의 연주소리가 들린다. 자다 일어난 사자의 포효 때문에 근처 원숭이들은 공포에 떤다. 연못에서는 놀란 새들이 겁에 질려 소리 지른다. 한편 토피와 토파[새끼 스라소니]는 우리에서 고향을 그리는 세레나데를 노래한다. 토피와 토파의 가늘고 날카로운 울음소리에 밤의 정적을 깨는 동물원의 다른 소리들이 묻혀버린다. 야생의 세계와는 동떨어진 번화한 도심에서 우리는 자연의 섭리를 생각한다. 아직도 밝혀지지 않은 자연의 비밀들을 생각한다. 무엇보다 우리가 지상의 친구인 동물들과 함께 살고 있음을.

아직 공기에서 한기가 느껴졌고, 오래 사용하지 않은 탓에 근육이 약해질 대로 약해져 있었다. 안토니나는 모직 내의, 두툼한 스웨터, 따뜻한 스타킹으로 온몸을 칭칭 감고 지냈다. 지팡이를 짚고 집 안을 비틀비틀 거닐면서 걷는 법을 다시 배워야 했다. 무릎이 부들부들 떨리고 물건들은 손가락 사이로 빠져나가기 일쑤였다. 삼십 대 중반에 걸음마를 다시 배우는 안토니나를 막달레나를 비롯한 식구들은 지나치다 싶을 만큼 극진히 보살폈다. 안토니나를 아픈 어린애 취급하면서 공주님처럼 떠받들었다. 안토니나는 그런 생활이 싫은 것만은 아니었지만 "쓸모없는 사람처럼 보여 창피하기도 했다." 석 달 동안 사람들은 일을 대신 해주고, 시중을 들고, 보살펴주었다. 그리고 이제는 안토니나가 허드렛일을 처리하진 못하더라도, 살림을 관장하던 과거의 지위로 돌아가 지시를 내려주기를 바랐다. 실수를 할 때마다 안토니나는 "도대체 넌 뭐 하는 여자니?"하며 스스로를 꾸짖었다. 안토니나가 그런 말을 할 때마다 막달레나, 누니아, 마우리치가 볼멘 소리로 나서곤 했다.

"그러지 말아요! 우린 순전히 우리 잘되자고 당신을 돕는 겁니다. 당신 없이 도대체 우리가 무얼 할 수 있겠어요? 지금 신경 쓸 일은 딱 두 가지예요. 건강해지는 것, 그리고 우리한테 지시를 내리는 것! 예전의 활력과 재치를 보고 싶어요. 가끔 산만하던 행동도요. 우리를 다시 즐겁게 해달라고요!"

그들의 투정 아닌 투정을 들으면 절로 웃음이 나고 기분이 밝아졌다. 그렇게 힘을 얻은 안토니나는 서서히 '미친 별 아래 집'이라는 고물 시계의 태엽을 감아 작동시키기 시작했다. 안토니나는 사람들이 끊임없이 그녀를 보살피고 과할 정도로 걱정하며 부산을 떠는 바람에 "피곤하거나 춥거나, 배고프거나 걱정할 새가 없었다"고 썼다. 그리고 "온갖 응석을 받아주는 이런 대접은 일찍이 누려보지 못한 호사"라며 친구들에게 고마워했다. 이 말은 안토니나가 일찍이 부모를 여의고 고아나 다름없이 자랐던 본인의 과거를 간접적으로나마 표현한 드문 사례다. 늘 그들의 부재 속에서 살아온 안토니나에게 돌아가신 부모님은 기정사실에 속했으며, 아홉 살의 소녀에게는 말로 표현될 수 없는 슬픔이었다. 볼셰비키의 수중에서 맞은 부모님의 최후는, 어린아이가 계속해서 상상하기엔 지나치게 끔찍한 것이었다. 부모님에 얽힌 아픈 기억은 항상 그녀를 괴롭혔을 테지만, 그녀는 결코 자신의 글에서 그들을 언급한 적이 없었다.

친구들은 안토니나를 따뜻하게 감싸주고 휴식으로 상처를 치유하도록 도와주었다. 자신을 아끼는 사람들에게 둘러싸여 지내면서 안토니나는 건강을 회복해갔고, 때로는 "나치 점령이라는 현실"과 "전쟁이 어서 끝났으면 하는 간절한 염원조차 망각했다."

얀은 항상 일찍 집을 나서 통금시간 직전에야 돌아왔다. 빌라 주민들은 일터에서의 그의 모습은 보지 못했지만, 집에서는 성마르고 불편한 사람으로 보았다. 빌라 주민들의 삶을 지켜내기 위해서 얀은 모든 일상과 행사를 확인하고 또 확인했는데 이는 버거운 책임이었다. 털끝만 한 혼란이나 부주의, 충격으로도 정체가 탄로 날 수 있었다. 얀이 잔뜩 긴장하여 까다롭게 구는 것도, 빌라 주민들을 휘하 '병사'로, 안토니나를 '부관'으로 지칭하기 시작한 것도 무리가 아니었다. 얀이 빌라를 지배했고, 손님들은 그의 지시를 거스를 수 없었지만, 빌라 분위기는 점점 안 좋아졌다. 변덕스러운 독재자 얀이 걸핏하면 안토니나에게 소리를 지르는 바람에 항상 긴장이 감돌았던 것이다. 안토니나가 그의 비위를 맞추려고 노력했지만 소용이 없었다. 안토니나는 일기에서 당시의 분위기를 이렇게 묘사했다. "남편은 한 시도 방심할 새가 없었다. 그는 모든 책임을 짊어지고 불상사로부터 우리를 지키려고 최선을 다했다. 집안의 모든 것을 지나치다 싶을 만큼 꼼꼼하게 확인하면서. 가끔은 우리가 자신의 부하인 양 말했다[……]. 남편은 쌀쌀맞았고, 특히 다른 사람들보다 나한테 요구하는 것이 많았다[……]. 우리 집의 행복한 분위기는 온데간데 없어졌다."

안토니나는 자기가 하는 모든 일이 부실한 것만 같고, 남편을 부끄럽게 하고 실망시킨다는 생각에 속상해했다. 시간이 흐르자 그녀의 충실한 지지자인 빌라 손님들은 화가 나서 얀과는 말도 섞지 않고 눈도 마주치려 하지 않았다. 안토니나에 대한 얀의 태도를 싫어했지만 충돌을 일으키고 싶지는 않았기에 애써 무시하는 것이었다. 그들의 무언의 항거에 발끈한 얀은 집안에서 시민 불복종운동이라니 가당치도 않다며 불평했다. 도대체 왜 다들 자기만 탓하고 왕따를 시키는가?

"이봐요, 여러분! 지금 여러분은 푸니아를 좀 나무랐다는 이유로 나를 무시하고 있어요." 푸니아(작은 살쾡이)는 얀이 안토니나를 부르는 애칭 중 하나였다. "이건 부당해요! 내가 집에서 말할 권리도 없다는 겁니까? 푸니아가 항상 옳은 건 아니잖아요!"

"당신은 하루 종일 집에 없잖아요," 마우리치가 차분하게 말했다. "집 밖에서 당신의 생활이 위험의 연속일 거라고 생각합니다. 그래서 흥미진진하기도 할 테지요. 하지만 톨라의 상황은 다릅니다." 마우리치는 또 다른 안토니나의 애칭을 쓰고 있었다. "톨라의 상황은 전쟁터에서 휴식도 없이 불침번을 서는 군인 같습니다. 톨라는 항상 긴장한 상태예요. 이런 상황을 이해해주지는 못할망정 어쩌다 조금만 경솔한 행동을 해도 호되게 꾸짖기 바쁘잖습니까?"

3월 어느 날 저녁, 부엌에 있던 가정부가 다급하게 소리쳤다. "세상에! 불이야! 불이야!" 창 밖을 보니 독일군 창고에서 거대한 버섯구름 같은 연기와 화염, 맹렬한 섬광이 보였다. 돌풍 때문에 불길이 막사 지붕 너머로 맹렬히 번졌다. 안토니나는 모피코트를 걸치고 밖으로 나가 동물원 건물과 여우사육장을 살폈다.

여우사육장은 불난 자리에서 아주 가까운 곳에 있었다. 바람이 조금만 더 불었으면 거기까지 번졌겠다 싶을 만큼.

자전거를 탄 독일 군인이 급히 빌라로 왔다. 자전거에서 내린 군인은 잔뜩 화난 목소리로 소리쳤다.

"당신들이 여기다 불을 질렀지! 여기 누가 살아?"

안토니나는 군인의 경직된 얼굴을 보며 미소를 지었다. "모르셨어요?" 안토니나는 쾌활하게 말을 걸었다. "전직 바르샤바동물원 원장이 여기에 삽니다. 그리고 저는 아내 되는 사람이고요. 저희는 워낙 진중한 사람들이라 못된 불장난은 하지 않는답니다."

유쾌한 농담 앞에서 계속 성을 낼 수는 없는 법이었다. 군인도 마음을 진정한 모양이었다.

"알았소. 그럼 저기 저 건물들은……."

"아아, 예전 직원들이 작은 건물 두 채를 쓰고 있습니다. 제가 잘 아는 사람들이지요. 다들 믿을 만하고 훌륭한 사람들입니다. 절대 그런 일을 할 사람들이 아니지요. 저들이 왜 보잘것없는 건초더미 태우자고 목숨을 걸겠습니까?"

"글쎄, 분명히 방화인데. 범인이 번개는 아니란 말씀이야. 누군가가 분명 불을 질렀어!"

안토니나가 천진난만한 표정으로 말했다. "모르시겠어요? 누구 짓인지 확실한 것 같은데."

군인은 궁금하다는 표정을 지은 채 그녀가 이 미스터리를 풀어주기를 기다렸다.

편안한 대화체로 이야기를 하다 보니, 거의 쓸 일이 없었던 독일어가 안토니나 기억의 깊은 늪에서 둥둥 떠올랐다. "군인들이 항상 여자들을 저기로 데려오잖아요. 아직은 날이 많이 차니 건 초 위에 앉으면 아늑해서 그러겠죠. 아마 오늘 밤에도 그런 연인 이 거기서 담배를 피웠을 겁니다. 그리고 담배꽁초를 거기다 버 렸겠죠……. 다음이야 말 안 해도 아시죠?" 서툰 독일어였지만 군인은 모두 알아듣고 웃기 시작했다.

빌라로 향하면서 두 사람은 다른 이야기를 나눴다.

"동물원 동물들은 어떻게 되었소? 사육장에서 열두 번째 코끼 리가 태어났잖소. 신문에서 읽었는데. 그때 태어난 코끼리는 지 금 어디에 있죠?"

안토니나는 투징카가 전쟁 초기 폭격 속에서 살아남았으며, 루츠 헤크가 다른 동물들과 함께 투징카를 쾨니히스베르크로 싣 고 갔다고 말해주었다. 그들이 현관에 도착했을 무렵, 두 명의 독 일 경찰관이 사이드카가 달린 오토바이를 타고 다가왔다. 군인 이 그들에게 사건의 전말을 들려주자 모두 한바탕 껄껄 웃고는 보고서를 작성하러 들어갔다.

독일군이 떠난 직후 전화벨이 울렸다. 수화기 너머에서 한 독 일인이 단호한 어조로 말했다. "게슈타포다!" 이어지는 말이 너 무 빨라서 다 알아들을 수가 없었지만, "불이 났느냐?", "전화 받 은 사람이 누구냐?"라는 말은 알아들었다.

"건초더미에 불이 붙었습니다." 안토니나는 독일어 실력을 최 대한 짜내어 열심히 설명했다. "건물 하나가 불탔고 소방차가 왔 습니다. 이제는 전부 괜찮습니다. 독일 경찰관이 이미 여기 와서 보고서를 작성했습니다."

"그들이 와서 조사했단 말이지? 전부 괜찮다고? 알았다. 당케 쉔!"

안토니나는 손이 너무 떨려 수화기를 제자리에 놓기가 어려울 정도였다. 짧은 시간에 벌어진 일들이 물밀듯이 그녀를 덮쳐와 질식할 것 같았다. 안토니나는 머릿속으로 상황을 되짚어보고 자신이 옳게 행동하고 말했는가를 체크했다. 위험이 사라지고 나자 손님들이 숨어 있던 곳에서 나와 안토니나를 껴안고 용기 있는 행동을 칭찬했다. 안토니나는 일기에서 "얼마나 얀에게 자랑하고 싶었는지 모른다"고 말했다.

저녁식사 시간에 얀에게 자초지종을 털어놓자, 기대했던 칭찬 대신 얀은 말없이 생각에 잠겼다. 이윽고 그가 입을 열었다.

"푸니아가 나이는 많지 않지만 여간내기가 아니라는 건 모두 알잖습니까? 그런데 이만 일에 다들 흥분하다니 오히려 의외입니다. 푸니아는 정확히 제가 기대했던 대로 행동했습니다. 무슨 말인지 심리학적인 관점에서 설명해보도록 하지요." 얀의 말은 이렇게 이어졌다.

"다들 전쟁 전에 동물원 이야기를 들었을 겁니다. 당시 저는 동물한테 문제가 생기면(아프거나, 먹지 못하거나, 너무 사납거나) 항상 푸니아에게 맡겼습니다. 제 판단은 정확했습니다. 푸니아는 누구보다 그런 동물들을 잘 다뤘습니다. 이런 얘길 왜 하느냐고요? 푸니아 자랑을 하자는 것은 물론 아닙니다. 푸니아가 얼마나 대단한가, 혹은 내가 푸니아를 얼마나 사랑하는가를 말하려는 것도 아닙니다. 기분 좋으라고 하는 소리는 더더욱 아니고. 알다시피 푸니아는 어려서부터 많은 동물에 둘러싸여 그들과 공감하며 살았습니다." 빌라 식구들은 모두 잠자코 듣고 있었다.

"푸니아는 투과성이 있는 것 같습니다. 거의 동물들의 마음을 읽었으니까요. 동물들을 괴롭히는 원인을 파악하기란 푸니아한 테는 식은 죽 먹기입니다. 아마 동물들을 사람처럼 대하기 때문일 겁니다. 다들 푸니아의 그런 면모를 보았을 겁니다. 즉석에서 그녀는 호모 사피엔스 기질을 버리고 표범, 오소리, 사향쥐로 자신을 바꾸잖아요!"

"음, 동물을 다루는 예술가랄까요?" 막달레나가 웃으며 끼어들었다. "그런 건 저도 일가견이 있지요. 제가 늘 안토니나는 젊은 암사자 같다고 말했잖아요."

얀이 말을 계속했다. "푸니아는 아주 특별한 재능을 지녔습니다. 동물원 안주인한테 제격인 재능이기도 하지요. 동물을 관찰하고 이해하는 재주 말입니다. 별도의 훈련을 받지 않은 여성 동물학자한테는 아주 드문 재능입니다. 아주 독특한 육감이지요."

남편이 의외로 이렇게 길게 칭찬을 늘어놓자 안토니나는 기뻐 어쩔 줄을 몰랐다. 그래서 남편의 말을 꼼꼼히 일기에 기록하고 이렇게 덧붙였다. "남편이 나의 재능에 대해 이야기했다. 다른 사람들 앞에서 나를 칭찬했다. 전에는 없었던 일이다! [……] 진심이었을까!? 나를 하도 '멍청이'라고 불러서 정말 내 두 번째 이름이 아닌가 싶을 정도였는데."

얀의 이야기는 계속 이어졌다. "이와 관련해서 동물들이 상황에 따라 달리 반응한다는 사실을 약간 설명해볼까 합니다. 야생동물이 경계심이 많다는 건 다들 아실 겁니다. 본능적으로 위험하다고 판단하면 쉽게 공격적인 성향을 보이지요. 낯선 자가 자

기 영토로 들어오는 것을 감지하면 영토를 지키려고 공격적이
됩니다. 하지만 푸니아는 그런 본능이 결여된 것처럼 보입니다.
그래서 두발 달린 짐승이든, 네발 달린 짐승이든 두려워하지 않
는 것이죠. 자신이 두려워하지 않으므로 상대한테 공포심을 유
발하지도 않습니다. 양자가 결합되어 동물이든 사람이든 경계심
을 풀게 만드는 것이지요. 특히 동물들이 그렇지요. 동물들은 정
신적인 감응능력, 즉 텔레파시가 인간보다 훨씬 발달해서 상대
방의 뇌파를 감지하니까요." 흥미진진하게 듣지 않을 수 없는 이
야기였다.

"푸니아가 평온한 뇌파를 발산하면서 동물들에게 살가운 관
심을 가질 때…… 푸니아는 두려움을 빨아들이는 피뢰침과 비슷
합니다. 상대의 두려움을 빨아들이고 중화시키는 것이지요. 편
안한 목소리와 온화한 움직임, 안심시키는 시선교환을 통해서
동물들에게 믿음을 심어줍니다. '나는 너를 보호하고, 치료하고,
돌볼 수 있다'는 무언의 메시지를 보내는 것이지요." 몇몇은 고
개를 끄덕였다.

"제가 무슨 말을 하는지 여러분도 이미 봐서 아실 겁니다. 상
대를 안심시키고 평온하게 만드는 파동을 방출하는 능력이 있습
니다. 인간은 이런 식의 신호 방출에서는 다른 동물만큼 민감하
지 못합니다. 하지만 누구나 어느 정도는, 눈에 보이지 않는 파장
을 활용할 수 있습니다. 신경계가 얼마나 민감하냐에 따라 활용
정도는 달라지지만. 이런 신호를 방출하고 포착하는 능력이 유
독 뛰어난 사람들이 있지요. 지능과는 무관하다는 게 제 생각입
니다. 오히려 원시적인 생물체일수록 감수성과 반응력이 좋다고

할 수 있습니다. 학술적인 용어를 쓴다면, 이렇게 질문할 수 있겠지요. 푸니아는 어떤 심령 전달자인가, 푸니아는 어떤 메시지를 내보내고 있는가?"

얀은 프리드리히 베른하르트 마비(Friedrich Bernhard Marby, 1882-1966)의 영향을 받은 게 아닌가 싶다. 마비는 신비주의자이자 점성술사, 반나치주의자로 게르만 족 룬 문자를 중심으로 내려오는 신비주의 전통과 당대의 과학 원리들을 결합시켰다.

인간은 우주의 파동과 빛을 민감하게 받아들이고 전달하는 존재다. 파동과 빛이 우주 전체에 활력을 불어넣는데, 그것들의 구체적인 특징과 영향은 행성들의 작용, 지구의 자력(磁力), 지형에 따라 달라진다.[75]

얀이 지금까지 살아 있었다면 거울뉴런의 역할을 알았으리라. 사람이 바위에 다가가거나, 앞으로 나가거나, 몸을 돌리거나, 웃기 직전에 활성화되는 전운동피질에 있는 특수한 세포가 바로 거울뉴런이다. 놀라운 것은, 우리가 어떤 행동을 하든, 타인이 동일한 그 행동을 하는 것을 보든, 같은 뉴런이 활성화되고 결과적으로 비슷한 감정을 불러일으킨다는 사실이다. 인간이, 단순히 생존이 목적인 동물 무리보다 복잡한 사회관계를 맺을 수 있는 것도 거울뉴런 덕분이다. 타인의 행동을 보고 타인의 의도와 감정이라는 암호를 해독할 수 있기 때문이다. 말하자면 거울뉴런은 인간의 공감 능력의 원천이다. 또한 타인의 불행을 보고 배우는 것이 직접 불행을 겪고 배우는 것보다 안전한 법이다. 따라서 일부 학자들은 거울뉴런이 인간의 학습 능력의 원천이라고 주장하기도 한다. 어쨌든 인간의 뇌는 영리하게도, 몰래 보거나 듣고 위험을 감지하는 방법, 타인의 기쁨이나 고통을 재빨리 헤아리는 방법을 발전시켰다. 그것도 언어에 의지하지 않고 구체적인 감각을 활용하여. 그리하여 우리는 눈에 보이는 것을 자신이 하는 것처럼 느끼고, 타인의 경험을 자신의 것인 양 경험한다.

"참 묘한 일이지요. 푸니아는 아이도 아니고 어리석지도 않지만 인간관계는 무척 천진난만합니다. 푸니아는 모든 사람이 정직하고 따뜻하다고 믿습니다. 물론 푸니아도 주위에 사악한 사람들이 있다는 것을 알고, 멀리서도 그들을 알아봅니다. 하지만 그들이 자신을 해칠 수도 있다는 생각은 하지 않습니다." 얀의 이야기는 계속 이어졌다.

"주변의 사소한 것 하나도 놓치지 않는 푸니아의 날카로운 관찰력도 유용한 능력이지요. 푸니아는 독일 군인들이 건초더미 위에서 데이트를 즐기는 것을 보았고, 독일인들이 투박한 유머 감각을 지녔다는 것을 알고 있었습니다. 그리고 이번 사건에서 그동안 관찰하고 파악한 것을 활용했지요. 독일어 어휘가 빈약하다는 사실 따위는 걱정하지 않았습니다. 목소리와 말투가 음악적이면서도 차분해서 알아듣기 쉬우니까요. 푸니아의 본능과 직감이 어떻게 해야 할지를 정확히 알려주었지요. 물론 그녀의 외모도 비장의 무기가 되었지요. 푸니아는 키가 크고, 날씬하고, 금빛입니다. 독일인들이 생각하는 이상적인 여인의 모습이지요. 게르만적인 특징을 고루 갖춘 여성 말입니다. 이런 외모도 오늘 사태의 해결에 상당한 도움이 되었으리라고 확신합니다."

얀은 사람들을 고루 쳐다보았다. "희비극이 뒤섞인 오늘 사건에서 짚고 넘어갈 것이 한 가지 더 있습니다. 건물을 무너뜨린 화재 원인에 대한 푸니아의 설명이 독일인들한테도 유리하다는 느낌을 주었다는 겁니다. 푸니아의 설명은 창고에서 일어난 온갖 절도 행위를 조사하지 않아도 되는 핑계거리를 제공해주었지요. 화재는 범죄를 덮는 손쉬운 방법이잖아요? 독일군이 기어코 범인을 찾아 처벌하려 했다면, 상황이 그렇게 순탄하게 마무리되지는 않았을 겁니다."

이야기는 계속됐다. "나는 여러분의 영웅을 비판할 생각은 없습니다. 푸니아는 분명 대단한 일을 했습니다. 매우 현명하게 대처했습니다. 푸니아를 믿고 의지할 수 있으니 기쁜 일이지요. 다만 저는 상황을 좀 더 시니컬한 시각에서 보기를 좋아합니다."

얀은 안토니나에게는 거의 악몽이었던 사건을 상대적으로 대단찮은 것으로 만들고, 그녀의 대응을 침착하고 계산적인 것으로 만든 셈이다. 어쩌면 자기가 그 상황에 처했을 경우를 상상했기 때문이리라. 안토니나는 재능 있고 똑똑하고 재량권을 지녔음에도, 얀을 존경하고 그의 판단을 따랐으며, 종종 자신이 부족하다 여겼고, 끊임없이 그의 기대에 부합하고 그의 승인을 받으려 애썼다. 가끔은 아빠를 보고 배운 리시가, 남자인 자신이 멍청한 여자보다는 상황을 잘 안다고 으르렁대기도 했다. 하지만 직접 쓴 일기를 보면 안토니나는 자신을 얀, 리시, 손님들 모두에게 깊이 사랑받는 중요한 존재라고 생각했고 남편의 중요한 보조자라고 믿었다. 남편 얀에 대해서는 모든 사람들에게, 특히 그 자신에게 엄격한 사람으로 여겼다. 안토니나는 동물들의 미묘한 의

사소통 방식에 대해서도 남편의 생각에 동의했다. 그녀의 교감하는 능력에 대한 얀의 짧은 강의 뒤에는 흥분해서 잠을 이루지 못할 정도였다. 친구들 앞에서 그런 칭찬을 해주다니! 폴란드의 겨울 햇살만큼이나 드문 일이었다.

"얀이 옳았다. 나의 텔레파시에 대한 독일군의 반응은 동물원 동물들과 비슷했다." 안토니나는 일기를 통해 반추했다. 예전에도 자신이 동물과 보이지 않는 교감을 나누고, 그들이 자기 말을 듣게 만들고, 그들의 두려움을 누그러뜨리고, 결과적으로 그녀를 믿게 만든다는 확신을 주었던 신기한 일화들이 많았다. 그녀는 자유 시간을 주로 마구간에서 보내던 유년시절에 처음 그런 경험을 했었다. 마구간에는 성미 사나운 순종 말들이 많았는데 안토니나가 근처에 가면 다들 차분해지곤 했다는 것이다. 그녀의 남다른 공감 능력과 예민한 감각은 선천적으로 갖고 태어나는, 동물적인 감각의 일부일지도 모른다. 몇몇이 이런 능력을 갖고 태어나 유년시절 경험에 의해 자기 빛깔과 성향을 갖게 된다. 안토니나의 경우도 그렇지만, 보통 부모와 불안한 애착관계를 형성한 아이들이 자연과 훨씬 강한 유대감을 구축한다.

그날 밤 안토니나는 인간과 동물을 가르는 얇은 베일을 생각하면서 늦게까지 깨어 있었다. 아주 희미한 경계일 뿐인데도 사람들이 "상징적인 만리장성"이라고 설정해놓은 그것은, 다른 한편으로 안토니나에게 거의 보이지 않을 정도로 어른거릴 따름이 있다. "그렇지 않다면, 우리가 왜 동물을 인간화하고, 인간을 동물화하겠는가?"

한참 동안 안토니나는 인간과 동물에 대해, 그리고 동물심리학이 화학이나 물리학 같은 다른 과학 분야에 비해 얼마나 뒤처져 있는지에 대해 생각하며 누워 있었다. "심리학적인 수수께끼의 미궁 속을 우리는 아직도 눈을 감고 걷는 형국이다." 안토니나는 그렇게 생각했다. "하지만 미래야 모르는 일이다. 언젠가 인간이 동물 행동의 비밀을 밝혀내고, 인간의 어두운 본능까지 정복할 수 있을지도."

한편으로 안토니나와 얀은 전쟁 내내 비공식적인 연구를 계속했다. 포유류·파충류·곤충·조류와 다양한 인간들과 한 지붕 아래 살면서. 안토니나는 자문했다. "동물들은 겨우 몇 달 만에 포식 본능을 억누를 수 있는 반면, 인간은 수세기 동안 교화 과정을 거침에도 급속히, 어떤 야수보다도 잔인해질 수 있는데" 어째서일까?

28

1943년

전시의 안전이란 시시각각 변하는 조수만큼이나 불안정하기 짝이 없는 것이었다. 대수롭지 않은 말 한 마디가 땅을 뒤흔드는 산사태를 유발할 수도 있었다. 동물원의 폴란드인 수위들이 막달레나를 보고 유명한 조각가가 빌라에 숨어 있다는 소문을 퍼뜨리고 다닌다는 말이 돌고 돌아 얀과 안토니나의 귀에 들어갔다. 안토니나는 경비가 "어쨌든 게슈타포를 부르지 않은 걸로 보아 너그럽고, 동조적인 사람"이리라 판단했지만 부주의한 말이 엉뚱한 사람의 귀에 들어가서, 안 그래도 불안한 빌라라는 구조물을 붕괴해버리지 않을까 걱정했다. "게슈타포가 이미 알고 있을까? 그저 시간 문제인 건가?"

남의 약점을 쥐고 논을 뜯는 크고 작은 공갈협박이 바르샤바에 만연한 시기였고, 이 또한 무시할 수 없는 위협이었다. 전쟁 전부터 암거래가 횡행하고, 소액의 사례금이나 뇌물을 주고 일을 수월하게 처리하던 관행이 널리 퍼져 있었던 것도 전시 상황을 악화시킨 부분적인 이유였다. 전쟁 이후 바르샤바는 각양각색의 약탈자와 희생양이 넘쳐나는 도시로 급속히 변모했다. 점잖게 뇌물을 받는 사람, 뇌물도 듣지 않는 꼴불견, 노골적인 범죄자, 기회주의자, 찍소리 못하는 겁쟁이, 나치동조자, 자신과 타인의 생명을 걸고 곡예를 하는 무모한 부류 등. 당분간 손님들을 다른 곳으로 옮기는 것이 가장 현명한 방법인 듯싶었다. 전쟁 전에 얀과 같은 학교에서 교사로 일했던 데비트조바 부인이 교외의 집에 막달레나와 마우리치를 숨겨주겠다고 했다. 하지만 불과 몇 주 뒤에 기겁을 하며 두 사람을 돌려보냈다. 수상쩍은 사람들이 집을 주시하고 있다는 것이었다. "교외가 바르샤바보다 위험하다는 건가?" 안토니나로서는 알 수 없는 노릇이었다. 사실일 수도 있지만, 더 미묘한 문제가 있을지도 모른다는 의심이 들었다. 공포와 불안이 계속되는 생활 때문에 나타나는 징후 같은 것 말이다.

에마누엘 링겔블룸은 게토를 탈출하여 아리아인 구역에서 지내는 많은 이들이 겪는 '공포중독증후군'에 대해 이렇게 썼다.

그것은 상상 속의 위험이다. 이웃, 배달부, 관리인, 보행자들이 자신을 주시하고 있다는 생각. 이런 생각이 중대한 위험을 야기한다. 왜냐하면 유대인은 [······] 누가 보고 있지는 않은지 사방을 두리번거리는 행동, 얼굴에 드러난 긴장된 표정, 쫓기는 동물 같은 겁에 질린 표정, 어디서나 위험을 감지하려고 촉각을 곤두세운 모습 등으로 징체가 드러나기 때문이다.[76]

남들 눈에는 안토니나가 차분하게 보였을지 모르지만 그녀의 글을 보면 불안에 사로잡히고, 공포에 질려 어쩔 줄 모르는 여성의 모습이 고스란히 드러난다. 빌라를 이끌어가는 핵심인물로서 안토니나는 자신이 만들어낸 빌라의 이미지를 잘 알고 있었다. "따뜻하고, 정답고, 지친 심신을 치유해줄 것 같은" 빌라의 분위기는 안전하다는 인상을 주지만 이는 어디까지나 환상에 불과한 것이라고 그녀는 강조했다. 실제로 빌라는 손님들에게 비교적 넓고 쾌적한 환경을 제공하여, 답답한 집 안에 숨어 무력하게 지내거나 혼잡하고 축축한 지하에서 살아야 할 필요가 없었다. 하지만 나치가 점점 숨통을 조여오자, 눈을 다른 데로 돌리고 죽음을 속이는 게임은, 가능성을 구체화하고 조짐을 지켜보는 기술이 되었다. 폴란드 민속에는 이런 것이 있다.

벽에서 떨어진 그림, 창문 아래서 들려오는 자박자박 발소리, 이유도 없이 떨어진 빗자루, 아무도 없는 곳에서 들리는 똑딱똑딱 시계 소리. 탁자에서 나는 삐걱삐걱 소리, 저절로 열리는 문, 이런 것들은 죽음이 다가오고 있다는 불길한 징조였다.[77]

안전을 확보하려면 많은 불편을 감수해야 했다. 예를 들면 과도한 관심을 끌지 않기 위해 소량으로 물건을 사면서 자주 시장을 봐야 했다. 살지도 않는 사람의 빨래를 널어놓을 수는 없으니, 일부 빨래는 실내에서 몰래 말려야 했다. 낭연히 공포가 모든 사람을 괴롭히고 기분에 영향을 주었다. 어쨌든 동물원 사육사로서 자빈스키 부부는 포식자의 생리를 알고 있었기에 경계를 게

을리하지 않았다. 독사가 우글거리는 늪에서는 걸음을 뗄 때마다 신중에 신중을 기해야 하는 법이다. 전쟁의 중압감에 짓눌리다 보니, 누가 또는 무엇이 아군이고 적군인지, 애국자고 변절자인지, 피해자이고 약탈자인지도 항상 선명하지는 않았다.

처음에는 외부의 도움을 받을 방법을 알지 못했다. 알아서 여분의 식량을 확보하고 자력으로 살 길을 도모해야 했다. 운 좋게 자빈스키 부부는 오랜 친구인 야니나 부흐홀츠가 제고타의 핵심 조직원이라는 사실을 알게 되었다. 그녀는 심리학자이자 예술애호가였고, 나치 점령기에는 공중사무소에서 공식 번역자로 일하고 있었다. 1939년 폭격당한 동물원에 들른 뒤에 안토니나는 근황을 들으러 야니나의 사무실에 들렀다. 야니나는 수많은 증명서·지원서·탄원서를 취급하고 있었기 때문에 사무실은 서류의 홍수였다. 종이들이 책상 가득 흩어져 있었고, 선반 위에도 뭉텅이로 쌓여 있고, 바닥에서도 위태로운 석순처럼 올라오고 있었다. 사방에서 종이들이 당장이라도 쏟아질 것 같았다. 관료주의의 악몽처럼 뒤죽박죽 흩어진 서류더미는 지하운동조직의 핵심 지부라는 사무실의 정체를 감춰주었다. 아리아인임을 증명하는 문서를 위조하고, 안전한 은신처를 찾고, 전령을 파견하고, 현금을 배분하고, 파괴공작을 계획하고, 다른 게토 사람들에게 편지를 보내는 실로 다양한 일들이 이곳에서 이루어졌다. 연락책들이 야니나의 사무실에서 지시를 받고 보고를 했다. 이는 그만큼 드나드는 사람이 많다는 의미였다. 하지만 자빈스키 부부처럼 야니나도 탁 트인 공간에 뭔가를 숨기는 기교가 탁월했다. 야니나의 경우는 난장판으로 어질러진 서류더미가 보호막이었다.

염탐하던 나치들도 뒤죽박죽인 서류더미 앞에서 움찔하고는, 먼지투성이에다 한자리에 있는 법이 없는 문서들의 면밀한 조사를 꺼렸다. 한 생존자의 말대로 나치는 "단계적인 법령을 통해, 보고하고 문서화하는 완벽한 시스템을 만들고자 했다. 어떤 음모도 불가능하고, 주민을 하나도 빠짐없이 정확하게 파악할 수 있는 그런 시스템을." 그러므로 숨어 지내는 사람들은 정교한 위조 신분증, 증명서는 물론 개인의 내력을 말해주는 각종 등록부가 반드시 있어야 했다. 주로 주택단지에 사는 폴란드 가톨릭교도들은 전쟁 전부터 출생·세례·결혼·세금·사망·유산 증서와 함께 교회등록부와 주민등록부를 만들었기 때문이다. 빳빳한 새 증명서들이 게슈타포를 단념시키는 '확실한' 증빙이 될 때도 있지만 항상 그런 것은 아니었다. 몇 가지 후속조치가 따르지 않으면 새로 만든 증명서들도 정밀 조사를 통과하지 못하는 허술한 위조 문서(이런 문서를 '린덴'이라는 단어에서 나온 '리프네'라고 불렀는데 나중에 '선의의 거짓말'이라는 의미로 확장된다)에 그치고 만다. 구나르 폴슨은 필요한 절차를 다음과 같이 설명했다.

호모 노부스, 즉 새로운 인간으로 자처하려면 새로운 신분증을 만들어야 할 뿐 아니라, 낡고 더러워진 과거 신분과의 모든 고리를 끊어야 했다. 그러므로 이사를 해야 한다. 그러면 이전의 자아는 사라지고, 새로운 자아가 새로운 지역에서 정상적인 방식으로 등록된다. [……] 예전에 살던 지역의 등기소에서 등록을 말소하고 말소했다는 필증을 받아야 한다. 그리고 새로운 거주지에서 건물 관리인에게 신고하고 역시 필증을 받아야 한다. 등록증빙서류로서 두 개의 필증을 지방등기소에 가지고 가야 한다, 정해진 유예기간 이내에 [……] 흔적의 사슬을 끊으려면 위조등록말소증이 필요한데, 등록말소증은 등기소 서류에 의해 뒷받침이 되어야 한다.

다행히 야니나는 등기소에서 일했다. 그러므로 증명서를 위조하고 위조한 증명서를 뒷받침해줄 서류를 몰래 끼워 놓을 수도 있었다. 어떤 이들은 소련인으로 혹은 이슬람을 믿는 폴란드인으로 태어났다고 서류를 꾸며달라고 했다. 1939년 이전에 교회 화재로 서류가 소실되었다고 해달라는 이들도 있었다. 해외에 사는 사람이나 죽은 시민의 신분증을 자기 것으로 하는 사람도 있었다. 어떤 것이든 위조 작업과 교묘한 수완은 필수였다. 사슬처럼 길게 이어진 신분증명 단계마다 기록을 만들어내고, 끼워 넣고, 바꾸는 복잡한 과정이 필요했다. 그러니 야니나의 사무실에 태산 같은 서류더미가 쌓일 수밖에. 1941년 한스 프랑크가 일련번호와 지문이 들어간 신분증(Kennkarte)을 발급하라는 포고령을 내리자 관청 서기들이 가까스로 시행 시기를 1943년까지 늦춘 다음, 이런 상황을 이용해서 가짜 신분증을 만들었다. 갑자기 과거 기록을 잃어버린 사람도 무수히 많았다. 돈을 벌려는 기회주의자와 지하운동조직의 위조전문가들이 너나 할 것 없이 여권을 비롯한 수많은 서류들을 교묘하게 위조했다. 1943년 여름쯤에는 지글러의 노동사무소에서 신분증의 15퍼센트, 취업증명서의 25퍼센트가 위조된 것으로 추정할 정도였다. 제고타의 세포조직 하나에서만 하루에 50개에서 100개의 문서들을 만들어낸 것으로 보인다. 문서의 종류도 출생증명서, 사망증명서부터 나치 친위대 하위간부 신분증, 게슈타포 고위관리 신분증까지 실로 다양했다. 야니나는 자신의 고객들을 "살얼음판을 걷는"[78] 사람들로 묘사했다.

"나는 운이 좋은 사람이야⋯⋯. 기적을 만들어낼 수 있잖아."[79] 야니나는 언젠가 친구이자 동료인 바바라 템팀-베르만(암호명 바시아)에게 자랑스럽게 말했다. 미소를 띤 채, 불운을 물리치기 위해 손가락을 구부려 카페 탁자를 톡톡 두드리면서.

나이가 지긋한 야니나는 키가 크고 체격이 좋았다. 항상 수녀원장이 입을 법한 검은 치마에 베일이 달린 독특한 작은 모자를 쓰고 다녔다. 모자 끈은 턱 아래로 질끈 묶었고, 손을 따뜻하게 하는 원통 모양의 모피 토시를 갖고 다녔다. 안경이 길고 가는 코 위에 반듯하게 놓여 있고 안경 너머 눈동자에는 따사로움이 넘쳤다. 사람들은 하나같이 야니나를 "내가 본 가장 친절한 사람," 또는 "변함없는 약자의 보호자"[80]라고 칭송했다.

독일과 싸우면서 한편으로 유대인을 돕는 이중 투쟁에서 야니나는 바시아와 긴밀하게 협조했다. 전쟁 전에는 심리학자였던 바시아는 신체적으로나 성격적으로나 야니나와 정반대였다. 작고, 날씬하고, 겁이 많고, 감정 기복도 심했다. 낡은 적포도주색 코트에 검은 베레모를 쓰고, 눈에 띄는 유대인다운 외모를 감추기 위해 베일을 썼다.

야니나와 바시아는 미소도바 거리 사무실이나 미소도바 거리 24번지 고양이들이 자주 찾는 카페에서 일을 의논했다. 그리고 수녀·신부·철도노동자·교수·노점상·가게 주인·하녀·시가전차 운전수·농부·미용사·기술자·점원·비서, 말하자면 공문서에서 기록을 지우거나 위조신분증을 발급하기를 원하는 모든 사람들의 연락책들과 접촉했다. 그리고 당연히, 동물원장과 그의 아내와도. 어느 날 야니나는 지하운동 지도자들과 동물원에 있는 막달레나의 위험한 상황에 대해 논의했다. 얀과 안토니나는 그들이 내린 결정이 불안하긴 하지만 일리가 있다고 생각했다. 마우리치는 빌라에 남고 막달레나는 비스와 강 동쪽, 사스카 켐파에 있는 야니나 친구(기술자였다)의 집에 머물게 하기로 했다. 사스파 켐파는 오랜 역사를 가진 교구로 주변 경관도 아름다웠다. 특히 인근에 〈무희〉, 〈리듬〉, 〈목욕하는 사람들〉(벌거벗은 모습이 육감적이었다) 같은 동상들로 꾸며진 근사한 공원이 있었다. 건물들을 보면 신고전주의 양식의 공공건물들, 울창한 관목숲이 딸린 신축한 모더니스트 주택, 양차 대전 사이에 설계된 콘크리트와 유리로 만든 아방가르드 빌라들이 섞여 있었다.

처음에 동물원은 임시 은신처만 제공했다. 말하자면 지하운동 조직에서 관리하는 정교한 철로 상에 위치하는 임시 정차역 정도였다. 그리고 얀과 안토니나는 친구와 지인들만 숨겨주었다. 하지만 나중에 야니나와 함께 일하면서 "상황이 좀 더 조직화되었다." 이는 얀답게 지극히 절제된 표현이었다. 실상은 지하운동 조직의 도움을 받으면서 협력의 폭이 훨씬 넓어졌고, 무시무시한 위험까지 감수하게 되었다는 의미였다.

빌라를 거쳐 간 손님들 중에 "에너지와 웃음이 넘치고 항상 활기찬 막달레나는" 안토니나가 두고두고 가장 그리워했던 인물이다. 두 사람은 그야말로 각별한 우정을 나누었다. 소녀처럼 천진난만하면서도 성숙한 우정, 대단히 사적이면서도 직업적인 이해가 바탕이 된 우정이었다. 얀과 안토니나 둘 다 막달레나를 예술가로서 존경했고, 동시에 명랑하고 재미있고 마음 넓은 친구로서도 소중하게 생각했다. 안토니나는 막달레나와의 이별이 육체적인 고통을 느끼게 할 정도였다고 토로했다. 막달레나가 떠남으로써 다른 손님을 받을 공간이 생기고 따라서 다른 목숨을 구할 수 있게 되었지만, 이별은 이별일 뿐이었다. 얀과 안토니나는 가능한 한 자주 사스카 켐파를 방문하겠노라고 약속했다. 마우리치한테는 더욱 "힘든 이별이었다." 둘 다 편안히 나다닐 수 있는 처지가 아니었으므로 이별이 몇 달 혹은 몇 년이 될지 알 수 없는 노릇이었다. 어쩌면 영원한 이별이 될지도.

1943년 6월 말, 얀과 안토니나는 아무도 게슈타포에게 신고하지 않았음을 확인하고 조심스럽게 손님들을 받기 시작했다. 야니나는 자기 친구인 아니엘라 도브루츠카라를 부부에게 보냈다. 아니엘라는 시쳇말로 '바람직한 외모'의 소유자였다. 주민들 사이에서 '바람직한 외모'라는 말은 아리아인처럼 생겼다는 의미였다. 덕분에 아니엘라는 낮에는 거리에 나가 빵과 크루아상을 팔고, 밤이면 괴짜 노파와 함께 지낼 수 있었다. 안토니나는 검은 머리칼에 바다처럼 푸른 눈동자를 가진 용감한 이 여성을 좋아했다. "온순한 성격이지만 짓궂은 장난기도 있는" 친구였다. 가난한 농촌마을 출신인 아니엘라는 바르샤바에 와서 자력으로 르부프대학을 다니느라 정말 열심히 살았다. 라헬라 아우에르바흐라는 진짜 이름은 지하운동조직원으로 활동하면서 정말로 '지하에' 묻혀버렸다. 계속되는 활동 속에서 과거의 정체성은 서서히 사라졌고 필요하면 언제든 새로운 이름·신분·업무를 맡아야 했다.

폴란드인 망명자 에바 로프만은 자신의 이름을 버려야 하는 상황에서 경험한 심리적 혼란을 사뭇 감동적으로 이야기한다. "규모는 작지만 정도는 심각한 정신적 혼란! 그것이 전부였다. 이름을 바꾼다고 해서 물리적으로 크게 변화가 생기지는 않았다. 하지만 추상적으로 거대한 도깨비가 들어갈 만큼 엄청난 간격이 생겼다." 문득 에바와 여동생의 이름이 더 이상 존재하지 않게 되었다. 자신들한테는 "눈앞에 있는 손만큼이나 생생한" 실체인데도. 그리고 새로운 이름은 "인식표였다. 우연히 나의 여동생과 나를 가리키게 된 실체 없는 표시 같은 것. 동생과 나는 우리 자리로 갔다. 방을 가득 채운 낯선 사람들 속으로, 스스로한테도 마냥 낯설기만 한 이름을 가지고."

다행히 최악의 사태가 오기 전에 게토를 떠난 아니엘라는 병원과 도서관에서 일하면서 굶주린 사람들에게 음식을 조달하는 일에 전념했다. 또한 그녀는 우유교반기의 비밀을 아는 몇 안 되는 정예요원 중 한 사람이었다. 게토에서 작업장이 밀집된 지역에 위치한 OBW 목공소는 독일인들이 관리하지만 일상적인 업무와 운영은 원래 주인이었던 유대인 가족이 맡아서 처리하는 곳이었다. 주인 형제들 중에 알렉산데르 란다우라는 지하운동조직원이 많은 조직원들을 정식 장인으로 위장하여 목공소에 고용했다. 가짜 장인들의 서툰 목공 기술을 감추기가 항상 쉽지는 않았지만, 노보립스키 거리 68번지에 위치한 할만 목공소도 '무늬만' 목수인 사람들을 고용했고 가짜 목수들한테 배당된 주택은 '유대인 전투조직'의 중심지가 되었다. 두 목공소 모두 많은 직원을 고용해서 강제이송을 막고, 도망자들에게 은신처를 제공하고, 비밀 학교 부지가 되었고, 많은 지하활동의 중심지가 되었다.

역사가 링겔블룸이 기록보관소라는 아이디어를 생각해낸 것은 독일이 폴란드를 점령하고 불과 한 달밖에 안 되었을 때였다. 벌어지는 제반 상황이 인류 역사상 전례가 없는 것이었으므로 누군가 사실을 정확히 기록하고 말로 다 할 수 없는 고통과 만행을 증언해야 한다고 생각했다. 아니엘라는 링겔블룸의 자료 수집 작업을 도왔다. 야니나가 먼저 읽고 잠시 자기 사무실의 대형 소파 커버 안에 숨겨두었다가 아니엘라에게 전달하는 식이었다. 비밀리에 활동하는 이들 기록보관자 무리의 암호명은 '안식일의 기쁨'을 뜻하는 '오네그 샤바트'였다(유대교 안식일인 토요일에 모임을 가졌기 때문이다). 이들은 수집한 자료를 할만 목공소 지하에 있는 상자와 우유교반기에 숨겼다. 전쟁이 끝난 1946년 생존자들이 폐허가 된 게토를 뒤진 끝에 우유교반기 하나를 뺀 모든 자료를 찾아냈다. 이디시어·폴란드어·히브리어로 상세하고 생생하게 기록된 자료들은 현재 바르샤바유대연구소에 보관되어 있다.

나중에 아니엘라는 빌라에 친구 제니아(에우지에니아 실케스)를 데려왔다. 제니아는 게토에서 비밀리에 학교를 운영했고, 국내군의 일원으로 싸웠고, 게토 봉기를 도왔다. 결국 붙잡혀 트레블링카로 가는 기차에 실렸지만 남편과 함께 오트보츠크 근처에서 뛰어내렸다. 다른 기차가 지나가도록 비켜주느라 속도를 늦춘 사이에(일부 차량에는 절단 가능한 철조망으로 봉해놓은 작은 창문이나 억지로 열면 열리는 문이 있었다). 제니아는 전후 런던의 『화이트 이글-머메이드』에 실린 인터뷰[81]에서 뛰어내린 이후 상황을 이야기했다.

죽도록 피곤하고 배가 고팠지만 무서워서 건물 근처에는 가지도 못했습니다. [⋯⋯] 남편도 찾지 못했지요. 아주 천천히 샛길을 따라 푸블린으로 갔습니다. 이틀 뒤에 바르샤바로 돌아가기로 결심했지요. 노동자 무리에 섞여서 이른 아침 바르샤바 구시가지에 도착했습니다. 폴란드 사람과 결혼한 사촌이 코발스카 부인이라는 사람과 함께 숨어 지내고 있었습니다. 거기로 갔더니 다들 깜짝 놀라며 맞아주었습니다. 저승에서 온 유령 보듯 하더군요. 밥을 먹고 목욕을 한 다음 잠을 잤습니다. 며칠 뒤 걸을 수 있을 만큼 몸이 회복되자 그들이 옷가지를 챙겨주었습니다. 저는 미오도바 거리 1번지, 야니나 부흐홀츠의 사무실로 갔습니다. 야니나는 제고타 조직원이었죠. 거기서 증명서와 돈을 받았습니다. 나중에 사촌의 남편이 워드나 거리에 은신처를 마련해주었습니다. 폴란드 경찰관의 집이었지요. 도와준 모든 분에게 너무나 존경하고 사랑하고 감사하다는 말을 전하고 싶습니다.

경찰관의 집이 위험해지자 야니나는 제니아를 동물원으로 데려갔다. 동물원에서 제니아는 공식적으로는 안토니나의 옷을 수선해주는 재단사였고, 안토니나가 임신했을 때는 기저귀와 아이 옷을 바느질했다. 키가 크고 짧은 들창코인 그녀는 전체적으로 아리아인 같아서 외모에는 문제가 없었지만 폴란드 말을 거의 못했다. 그래서 사람들 앞에서는 벙어리 행세를 하거나 위조 증명서에 나와 있는 대로 에스토니아 사람으로 행세했다. 말 못하는 벙어리 흉내를 내는 사람이 그녀만은 아니었다. 묵직한 이디시어 억양을 감추느라 침묵을 강요당한 채 도시를 떠도는 사람들이 많았다.

29

종 모양의 남색 꽃이 피는 블루벨이 봄빛에 시드는가 싶더니, 고목 아래 축축한 그늘에서 야생 마늘꽃이 송이송이 피어났다. 작은 꽃들이 내뿜는 달콤한 향기가 황혼녘 열린 창문으로 밀려들고, 어떻게든 빛을 받아보려고 경쟁하듯 자란 잎은 길이가 60센티미터가 넘었다. 고기를 향기롭게 하려고 마늘밭에 양을 풀어 방목하는 농부가 있는가 하면, 소를 키우는 농부들은 마늘이 싫어서 난리였다. 소들이 근처를 헤매다가 실수로라도 마늘을 뜯어 먹으면 우유 맛을 망친다며 욕을 퍼부었다. 주민들은 몸에 활력을 주는 음료로, 혹은 찜질용으로 야생마늘을 활용했다. 마늘은 해열, 원기 회복은 물론 여드름을 진정시키고, 심장 박동을 편안하게 하고, 백일해를 가라앉히는 데도 효험이 있었다. 주민들은 또 구근을 찧어 뭉근하게 끓인 야생마늘 수프도 즐겼다.

"동물원은 따뜻한 5월 밤에 푹 잠겨 있었다." 안토니나는 일기에서 당시 광경을 이렇게 묘사했다. "교목과 관목, 집과 테라스는 창백한 청록색, 차갑고 무표정한 달빛에 잠겼다. 라일락 덤불의 가지들은 시든 꽃송이가 무거운지 아래로 쳐졌다. 기다란 그림자들 때문에 보도의 날카롭고 기하학적인 윤곽이 더욱 두드러져 보였다. 나이팅게일이 제 소리에 취한 양 봄노래를 자꾸만 되풀이했다."

빌라 주민들은 둘러앉아 여우아저씨의 피아노 연주를 들었다. 빛이라고는 어른거리는 촛불과 어두운 하늘을 맴도는 별빛뿐인 세상에서 잠시, 시간도, 현실도 잊은 채로. "조용하고 로맨틱한 밤은 쇼팽 피아노 연습곡 C단조의 격렬한 가락과 함께 절정으로 치닫고 있었다. 음악은 슬픔, 공포, 두려움을 이야기하며 방 안을 부유하다 열린 창문으로 퍼져나갔다."

키 큰 접시꽃 화단에서 기분 나쁜 바스락 소리가 들렸다. 피아노 선율 때문에 안토니나만 소음을 감지한 모양이었다. 올빼미 한 마리가 날카로운 비명을 질렀다. 뭔가 또는 누군가에게 깃털로 덮인 자신의 보금자리에서 멀어지라고 경고하는 소리였다. 안토니나가 신호를 감지하고 조심스럽게 얀에게 말하자 얀이 밖으로 나갔다. 문간에 다시 나타난 얀이 안토니나에게 와보라는 손짓을 했다.

"꿩 사육장 열쇠가 있어야겠어." 얀은 속삭였다. 열쇠는 빌라의 안주인인 안토니나가 관리했는데 엄청나게 많았다. 빌라 문과 동물원 건물 열쇠뿐 아니라 과거에 존재했으나 이제는 사라진 출입문 열쇠, 어디 것인지 모르겠지만 버릴 순 없는 그런 열쇠들도 있었다. 자주 사용하는 것이라 꿩 사육장 열쇠는 금방 찾았다. 꿩 사육장 문을 연다는 것은 새로운 손님이 왔다는 의미였다.

안토니나는 말없이 눈으로 질문하고 얀에게 열쇠를 건네고는 함께 밖으로 나갔다. 두 소년이 은폐물을 찾아 관목 뒤로 돌진하는 모습이 보였다. 얀이, 파괴공작조 조직원들인데 독일군 연료 탱크에 불을 지르고 급히 숨을 곳이 필요해서 온 것이라고 사정을 설명했다. 조직에서는 동물원으로 도망치라는 명령을 내렸다. 안토니나는 몰랐지만 얀은 오후 내내 노심초사하며 소년들을 기다린 터였다. 집주인을 확인하지 아이들이 재빨리 밖으로 나왔다.

"몇 시간 동안 근처 관목 덤불에 숨어 있었습니다. 독일어로 말하는 소리가 들려서요." 한 아이가 말했다.

얀이 날씨가 화창해서 헌병들이 산책 삼아 동물원을 방문했고, 몇 명은 불과 20분 전에 떠났다고 말해주었다. 방해물이 사라졌으므로 아이들은 서둘러 꿩 사육장 안으로 들어가야 했다. 폴란드에서 꿩은 고급 요리였기에, 꿩 사육장이라고 하니 아이들한테는 근사하게 들린 모양이었다. 한 아이가 장난스럽게 말했다. "귀한 몸인 척해야겠네요. 그렇죠, 중위님?"

"전혀 특별한 것 없어!" 얀이 아이들에게 설명했다. "절대로 호화로운 숙소가 아니야. 건물에는 지금 토끼밖에 살지 않아. 빌라에서 가까우니까 우리가 지켜보고 음식을 가져다줄 수 있어서 거기로 정한 거다. 하지만 명심해라. 동트는 순간부터는 쥐 죽은 것처럼 조용히 있어야 한다!" 엄한 말투였다. "말도 하지 말고 담배도 피우지 마라. 어떤 소음도 들리면 안 된다! 알겠지?"

"알겠습니다, 중위님!"

그리고 침묵만 감돌았다. 달도 없는 어두운 밤에나 맛볼 그런 정적이 주위를 뒤덮었다. 꿩 사육장의 야생덩굴 밑에 감춰진 자물쇠 속으로 열쇠를 집어넣자 자물쇠가 딸깍 열리는 소리가 났다. 그것이 안토니나가 들은 유일한 소리였다.

다음날 아침, 리시가 비체크를 데리고 정원으로 나가서는, 조류 사육장 근처로 어슬렁어슬렁 다가갔다. 안토니나는 리시가 잠시 멈춰서 비체크의 긴 귀를 쓰다듬어주고 말하는 모습을 지켜보았다.

"늙은 말! 준비 됐지? 꿩 사육장으로 가는 거다! 그리고 명심해. 아주 조용히 해야 해!" 리시가 손가락을 자기 입술에 갖다 댔다. 이어서 둘은 리시가 앞장서고 비체크가 뒤를 따르며 작은 목조 건물을 향해 전진했다.

안에 들어가니 건초더미로 만든 침대에서 잠든 두 소년이 보였다. 크고 작은 토끼들이 장난꾸러기 난쟁이처럼 그들을 에워싸고는, 잠든 인간을 부지런히 관찰하고 쿵쿵 냄새를 맡았다. 리시는 안에서 문을 잠근 다음 풀이 든 바구니를 조용히 바닥에 내려놓고, 토끼들의 먹이로 깍지와 줄기를 몇 줌 집어던졌다. 그리고 우유에 면을 넣은 수프 냄비, 커다란 빵 덩어리, 스푼 두 개를 꺼냈다.

리시는 토끼들과 함께 잠든 소년들을 바라보았다. 사람 동물 가리지 않고 모두에게 왕성한 호기심을 보이는 아이로서는 뿌리칠 수 없는 유혹이었다. 그리고 깨울 방법을 궁리하며 조심스럽게 소년들의 얼굴께로 몸을 숙였다. 곤히 잠든 소년들을 깨우자고 쿵쿵 구르거나, 박수를 치거나, 소리를 지를 수는 없는 상황이었다. 손으로 건드려봤지만 효과가 없자, 아이는 좀 더 정교한 방법을 시도했다. 공기를 입 안 가득 들이마신 다음 잠든 소년의 얼굴에 대고 훅 하고 불었다. 그러자 소년이 없는 벌레를 잡으려고 손을 들어 올렸고 마침내 눈을 떴다.

비몽사몽간인 소년의 얼굴이 하얗게 질렸다. 리시는 자기소개를 할 때다 싶어 얼굴을 더 가까이 하고 속삭였다.

"나는 리시야!"

"만나서 반갑다." 소년도 속삭임으로 답하고는 군대식 어투로 덧붙였다. "나는 꿩이다!"

충분히 있을 법한 오해였다. '리시'는 스라소니라는 뜻이었고, 동물원에 숨은 사람들한테는 어떤 동물 우리에 숨었느냐에 따라 해당 동물 이름이 붙었으니까. 소년은 리시라는 이름도 그런 암호명이겠거니 생각한 것이었다.

"그래, 그런데 내 이름은 진짜야." 리시가 믿어달라는 어투로 설명했다. "나는 정말로 리시야, 농담이 아니라고. 그러니까 나는 리시라는 이름을 가진 아이야. 귀에 털이 달리고 폭스테리어 꼬리가 있는 '리시' 말고!"

"그래, 알아들었다. 나는 오늘만 꿩이야. 그런데, 네가 진짜 스라소니고 내가 깃털 달린 꿩이었으면 지금쯤 네가 나를 잡아먹고 있겠다, 그렇지?"

"아닐 수도 있지." 리시가 진지하게 말했다. "그런 농담은 사절이야……. 아침식사랑 펜을 가져왔어. 그리고……." 갑자기 근처 길에서 발소리가 들렸다. 적어도 두 명은 넘는 독일인이 지나가고 있었다. 리시와 소년은 나무막대처럼 꼼짝도 안 했다.

목소리가 지나간 뒤에 리시가 말했다. "아마 자기네 채소밭으로 가는 사람들일 거야." 공범인 또 다른 소년이 일어나 기지개를 켜더니 쥐가 나 뻣뻣한 다리를 문질렀다. 동지가 수프를 보여주며 스푼을 내밀었다. 웅크린 그대로 리시는 소년들이 먹는 모습을 지켜보고, 다 먹을 때까지 기다린 다음 조용하게 말했다. "잘 있어. 너무 지루해하지 말고. 저녁식사 가져오면서 읽을 것도 좀 갖다줄게……. 저기 조그만 채광창에서 빛이 조금 들어올 거야."

리시는 그곳을 나온 다음에, 한 소년이 다른 소년에게 말하는 소리를 들었다. "좋은 애다, 안 그래? 게다가 스라소니가 꿩들을 지켜주다니 웃기는 일이다. 동화로 써도 재밌겠다, 안 그래?"

리시는 빌라로 돌아가서 엄마에게 꿩 사육장에서 있었던 모험담을 소상히 들려주었다. 소년들은 꿩 우리에 3주간 머물렀다. 독일군이 수색을 포기하고, 새로운 위조증명서가 만들어지고, 다른 안전한 은신처가 확보될 때까지. 그동안 리시는 두 사람을 자기 책임인 양 극진히 보살폈다. 어느 날 아침, 리시는 꿩 우리에 토끼 말고는 아무도 없는 것을 발견했다. 텅 빈 꿩 우리를 보고서야 리시는 소년들이 떠난 것을 알았다. 리시는 친구가 자기를 버리고 떠난 것 같은 기분이었다고 당시를 회상했다.

"엄마, 그 형들은 누구예요? 왜 떠났어요? 여기가 싫대요?"

안토니나는 싫은 것이 아니라 떠나야 하니까 떠난 거라고, 전쟁은 놀이가 아니라고, 다른 손님이 와서 빈 공간을 채울 것이라고 설명했다. 그리고 아들을 위로하려고 한 마디 보탰다.

"넌 동물들을 돌보면 되잖니."

"나는 꿩들이 더 좋단 말예요." 아이가 볼멘소리를 했다. "엄만 몰라요. 꿩들은 달랐어요! 형들은 나를 '친구'라고 불러줬어요. 저를 꼬맹이가 아니라 자기들을 지켜주는 사람이라고 생각했어요."

안토니나가 아이의 금발을 부드럽게 쓰다듬었다. "그래, 이번엔 정말 큰형처럼 잘해줬다. 네가 정말 중요한 일을 했단다. 하지만 이게 비밀인 건 알지? 다른 사람한테는 절대로 말하면 안 된다, 응?"

눈동자를 보니 아이는 화가 난 모양이었다. 아이는 날카롭게 쏘아댔다. "엄마보다는 잘 알아요! 여자들이 뭘 안다고." 아이는 무시하듯 내뱉고는 휘파람으로 비체크를 불렀다. 안토니나는 아이와 비체크가 덤불 속으로 사라지는 모습을 서글프게 바라보는 것밖에 달리 할 수 있는 것이 없었다. 앞으로도 아이는 이렇게 버림받은 기분을 맛볼 것이고, 말할 수 없는 비밀들을 안고 속앓이를 하리라. "비밀을 지키면, 비밀이 나의 포로가 된다."[82] 그단스크에서 태어난 철학자 아서 쇼펜하우어는 일찍이 이렇게 말했다. 하지만 "만약 비밀을 발설하면, 내가 비밀의 포로가 된다." 일기에 그날그날의 일을 기록하는 행위는 안토니나가 비밀을 지키면서 동시에 발설하는 곡예를 부리게 해주었다. 그 두 가지는 단지 다른 형태를 취할 뿐 실제로 한 가지 물질이었다. 마치 물처럼.

30

1943년

여름은 먹파리 세상이었다. 제 세상 만난 시커먼 녀석들이 구름처럼 몰려와 언제나처럼 동물원을 휘젓고 다녔다. 일몰 이후 밖으로 나가려면 더워도 긴팔에 긴바지를 걸쳐야 했다. 먹이를 찾아 어슬렁거리던 토끼 비체크가 낮은 소음을 듣고 잽싸게 부엌으로 뛰어들었다. 부엌에서는 병아리 쿠바가 한창 식사 중이었다. 쿠바는 가끔씩 저녁식사 시간에 부스러기를 쪼아 먹으며 탁자 위를 돌아다녔다. 비체크가 멀리서 바라보는가 싶더니 훌쩍 몸을 날려 단번에 탁자 위로 올라갔다. 그리고 빵 그릇, 토마토 그릇을 종횡무진 누비며 걸신들린 듯 먹어치우기 시작했다. 병아리는 경악했고 사람들한테는 그만한 구경거리가 없었다.

통금 이후 리시가 자지 않고 아버지의 귀가를 기다릴 때마다 토끼와 병아리는 침대 이불 귀퉁이에 앉아서 함께 불침번을 섰다. 안토니나에 따르면, 벨소리가 나면 셋 모두 일제히 흥분하면서 복도 계단을 오르는 얀의 발소리에 귀를 기울였다. 계단을 울리는 발소리는 유난히 공명했는데, 나무계단이 부엌에서 지하실로 이어지는 통로 바로 위에 떠 있어 속이 빈 드럼처럼 울렸기 때문이다.

리시는 피로하거나 불안한 기색은 없는지 아버지의 얼굴을 찬찬히 살피곤 했다. 가끔 얀의 차가운 손에는 식량배급표로 구입한 음식이 들려 있었다. 흥미진진한 이야기를 안고 돌아오기도 했고, 마술상자 같은 배낭에 동물을 넣어 오기도 했다. 리시가 잠든 뒤 얀이 조용히 아래층으로 향하면, 토끼는 침대에서 깡충 뛰어내렸고 병아리는 이불에서 미끄러지듯 내려와, 저녁식사를 하러 식당으로 가는 얀의 뒤를 따랐다. 토끼는 항상 얀의 무릎으로 훌쩍 뛰어올랐고, 병아리는 기어서 얀의 팔로 올라가 다시 목으로 올라갔다. 그리고 병아리는 얀의 재킷 칼라에 웅크리고 앉아, 토끼는 무릎에 앉아 그대로 잠들었다. 안토니나가 빈 접시를 치우고 신문과 책들을 가져다 놓아도 동물들은 따뜻한 무릎과 칼라를 떠나려 하지 않았다.

1943년 바르샤바는 잔인할 만큼 추운 겨울을 보냈다. 리시의 심한 기침감기가 폐렴으로 악화되었다. 울트라헤비급 항생제의 도움 없이 감기를 이겨내느라 리시는 몇 주 동안 병원에 입원해야 했다. 1939년 영국에서 페니실린이 발견되었지만, 전쟁 중이라 과학자들은 번식력 좋은 곰팡이를 찾아내 임상실험을 해볼 여유가 없었다. 1941년 7월 9일 하워드 플로리와 노먼 히틀리가 들키지 않게 불빛을 차단한 비행기를 타고 미국으로 날아갔다. 값으로 따질 수 없이 귀중한 작은 페니실린 상자도 함께였다. 그들은 일리노이 주 피오리아에 있는 연구실로 가서 각양각색의 곰팡이를 가지고 실험을 했다. 그리고 피오리아 시장에서 깊은 통 물속에 잠겨 발효될 수 있었던 캔털루프 멜론을 발견했고, 그 곰팡이가 다른 것의 10배나 되는 페니실린을 생산한다는 사실을 밝혀냈다. 실험 결과 페니실린의 약효가 당시 항균약품 중에 최고라는 것이 입증되었다. 하지만 부상당한 군사들은 연합군의 노르망디상륙작전일인 디데이(1944년 6월 6일)가 되어서야 페니실린을 지급받을 수 있었고, 민간인과 동물들은 전쟁이 끝날 때까지 그 혜택을 누리지 못했다.

마침내 리시가 집으로 돌아왔을 때는 봄이 와서 얼음과 눈이 녹기 시작한 참이었다. 리시는 봄을 맞은 정원에서 잡초를 제거하고 땅을 일구고 식물을 심는 일을 거들었다. 비체크(겨울 동안 녀석의 털은 검은색에서 은회색으로 바뀌었다)가 잘 훈련받은 개처럼 옆에서 깡충깡충 뛰어다녔다. 장성한 병아리 쿠바는 갈아엎은 토양을 쪼아 통통한 분홍색 지렁이들을 끄집어냈다. 안토니나는 닭장에 사는 진짜 닭들이 쿠바를 이방인 취급하면서 맹렬하게 쪼아댔다고 적었다. 그러나 한집에서 자란 비체크는 쿠바가 자기 등에 올라타 자리를 잡아도 개의치 않았다. 안토니나는 쿠바와 비체크가 기수와 말이 되어 정원을 뛰어다니는 모습을 종종 볼 수 있었다.

전쟁 전에 동물원은 풍경의 변화가 심했다. 언덕·계곡·연못·호수·웅덩이·나무 할 것 없이 동물들한테 필요한 방향으로, 그리고 동물원장인 얀의 기호에 따라서 자주 바뀌었다. 하지만 지금 동물원은 바르샤바 공원·정원관리국 휘하에 있었고, 얀은 해당 관료의 지시에 따라 움직여야 했다. 관리국 국장은 끊임 없이 녹음이 우거진 공원을 꿈꾸는 사람이었고, 어린 나무, 산울 타리, 첨탑 하나도 전체적인 조화를 고려하여 자신의 계획에 따라 배치되어야 한다고 주장하는 사람이었다. 따라서 그는 프라스키공원, 그리고 특히 동물원의 넓은 잔디밭과 식물원이 필요했다.

봄에 쾨니히스베르크동물원 원장 뮐러가 바르샤바동물원 파괴 소식을 듣고 쓸 수 있는 우리들을 모두 사들이겠다는 제안을 했다. 뮐러의 동물원은 바르샤바동물원에 비하면 규모는 훨씬 작았지만 중세 튜턴기사단이 세운 난공불락의 요새도시에 자리 잡고 있었다. 전쟁 말기, 처칠은 쾨니히스베르크를 영국 공군의 말 많았던 '테러공격' 목표로 삼았고, (동물원을 포함한) 도시 대부분이 파괴되었다. 결국 쾨니히스베르크는 1945년 4월 9일 소련 군에게 백기를 들어 이때부터 칼리닌그라드로 불리게 되었다.

하지만 1943년, 자칭 '바르샤바의 아버지'였던 독일인 시장 단글루 라이스트는 자신의 도시가 더 작은 도시에 밀리는 상황을 받아들일 수 없었다. 그래서 바르샤바동물원을 재건하기로 결정했다. 안토니나는 라이스트가 얀을 불러 동물원 재건에 필요한 예산안을 제출하라고 했을 때, 얀이 너무 기뻐해 "황홀경"에 빠졌다고 묘사했다. 비록 동물들이 사라지고, 건물이 파괴되고, 장비도 망가졌지만, 동물원은 여전히 얀의 가슴과 상상 속에서 번창하고 있었다면서. 안토니나는 "불사조처럼" 동물원도 얀의 일도, 그리고 동물 관리에 대한 얀의 열정도 부활하리라고 기대했다. 동물원이 문을 열면 분주하게 돌아가는 일상 속에서 얀의 지하조직 활동도 득을 볼 것이었다. 관람객, 동물, 일꾼들의 분주한 움직임 때문에 빌라에서 일어나는 소소한 '불법행위'는 눈길을 끌지도 못하리라. 재건된 동물원은 그들 삶의 모든 측면에 생기를 불어넣으리라. 완벽했다. 너무 지나치게 완벽하다고 얀은 느꼈다. 그는 즉시 문제점을 찾기 위해 이 계획을 분석하기 시작했다. 우선 폴란드 사람들은 "적이 만든 모든 오락시설을 배척하고 있었다." 평상시 동물원은 연구와 교육의 장을 제공했다. 하지만 나치는 폴란드의 지식인 계층을 경계하여 초등교육만 실시하도록 했다. 중고등학교와 대학교는 모두 폐지되었다. 교육 기능이 배제되면 동물원은 소규모 동물 전시관으로 전락할 것이다. 음식이 부족하고 시장마저 텅 빈 상태에서 동물들을 먹이는 일을 어떻게 정당화할 수 있을까? 얀은 동물원이 시의 재정에 악영향을 줄 수도 있다고 보았다. 또한 동물원 때문에 자신이 위험에 노출될 수도 있었다. 독일인들이 지시하는 대로 동물원을 운영하지 않을 경우 직격탄을 맞게 될 터였다. 아무래도 그런 문제점들이 해결될 것 같지 않았다. 안토니나는 얀의 자기희생에 탄복하며 그의 "인품, 용기, 현실주의"가 드러난다고 느꼈다.

"도시나 동물원에 무엇이 최선이라고 딱 잘라 말하기는 어렵습니다." 얀은 바르샤바의 폴란드인 부시장 율리안 쿨스키에게 말했다. "50년 혹은 100년 뒤에, 누군가가 바르샤바동물원의 발자취를 살피는 상황을 생각해보십시오. 독일인들이 순전히 오락거리로 재건한 동물원이라고, 동물원이 도시민의 고혈을 짜내고 도시 경제에 악영향을 미쳤다고 나오게 되면 어찌합니까? 부시장님의 일대기에 그런 주석이 붙는다면 어떻겠습니까?"

"나는 매일 이런 딜레마를 안고 삽니다." 쿨스키가 무겁게 입을 열었다. "1939년에 바르샤바 시민이 몰살당했다면, 그래서 독일인들이 순전히 외지인들로 도시를 재건했다면, 나는 결코 이자리를 수락하지 않았을 겁니다. 내가 부시장 자리에 있는 것은 오로지 시민들을 위해서지요."

이후 이틀 동안 얀은 라이스트 시장에게 보낼 서한을 신중하게 작성했다. 편지에서 얀은 동물원을 재건하려는 시장의 결정을 찬양하고, 동물원 유지에 필요한 기본비용으로 어마어마한 액수를 제시했다. 라이스트는 굳이 답장을 쓰는 번거로운 일을 하지 않았고, 얀도 답장을 기대하지 않았다. 하지만 이후에 일어난 일도 얀이 기대한 바는 아니었다.

바르샤바 공원·정원관리국장이 동물원 재건안에 대한 소문을 우연히 듣게 되었던 것이다. 동물원 재건은 자신이 꿈꾸는 통합공원조성 계획을 망치게 될 터였다. 그래서 국장은 관리국 내에서 자빈스키 박사의 역할이 필요하지 않으므로, 그의 임무를 종결시켜야 한다고 상부에 보고했다.

안토니나는 국장의 이런 행동이 개인적인 "혐오감이나 복수심" 때문이 아니라, 바르샤바공원에 본인의 발자취를 남기려는 "강박관념" 탓이라고 보았다. 어쨌든 얀과 가족에게는 심각한 위협이었다. 누구든 독일인 고용주한테 필요하지 않은 사람은 취업증서를 잃게 되고, 취업증서가 없으면 본국 강제이송 대상이 되기 때문이었다. 독일로 강제이송되면 군수품 공장에서 고된 반복노동에 시달리게 될 것이다. 빌라는 동물원에 딸려 있으므로 자빈스키 부부는 자칫하면 집도 잃을 것이다. 당연히 유대인을 숨겨주던 여러 멜리나와 얼마 안 되는 얀의 월급도 잃게 될 터였다. 그럼 손님들은 어떻게 될 것인가?

쿨스키는 독일인들의 수중에 들어가기 전에 문제의 보고서를 위조하여 일자리를 잃지 않고 다른 곳으로 옮기도록 해주었다. 덕분에 얀은 예주이츠카 거리에 위치한 교육박물관으로 직장을 옮겼다. 나이 지긋한 관장, 비서, 경비원 몇이 전부인 작고 한적한 직장으로 독일인들이 귀찮게 하는 일도 거의 없었다. 얀은 낡은 체육교육 장비의 먼지를 털어내고, 전쟁 전에 학교에 대여해준 동물학·식물학 포스터들을 보존하는 것이 자신의 주요 업무였다고 말했다. 덕분에 지하조직 활동을 계획하고 '움직이는 대학'에서 생물학을 가르칠 시간이 많아졌다. 얀은 바르샤바 위생국에서 하던 시간제 업무도 계속했다. 어쨌든 얀은 이런저런 일로 분주히 움직였고, 안토니나와 리시는 매일 아침 얀이 한 치 앞을 알 수 없는 위험천만한 세상으로 사라졌다가 통금 전에 모호한 완충지대로 다시 나타난다고 생각했다. 안토니나는 얀이 하는 일이 무엇인지 정확하게는 몰랐지만, 그녀의 상상 속에 등장하는 얀은 항상 위험과 잠재적 사라짐이라는 후광에 둘러싸여 있었다. 그녀는 얀이 붙잡히거나 죽는 광경이 영화의 한 장면처럼 자동적으로 머릿속에 떠오르는 것을 떨쳐버리려 애썼다. 안토니나는 "하지만 하루 종일 남편의 안전에 대한 걱정이 떠나지 않았다"고 토로했다.

폭탄을 제조하고, 열차를 탈선시키고, 독일군 구내식당으로 가는 돼지고기 샌드위치에 독을 넣는 것 이외에도 얀은 다양한 일을 했다. 일단의 노동자들과 함께 벙커와 은신처를 건설하는 일도 계속했다. 제고타는 도망자들을 위해 아파트 다섯 채를 임대했는데, 이들에게 정기적으로 식량을 가져다주고 다른 안전가옥으로 이동시키는 일도 얀 같은 사람들의 몫이었다.

공식적으로 알려진 사실에 따르면, 안토니나는 얀의 대외활동에 관해 거의 몰랐다. 얀은 안토니나에게 자신의 활동에 대해 거의 말하지 않았고, 안토니나도 본인이 짐작하는 바를 그에게 물어 확인한 적이 거의 없었다. 안토니나는 얀의 전투·동지·계획에 대한 상세한 사항을 자기가 너무 많이 알아선 안 된다고 생각했다. 알게 되면 종일 걱정하느라 정신이 산란해질 테고, 얀의 대외활동 못지않게 중요한 자신의 임무도 지장을 받을 터였다. 많은 사람들이 생계와 안전을 그녀에게 의존하고 있었다. 안토니나는 임무에 집중하기 위해 자신과 "일종의 숨바꼭질 놀이를 했다." 비밀조직원으로서 얀의 생활이 의식의 가장자리를 떠다녀도 모르는 척하는 놀이였다. "끊임없이 생사의 기로를 넘나드는 사람에 대해서는 가능한 한 모르는 것이 상책"이라고 자신을 세뇌시켰다. 하지만 의도하지 않아도 두려운 시나리오가 슬픔이나 구원까지도 함께 머릿속에 떠오르게 마련이다. 마치 비극이 일어나기 전에, 감당할 수 있을 만큼 약화된 형태로, 일종의 예방접종으로서 견디어보겠다는 듯. 정신적 고통에도 동종요법(同種療法)의 수준이 존재할까? 이런 정신 수련으로 안토니나는 자신을 반쯤은 기만하며 수년에 걸친 공포와 혼란을 견뎌낼 수 있었다. 그러나 알지 못하는 것과 알면서도 맞닥뜨리고 싶지 않은 것을 알지 않기로 하는 것은 근본적으로 다르다. 안토니나와 얀 둘 다

항상 소량의 청산칼리를 몸에 지니고 다녔다.

어느 날 총독부에서 전화로 얀을 호출하자, 빌라 사람들은 모두 얀이 체포되리라고 생각했다. 극심한 공포가 집안을 덮쳤고, 사람들은 얀에게 가능할 때 도망치라고 충고했다. "하지만 내가 도망치면 누가 모두를 지키고 지원하겠어?" 얀이 안토니나에게 물었다. 그런 행동은 모두에게 사형선고나 마찬가지임을 너무나 잘 아는 얀이었다.

다음날 아침 얀이 총독부로 출발할 무렵, 작별인사를 교환한 뒤에 안토니나는 차마 입에 담기도 무서운 한 마디를 속삭였다. "청산칼리는 가지고 있죠?"

얀의 면담은 9시로 잡혀 있었다. 집안일을 계속 하면서도 안토니나는 시간의 흐름을 분초까지 정확하게 감지했다. 오후 2시 무렵, 안토니나가 껍질 벗긴 감자를 냄비에 넣고 있을 때, "푸니아" 하고 낮게 부르는 소리가 들렸다. 숨도 못 쉰 채 그대로 고개를 들자, 열린 부엌 창문, 그녀 바로 앞에 얀이 서 있는 것이 보였다. 그는 미소를 짓고 있었다.

"왜 불렀는지 알아? 생각도 못한 일이었어. 총독부로 가니까 차에 태워서 콘스탄친으로 데려가더라고. 피셔 총독 사저 말이야. 경비원들이 저택과 숲 주변에서 뱀을 몇 마리 발견했는데, 지하운동조직원들이 총독을 없애려고 독사를 풀어놓은 게 아닌가 걱정했나 봐! 그래서 라이스트가 나한테 연락을 해보라고 했대. 뱀을 잘 아는 사람은 나뿐이라고. 어쨌거나 내가 직접 뱀을 잡아서 독이 없다는 걸 확인시켜주었지!" 그러고는 음산한 목소리로 덧붙였다. "운 좋게도, 이번에는 청산칼리를 쓸 필요가 없었군."

어느 날 오후 일하러 나가기 전에 얀은 권총 두 자루를 가방에 넣고 그 위를 방금 죽인 토끼로 덮었다. 전차를 타고 참전용사광장 역에서 내려 걸어가는데 갑자기 독일군이 두 명 나타났다. 그리고 그중 한 군인이 "손들어!" 하고 고함을 치더니 배낭을 조사할 수 있게 열라고 명령했다.

"끝장이군." 얀은 생각했다. 그리고 무장을 해제하듯 태평스럽게 미소를 짓고 말했다. "손을 들고 어떻게 배낭을 엽니까? 직접 확인해보시지요." 한 군인이 배낭 안을 들춰보다가 짐승 시체를 발견했다.

"아하, 토끼군! 내일 저녁에 드실 건가?"

"그렇지요. 뭐든 먹어야 사니까요." 얀이 여전히 미소를 띤 채 대답했다.

독일군은 팔을 내려도 좋다면서 "그럼, 집에 가시오(Also, gehen Sie nach Hause)!"라는 말과 함께 그를 보내주었다.

안토니나는 위기일발의 순간에 대한 얀의 이야기를 듣고 머리 혈관이 어찌나 강하게 요동치는지 두피의 움직임이 느껴질 정도였다고 기록했다. 얀은 이야기하는 것이 재미있는지, "비극적인 상황이 전개되었을 수도 있었다는 것에 대해" 농담까지 던졌고, 그런 태도가 "나를 더 화나게 했다"고 안토니나는 심정을 전했다.

훗날 얀은 한 기자에게 그 같은 위험을 매력적이고 흥미진진하다고 생각하며, 위기일발의 순간에 공포심을 극복하고 신속히 대처할 때면 군인다운 자긍심을 느낀다고 고백했다. 안토니나가 남편을 묘사하는 단어인 "냉정하다"는 말은 찬사였다. 자기와 많이 다른 남편의 그런 성격이 안토니나에게는 존경스럽고 생경하면서, 그의 용감한 행적에 자기가 필적하지 못한다는 초라한 느낌을 갖게 했다. 그녀 역시 구사일생의 순간들을 겪었으며 얀의 경우만큼 영웅적인 상황들이 있었음에도, 그녀는 자기 경우는 그저 운이 좋았을 뿐이라고 여겼다.

1944년 겨울의 일도 그랬다. 가스 보급이 원활치 않은 관계로 2층 침실에서 온수를 마음대로 쓸 수 없었다. 임신 중이었던 안토니나는 김이 모락모락 나는 물에서 목욕하는 호사를 누려봤으면 하는 마음이 간절했다. 충동적으로 남편의 사촌 마리시아와 미쿠아이 구토프스키 부부에게 전화를 했다. 부부는 바르샤바 도심 북쪽, 졸리보르스 지구에 살고 있었다. 비스와 강 좌안에 인접한 곳으로 한때는 욜리에 보르데(아름다운 제방)라는 수도 집단의 소유였던 곳이다. 간절한 마음 그대로 뜨거운 물 이야기를 하자, 사촌은 자기 집에는 충분하다면서 하룻밤 보내고 가라며 그녀를 초대했다. 안토니나는 혼자 빌라를 떠나본 적이 거의 없었고 정육점·시장·상점에 갈 때조차 동행을 두어왔지만, 이 드문 호사를 누려보자는 마음이 동하여, "얀의 허락을 얻은 뒤" 초저녁에 용기를 내어, 높이 쌓인 눈과 2월의 칼바람, 독일 군인들을 뚫고 사촌의 집으로 갔다.

그녀는 긴 시간의 목욕을 마치고는, "우아한 가구와 물건들로 아름답게 장식된" 식당에서 사촌 아가씨 내외와 즐거운 한때를 보냈다. 한쪽 벽에서 반짝반짝 하는 빛이 안토니나의 시선을 사로잡았다. 상자에 담아 진열한 작은 은도금 티스푼으로 스푼마다 독일 도시들의 각기 다른 문장이 장식되어 있었는데, 그들이 전쟁 전에 독일을 여행하면서 수집한 저렴한 기념품이었다. 저녁식사 뒤에 안토니나는 손님용 침실에서 잠들었다. 그러나 새벽 4시, 집 바로 밖에서 부릉부릉 하는 트럭 엔진 소리에 잠에서 깼다. 이어서 마리시아와 미쿠아이가 밖으로 뛰어가는 소리가 들렸다. 안토니나도 따라가 어둠 속에서 밖을 내다보았다. 투홀스키 광장에 방수포로 위를 덮은 트럭들이 즐비한데, 일부는 정차 상태이고 일부는 서서히 정차하는 중이었다. 트럭 주위에는 엄청난 인파가 몰려 있고, 독일 경찰들이 그 인파를 에워싸고 있었다. 군인들이 수용소로 갈 인질들을 싣는 동안 안토니나는 불안한 마음으로, 저들이 자신까지 싣고 가진 않기를 바랐다고 적었다. 그녀와 사촌 내외는 관여하지 않기로 하고 침실로 돌아갔다. 그러나 머지않아 세차게 문을 두드리는 소리가 났고, 미쿠아이가 잠옷 바람으로 아래층으로 내려갔다. 안토니나는 자신의 도움 없이 가족들이 어떻게 지낼지를 걱정했다. 갑자기 독일 군인들이 통로에 서서 안토니나의 증명서를 요구했다.

한 군인이 안토니나를 가리키며 미쿠아이에게 물었다. "이 여자는 왜 여기 등록이 안 되었소?"

"친척입니다. 동물원장의 아내죠." 미쿠아이가 유창한 독일어로 설명했다. "자기 집 욕실이 고장 나서 우리 집에 와서 하룻밤 머물고 있습니다. 목욕하고 하룻밤 자고 가려고 온 겁니다. 그게 전부입니다. 밤이고 길도 미끄러워서 임신한 여자가 홀로 다닐 상황은 아니니까요."

군인들은 계속해서 집을 뒤졌다. 우아한 가구로 장식된 방을 하나씩 천천히 돌아다니며 그들은 기분 좋은 미소를 주고받았다.

"조 게뮈틀리히(So gemütlich)." 한 군인이 말했다. 쾌적하고 마음에 든다는 말이었다. "우리나라에선 기습 폭격으로 집들이 무너졌는데."

안토니나는 나중에 일기에, 그 군인의 슬픔을 충분히 상상할 수 있었다고 썼다. 3월에 미국 폭격기들이 베를린에 2천 톤에 달하는 폭탄을 투하했다. 그리고 4월에는 수천 대의 비행기가 독일 도시 상공에서 교전했다. 한때 아름다움을 뽐내던 도시들이 처참히 파괴되었다. 군인들은 아름다운 방들을 돌며 오래도록 잊고 지내던 쾌적함을 잠시나마 만끽한 것이었다. 물론 독일의 비극은 그것으로 끝이 아니었다. 최악의 상황이 아직도 그들을 기다리고 있었다. 전쟁이 끝날 무렵, 연합군은 독일 도시에 그야말로 융단폭격을 퍼붓게 될 터였다. 인문주의의 중심지로 역사적으로도 중요할 뿐 아니라, 화려한 건축물이 많기로 유명한 드레스덴을 포함하여.[83]

안토니나는 한쪽에 서서 말없이, 군인들의 안색을 살피며, 식당으로 들어가는 모습을 지켜보았다. 식당에서 한 군인이 벽면을 장식한 독일 기념품 스푼들을 주의 깊게 바라보았다. 그는 멈춰서 보다가 좀 더 가까이 다가갔다. 줄을 맞춰 완벽하게 정리된 모습이 놀랍고도 반가웠는지, 자기 동료에게도 각기 다른 도시들의 문장이 새겨진 티스푼들을 가리켜 보였다. 곧이어 그들은 정중하게 말했다. "감사합니다. 아무 이상 없습니다. 수색은 끝났습니다. 안녕히 계십시오!" 그리고 그들은 떠났다.

나중에 이 상황을 곱씹어본 안토니나는 자신을 구해준 것이 다름아닌 군인들의 감상적인 추억과, 집 안의 누군가가 독일과 인연이 있으리라는 짐작이었음을 깨닫게 되었다. 마리시아가 별 생각 없이 수집한 독일 기념품들을 예술작품처럼 멋지게 전시해 놓은 덕에 그들은 체포와 심문과 어쩌면 죽음까지 모면할 수 있었던 것이다. 그들이 붙잡혔다면 파장은 적지 않았을 것이다. 얀의 지하활동에 대해서 일부러 모르는 쪽을 택하긴 했지만, 안토니나는 여전히 중요한 비밀(사람·장소·연락원 등에 대해서)을 많이 알고 있었다. 가톨릭교도로, 기술자로 일하면서 제고타 활동을 돕고 가끔 유대인을 숨겨주기도 하는 미쿠이이도 비밀이 많기는 마찬가지였다.

마침내 모두 침실로 돌아갔고 다음날 아침 안토니나는 빌라로 돌아갔다. 이야기를 들은 손님들은 얀과 안토니나가 그렇게 자주 구사일생으로 위기를 모면하는 걸 보면, '미친 별'이 아니라 '행운의 별' 아래 사는 모양이라며 그녀를 다독였다.

봄이 올 무렵, 겨울잠에서 깨어나는 동물원은 생명력으로 약동하기 시작했다. 나무들은 새로운 이파리들을 펼쳐보였고, 얼었던 땅이 풀렸고, 많은 시민들이 저마다 손에 밭갈이 연장을 들고 속속 도착했다. 봄을 맞아 각자의 작은 채소밭을 돌보려는 것이었다. 자빈스키 부부는 예전보다 더욱 절박해진 손님들에게 은신처를 제공하여 그들과 빌라에 함께 살거나 지하실·벽장·작은 헛간이나 사육장에 몰래 숨어 지내도록 했다. 안토니나는 손님들의 열악하고 불안한 생활이 못내 가슴 아팠다. 안토니나는 일기에서 그들을 "목숨 이외에 모든 것을 박탈당한 사람들"이라고 표현했다.

6월, 안토니나는 '테레사'라고 이름을 지은 딸아이를 낳고 생명의 강인함, 변치 않는 낙관주의를 새삼 실감했다. 패권을 둘러싼 세계 각국의 쟁탈전이 한창이었지만, 아기는 그 존재만으로 세상의 중심이 되었다. 리시는 갓난아이에게 완전히 매료되었다. 안토니나는 자신이 아기공주가 나오는 동화 속으로 돌아갔다고 상상했다고 썼다(야브로노프스키의 테레사 공주는 1910년에 출생). 매일 공주를 위한 선물들이 도착했다. 반짝반짝 빛나는 금빛 버들고리로 만든 아기 침대, 손수 지은 아기 이불, 구하기 힘든 모직으로 뜨개질한 모자, 스웨터, 양말까지. "마법의 호신 주문이 새겨진, 값으로 따질 수 없는 보물"들 같았다. 한 가난한 친구는 천기저귀에 작은 진주 모양을 수놓아 보내주었다. 안토니나는 감격한 나머지 나중에 기저귀에서 진주 모양을 떼어 만져보다가 자기 이불에 성화(聖畫)처럼 붙여놓았다. 전시에는 생활이 불안정하기 때문에 대부분 아이를 낳지 않으려 했다. 그리고 출산을 비롯해 문화의 가장 미신적인 분야에서 이렇게 건강한 아기는 좋은 조짐으로 받아들여졌다.[84]

폴란드의 민간전승에 따르면, 예를 들어 임신한 여성은 절름발이를 똑바로 쳐다보면 안 되었다. 똑바로 보았다가는 아이가 절름발이가 될 수도 있으니까. 임신 기간에 불을 들여다보면 아이한테 빨간 모반(母斑)이 생긴다고 여겼고, 열쇠구멍을 들여다보면 아이가 사팔뜨기로 태어난다고들 했다. 임산부가 땅에 있는 줄을 밟거나 빨래줄 아래로 지나가면, 출산할 때 탯줄이 엉킨다고 했다. 예비엄마는 아름다운 풍경·물건·사람만 보아야 했다. 노래를 많이 부르고 이야기를 많이 하면, 행복하고 사교성 좋은 아이를 낳을 수 있다고 했다. 신 음식을 유난히 좋아하면 아들을 낳을 징조였고, 달콤한 음식을 유난히 좋아하면 딸을 낳을 징

조라 했다. 가능하면 아이의 평생 운을 보장해줄 행운의 요일, 행
운의 시간에 낳아야 한다고들 했다. 반면에 불길한 날은 불운을
가져온다. 성모마리아가 토요일을 축복했기에, 토요일에 태어난
아이는 자동적으로 악마를 피하게 된다고 했다. 하지만 일요일
에 태어난 아이들은 영적인 힘을 가진 신비로운 사람이나 선지
자로 대성할 수 있었다. 탯줄을 간직하고 말리는 과정, 최초의 목
욕, 최초의 이발, 최초의 수유에도 미신적인 의식이 수반되었다.
특히 젖을 떼는 이유(離乳)는 영아기의 종말을 의미하므로 특별
한 의미를 지녔다.

젖을 뗄 때가 되었다 싶으면 엄마들은 적절한 시기를 찾는다. 우선
겨울에 철새들이 이동하는 기간에는 젖을 떼지 않는다. 아이가 커
서 사나운 사람이 되고, 나무와 숲에 사로잡힐까 봐 걱정해서다. 나
뭇잎이 떨어지는 시기에 젖을 떼면 아이가 일찍 대머리가 된다. 곡
식을 수확해서 조심스럽게 감춰두는 시기에도 젖을 떼지 않는다.
아이가 비밀이 많은 사람이 되기 때문이다.
　—『폴란드 관습 · 전통 · 민속』

또한 임신은 공표하지 말고 가능한 한 오래 숨겨야 한다. 심지
어 남편에게도. 시샘하는 이웃이 아기에게 재앙을 부르는 흉안
(凶眼)을 들이댈지도 모르니까. 안토니나 시대의 폴란드 사람들
은 시기심 때문에 타인의 행운을 틀어지게 하고 못마땅해하는
흉안을 걱정했다. 호사다마라는 말을 믿었기에 갓난아기에 대한
칭찬은 사악한 주문을 거는 행위라고 생각했다. "정말 예쁜 아

338

기"라는 말은 독성이 강하기에 그런 말을 들은 어머니가 해독제로서 "그럴 리가, 진짜 **못생긴** 아기지요" 하며 반박하고 침까지 뱉었다는 이야기가 전해진다. 같은 논리로 소녀가 첫 생리를 시작하면 어머니가 아이의 뺨을 세게 때리는 것이 관습이었다. 불길한 주문을 푸는 것은 주로 어머니들의 몫이었다. 어머니는 아이로 인한 행복과 자부심을 최대한 표현하지 않음으로써 자식들을 불운에서 구했다. 말하자면 가장 소중한 존재를 지키기 위해 끔찍이 자랑스러운 마음을 억누르는 것이었다. 사랑을 표현하는 순간 그것을 잃기 쉽다고 생각했기 때문이다. 가톨릭교도에게 사탄과 추종자들이 항상 주변을 맴돌아 문제가 되는 것처럼, 유대인들도 악마 때문에 항상 어려움을 겪는다. 유대인을 괴롭히는 악마 가운데 가장 악명 높은 것은 아마도, 좀비와 비슷한 디버크(dybbuk)일 것이다. 디버크는 산 자에게 붙어 있는 죽은 자의 악령이다.

7월 10일, 안토니나는 마침내 침대에서 일어나 조촐한 세례식을 갖고 테레사의 탄생을 축하했다. 전통적으로 이런 행사에서는 사악한 무리를 쫓기 위해 꽈배기처럼 꼰 빵과 치즈를 내놓는다. 베이컨으로 속을 채운 고기 요리도 나왔는데 그것은 지난 겨울 독일인들이 쏘아 죽인 까마귀로 만들어놓은 것이었다. 여우 아저씨는 와플을 만들고, 마우리치는 꿀을 넣은 보드카인 폴란드 전통 음료 펭프코바(배꼽)를 만들었다. 마우리치와 뗄 수 없는 친구인 햄스터 피오트르도 행사에 참가하여 식탁 위의 음식 부스러기들을 주워 먹었다. 문득 뭔가를 찾는지, 녀석이 꼼꼼하게 접시며 컵들을 살피고, 거만하게 머리를 쳐들고, 코를 킁킁거리고, 수염을 실룩거렸다. 마침내 피오트르는 매혹적인 낯선 향기의 원천을 찾아냈다. 빈 음료 잔에서 달콤한 향기가 솔솔 풍기고 있었다. 녀석은 작은 앞발로 꿀 냄새가 나는 잔을 들고 신나게 핥아댔다. 피오트르는 잔을 옮겨 다니면서 취할 때까지 펭프코바를 핥아 먹었다. 파티 참가자들은 이런 피오트르를 보고 배꼽을 잡고 웃었다. 피오트르는 흥청망청 마신 대가를 톡톡히 치러야 했다. 다음날 아침, 마우리치는 새장 바닥에 힘없이 널브러져 이미 뻣뻣이 굳어 있는 친구를 발견했다.

31

1944년

빌라의 구성 인원이나 일상에는 아무런 변화가 없었지만 어딘지 모르게 어색하고 불안한 기운이 감돌았다. 모두 친숙한 미소를 지으며 자기 일을 하면서도 한편으로는 속이 까맣게 타들어가는 초초함과 긴장감을 감추려 안간힘을 쓰고 있었다. 사람들은 뭔가에 "정신이 팔린 것" 같았고 "대화는 자꾸 어긋나고, 말은 중간에 끊어지곤 했다." 7월 20일, 독일의 클라우스 폰 슈타우펜베르크 육군대령이 설치한 폭탄이 동프로이센 숲에 위치한 히틀러의 볼프샨체(늑대 소굴) 사령부에서 폭발했다. 히틀러는 경미한 부상만 입고 도망쳤지만 이후로 폴란드의 독일 주민들 사이에 공포가 확산되고 있었다. 철수하는 독일군의 행렬이 바르샤바 도심에서 끝없이 이어졌다. 독일군은 건물들을 폭파시키면서 서쪽으로 도망쳤다. 게슈타포 조직원들은 서류를 불태우고 창고를 비우고 개인소지품을 독일로 우송시켰다. 독일 총독·시장·기타 행정

관들은 되는 대로 트럭이나 짐수레를 구해서 급히 도망쳤다. 남은 것은 수비대 2천 명뿐이었다. 독일인이 물살처럼 빠져나가자 근교에 사는 폴란드인들이 서둘러 도심으로 들어왔다. 도망치는 독일군이 집이나 농장을 약탈하며 해코지를 할까 봐 두려워 피난 온 것이었다.

얀은 곧 봉기가 시작될 것으로 생각했고, 일단 시작되면 사나흘 안에 35만 명에 달하는 국내군이 남은 독일군을 제압할 수 있으리라고 확신했다. 이론적으로는, 비스와 강의 다리들을 탈환하면 강을 사이로 나뉘었던 병력이 하나로 합쳐지면서 도시를 해방시킬 강력한 군대가 탄생할 것이었다.

7월 27일, 러시아 군대[85]가 바르샤바에서 남쪽으로 1백 킬로미터 떨어진 비스와 강변에 도착하자(안토니나는 발포소리가 들렸다고 했다), 독일 총독 한스 프랑크는 17세에서 65세까지 폴란드 남자 10만 명을 소집하여 하루에 아홉 시간씩 도시 주변에 요새 짓는 일을 시키거나 또는 사살했다. 국내군은 다들 프랑크의 소집 명령을 무시하고 전투를 준비해야 한다고 주장했다. 다음날은 좀 더 진격해온 러시아군이 전투를 호소하는 방송이 울려 퍼졌다. 폴란드어 방송이었다. "봉기해야 할 때입니다!" 8월 3일, 러시아군은 비스와 강 우안, 동물원을 포함한 구역에서 불과 16킬로미터 떨어진 지점에서 야영을 했다. 빌라의 일상에는 훨씬 더 긴장감이 감돌았고 다들 같은 질문을 반복했다. "봉기는 언제 시작되는 거야?"

동물원 식구에도 급격한 변화가 일어났다. 손님들은 대부분 군대에 합류하거나 더 안전한 멜리나를 찾아 떠났다. 여우아저씨는 그루예츠 근처 농장으로 이사할 준비를 했고, 마우리치는 사스카 켐파에 있는 막달레나에게 갔다. 변호사 마르첼리 레미-웹코프스키 부인은 바르샤바를 떠나 새로운 은신처로 갔지만, 두 딸 누니아와 에바는 빌라에 남아 안토니나를 돕기로 했다. 안토니나에게 무슨 일이라도 생기면 갓난아기 테레사, 리시, 일흔 살의 시어머니, 가정부만 남는데 이들이 안토니나를 대신하기는 힘들다는 판단에서였다. 군인들이 강 인근 지역에서 시민들을 소개시키기 시작했지만 얀은 동물원에 남아 있기를 원했다. 곧 봉기가 일어나면 폴란드군이 승리할 것이라 믿었고, 노쇠한 어머니와 갓난아기에게는 이동이 무리라고 생각했다. 바르샤바유대연구소에 얀이 증언한 내용을 보면 8월 1일 오전 7시에 한 소녀가 얀에게 국내군의 소집 명령을 전했다. 소녀는 국내군의 전령이었을 것이다. 내가 햇살이 따스하던 어느 날 오후 바르샤바에서 만났던 할리나 도브로볼스카(전시에는 결혼 전이라 할리나 코라비오프스카였다)처럼. 80대임에도 여전히 정정하던 그녀는 전시에는 십대 소녀였다. 할리나는 국내군의 지시를 받고 전투원에게 소집 명령을 전하고 가족들에게 봉기 소식을 알리던 당시를 선연하게 기억하고 있었다. 자전거나 시가전차를 타고 교외까지 나가야 하는 위험도 마다하지 않았다. 언젠가는 시가전차를 타야 하는데 힘겹게 찾은 시가전차의 차장은 짐을 싸는 중이었다. 바르샤바 시민 대부분이 일을 작파하고 전투 준비를 하러 집으로 가는 바람에 사실상 개점휴업 상태였기 때문이다. 조직에서는 이런 문제를 예상하고 할리나에게 미국 달러를 주었다. 차장은 달러를 받아들고, 신경을 곤두세운 채 전차를 몰아 목적지까지 그녀를 데려다주었다.

소집 명령을 받은 얀은 부리나케 위층으로 올라가서 테레사와 함께 있는 안토니나에게 소식을 전했다.

"어제는, 얘기가 달랐잖아요!" 안토니나가 걱정스럽게 말했다.

"어찌 된 일인지 나도 모르겠어. 어쨌든 가서 알아봐야지."

자빈스키 부부의 친구 스테판 코르본스키도 사전 경고 없이 날아든 갑작스러운 소집 명령에 놀랐다고 당시를 회상했다. 흥분한 그는 서둘러 시내로 나갔다.

시가전차는 젊은이들로 만원이었다. [……] 인도에서는 여자들이 둘씩, 셋씩 무리를 지어 바삐 걷고 있었다. 다들 무거운 가방과 보따리를 들고 서두르는 기색이 역력했다. '집결지로 무기를 운반하는 중이군.' 나는 속으로 생각했다. 자전거들이 줄지어 차도를 달리고 있었다. 승마용 부츠에 방풍 점퍼를 입은 청소년들이 죽을힘을 다해 페달을 밟고 있었다. [……] 여기저기에 제복을 입은 독일군 또는 순찰대가 보였다. 주변에는 전혀 눈길을 주지 않고, 무슨 일이 일어나는지도 모른 채, 부지런히 앞으로 걸음을 옮기고 있었다. [……] 뭔가 의미심장하고 진지한 표정으로 허둥지둥 사방으로 움직이는 수많은 남자들이 보였다. 우리는 암묵적인 이해의 눈길로 가볍게 시선을 교환했다.[86]

네 시간 뒤, 집에 돌아온 얀이 안토니나와 어머니에게 작별인사를 했다. 언제라도 봉기가 시작될 수 있으므로 대기하고 있어야 했다. 얀은 군인들이 쓰는 금속 반합을 내밀면서 안토니나에게 말했다.

"리볼버가 들어 있소. 독일군이 나타날 경우를 대비해서……."

안토니나가 겁에 질려 표정이 굳어졌다. 그녀는 일기에 "그대로 몸이 마비되는 것 같았다"고 고백했다. "독일 군인요? 무슨 말이에요? 며칠 전까지만 해도 국내군이 이길 거라고 장담했잖아요. 잊었어요? ……지금은 안 믿는군요!"

얀이 어두운 표정으로 대답했다. "저어, 일주일 전에는 승산이 있었어. 호기였지. 하지만 지금은 너무 늦었어. 적기가 아니야. 기다리는 게 나아. 24시간 전만 해도, 조직 지도자들도 같은 생각이었어. 기다려야 한다고. 근데 지난밤에 갑자기 생각을 바꾼 거야. 이렇게 오락가락해서는 결과를 장담하기 어려워."

얀은 연합군으로 알려진 러시아가 자국의 욕심을 차릴 음흉한 계획을 갖고 있다는 사실은 전혀 몰랐다. 독소불가침조약을 맺어 전쟁 뒤에 폴란드 영토 절반을 차지하기로 했던 스탈린은 이제 독일과 폴란드 모두 무력해져서 소련이 주도권을 쥘 수 있기를 바랐다. 스탈린은 폴란드로 가는 연합군의 비행기가 러시아 비행장에 착륙하는 것도 거부했다.

"남편을 꼭 끌어안고 그의 볼에 내 볼을 세게 비볐다. 남편은 내 머리에 키스하고 아기를 본 다음 재빨리 아래층으로 내려갔다. 가슴이 미친 듯 방망이질했다!" 안토니나는 리볼버가 든 반합을 침대 밑에 감추고 시어머니를 살피러 갔다. 시어머니는 안락의자에 앉아 로사리오 기도를 올리고 있었는데, "얼굴은 눈물로 젖어 있었다."

얀의 어머니는 반복적으로 이마에 성호를 그으며 성모마리아에게 아들의 여정을 축복해달라고 빌었다. 성모마리아는 봉기 당시 국내군의 보호자이자 병사들의 수호성인이기도 했다. 때문에 급조한 기색이 역력한 성모마리아를 위한 제단과 사당을 길거리를 비롯해 도심 곳곳에서 볼 수 있었다(폴란드에는 지금도 그런 제단과 사당이 많이 남아 있다). 군인과 가족들은 예수그리스도에게도 기도했다. 지갑 안에 '예주, 우팜, 토비에(예수님을 믿습니다)'라고 새긴 조그마한 예수의 초상화를 넣고 다니기도 했다.

안토니나가 엄습하는 불안을 극복하고자 무엇을 했는지는 확실치 않지만 미루어 짐작해볼 수는 있다. 얀은 언젠가 기자에게 안토니나가 엄격한 가톨릭 집안에서 자랐다고 말했다. 또한 두 아이에게 세례를 받게 하고, 목에 항상 십자가 목걸이를 걸었던 것으로 보아, 필시 기도를 올렸을 것이다. 많은 폴란드 사람들과 마찬가지로. 전시처럼, 모든 희망이 사라지고 기적밖에 기댈 곳이 없는 상황에서는 종교가 없는 사람도 기도에 의지하는 법이다. 일부 손님들이 사기를 높이려고 점을 치기도 했지만, 철두철미한 무신론자의 아들이자, 스스로 이성적인 사람이라 자처했던 얀은 미신이나 종교에 대해서는 눈살을 찌푸렸다. 안토니나와 독실한 가톨릭 신자인 시어머니는 어쩌면 집에서 그녀들만의 비밀을 갖고 있었을지도 모른다.

비행기들이 맹폭격을 퍼부으며 도시 상공을 낮게 날았다. 안토니나는 비스와 강 건너편에서 상황을 파악해보려고 애썼다. 마침내 테라스로 올라가, 강 건너편에서 선명하게 들리는 총성에 귀를 기울이며, 한 발도 놓치지 않고 단서를 읽어내기 위해 집중했다. 그녀의 기록에 의하면, 총성은 대규모 전투 중에 쉬지 않고 흘러나오는 소음 같지 않고 하나하나가 "분리되고 개별적인" 느낌을 주었다.

안토니나는 얀이 없는 상황에서 동물원이라는 작은 나라를 건사하는 일이 온전히 자신의 몫이 되었음을 실감했다. 리시, 4개월 된 테레사, 누니아와 에바 자매, 시어머니, 가정부, 여우아저씨와 일꾼 두 명까지, 모두 그녀가 책임져야 할 사람들이었다. "타인의 생명을 책임진다는 무거운 짐이" 자신도 모르는 새 어깨에 얹혀서 강박처럼 떠나지 않았다.

상황이 워낙 심각해서 잠시도 편히 쉴 틈이 없었다. 좋든 싫든 나는 우리 집을 이끌어가야 했다[……]. 걸스카우트 가르침대로 항상 방심하지 않아야 했다. 물론 얀은 훨씬 힘겨운 시간을 보내고 있으리라고 생각했다. 그럴수록 집 안의 모든 것을 돌보고 책임져야 한다는 부담이 커졌다. 강박처럼 그런 생각이 머릿속에서 떠나질 않았다[……]. 무조건 해야 한다는 생각뿐이었다.

전쟁 앞에서 잠도 포기했다. 23일 밤을 그녀는 억지로 깨어 있었다. 혹여 졸다가 아주 사소한 위험 신호라도 놓치면 어쩌나 두려웠다. 이런 수호자 정신은 안토니나에게 새로운 것이 아니었다. 폭격이 연일 계속되던 1939년, 몸을 방패삼아 어린 아들을 지키던 일이 아직도 생생했다. 그것은 모성의 광분에서 나온 것이었다. 자기 가족을 보호해야 한다면 싸우겠다는 본능, 그것은 그녀의 결정이었다.

전쟁터가 강 건너편이었지만 안토니나는 빌라에서, 서쪽으로부터 미풍에 실려 온 시체 냄새·유황 냄새를 맡았다. 총·대포·폭탄이 무자비하게 터지는 소리도 끊이지 않았다. 외부와 연락이 두절된 채로 지내다 보니 빌라가 "대양에 떠 있는 튼튼한 방주에서 일엽편주로" 변해버린 것 같았다. "나침반도 키도 없이 무기력하게 대양을 떠도는 작은 배로."

테라스에 자리를 잡은 안토니나와 리시는 목을 길게 빼고 강 건너에서 작열하는 포화를 바라보며 전황을 점쳤다. 밤이면 화기들이 터지면서 내는 밝은 섬광을 주시했고—단발적인 총성만 들리고, 전장의 연이은 빠른 속도의 울림은 없었다— 도시 상공을 나는 비행기들이 이른 아침까지 요란한 엔진 소리를 내며 곳곳에 폭탄을 떨어뜨리는 것을 보았다.

"아빠는 상황이 제일 안 좋은 데서 싸우고 있어요." 리시가 구시가를 가리키면서 몇 번이나 반복했다. 아이는 파수꾼처럼 몇 시간 동안이나 서 있었다. 쌍안경을 가져와 전쟁터를 유심히 살피면서 아버지의 모습을 찾고, 근처에서 폭탄 터지는 소리가 날 때마다 본능적으로 몸을 숙였다.

안토니나의 침실 문 바로 밖에 있는, 옥상으로 가는 금속 사다리를 리시는 종종 쌍안경을 들고 올랐다. 프라스키공원에 주둔한 독일군이 다리 근처의 작은 놀이공원을 접수했다. 놀이공원에는 낙하산을 타고 내려오는 높은 대가 있었는데, 그곳에서 망을 보던 독일군이 지붕에서 그쪽을 염탐하는 리시를 발견했다. 어느 날 한 군인이 빌라에 나타나, 옥상에서 리시의 모습이 한 번만 더 눈에 띄면 총으로 쏴버리겠다고 으름장을 놓았다.

잔뜩 겁에 질려 밤잠을 못자고 낮에도 긴장을 늦추지 못하는 생활이었지만, 안토니는 봉기로 인해 "가슴 떨리는 흥분"을 느꼈노라고 고백했다. 비록 멀리서 지켜보며 전황을 추정할 뿐이지만, "유령처럼 끔찍하게 살았던 점령 기간 내내 오직 이날만을 꿈꿔왔으니까." 강 건너 도심에서는 음식과 물이 부족했던 데 반해 (독일 보급품에서 슬쩍한) 각설탕과 보드카는 풍부했기에, 포석으로 탱크를 막을 바리케이드를 쌓는 국내군에게 필요한 열량을 공급하고 활력을 불어넣었다. 군인 3만 8천 명(그중 4천 명은 여자였다) 가운데 15분의 1만 무기다운 무기를 갖고 있었고, 나머지는 막대·사냥용 소총·단검·장검을 들고 싸우면서 적의 무기를 손에 넣는 요행을 기대했다.

독일군이 전화교환국을 장악하고 있었기 때문에 용감한 소녀 전령들이 도시 곳곳을 돌며 소식을 전했다. 나치 점령 기간에 비밀리에 다녔던 것과 마찬가지로. 바르샤바로 돌아온 할리나 코라비오프스카도 전령으로 메시지를 전달하고 야전 취사장과 병원을 세우고 전투원들에게 물자를 공급하는 일을 도왔다.

"도처에 바리케이드가 있었습니다." 반세기도 더 지난 일이지만, 할리나는 그때를 생각하면 지금도 흥분되는 모양이었다. "처음에는 모두 기뻐서 어쩔 줄 몰랐지요. 오후 다섯 시에 봉기가 시작되었고, 우리는 폴란드 국기를 상징하는 빨간색과 흰색 줄무늬 완장을 찼습니다. [……] 초반 몇 주 동안 우리는 하루에 한 번 말고기와 수프를 먹었습니다. 하지만 끝날 무렵에는 말린 콩, 개고기, 고양이고기, 새고기만 먹고 버텼죠."

"당시 열다섯 살이던 친구가 들것을 운반하고 있었습니다. 부상당한 군인이 실려 있었지요. 비행기가 바로 위로 날면서 폭격을 했습니다. 친구는 누운 군인의 눈빛에서 두려움을 읽고 그 위로 엎어져 그를 보호했습니다. 친구는 목에 심각한 부상을 입었지요. 어느 날 명령을 전하러 뛰어가던 중에 건물에서 무거운 가방을 끌고 나오는 두 여자와 마주쳤습니다. 도와줄까 물었더니, 독일군이 숨겨둔 약품과 함께 커다란 사탕 자루를 찾았다면서 저한테도 조금 주었습니다. 재킷 주머니와 소매 가득 사탕을 넣고 쏟아지지 않게 팔을 위로 들고 군인들에게 갔습니다. 군인들을 만날 때마다 두 손을 앞으로 내밀어보라 하고선 팔을 펴서 사탕을 쏟아주었지요!"

독일군이 퇴각하자 사람들은 잃었던 자유를 맛보았다. 마음대로 움직이고 이야기하는 것이 몇 년 만인지 몰랐다. 인종주의 법률들이 증발해버렸으므로 유대인도 은신처에서 나왔다. 집집마다 폴란드 국기가 나부꼈고, 사람들은 조국을 찬미하는 노래를 부르고, 빨간색과 흰색 줄무늬 완장을 찼다. 펠릭스 치빈스키는 사무엘 케닉스베인이 소속된 군단을 지휘했고, 사무엘은 군단 아래 대대를 이끌었다. 오랫동안 억압당한 문화 활동도 다시 활기를 띠기 시작했다. 영화관이 다시 문을 열었고, 문학잡지들도 일제히 모습을 드러냈다. 우아한 가구로 장식된 거실에서의 가족음악회도 빛을 발했다. 무료 우편 서비스에서는 우표를 발행했는데, 보이스카우트에서 운영했고 사람들에게 직접 편지를 전해주는 식이었다. 기록보관소에 있는 한 사진에는 독수리와 백합으로 장식된 금속 우체통이 보인다. 이 두 가지는 어린 소년소녀 스카우트대원들이 목숨의 위험을 무릅쓰고 편지를 배달한 것을 기린 것이다.

히틀러는 봉기 소식을 듣고 히믈러에게 가장 무자비한 군대를 보내 모든 폴란드인을 죽이고, 도시를 구역별로 산산이 부순 다음 폭파하고 불을 지르고, 복구가 불가능하게 불도저로 밀어버리라고 지시했다. 유럽의 다른 점령지에 대한 경고로 본때를 보여주라는 것이었다. 이를 위해 하인리히 히믈러는 범죄자·경찰·전쟁 포로로 구성된 친위대에서 가장 잔인한 부대들을 선별했다. 봉기 5일째 되는 날, 나중에 '검은 토요일'이라고 부르게 되는 이 날, 전투로 단련된 비정한 친위대와 독일 군인들이 폭풍우처럼 들이닥쳐 남녀노소 가리지 않고 3천 명을 학살했다. 이튿날 독일의 급강하 폭격기인 슈투카 대대가 폭탄을 퍼붓는 동안—기록용 필름을 보면 메가톤급 모기들이 윙윙거리는 소리가 들린다— 장비도 변변찮은 데다 대부분 정식 훈련도 받지 않은 폴란드 국내군은 격렬하게 저항했다. 런던을 향해 음식과 보급품을 공중투하해달라고 무전을 보냈고, 러시아에 즉각적인 공격 개시를 호소했다.

안토니나는 일기에서, 친위대 대원 두 명이 문을 열고 들어와 총을 들이대며 소리를 질렀다고 적었다. "모두 밖으로 나가(Alles rrraus)!"

겁에 질린 채, 다들 집을 나와 정원에서 기다렸다. 무슨 일이 일어날지는 모르지만 최악의 상황을 두려워하며.

"손들어!" 소리치는 친위대 대원들의 손가락이 방아쇠에 걸려 있었다.

안토니나는 아기를 안고 있었기에 한 손밖에 올릴 수 없었다. 그런 상태로 "그들이 내뱉는 천박하고 야만스러운 문장들을" 해독하느라 머리가 아플 지경이었다.

"너희들의 남편과 아들에 의해 학살된 독일의 영웅적인 군사들의 죽음에 대가를 지불해야 한다. 너희 아이들은—그들은 리시와 테레사를 가리켰다— 엄마의 젖과 함께 독일인에 대한 증오를 빨아먹고 있다. 지금까지 봐줬지만 이젠 너희들한테 질렸다! 지금부터는 독일인 한 명이 죽으면, 대가로 폴란드인 천 명을 죽여버리겠다."

"정말 이제 끝장이구나" 싶었다. 아기를 꼭 끌어안고 머리로는 뭐든 방법을 생각해내려고 필사적으로 집중했다. 가슴이 답답하고 다리는 무거워 한 발짝도 못 움직일 것 같았다. 공포로 말 그대로 얼어붙은 것이 이번이 처음은 아니었다. 움직일 수 없어도 어떻게든, 뭔가를, 아니 무슨 말이든 해야만 했다. 마음을 가라앉히고 그들에게 말해야 했다. 성난 동물들을 진정시키고 신뢰를 얻었던 그녀에게 익숙한 방식으로. 이런 단어도 알고 있었나 싶게 독일어들이 입에서 술술 흘러나왔다. 안토니나는 고대 독일 민족과 독일 문화의 위대함을 찬양하기 시작했다. 아기를 더 꼭 끌어안으면서 입으로는 스스로도 생경한 독일어들을 내뱉고 있었다. 그리고 머리 한쪽에서는 무언의 명령을 미친 듯 반복했다. '진정해요! 총을 내려놔요! 진정해요! 총을 내려놔요! 진정해요! 총을 내려놔요!'

독일인들이 계속 소리를 질렀지만 안토니나에게는 들리지 않았다. 그들은 총을 내려놓지 않았다. 그래도 날림으로 떠오르는 생각들을 뱉어내면서 그녀는 말을 계속했다. 속으로는 무언의 명령을 내보내면서.

갑자기 한 군인이 여우아저씨를 돕는 열다섯 살짜리 소년에게 정원 헛간 뒤로 가라고 소리쳤다. 소년이 걷기 시작했고 친위대 대원 한 명이 뒤따라갔다. 뒤따르던 대원이 주머니에 손을 넣어 리볼버를 꺼내는가 싶더니, 둘 다 시야에서 사라졌다. 그리고 한 발의 총성.

다른 대원이 리시에게 말했다. "다음은 너!"

안토니나는 공포에 질려 날카로운 비명을 지르는 자기 아들을 보았다. 아이의 얼굴에 핏기가 가시고 입술은 연한 자주색으로 변했다. 안토니나는 움직일 수 없었고, 자신과 테레사까지 위험에 빠뜨릴 수 없었다. 리시가 손을 든 채로 천천히 걷기 시작했다. 원격조종되는 로봇처럼. "생명이 이미 아이의 작은 육신에서 떠나버린 것 같았다." 나중에 안토니나는 그렇게 말했다. 아이가 시야에서 사라진 뒤에도 그녀는 마음의 눈으로 아이를 좇았다. '지금쯤 애가 접시꽃 화단에 가까워졌겠구나.' '이제는 서재 창문 근처에 있을 거야.' 두 번째 총성. "총검으로 내 가슴을 찌르는 것 같았다. ……이어서 세 번째 총성이 들렸다……. 아무것도 보이지 않았다. 눈앞이 하얘지더니 이내 캄캄해졌다. 힘이 빠져 그대로 쓰러지는 줄 알았다."

"저기 벤치에 앉아." 독일인이 안토니나에게 말했다. "아기를 안고 서 있으려면 힘들 테니까." 그러고는 저쪽에 대고 소리쳤다.

"어이, 꼬마들! 수탉 이리 가져와! 숲에서 가져오라고!"

두 아이가 공포로 후들후들 떨면서 덤불 속에서 뛰어나왔다. 리시는 자신의 죽은 닭, 쿠바의 날개를 잡고 있었다. 총알을 맞은 부위에서 굵은 핏방울이 뚝뚝 떨어지고 있었다. 안토니나는 그런 쿠바의 모습을 굳어진 듯 응시했다.

"이거 진짜 재밌는데!" 한 대원이 말했다. 안토니나는 죽은 닭을 들고 정원을 떠나는 그들을 지켜보았다. 대리석같이 차갑던 그들의 표정이 일순간 느슨해지더니 웃음을 터뜨렸다. 울지 않으려고 애쓰면서 살금살금 걷는 리시가 보였다. 곧 그의 눈에서는 기를 쓴 보람도 없이 눈물이 넘쳐흘렀다. 이런 상황에서 엄마가 어떻게 아들을 안심시켜야 할 것인가?

아이에게 걸어가서 귀에 대고 속삭였다. "넌 엄마의 영웅이야. 정말 용감했다, 우리 아들. 엄마가 집으로 들어가도록 도와주겠니? 너무 힘이 없구나." 엄마를 도와야 한다는 책임감이 아이의 격한 감정을 조금은 진정시키리라 생각했다. 끔찍한 감정을 드러내는 것이 아이한테 얼마나 힘든 일인지 알고 있었으니까. 사실, 그게 아니라도 나와 아기는 리시의 부축이 필요했다. 충격으로 다리가 풀려 정말로 서 있기도 힘들었으니까.

나중에 마음을 가라앉힌 다음 안토니나는 친위대 대원들의 행동을 해석해보았다. 정말 아이들을 쏠 생각이었을까, 아니면 항상 권력과 공포를 즐기는 끔찍한 놀이였을까? 그들은 쿠바가 거기에 있는지 몰랐다. 그러니 가는 동안에 즉흥적으로 만들어진 일임에 분명하다. 자신한테 앉으라고 권하던 난데없는 다정함도 도저히 이해되지 않았다. 정말로 자기가 갓난아기를 놓칠까 봐 걱정한 걸까? "만약 그렇다면, 괴물처럼 극악무도한 그들의 마음에도 인간적인 감정이 어느 정도 담겨 있다는 것이다. 그게 사실이라면, 순수한 악은 실제로 존재하지 않는 것이다."

안토니나는 당시 총성을 듣고 아이들이 죽었다고 확신했다. 리시가 머리에 총을 맞고 바닥에 고꾸라졌을 것이라고. 그런 상황에서는 어머니의 신경체계가 충격을 받게 마련이다. 결과적으로 그들 모두 살아남았음에도 그녀는 끔찍한 우울로 꺼져 들어가는 것을 어쩔 수가 없었다. 일기에서는 그런 자신을 호되게 꾸짖었다. "나의 연약함이 부끄럽다. 지도자가 되어 작은 무리를 이끌어야 할 시점에 이런 연약함을 보이다니."

이어 며칠간은 독일군이 동물원 근처에 로켓발사기, 박격포, 거대한 대포를 집결시키느라 소음이 엄청났고 그 때문에 안토니나는 두통에 시달렸다. 지진처럼 지축을 흔드는 폭격이 뒤를 이었다. 직경과 형태도 다양한 각종 포탄들이 각기 다른 굉음을 냈다. 휙휙 날아가는 소리, 쿵 하는 폭발음, 우지직 딱딱 금가는 소리, 찍찍 삐걱삐걱 마찰 소리, 천둥 같은 굉음 등. 거기에는 끔찍한 소리로 악명을 날렸던 '울부짖는 미미'도 있었다. 대포 날아가는 소리가 여자의 날카로운 비명소리 같다고 하여 군인들이 붙인 별칭인데(미미는 프랑스에서 많이 쓰는 여자 이름이다), 적의 포화에 장기간 노출되었을 때 나타나는 '전투신경증'으로 나중에 의미가 확장되었다.

독일군은 연달아 여섯 발이 발사되는 '고함치는 암소'라는 박격포도 쏘아댔다. 빙빙 돌아 목표지점까지 날아가는 사이 여섯 번 연달아 음산하게 울부짖는 소리가 들리고, 여섯 번의 폭발음이 이어졌다.

"죽을 때까지 그 소리를 잊지 못할 겁니다."[87] 바르샤바 봉기 당시 일곱 살이었던 야체크 페도로비치의 말이다. "회전이 시작되고 나면 할 수 있는 일이 없었습니다. 폭발음을 들으면 내가 안 죽었구나 하는 거지요. [……] 저는 죽음을 가져오는 소리를 알아채는 데 유난히 귀가 민감했습니다." 고함치는 암소가 터지기 직전에 그는 가까스로 도망쳤다. "집에 있던 동전푼을 가지고 도망쳤습니다……. [내 테디베어] 인형 안에 꿰매놓은 금색 '새끼 돼지들', 그러니까 5루블짜리 동전들이었죠. 그것 말고 봉기 후에 내가 잔해에서 건진 것은 컵 하나와 『두리틀 박사』라는 책 한 권뿐이었습니다."

구시가에서는 항공기가 전투원들을 폭격했고, 거리에서는 독일군이 민간인에게 기관총을 쏘아댔고, 별도의 파괴조가 대형 빌딩에 불을 지르고 폭파했다. 먼지·화염·유황이 대기를 가득 메웠다. 어둑어둑해질 무렵 안토니나의 귀에 훨씬 으스스한 굉음이 들렸다. 키에르베치 다리께에서 나는 소리였는데 거대한 기계가 으르렁거리며 돌아가는 것 같았다. 어떤 이는 독일군이 전염병 예방 차원에서 시체 태울 화장터를 짓는 소리라고 했고, 어떤 이는 거대한 핵무기를 터뜨리는 소리라고 했다. 강물에 반사된 엷은 초록색 불빛 덕분에 강 건너까지 잘 보였다. 거기서도 사람들이 창문에 서서 무슨 일인가 하며 밖을 내다보고 있었다. 해가 지자 저승의 소리처럼 음산한 굉음에 어둠에, 가려 보이지 않는 군인들의 노랫소리까지 더해졌다. 군인들은 술에 취해 밤 늦도록 노래를 불러댔다.

안토니나는 목덜미의 솜털이 곤두설 만큼 긴장한 채로 그날 밤을 꼬박 새웠다. 알고 보니 요상한 불빛과 굉음은 안토니나가 상상했던 첨단 무기와는 거리가 멀었다. 독일군이 프라스키공원에 별도의 발전기를 설치하고 적을 교란할 거대한 반사등을 밝힌 것이었다.

동물원 구역을 벗어난 지역에서 전투가 벌어지게 된 이후에도, 군인들은 몰래 근처를 배회하다 약탈 목적으로 침입하곤 했다. 어느 날 "눈빛 사나운" 러시아 군인들이 찾아와 정신없이 진열장이며 벽장, 바닥 등을 뒤졌다. 그림이나 카펫 같은 훔쳐갈 만한 물건을 찾는 것이었다. 안토니나는 그들에게 다가가 차분하게 자리를 지켰다. 미친 듯이 방들을 뒤지는 모습이 남의 사냥감을 도둑질하고 썩은 고기를 먹어치우는 청소부, "하이에나 같았다." '내 두려움을 눈치 채면 득달같이 달려들어 나를 잡아먹겠지'라고 그녀는 생각했다. 무리의 대장으로 보이는 사람이 다가오더니 안토니나를 뚫어져라 응시했다. 아시아인 같은 외모에 눈동자가 얼음처럼 차가워 보이는 남자였다. 그 옆에 버들고리로 만든 작은 아기침대에서 테레사가 자고 있었다. 안토니나는 눈길을 돌리지도 자리를 비키지도 않으리라 다짐했다. 갑자기 그가 안토니나가 항상 걸고 다니는 작은 금목걸이를 움켜잡더니 "하얀 이빨을 드러내며 씩 웃었다." 천천히, 절도 있는 동작으로 안토니나가 아기를 가리켰다. 그리고 어려서 배운 러시아어를 머릿속에서 끄집어냈다. 꽁꽁 얼어 있던 무언가를 해동시키듯. 그러고는 큰 소리로 단호하게 다그쳤다.

"그러면 안 돼요! 당신 엄마! 아내! 여동생! 무슨 말인지 알겠어요?"

안토니나가 그의 어깨 위에 손을 올려놓자 그는 깜짝 놀란 기색이었다. 안토니나는 남자의 사납던 눈동자에서 분노가 스르르 빠져나가고 경직되었던 입매가 편안히 풀려가는 것을 보았다. 마치 안토니나가 남자의 얼굴을 천처럼 다리미로 편 것 같았다. 내면의 속삭임이 효과를 보았구나 생각했을 무렵, 러시아군이 바지 주머니로 손을 가져갔다. 순간 공포로 온몸이 얼어붙었고 리볼버로 리시를 겨누던 독일군이 떠올랐다. 하지만 주머니에서 나온 그의 손에는 총이 들려 있지 않았다. 대신, 손바닥을 펼치자 오래도록 안에 있었는지 꼬질꼬질해진 분홍색 사탕 몇 개가 보였다.

"아기한테 줘요!" 그가 요람을 가리키며 말했다.

안토니나가 감사의 표시로 악수를 청하자, 그는 감탄한 표정으로 안토니나를 바라보며 미소를 지었다. 그리고 안토니나의 손에 반지가 없는 것을 흘긋 보고는 측은한 표정을 짓더니 자기 손가락의 반지를 빼서 안토니나에게 내밀었다.

"당신한테 주는 거예요. 가져요! 당신 손가락에 끼워요!"

반지를 끼우는 동안 그녀의 심장이 "부들부들 떨렸다." 반지에 폴란드의 상징인 은색 독수리가 새겨져 있었기 때문이다. 아마도 죽은 폴란드 군인의 손가락에서 빼낸 것이리라. '과연 누구의 반지였을까?'

이윽고 남자가 큰 소리로 부하들을 불러 모으더니 말했다. "들고 있는 모든 것을 내려놔라! 복종하지 않으면 개처럼 죽이겠다!"

깜짝 놀란 부하들이 거둬들인 모든 집기와 약탈품을 내려놓고 주머니에 넣었던 작은 물건들도 꺼내놓았다.

"그럼 출발. 아무것도 만지지 마라!"

명령이 떨어지기가 무섭게 부하들이 "재갈 물린 개처럼 잔뜩 움츠러든 모습으로 차례차례 빌라를 빠져나갔다."

그들이 떠나자 안토니나는 탁자 앞에 앉아서 은색 독수리가 새겨진 반지를 보며 곰곰 생각했다. "어머니, 아내, 여동생 같은 단어가 사악한 생각을 바꾸고 잔인한 본능까지 억누르는 힘을 가졌다면, 어쩌면 인간의 미래에도 희망이 있을지 모른다."

때때로 다른 군인들도 동물원에 찾아왔지만 이렇다 할 불상사는 없었다. 그러던 어느 날 독일 사무관 몇 명을 태운 차가 동물원에 도착했다. 제3제국 모피동물사육장을 관리하는 이들로 그루예크에 살던 시절부터 여우아저씨와 친분이 있는 사람들이었다. 여우아저씨는 풍성한 모피를 가진 동물들이 아직도 살아 있다고 보고했고, 그들은 동물과 직원을 모두 독일로 이송하도록 허가를 내주었다. 많은 동물들을 꾸리는 데는 시간이 걸릴 테니 한동안은 함께 더 오래 빌라에서 머물 수 있을 터였다. 어쩌면 봉기가 성공으로 끝나 독일인들이 바르샤바를 떠날 때까지도. 그렇게 되면 여우아저씨를 포함해 누구도 동물원을 떠날 필요가 없게 될 것이다.

한편 독일 비행기들이, 도시가 송두리째 파괴되기 전에 저항을 단념하라는 내용을 담은 전단지를 뿌려댔다. 얼마 후 독일군은 프라스키공원으로 훨씬 육중한 대포를 가져와 강 근처 나무가 울창한 곳에 감춰두었다. 주둔지가 워낙 가까웠기에 독일군이 물이나 수프, 조리한 감자를 먹으러 자주 들렀다. 어느 날 저녁, 키가 훤칠한 젊은 장교가 민간인이 전쟁터에서 너무 가까운 곳에 산다며 우려를 표시했다. 안토니나는 자신들이 아주 중요한 제3제국 모피동물사육장을 운영하고 있으며 지금이 너구리가 움직이기에 좋지 않은 시기라 떠나지 못한다고 설명했다. 너구리들은 여름에 탈피를 하면서 피부 조직이 조밀해지고 9월, 10월, 11월에 걸쳐 겨울 털가죽을 재생시키는데, 녀석들을 상자에 넣고 스트레스를 주고 환경이 다른 곳으로 옮기면서 충격을 주면 값나가는 겨울모피가 제대로 자라지 않을 것이라고. 안토니나의 설명에 장교는 만족한 듯했다.

안토니나는 이전에는 천둥소리를 두려워해본 적이 없었다. "무엇보다 천둥소리는 번갯불이 만들어낸 진공을 채워주는 유일한 소리니까." 하지만 대포소리는 달랐다. 일단은 쉴 새 없이 불을 뿜어댔다. 폭풍을 알리는 전주곡처럼 공기가 축축해지거나 비가 오는 것도 아니었다. 맑은 하늘에서 치는 마른벼락은 천둥소리와 달리 안토니나의 신경을 곤두서게 했다. 어느 날 오후, 대포소리가 갑자기 멈췄다. 좀체 없는 소강상태였다. 집안 여자들은 간만에 맛보는 고요에 흠뻑 빠져 누워서 휴식을 취했다. 시어머니, 누니아, 에바, 모두 침실에서 낮잠을 잤고 안토니나만 아래층에서 테레사를 돌보았다. 찌는 듯이 더운 날이라 집 안의 모든 문과 창문을 열어놓은 상태였다. 갑자기 부엌문이 열리는 삐걱 소리가 나더니 독일군 장교가 성큼성큼 안으로 들어왔다. 그는 아기와 안토니나를 보고 잠시 걸음을 멈추었다. 그가 천천히 다가오는 동안 안토니나는 그의 숨결에서 술 냄새를 맡았다. 장교는 수상쩍게 여기서기를 기웃거리다가 얀의 서재로 들어갔다.

"아니, 피아노에 악보까지! 당신이 연주하는 거요?" 그가 들뜬 목소리로 물었다.

"조금요."

그는 바흐 악보를 몇 장 넘기면서 휘파람을 불었다. 휘파람으로 바흐의 푸가 가락을 완벽하게 살리는 것을 보니 전문적인 음악가인 모양이었다.

"음악에 조예가 있으신가 보네요." 안토니나가 말했다.

그가 연주를 부탁하자 안토니나는 피아노 앞에 앉았다. 뭔가 상당히 어색하다는 느낌은 있었음에도 별다른 수가 없었다. 테레사를 안고 도망치고 싶은 마음이 간절했지만 그랬다가는 총알이 날아올 것 같았다. 안토니나는 슈베르트의 감미로운 가곡 〈세레나데〉를 연주하기 시작했다. 독일인들이 좋아하는 이 선율이 부디 장교의 마음을 진정시켜주기를 바라며.

"아니, 그건 아니야! 아니라고! 하필 왜 그 곡이야?" 그가 고함을 질렀다.

안토니나의 손가락이 놀라 건반에서 튕겨져 나왔다. 확실히 잘못된 선곡인 모양이다. 그런데 왜지? 안토니나가 많이 듣고 연주도 자주 해본 곡이었다. 장교가 서가로 성큼성큼 걸어와 악보를 훑어보는 동안 안토니나는 슬쩍 눈을 내리깔고 〈세레나데〉의 가사를 훑어보았다.

감미로운 나의 노래는 밤새도록 당신에게 애원합니다.

고요한 숲으로 나와 함께 가자고, 사랑하는 이여,

바람에 흔들리는 가녀린 나뭇가지들도 달빛 속에서 살랑살랑 속삭입니다.

두려워 마오, 사랑하는 이여, 심술궂은 밀고자가 엿듣는 것을.

나이팅게일이 지저귀는 소리가 들리나요? 아! 그들도 당신에게 애원하는군요.

감미로운 선율로 나를 대신해 당신에게 애원하고 있어요.

가슴 속 열망을 이해하고, 사랑의 고통을 아는 새들이

아름다운 소리로 사랑에 빠진 여린 마음들을 감동시킵니다.

부디 당신의 마음도 감동시키기를, 사랑하는 이여, 내 말을 들어주오!

마음 졸이며, 나는 당신을 기다립니다. 어서 와서 나를 황홀하게 해주오!

마음을 심란하게 하는 서글픈 사랑의 노래라는 것을 그녀는 깨달았다. 그러는 사이, 국가모음집을 발견한 장교의 얼굴이 갑자기 환해졌다. 그는 뭔가를 간절히 찾는 표정으로 열심히 악보집을 뒤지더니, 마침내 발견했다.

그는 페이지를 펼친 채로 악보집을 피아노 위에 올려놓았다. "부탁합시다. 이걸로 연주해줘요."

안토니나가 연주를 시작하자 장교는 억센 독일 억양으로 영어 단어를 발음하며 노래를 따라 불렀다. 프라스키공원에 있는 독일군이 우렁차게 '미국 국가'를 부르면서 도대체 무슨 생각을 하고 있는 걸까? 안토니나는 장교의 반쯤 감은 눈을 몇 차례 훔쳐보았다. 힘차고 화려한 가락으로 연주를 마치자 장교는 경례를 하고는 재빨리 빌라를 떠났다.

음악에 조예가 깊어 보이는데 어떤 사람일지 안토니나는 궁금했다. 미국 국가는 또 어찌 된 사연일까? "빌라 근처에 있는 다른 독일인들 들으라고 일부러 그런 걸까? 누가 찾아와서 어떻게 된 거냐고 캐묻지 않을까? 미국 국가로 친위대를 자극했으니, 그냥 넘어갈 리가 없을 텐데." 나중에 안토니나는, 아무래도 자기를 겁주기 위해 그랬으리라는 확신이 들었다. 그렇다면 확실히 성공한 셈이었다. 미국 국가의 멜로디가 머릿속에 박혀 한동안 맴맴 돌다가, 집중포화 소리가 밤하늘을 가를 때에야 그 상태에서 벗어날 수 있었기 때문이다.

독일군이 구시가 공격의 강도를 높일 때도 안토니나는 여전히 국내군이 승리하리라는 희망을 놓지 않았다. 하지만 히틀러가 도시를 모조리 파괴하라는 명령을 내렸다는 소문이 드문드문 들려왔다. 그리고 머지않아 자유프랑스군과 미국군, 영국군에 의해 파리가 해방되었다는 소식을 들었다. 이어서 아헨이 독일 도시로는 처음으로 연합군에 항복했다. 1만 톤에 달하는 폭탄 세례로 도시가 처참하게 파괴된 후였다.

얀으로부터는 아무 기별이 없었고, 얀에 대한 소식도 듣지 못했다. 얀이 배치된 구시가에서는 국내군이 점점 좁아지는 포위망 속에서 건물에서 건물로, 혹은 집이나 성당의 방에서 방으로 옮겨 다니며 전투를 계속했다. 국내군이 있는 건물 안에서 갑자기 폭탄이 터져 층층으로 번져가는 모습을 봤다는 목격자들이 많았다. 그들은 밖에 있는 국내군은 빗발치듯 쏟아지는 폭탄과 총알에 그대로 노출되어 있었다고 말했다. 안토니나와 리시가 할 수 있는 일이라곤 구시가 주변의 집중포화를 지켜보며, 안토니나가 기억하는 포석 깔린 길을 따라 얀과 동료들이 이동하는 모습을 상상해보는 것뿐이었다.

종군기자였던 실베스테르 브라운(암호명 크리스)이 8월 14일에 찍은 기록사진을 보면, 폴란드 군인들이 방금 손에 넣은 독일 군용수송차 앞에서 자랑스럽게 포즈를 취하고 있다. 얀이 등장하지는 않지만 이 사진에 붙은 설명을 보면, 군인들이 코끼리처럼 거대한 차량에 '야시'라는 별칭을 붙인 것을 볼 수 있다. 바르샤바동물원에서 전쟁 초기에 죽은 수컷 코끼리 이름과 똑같은 것이 순전히 우연의 일치일까?

32

9월, 구시가에 있던 군인 5천 명이 하수도를 통해 탈출했다. 독일군이 수류탄과 불붙은 휘발유를 맨홀로 던지는 와중에 진행된 처절한 탈출이었다. 다른 지역에서는 연합군이 모든 전선에서 연전연승을 거두고 있었다. 프랑스와 벨기에를 해방시킨 영국과 미국 군대는 네덜란드, 라인 지방, 알자스 지방을 지나 독일로 진격 중이었다. 폴란드 근처에서는 미적거렸지만 소련의 붉은 군대도 이미 불가리아와 루마니아를 점령하고 유고슬라비아와 헝가리로 진격 중이었다. 제3제국을 발트 연안에서 완전히 몰아내겠다는 의지였다. 미국은 일본 오키나와에 상륙했고 남태평양을 맹공격 중이었다.

독일 장교는 군대에 무슨 일이 일어나든 제3제국은 귀중한 모피농장이 필요하다며, 통풍이 잘 되는 고리바구니에 동물들을 넣어 안전을 위해 교외의 작은 마을로 옮길 준비를 하라고 지시했다. 포탄이 점점 동물원 가까운 곳에 떨어지기 시작하자 안토니나도 가솔들과 함께 이사할 준비를 했다. 여우아저씨의 목적지, 워비치는 전투지에서 벗어난 곳이지만 바르샤바에서 그다지 멀지도 않아 피난처로 적격이다 싶었다. 안토니나, 리시, 시어머니, 누니아와 에바 자매, 여우아저씨, 모피사육장 직원들이 함께 이동하기로 했다. 모두 모피사육장 일꾼이라는 신분으로 통행할 수 있기를 바라면서. 반려동물 중에 누구를 데려가고 누구를 풀어놓을 것인가(사향쥐, 비체크, 다른 토끼들, 고양이, 닭, 독수리?)를 결정하는 일은 그들을 고통스럽게 했으나, 결국 비체크만 데려가고 나머지는 모두 야생에 풀어놓아 각자의 재주와 운에 맡기기로 했다.

운반차가 있어서 원하면 살림살이를 얼마든지 실을 수 있었지만 가볍게 이동하는 것이 현명하겠다 싶었다. 그래서 요와 이불·베개·겨울코트·부츠·물통·냄비·삽·기타 실생활에 필요한 것들만 챙기기로 했다. 귀중품은 무엇이든 폭격과 군인들의 약탈을 피해 꼭꼭 감춰두어야 했다. 커다란 상자에 모피코트·은제품·타자기·재봉틀·서류·사진·가보·그 밖의 귀중품들을 집어넣었다. 여우아저씨와 직원들은 그것들을 빌라에서 꿩 우리로 가는 지하통로에 서둘러 감춰 넣고 터널 입구를 벽돌로 막았다.

8월 23일, 드디어 출발하는 날, 리시는 빌라에서 불과 50미터 떨어진 곳에 커다란 포탄이 떨어지는 것을 보았다. 포탄은 땅 속으로 박혔지만 폭발하지는 않았다. 곧이어 한 장교가 불발탄 처리반과 함께 나타났다. 누구든 성오까지 빌라에 남아 있으면 총으로 쏴버리겠다고 으름장을 놓던 장교였다. 리시는 꿩 사육장으로 달려가 토끼들에게 마지막으로 민들레 잎을 먹이고 녀석들을 풀어주었다. 낯선 자유에 어리둥절해진 토끼들은 자리를 떠나려 하지 않았다. 결국 리시가 토끼들의 기다란 귀를 잡고 한 마리씩 밖으로 끌고 나와 풀밭으로 데려갔다. 덤불, 연못, 하늘, 어느 곳에도 잠복한 포식자는 없었다. 집 안에서 키우던 동물들—독수리와 사향쥐—은 이미 전날 놓아주었다.

"가, 바보 같은 토끼들아, 가라고!" 리시가 훠이, 훠이 하며 토끼들을 쫓았다. "너희는 자유야!"

안토니나는 다양한 크기의 털뭉치들이 깡충깡충 잔디밭을 뛰기 시작하는 모습을 바라보았다. 갑자기 덤불 속에서 발비나가 튀어나왔다. 발비나는 꼬리를 높이 쳐들고 요란하게 그르렁대더니 리시를 향해 달려왔다. 고양이의 출현을 눈치 채고 토끼들이 황급히 도망쳤다. 리시가 발비나를 안아 올렸다.

"우와! 발비나, 우리랑 같이 가고 싶은 거야?" 리시가 발비나를 안고 집으로 향했다. 그런데 고양이는 리시의 품에서 빠져나가려고 발버둥을 쳤다.

"우리랑 같이 가기 싫은 거야? 섭섭한걸." 그리고 리시는 서글프게 덧붙였다. "그래도 넌 운이 좋은 거야. 너는 적어도 여기 머물러도 되잖아." 발비나는 덤불숲으로 사라졌다.

이 장면을 현관에서 지켜보던 안토니나는 심한 갈등을 느꼈다. 집에 남고 싶은 열망이 강한 만큼, 기차역까지 데려다줄 트럭을 기다리는 마음도 똑같이 간절했다. 자기도 몰래 자꾸만 시계를 보았다. "시곗바늘은 인정사정없이 움직였지만." 바르샤바의 몇몇 도피처로 뛰어들자는 생각이 순간 충동적으로 머리를 스쳤지만, 도대체 어디로 간단 말인가? 그녀는 다리가 불편한 시어머

니를 걱정했다. "어머니는 일 킬로미터를 걷지 못했다." 길에서
불러 세우는 독일군도 두려웠다. 폴란드인을 발견하면 무조건
체포하여 프루슈쿠프 집단처형장으로 보내버리는 독일군이 있
다고 들었다. 모든 상황을 따져보건대 모피사육장 동물들과 함
께 서쪽으로 이동하는 것이 가장 바람직했다.

　오전 11시 30분, 여우아저씨의 낡은 트럭이 덜컹거리며 빌라
에 도착했고 다들 신속하게 짐을 실었다. 동물원을 뒤로한 채 바
르샤바 뒷골목을 구불구불 달려 기차가 기다리는 역에 도착했
다. 화물칸에는 이미 여우·밍크·뉴트리아·너구리·비체크가
실려 있었다. 안토니나를 비롯한 사람들이 전부 승차하자 곧 기
차가 출발했고 이내 강을 건넜다. 기차는 승객들을 싣기 위해 두
번 더 멈춘 뒤 서서히 목적지를 향해 나아갔다. 마침내 워비치에
도착하자 일행은 동물들이 실린 상자를 내리고 폴란드 다른 지
역에서 오는 모피사육장 동물들이 도착하기를 기다렸다. 동물들
이 모두 집결하면 독일에 있는 큰 농장으로 이동해야 했다. 안토
니나는 낮에 마을을 이리저리 산책하고 자유를 만끽하면서, 전
쟁의 기운이라고는 느껴지지 않는 마을에서 소중한 평화를 맛보
았다. 다음날, 도와줄 사람을 찾던 안토니나는 폴란드 전 총리의
아들인 안드셰이 그랍스키가 공교롭게도 독일 모피회사 이사진
이라는 것을 알게 되었다. 어린 아이들을 데리고 독일로 가는 것
이 두렵다고 말하자 그랍스키는 마을에서 임시 피난처를 찾아주
었다. 엿새 뒤에 안토니나는 여우아저씨에게 작별인사를 하고(그
는 동물들과 함께 워비치에 남아야 했다) 마차를 빌려 마리빌이라는 마
을로 향했다. 워비치에서 마리빌까지 겨우 6킬로미터 거리인데

도 안토니나에게는 "영원처럼 길고 지루하게 느껴졌다."

마침내 한 오래된 사유지에 위치한 아담한 학교 사택에 도착했다. 한 여성이 그들에게 잠을 잘 수 있도록 작은 교실을 안내해주었다. 교실의 나무 벽에는 먼지가 뽀얗고 바닥에는 진흙과 지푸라기가 깔려 있었다. 천장에는 거미줄이 주렁주렁했고, 창유리는 모두 깨졌으며, 바닥에는 담배꽁초가 여기저기 쌓여 있었다. 그들은 비체크의 우리를 흙난로 옆에 놓았다. 안토니나는, 밖으로 나가려고 비체크가 새장을 긁는 소리 말고는 아무 소리도 들리지 않았고, 몇 주 동안 폭발과 총성이 끊이지 않았던 터라 오히려 낯설고 기분이 묘했다고 기록했다. 마음이 차분해지는 침묵이 아니라 공허하고 부자연스럽고 불안해지는 침묵이었고, 오히려 그들의 "귀에 방해가 되었다."

"너무 조용해서 유령이 나올 것 같아요." 리시가 안토니나의 목에 팔을 감고 꼭 매달렸다. 안토니나는 리시가 두려워하고 힘들어하는 것이야 당연히 마음이 아팠지만, 아이가 엄마의 위로를 바라고 기댄다는 사실이 놀랍고 한편으로 마음이 놓였다고 썼다. 8월 내내 긴장이 흐르고 폭력이 난무하는 동안 안토니나는 아이가 강하고 어른인 척하려는 모습을 보아왔다. 그러나 이제 "아이가 마침내 아이답게 구는 모습에" 한시름 놓았다.

"엄마, 우리 다시는 집에 못 돌아갈 것 같아요." 아이의 눈에는 눈물이 그렁그렁했다.

커다란 대도시에서 평화로운 작은 마을로, 단기 체류지로 예상하는 곳이었기에 제대로 정착하는 것이 소용없을 곳으로 이사하면서 친구·가족·지하조직과의 연락이 끊겼다. 하지만 동시에 대포에 대한 두려움도 사라졌다. 삶의 터전에서 너무도 멀어져버린 현실에 시달리던 안토니나는 "내가 뭐라고 규정지을 수도 영향력을 행사할 수도 없는 불가항력적인 재앙에 휘둘리는 상황에서 [⋯⋯] 모든 것이 비현실적으로 느껴지고 허공에 붕 뜬 기분"이라고 당시를 회고했다. 물론 어떻게든 리시의 기운을 북돋워주리라 각오했지만.

빗자루, 걸레, 양동이 같은 것을 얻으려고 교사인 코코트 부인, 대장장이 남편, 두 아들이 사는 집으로 찾아갔다. 문을 두드리자 키가 작고 건장한 체격의 코코트 부인이 그들을 반겨주었다. 보조개가 있고, 일로 단련된 투박한 손을 가진 여자였다.

"미안해요." 코코트 부인이 말했다. "오시기 전에 교실을 청소할 시간이 없었어요. 남편이 내일 들러 난로를 설치해줄 겁니다. 걱정 마세요. 다 괜찮을 거예요. 곧 정착해서 집처럼 편안히 지내게 될 겁니다."

이후 며칠 동안 코코트 부인은 빵과 버터를 가져다주고, 갓난아기인 테레사를 위해 작은 나무 욕조와 온수도 가져다주었다. 생각만큼 끔찍한 생활은 아니었지만 리시가 항상 걱정이었다. 아이는 "자신이 아는 모든 것을 잃었다[⋯⋯]. 거센 바람에 뿌리가 뽑혀 정원에서 멀리 떨어진 곳으로 날아간 작은 풀 같았다." "바르샤바를 떠났다는 지진에다," 소식조차 듣지 못한 "아버지에 대한 걱정, 그리고 온통 낯선 환경에, 궁핍한 생활까지" 아이가 우울해하고 변덕스러워진 것이 어쩌면 당연했다.

시간이 지나자 리시는 코코트 가족들과 점점 가까워졌다. 코코트 가족의 반복적인 일상이 아이가 목말라하던 질서와 예측

가능성을 충족시켜주었다. 안토니나는 전쟁 기간 내내 아이가 어른인 척하려고 안간힘을 쓰는 것이 걱정이었다. 사실 리시는 "어린애이기를 단호하게 거부하고, 어린애 취급을 받으면 누구한테나 무례하게 굴 정도였다." 하지만 아이들이 학교에 다니고 두려움 없이 노는 코코트 가족의 평범한 일상이 리시의 원기를 북돋는 활력소 역할을 했다. 아이는 코코트 가족의 분주한 일상과 이웃과의 교류를 지켜보았다. 그리고 그들이 가족으로서 얼마나 화목하게 지내며, 이웃에게 얼마나 많은 친절과 선행을 베푸는가를 보며 감명받았다. 코코트 부인은 자전거를 타고 가서 아픈 사람에게 주사를 놔주었고, 멀리 시내까지 가서 의사를 불러오기도 했다. 그녀의 남편은 이웃들의 차 엔진·재봉틀·타이어·시계·전등을 비롯해 뭐든 **병든** 물건이 있으면 고쳐주었다.

"리시는 지식인을 대단하다고 생각하지 않았다. 추상적인 것에 빠진 모습이 시시해 보였기 때문이다. 리시는 실질적인 기술을 높이 평가했다. 그래서 코코트 가족의 실질적인 기술, 상식, 근면함을 깊이 존경했다." 리시는 종일 코코트 씨를 그림자처럼 따라다니며 깨진 창유리를 갈고, 목조 창틀에 난 금을 이끼와 지푸라기로 채우고, 짚으로 만든 자재나 기름과 모래를 섞은 재료로 벽에 난 구멍들을 메우는 일을 거들었다.

그러다가 리시는 아무도 예상하지 못한 행동을 했다. 진실한 우정의 표시로, 아끼는 토끼 비체크를 코코트 씨네 두 아들, 옝드레크와 즈비셰크에게 선물한 것이었다. 세 아이들이 늘 함께 놀았으니, 비체크의 생활이 크게 바뀔 것은 없었다. 그러나 비체크를 먹이고 비체크의 미래를 결정하는 주체는 분명히 바뀌었다.

비체크는 처음에 사태를 파악하지 못했다고 안토니나는 적었다. 리시는 비체크에게 새로운 주인이 누구인지, 어디에서 자게 되는지를 상세하게 설명했다. 안토니나는 리시가 자못 진지한 표정으로 설명하는 소리를 들었다. 이후에도 비체크는 몇 번이나 몰래 리시 방으로 들어가려 했고, 번번이 문 앞에서 외면을 당했다.

"이제 너는 옝드레크와 즈비셰크 집에서 사는 거야. 바보, 멍청아! 왜 이렇게 단순한 것을 이해 못하니?"

말을 듣는 동안 토끼는 귀를 움직이며 리시를 바라보았다. 안토니나가 보기에도 영락없이 "말을 완벽하게 이해한 표정이었다." 하지만 리시가 두 집 사이 통로로 데려가 내려놓은 다음 문을 닫자마자 비체크는 문을 열어달라며 긁어댔다.

안토니나는 우울증이 도져 된통 고생을 했다. 하지만 호들갑을 떨며 상세하게 기록하지 않고 날씨 이야기라도 하는 것처럼 무미건조하게 기록했다. 이동으로 모든 에너지가 고갈되어 마치 "혼수상태에 빠진 사람" 같았지만 여자와 아이들밖에 없는 작은 무리를 먹이고 책임지느라 쉬지도 못하고 자신을 채찍질했다. 사기를 쳐서라도 필요한 물품을 구해야 했다. 안토니나는 감자·설탕·밀가루·밀은 마을의 어떤 여자한테서, 연료로 쓸 토탄은 길 아래 남자한테서, 그리고 읍에서 하루에 1.5리터의 우유를 구해왔다.

힘차게 시작된 바르샤바 봉기는 지독한 시가전 끝에 63일 만에 실패로 막을 내렸다. 도시의 상당 부분이 잿더미로 변한 상태에서 바르샤바 국내군은 비정규군이 아니라 전쟁포로로 인간적인 대우를 해준다는 조건에 항복했다(그러나 생존자 대부분은 강제노동수용소로 이송되었다). 독일군은 환자가 가득한 병원을 그대로 불태우고, 매복한 저격수를 막으려고 어린이와 여자들을 탱크에 밧줄로 묶고 다녔다. 히틀러는 독일 교회에 꼬박 일주일 동안 바르샤바 함락을 축하하는 종을 울리라고 명령했다.

바르샤바 인근 워비치와 마리빌 거리에는 거처를 찾는 피난민의 물결이 끊이지 않았다. 가난한 소규모 농장, 지주에 의지해 사는 소규모 촌락, 저택과 주민이 딸린 중세 영지들이 흩어져 있는 교외지역까지 피난민이 꾸역꾸역 몰려들었다. 시간이 갈수록 점점 많은 사람들이 무리를 지어 찾아들었다. 굶주리고 공포에 질린 사람들이 논밭은 물론 집 앞 계단에까지 장사진을 치는 바람에 난감해진 농부들이 지방정부에 강제 소개시켜달라고 진정서를 내야 할 정도였다.

안토니나는 처음 마리빌에 도착했을 때엔 게슈타포의 추적을 우려해서 몸을 숨기고 은밀하게 지냈다. 그러나 평온한 나날이 계속되자 안심하기 시작했고, 마리빌에 도착한 지 몇 주가 지나고 바르샤바 봉기군의 조건부 항복이 있은 뒤에는 가족과 친구들의 소식을 알아보기 위해 움직였다. 안토니나는 얀의 기별을 기다렸다. 어느 날 마법처럼 자기 앞에 나타나리라고 믿었다. 1939년 뮐러 박사의 도움으로 전등갓 가게에 숨어 있던 자기 앞에 나타났던 것처럼, "백방으로 노력해서 어떻게든" 자신을 찾아내리라고. 안토니나는 봉기 초기에 얀이 경험한 믿기지 않는 행운에 대해서는 전혀 모르고 있었다. 목을 관통한 총상을 입고 급히 흐미엘나 거리에 있는 병원으로 이송되었을 때 모두 얀이 죽을 것으로 생각했다. 총알이 식도 · 척추 · 정맥 · 동맥을 건드리지 않고 목을 관통하며 날아간다는 것은 거의 불가능했으니까. 나중에 안토니나는 얀을 치료한 의사를 만날 기회가 있었다. 케니그 박사는 당시 일을 기적처럼 놀라운 일이라고 말했다. "사람을 마취시켜놓고 작정하고 총알이 그렇게 지나가게 해본대도 불가능할 일이었죠!" 독일군이 병원을 접수하자 얀은 장교용 전쟁포로수용소로 보내졌다. 총상은 나았지만 얀은 그곳에서 굶주림과 극도의 피로에 시달려야 했다.

안토니나는 가족들끼리 서로 아는 한 친구에게 편지를 보냈고, 그는 안토니나 대신 중간에서 소식을 전해주겠다고 했다. 그리고 부모님과 함께 가지 않고 안토니나와 머물면서 이것저것 도와주던 누니아는 메신저 역할을 했다. 어느 날 아침 동이 트기 전에 일어난 누니아는, 당시 '버스' 기능을 하던 마차를 몇 시간 동안 기다린 다음, 워비치를 거쳐서 바르샤바까지 갔다. 가는 내내 누니아는 곳곳에 쪽지를 붙였다. 나무·전봇대·울타리·건물·알림판이 되다시피 한 기차역의 벽면 등에. 쪽지에는 얀의 안부를 수소문하는 내용과 함께 안토니나의 주소가 적혀 있었다. 스테판 코르본스키는 당시를 이렇게 회상한다.

기차역 담장마다 남편을 찾는 아내, 자식을 찾는 부모의 사연, 사람들의 소재를 알리는 게시문들이 수도 없이 붙어 있었다. 많은 인파가 새벽부터 밤까지 소식을 전해주는 광고판이자 우체국이 된 기차역 담장 앞에 장사진을 쳤다.[88]

곧 얀의 근황을 알려주는 단서들이 담긴 편지들이 도착했다.

얀의 부상을 치료했던 병원의 간호사, 바레츠키 광장의 우체부, 빌차 거리에 있는 동물학박물관의 수위가 편지를 보냈다. 모두 얀에 대해 이야기하며 안토니나에게 희망을 주었다. 마침내 얀이 독일 전쟁포로수용소로 이송되었다는 소식을 듣고 안토니나와 누니아는 장교들이 수감된 모든 수용소에 수십 통의 편지를 보냈다. 실마리를 얻기를 기대하면서.

33

1944년 12월

 겨울이 오자 수도 없던 진흙 웅덩이들이 완전히 얼어붙고, 땅도 두툼하게 쌓인 하얀 눈 아래서 단단하게 얼었다. 그즈음 안토니나는 전쟁 전과는 완연히 다른 크리스마스를 준비했다. 크리스마스이브에 폴란드 사람들은 고기 없이 열두 가지 요리로 마련된 만찬을 즐기고 선물을 교환하는 전통이 있다. 특히 동물원의 크리스마스이브에는 각별한 하사품들이 함께했다. "팔리지 않은 크리스마스트리가 가득 실린 마차들이 동물원으로 왔다. 동물들을 위한 크리스마스 선물이었다. 갈까마귀, 곰, 여우를 비롯한 많은 동물들이 상록수의 향기 나는 나무껍질과 날카로운 잎을 씹거나 쪼아 먹는 것을 좋아했다. 크리스마스트리가 조류 사육장, 우리, 해자를 두른 서식지에 선달되면 동물원의 크리스마스 연휴가 정식으로 시작되었다."
 밤새 혜성처럼 움직이는 랜턴 불빛이 동물원 구내 곳곳을 돌왔다. 일꾼 한 명이 충실하게 외래동물 구역을 지키며 온도를 확인하고 난로에 석탄을 넣었다. 예닐곱 명은 외양간과 야외 서식지에 추가로 건초를 가져다 놓았다. 다른 일꾼들은 열대 새들이 몸을 숨기고 따뜻하게 지낼 수 있게 새장에 밀짚을 채워주었다. 안위를 걱정하는 마음과 춤추는 불빛들이 함께하는 따뜻한 정경이었다.

1944년 크리스마스이브에 리시는 즈비셰크와 함께 숲으로 향했다. 엄마에게 "애들은 좀 놀아야 한다"고 공표한 참이었다. 나중에 아이들은 작은 전나무 두 그루를 끌고 돌아왔다.

시골 관습에 따라서 크리스마스트리는 낮에 장식하고, 첫 별 (예수가 탄생할 때 동방박사들을 아기예수에게 인도한 베들레헴의 별을 기리는 의미에서)이 뜨는 시간에 불을 켰다. 그리고 자리에 없는 가족들을 위한 접시까지 차려놓는 만찬이 시작되었다. 작은 크리스마스트리를 등받이 없는 의자 위에 올려놓았는데, 아기 테레사가 보고는 박수를 치며 깔깔대고, 옹알옹알 알아들을 수 없는 소리를 냈다. "반짝반짝 빛나는 전구로 치장한 나뭇가지에는 작은 사과 세 개, 생강빵 쿠키, 초 여섯 자루, 리시가 밀짚으로 만든 공작 깃털 장식 여러 개가 달려 있었다."

크리스마스 연휴 기간에 제니아가 찾아와서 안토니나를 깜짝 놀라게 했다. 지하조직 활동으로 체포될 위험이 있음에도 기차를 타고 6.5킬로미터나 되는 바람과 추위 속을 걸어와서 돈, 음식, 그리고 친구들의 소식을 전해주었다. 안토니나와 리시는 아직까지 얀에게서 아무런 소식을 듣지 못했다. 어느 날 코코트 부인이 여느 때처럼 자전거를 타고 우체국으로 갔다. 안토니나와 리시는 여느 때처럼 그녀가 돌아오는 모습을 멀리서부터 지켜보았다. 멀리서는 작아 보이던 형상이 페달을 밟아 다가옴에 따라 점점 커지고 선명해졌다. 이번에는 그녀가 편지를 흔들고 있었다. 리시가 겉옷도 입지 않은 채로 달려 나가 코코트 부인을 맞았다. 리시가 부인에게서 받은 편지를 움켜쥐고 부리나케 집 안으로 들어갔고 코코트 부인이 미소를 지으며 뒤를 따랐다.

"드디어," 부인은 차마 말을 잇지 못했다.

안토니나와 리시는 편지를 몇 번이나 읽고 또 읽었다. 리시가 코코트 아저씨한테 소식을 알려주겠다며 서둘러 나갔다. 리시는 그동안 이웃들에게 생사를 알 길 없는 아빠에 대해 좀체 말하지 않았다. 마침내 아이가 아빠 이야기를 할 수 있게 된 것이었다.

현재 바르샤바동물원 기록보관소에는 얀의 가족이 기부한 사진과 함께 상당히 알쏭달쏭한 물건이 하나 있다. 얀이 전쟁포로수용소에서 가족들에게 보낸 카드인데 한쪽에는 내용 없이 주소만 덩그러니 적혀 있고, 반대쪽에는 얀의 멋진 캐리커처가 그려져 있다. 별 두 개짜리 견장이 달린 헐렁한 군복을 입고 목에서 허리까지 흘러내리는 검은색 스카프를 맨 모습이다. 턱수염이 까칠하게 자랐고, 벗겨진 정수리 부분에는 세 가닥 머리칼만 삐죽 솟아 있다. 입에는 담배를 물고 얼굴에서는 권태와 모멸감이 느껴진다. 당시 얀이 포착한 자신의 모습은 이랬다. 이러니저러니 설명 한 마디 없이 연민과 해학의 중간쯤에 놓인 자화상이 전부였는데, 그림 속의 그는 기세는 꺾였어도 완전히 무릎 꿇지는 않은 자의 묘한 분위기를 보여준다.

마침내 1월 17일에 붉은 군대가 바르샤바로 진입했다. 바르샤바가 무릎을 꿇은 지 오래였으니 지나치게 늦은 지원이었다. 이론상으로 러시아군은 독일군을 몰아내야 하지만 정치적·전략적·현실적인 이유들로(그중에는 도중에 병사 12만 3천 명을 잃은 것도 포함되었다) 비스와 강 동안에서 야영하면서 꼬박 두 달 동안 도시에서 벌어지는 유혈극을 지켜보았다. 수천 명의 폴란드인들이 학살당하고, 그보다 더 많은 사람들이 수용소로 끌려가고, 사실상 도시에 인적이 사라질 때까지.

할리나, 사촌 언니 이레나 나프로츠카(올림픽 펜싱 챔피언으로 전쟁 전에 세계 곳곳을 여행했다)를 비롯해 국내군의 전령 노릇을 하던 소녀 다섯 명은 독일군에 체포되어 다른 포로들과 함께 오자루프 강제수용소까지 행진하게 되었다. 감시하는 경비병도, 끌려가는 포로도 흙투성이에 지친 기색이 역력했다. 갑자기 들판에서 농장노동자들이 달려와 잽싸게 소녀들에게 작업복을 입혔다. 그리고 피곤에 지친 파수병들이 눈치 채기 전에 그녀들을 무리에서 빼내 아마밭으로 데리고 갔다. 할리나 일행은 농장노동자에 섞여 자코파네(체코슬로바키아와 폴란드에 걸쳐 있는 타트라 산맥 근처)로 도망친 다음, 전쟁이 끝날 때까지 몇 달 동안 숨어 지냈다.

34

ı945년

까마귀 떼가 하늘을 선회하더니 눈 덮인 들판에 내려앉았다. 따뜻하고 습한 전형적인 1월 아침이었다. 수증기를 머금은 겨울 나무들이 햇빛을 받아 빛나고, 뽀얀 안개 때문에 숨을 쉬면 목화 솜을 들이마시는 듯한 몽환적인 분위기였다. 여러 가지 징조가 가득한 아침이었다. 안토니나는 중무장한 트럭들이 덜컹거리며 지나가는 소리, 비행기가 굉음과 함께 날아가는 소리, 멀리서 나는 폭발음을 들었다. 그리고 사람들이 고함치는 소리가 들렸다. "독일군이 도망치고 있다!" 이윽고 폴란드군과 소련군이 나란히 걸어갔고, 기나긴 소련 탱크 행렬이 서서히 지나갔다. 주민들은 서둘러 해방군을 환영하는 의미로 붉은 깃발을 게양했다. 별안간 엄청나게 많은 하얀 비둘기 떼가 하늘로 날아올랐다. 비둘기 떼는 행진 중인 군인들 머리 위로 올라가더니 구름 덩어리처럼 한데 모였다가 점점 높이 올라가 마침내 시야에서 사라졌다. 안토니나는 "타이밍이 기가 막혔다"고 기록했다. "영화감독이 공들여 연출한 상징적인 장면처럼."

얀이 풀려나리라는 희망이 커졌지만 그래도 남은 겨울을 마리빌에서 보내기로 했다. 어린 아이들을 데리고 바르샤바로 가는 것이 위험해 보였기 때문이다. 현지 아이들은 학교로, 말하자면 반복적인 일상 속으로 돌아가고 싶어 좀이 쑤신 상황이었다. 이는 안토니나 가족이 학교를 떠나 다른 임시 거처를 찾아야 한다는 의미였다. 갓난아기한테 먹일 우유까지 사야 하는 상황에서 음식 살 돈도 바닥났다. 영주의 저택에서 그녀의 처지를 딱하게 여겨 식량을 보내주었다. 그래도 돌아가려면 아무래도 돈이 들거라고 생각해서 바르샤바 행 차표를 살 금색 '돼지새끼(루블화)' 몇 마리는 아껴둔 터였다. 다시 몰려든 피난민의 물결로 도로가 혼잡해졌다. 이번에는 집으로 돌아가는 여정이었다. 집이 무너져 폐허가 되었다는 소식을 들었어도 어떻게든 돌아가려고 필사적이었다. 누니아가 먼저 가서 동물원이며 빌라 상태를 보고 왔다. 포탄을 맞아 많이 훼손되고 약탈도 심했지만 빌라는 무너지지 않고 서 있다고 했다. 누니아는 또 동물원 근처에 사는 친구들이 있으니 우선 거기 머물면 될 것 같다고 했다.

대형 화물차 구하기가 하늘의 별따기라 안토니나는 감자를 싣고 동쪽으로 가는 군인들을 설득했다. 그들이 방향이 겹치는 데까지 가족들을 태워주기로 했다. 이동하는 날은 영하의 추운 날씨였다. 작은 오리털 담요로 몸을 둘둘 말 아기를 빼고 모두 추위에 몸을 떨었다. 화물차는 순찰 중인 군인들에게 검문을 받느라 자주 멈췄다. 프워치에서 내린 일행은 러시아 비행기 조종사의 트럭을 얻어 타기로 했다. 일행은 지붕이 없는 트럭 짐칸에 옹기종기 모여 앉았다.

드디어 바르샤바로 진입하는 경계에 도착했을 무렵 지저분한 눈과 모래가 트럭 양쪽에서 튀겨 올라왔다. 눈에서는 고약한 냄새가 났고 모래 때문에 눈을 제대로 뜰 수 없었다. 날은 또 얼마나 추운지 자꾸만 몸을 웅크리게 되었다. 눈앞에 펼쳐지는 참담한 광경에 "망연자실하고 구역질이 날 것 같았다"고 안토니나는 말했다. 바르샤바의 참상을 알리는 각종 소문과 경고, 목격자들의 증언을 이미 들었는데도 현실은 상상을 뛰어넘었다. 바르샤바는 갈기갈기 찢긴 누더기였고 폐허였다. 기록사진과 필름들을 보면 시커멓게 탄 창문, 하늘로 가는 입구인 양 허허벌판에 덩그러니 남은 문틀, 벽이 무너져 방들이 벌집처럼 노출된 고층 건물, 떨어져 나온 빙산처럼 외로이 서 있는 아파트·주택·교회, 쓰러진 나무들, 파편이 수북이 쌓인 공원, 전면만 남은 건물들(꼭 묘비 같았다)이 늘어선 초현실적인 거리를 볼 수 있다. 총탄 구멍이 숭숭 난 건물의 갈라진 틈으로 창백한 겨울 햇빛이 스며드는 모습을 포착한 사진도 있다. 마찬가지로 창백한 햇빛이, 피복이 벗겨져 금속이 드러난 전선, 기묘하게 꼬인 파이프와 철판 위로 비치는 사진도 보인다. 건물의 85퍼센트가 무너졌기 때문에, 한때 화려했던 도시는 거대한 쓰레기더미나 공동묘지를 방불케 했다. 모든 것이 해체되어 구성 분자로 환원된 것 같았다. 저택·광장·박물관·구역·랜드마크가 계급 없이 똑같은 파편더미로. 사진 설명을 보면 '죽은 도시,' '황량한 폐허,' '파편더미' 같은 말이 반복된다.[89] 안토니나는 일기에서, 날이 많이 추웠는데도 진땀이 나기 시작했다고 말했다. 그날 밤 안토니나와 일행은 충격과 피로로 기진맥진한 채 누니아의 친구 집에서 묵었다.

다음날 아침식사를 하고 안토니나와 리시는 서둘러 동물원으로 갔다. 리시가 앞서 뛰어가더니 추위로 붉게 상기된 볼을 하고 돌아왔다.

"엄마, 우리 집이 그대로 있어요!" 아이가 흥분해서 말했다. "집이 무너졌다는 사람들은 거짓말을 한 거예요! 부서지긴 했어요. 문도 없고, 바닥도 없고. 물건도 다 훔쳐갔어요. 하지만 지붕도 있고 벽도 있어요! 계단도요!"

아직 땅은 눈으로 덮여 있었다. 나무들은 대부분 포탄에 맞아 쓰러지고 가지가 부러졌지만, 일부 남아 있는 가냘픈 가지들이 푸른 하늘을 배경으로 모습을 드러냈다. 이어 원숭이 우리, 빌라, 폐허가 된 몇몇 건물이 시야에 들어왔다. 빌라의 위층 방 하나는 흔적도 없이 사라졌고 아래층에서 나무로 된 것들—문·붙박이장·창틀·마루—은 모두 사라졌다. 겨울에 난방용 땔감으로 쓴 모양이었다. 귀중품을 묻어두었던 지하실과 꿩 우리를 연결하는 지하통로는 함몰된 정도가 아니라 아예 형체가 없었다(전쟁 뒤에 이곳을 파낸 사람에 대한 보고는 없다). 젖은 종이들이 바닥 여기저기에 쌓여 있어, 그것들을 피해서 걷는 것이 불가능했다. 리시와 안토니나는 바닥에 잔뜩 쌓인 잔류물들을 뒤져 지저분해진 서류조각이며 누렇게 변색된 사진들을 추려 조심스럽게 지갑에 넣었다.

날이 추웠지만 정원을 살펴보지 않을 수 없었다. 폭탄이며 포탄이 떨어져 여기저기 둥글게 홈이 파여 있었다. 동물원 부지를 더 둘러보았다. 바리케이드, 대전차용으로 깊게 판 해자, 쇳덩어리, 철조망, 불발탄이 눈에 들어왔다. 지뢰가 있을까 두려워 더 살펴볼 엄두가 나지 않았다.

모습도 냄새도 모든 것이 "전쟁이 방금까지 이곳에 머물다 떠났다"고 말해주고 있었다. 안토니나가 수리 방법을 고민하는 사이, 리시는 눈앞에 펼쳐진 황야나 다름없는 세상을 앞에 두고 자신이 살았던 빌라에 대한 "기억을 더듬어보았다." 작년에 채소를 심었던 곳을 살펴보았다. 대부분이 눈에 덮여 있었지만, 바람에 눈이 날아갔던지 아주 조금 땅이 드러난 곳에 작은 딸기나무가 자라고 있었다. 아직은 지표에 붙은 새싹 크기였다. 안토니나는 "새로운 생명의 징조"라고 생각했다. 그때 뭔가가 지하실 창문 안쪽에서 움직였다.

"쥐일까요?" 리시의 추측이었다.

"쥐치고는 너무 큰 것 같구나."

"고양이다!" 리시가 소리쳤다. "덤불 속으로 들어가서 우리를 보고 있어요!"

야윈 회색 고양이가 구석에서 잔뜩 웅크리고 있었다. 눈에는 경계의 빛이 역력했다. 사람들이 스튜용으로 녀석을 잡으려 했던 건 아닐까 싶었다.

"발비나? 늙은 고양이! 그리운 고양이! 발비나, 이리 와!" 리시가 살금살금 움직여 발비나에게 다가갔다. 이름을 반복해서 부르자 발비나는 진정된 모양이었다. 그리고 갑자기 기억이라도 난 듯, 양팔을 벌린 리시의 품으로 뛰어들었다. 어찌나 재빠른지 깃털 달린 화살이 날아오는 것 같았다.

"엄마, 스타로바 거리에 있는 집으로 발비나를 데려가야 해요!" 리시가 간청했다. "여기다 두고 갈 수는 없어요! 제발요!"

하지만 리시가 동물원 정문으로 걸어가는 사이 고양이는 뛰어내리려고 안절부절못했다.

"작년 여름하고 똑같아요." 리시가 부루퉁해져서 말했다. "도망가려고 하잖아요!"

"보내주렴." 안토니나가 부드럽게 말했다. "발비나한테는 여기 있어야 할 중요한 이유가 있을 거야. 우리가 모르지만 분명히 이유가 있을 거야."

리시가 놓아주자 발비나는 잽싸게 덤불 속으로 들어갔다. 그러고는 잠시 멈춰서 뼈만 앙상하고 굶주린 듯한 얼굴로 뒤돌아보았다. 고양이가 야옹 소리를 내자 리시가 이렇게 해석했다. "나는 집으로 돌아갈 거예요. 당신은요?"

안토니나에게는 이전의 삶으로 돌아가는 것이 불가능할 것이다. 꽥꽥거리는 거위, 까악까악 떠드는 가마우지, 흐느껴 우는 갈매기, 햇빛 속을 한가로이 걸으며 무지갯빛 꼬리를 부채꼴로 펼치는 공작, 큰일이라도 난 양 끙끙거리는 사자와 호랑이, 덩굴을 밧줄 삼아 매달린 채 떨리는 소리로 노래 부르는 원숭이, 연못에 몸을 담근 북극곰, 만발한 장미와 재스민, "스라소니와 둘도 없는 친구로 지냈던 멋진 새끼수달 두 마리—녀석들은 숙소로 지정된 광주리에서 자지 않고 [……] 스라소니의 귀를 핥으면서 부드러운 그 털 위에서 낮잠을 잤다." 이들 모두가 사라져버렸다. 스라소니 새끼, 수달, 강아지가 한 지붕 아래 살고, 정원에서 다같이 쫓고 쫓기는 놀이를 하던 그런 날은 사라져버렸다. 안토니나와 리시는 비밀스러운 의식을 거행했다. 부서지고 버려진 모든 것들에게 "그들을 기억할 것이며 곧 도우러 돌아오겠노라고" 공식적으로 약속했다.

35

전쟁 직후

숨어 지내는 동안 막달레나 그로스는 마우리치 프라엔켈(파벨 지엘린스키)과 결혼했고, 바르샤바 봉기 이후 바르샤바 동쪽 루블린으로 이사했다. 카페팔레타를 중심으로 미술가와 지식인들이 자주 모이는 곳인데, 막달레나는 그곳에서 아방가르드 미술 세계를 접했다. 특히 각양각색의 무언극이 막달레나의 관심을 끌었다. 악극·무용극·그림극·그림자극을 비롯해 종이옷·넝마·작은 불꽃이 등장하는 여러 가지 전위적인 연극이 상연되고 있었다. 전시에는 폴란드의 오랜 전통인 체제전복적인 정치인형극도 자취를 감추었다. 루블린에서 막달레나는 새로운 폴란드에 어울리는 최초의 인형극을 내놓겠다는 꿈에 부푼 인형극 마니아들을 만났고, 그들이 막달레나에게 인형 제작을 권했다. 막달레나는 전통적인 대담한 종이반죽(papier mâché) 기법 대신에 실물 느낌이 나도록 인형을 만들어 비단·진주·구슬로 치장했다. 첫 공연이 루블린에서 1944년 12월 14일에 열렸다.

1945년 3월, 막달레나와 마우리치는 갓 해방된 바르샤바로 돌아왔다. 전기·가스·교통수단은 전무했고 폐허 속에 기울어지고 창문도 없는 몇 안 되는 건물만 남은 열악한 상태였다. 동물조각 생각이 간절했던 막달레나는 안토니나에게 투정 부리듯 물었다. "언제 동물들이 생기는 거야? 나 작품 만들어야 하는데! 이미 시간을 너무 많이 낭비했어!" 막달레나가 모델로 선호했던 동물은 홍학, 아프리카대머리황새 같은 외래종이었지만 당장 가능한 것은 새끼오리뿐이었다. 별 수 없이 막달레나는 새끼오리를 모델로 작업을 시작했다. 하지만 막달레나의 느린 작업 속도가 걸림돌이 되었다. 도중에 새끼오리가 장성한 오리로 탈바꿈하는 통에 작품을 계속 수정해야 했던 것이다. 그래도 전쟁 후 최초의 작품이었으므로 축하할 일이었다.

전쟁 전에 바르샤바에는 150만 명이 살고 있었다. 1946년 초 바르샤바를 방문한 요제프 테넨바움 박사는 "기껏해야 50만 명이다. 그나마도 드러나는 생활공간만 보면 주민의 10분의 1, 그러니까 5만 명쯤 사는 것처럼 보였다. 많은 이들이 아직도 성당지하실·동굴·지하저장고·비밀 은신처에서 지내고 있었다."[90] 하지만 그는 시민들의 높은 사기에 깊은 감명을 받았다.

바르샤바 시민들만큼 전체적으로 무모하고 저돌적인 사람들도 찾기 힘들 것이다. 시민들은 믿기지 않을 만큼 활력이 넘치고 대담했다. 옆에 있는 사람까지 덩달아 신이 날 정도였다. 놀랍도록 빠른 속도로 삶의 맥박이 고동치고 있다. 옷은 추레하고 영양실조로 얼굴은 수척하지만 시민들은 결코 풀이 죽어 지내지 않았다. 생활에 긴장이 넘치고 의연할 뿐 아니라 나아가 쾌활하기까지 하다. 사람들은 북적북적 부산하게 움직이고, 감탄스러울 만큼 자신만만한 태도로 노래하고 웃는다[……].

매사에 경쾌한 리듬과 낭만, 놀라운 당당함이 함께한다. [……] 도시는 벌들이 분주히 움직이는 벌통 같았다. 잔해를 해체하고 새로운 주택을 짓고, 부수고 창조하고, 치우고 채우면서 도시 전체가 활기차게 움직였다. 바르샤바는 마지막 나치 군인이 바르샤바 교외를 떠나는 순간부터 폐허에서 벗어나기 시작했다. 계획·돈·재료 따위를 기다리느라 시간을 낭비하지 않고 합심하여 건설하고 수리하고 복구하는 작업을 했다.

도시 전체에 비공식이지만 '바르샤바의 노래'로 사랑받았던 A. 해리스의 아리아가 울려 퍼졌다. 사람들은 이 노래를 낮게 웅얼거리기도 하고 우렁차게 부르기도 했다. 단체 노동을 할 때는 중앙광장에서 확성기로 노래를 틀어주었다. 연인에게 속삭이는 서정적인 가사를 통해 시민들은 바르샤바의 재건을 맹세했다. "바르샤바, 나의 사랑이여, 그대는 나의 꿈이요 열망이니 [……] 지금 그대가 예전의 모습이 아님을 안다오. [……] 그대가 피비린내 나는 세월을 견뎠음을 안다오. [……] 하지만 나는 그대를 재건하여 그대의 위대한 영광을 되살리리니."

얀은 1946년 봄에 포로수용소에서 돌아왔고 1947년 청소 및 수리, 새로운 건물과 사육장 건설 작업을 병행하면서 동물원 재개장을 준비했다. 당시 동물원은 겨우 3백 마리의 동물을 보유하

고 있었고, 더구나 모두 시민들에게 기증받은 토종뿐이었다. 전
쟁 통에 잃어버린 동물을 일부 되찾기도 했다. 오소리 보르수니
오는 폭격이 한창이던 시기에 새장에서 도망친 다음 비스와 강
을 헤엄쳐 건너갔다(폴란드 군인들이 커다란 피클 통에 녀석을 담아서 돌려
주었다). 막달레나는 〈수탉〉, 〈토끼 1〉, 〈토끼 2〉를 완성했는데 건
강이 좋지 않아 점점 작업 속도를 늦추었다(안토니나는 "전쟁으로 몸
이 상해서"라고 짐작했다). 그리고 1948년 6월 17일 〈토끼 2〉를 끝낸
날, 생을 마감했다. 막달레나의 꿈은 동물원에 둘 커다란 조각상
을 만드는 것이었고, 안토니나와 얀도 막달레나가 꿈을 이루기
를 진심으로 바랐다. 무엇보다 그들은 동물원이 대형 작품에 어
울릴 만한 훌륭한 배경이 된다고 자신했다. 현재 바르샤바동물
원 정문에서는 철제 구조물로 둘러싸인 실물 크기의 얼룩말 한
마리가 방문자들을 반기고 있다. 또한 안토니나와 얀이 바라던
대로 막달레나의 작품 몇 점이 바르샤바동물원장 사무실을 아름
답게 장식하고 있으며, 바르샤바예술박물관에서도 막달레나 그
로스의 작품을 만날 수 있다.

바르샤바동물원 재개장일인 1949년 7월 21일을 며칠 앞둔 어
느 날, 얀과 안토니나는 그로스의 〈오리〉와 〈수탉〉을 대형 분수
대로 올라가는 계단 근처에 놓았다. 동물원을 찾는 관람객들이
반드시 거쳐야 하는 곳이었다. 그해 7월 21일은 목요일이었다.
아마 자빈스키 부부는 7월 22일 금요일을 피하려 했을 것이다.
사람들은 1942년에 바르샤바 세토가 소개된 그 날짜를 여진히
불길한 날로 여겼다.

2년 뒤에 얀은 갑자기 동물원 일을 그만두었다. 당시 나이가

54세였으므로 은퇴하기에는 이른 감이 있다. 소련 지배하의 전후 폴란드는 독립운동을 했던 사람, 정부 관료에게 고분고분하지 않은 사람을 반기지 않았다. 아마도 얀은 은퇴가 불가피하다고 느꼈을 것이다. 노먼 데이비스는 당시의 분위기를 이렇게 설명한다.

감히 전쟁 전의 독립을 찬양하거나, 독립을 되찾고자 봉기에 참가하여 싸웠던 이들을 우러러보는 사람은 누구든 위험하고, 반동적이고, 어처구니없는 사람으로 치부되었다. 사석에서도 언행을 조심해야 했다. 경찰 첩자가 도처에 깔려 있었다. 아이들은 친구나 부모를 밀고하는 일이 바람직한 행동이라고 가르치는 소련식 학교 교육을 받았다.[91]

여전히 가족을 부양해야 했고 동물학을 사랑했던 얀은 집필 활동에 몰두했다. 그는 동물의 생태를 알리고 보호를 촉구하는 50권의 책을 집필하고 같은 주제로 라디오방송을 했다. 그리고 국제유럽들소보호협회 활동도 계속했다. 비아워비에자 숲에 있는 많지 않은 유럽들소는 협회의 자랑거리였다.

묘한 일이지만 이들 유럽들소의 생존에는 루츠 헤크의 노력도 한몫했다. 루츠 헤크는 전시에 독일로 훔쳐간 들소 30마리 중 다수를 실어 비아워비에자 숲에 풀어놓았다. 혈통 복원 작업을 통해 만들어낸 '유사 오록스'와 '유사 타팬말'도 함께. 이들을 풀어놓을 당시 루츠 헤크의 머릿속에는, 전쟁이 끝난 뒤 자신을 비롯한 히틀러의 측근들이 이곳에서 사냥하는 광경이 선연했으리라.

전쟁 말미에 연합군의 독일 폭격으로 이들의 선조랄 수 있는 독일에 있던 개체들은 모두 죽었다. 종족 최후의 희망으로 비아워비에자 숲에 있는 개체들을 남겨둔 채.

1946년, 로테르담에서 열린 국제동물원장협회 모임에서 얀이 유럽들소 혈통대장을 재발행하는 임무를 맡았다. 얀은 독일의 혈통 개량 실험용을 포함하여 전쟁에서 살아남은 모든 들소의 혈통을 조사하여 전쟁 이전 · 전시 · 전후까지 추적하여 기록했으며, 이후 유럽들소 혈통대장을 작성하고 관리하는 업무는 독일에서 폴란드로 이관되었다.

얀이 성인용 도서를 집필하는 동안 안토니나는 어린이용 책을 집필하며 두 아이를 키우고 여러 나라로 흩어진 손님들과도 지속적으로 연락을 주고받았다. 마치 대가족처럼. 얀이 (노동사무소 건물을 통해) 직접 게토에서 데리고 나온 사람들 가운데 카지오 크람슈티크와 루드비니아 크람슈티크(유명한 화가 로만 크람슈티크의 사촌뻘), 히르슈펠트(전염병 전문의), 의사였던 로자 안젤루프나와 그녀의 어머니는, 빌라에 잠깐 머물다가 자빈스키 부부 친구들의 권유로 비도크 거리에 위치한 하숙집으로 옮긴 사람들이었다. 그러나 그들은 빌라를 떠나고 몇 달 뒤에 게슈타포에 체포되어 살해되었다. 전쟁이 끝날 때까지 살아남지 못한 빌라의 손님들은 이들뿐이었다.

케닉스베인 부부는 전쟁이 끝난 뒤 고아원에 맡긴 막내아들을 되찾았다. 하지만 남편 사무엘이 1946년 심장발작으로 죽자 레기나와 아이들은 이스라엘로 떠났다. 레기나는 이스라엘에서 재혼하고 집단농장인 키부츠에서 일했다. 레기나는 동물원에서 보낸 시간을 결코 잊지 않았다. "자빈스키 부부의 집은 노아의 방주였습니다." 레기나는 전쟁이 끝나고 20년 뒤에 이스라엘 신문 기자에게 그렇게 말했다. "많은 사람과 동물들이 거기 숨어 지냈지요." 라헬라 '아니엘라' 아우에르바흐도 이스라엘로 삶의 터전을 옮겼다. 런던 여행 뒤에 생존한 유럽들소를 다룬 얀의 보고서를 줄리언 헉슬리(전쟁 전 런던동물원장)에게 전한 사람도 아니엘라였다. 마찬가지로 이스라엘로 떠난 이레나 마이젤은 전후에 자빈스키 부부를 이스라엘로 초대하기도 했다. 제니아 실케스는 런던을 거쳐 뉴욕으로 갔고, 뉴욕 이디시학문연구소의 도서관에서 오랫동안 일했다.

게슈타포에게 붙잡혀 무자비한 고문을 당한 이레나 센들러(아이들을 게토에서 몰래 빼내는 일을 했다)는 지하조직의 도움으로 탈출했고, 전쟁이 끝날 때까지 숨어 지냈다. 발과 다리를 다쳤지만 폴란드에서 사회복지사로 일했고 장애인인권보호에 앞장섰다. 반다 엥글레르트는 전쟁 기간 내내 수차례 거처를 옮겼다. 남편 아담은 1943년 체포되어 파비악·아우슈비츠·부헨발트 등 악명 높은 감옥과 수용소에 수감되었다. 하지만 놀랍게도 아담은 전후까지 살아남았고 이후 아내 반다와 재결합하여 런던으로 이사했다.

국내군의 전령으로 활동했던 어린 소녀 할리나와 이레나는 아직도 바르샤바에 살면서 82년이 넘도록 막역지우로 지낸다. 이레나의 아파트 벽에는 펜싱 메달과 함께 젊은 시절 할리나와 찍은 사진이 붙어 있다. 전쟁 중에 사진관을 운영하던 이웃이 찍어준 인물사진으로, 사진 속에서 그들은 두건을 쓰고 있으며 매력이 넘친다.

브리스톨 호텔 야외 레스토랑에서 할리나와 마주 앉았다. 여기저기 놓인 탁자는 관광객과 사업가들로 꽉 찼고, 열린 문 바로 안쪽에는 맛깔스러운 음식이 놓인 뷔페테이블이 놓여 있었다. 추억 속의 라디오방송국 이야기를 하던 중에 할리나의 표정이 바뀌는 것을 발견했다. 그리고 그녀는 60여 년 전에 들은 노래를 나직하게 불렀다. 지나가는 그녀를 보고 잘생긴 젊은 군인이 불러준 노래였다.

당신은 아직 모르지, 나의 소녀여,
요즘 당신이 내가 꿈을 꾸는, 아름다운 꿈을 꾸는
이유인 것을.

이 팔로 당신을 안을 수만 있다면 얼마나 좋을까,
그리고, 이후로도 오래도록
당신을 사랑할 수만 있다면.

우산 장식이 꽂힌 칵테일과 함께 기억을 한 모금 마시며 할리나는 살짝 얼굴을 붉혔다. 전시의 기억이 대개 그러하듯 할리나에게도 비극적인 기억이 훨씬 많았고, 나름의 분류 체계에 따라 차곡차곡 저장된 기억들은 상황에 따라 적절하게 튀어나오곤 했다. 다른 손님들도 할리나의 노래를 들었을까 해서 둘러보았지만 별다른 기색을 보이는 사람은 없었다. 얼도 섬처럼 점점이 흩어진 탁자들을 찬찬히 둘러보니, 50여 명의 손님 중에 전시의 기억을 간직할 만큼 나이 든 사람은 그녀뿐이었다.

리시는 전후에 토목기사가 되었고 또한 아버지가 되었다. 바르샤바 시내, 엘리베이터가 없는 8층 건물에 사는 리시에게는 반려동물이 없었다. "개는 계단을 못 오르니까요!" 그는 비틀거리며 한 계단 한 계단 올라가면서 반려동물이 없는 이유를 그렇게 설명했다. 키가 크고 호리호리한 체격의 리시는 많은 계단을 오르내린 탓인지 70대인데도 건강해 보였고 다정다감하고 친절했다. 하지만 동시에 약간의 경계심을 내비쳤는데 어린 나이에 그런 참혹한 전쟁을 겪은 것을 생각하면 놀랄 일은 아니었다. "같이 살다 떨어져 살다 했었지요." 리시가 거실에 앉아 부모님 사진, 부모님이 집필한 많은 책, 들소 그림이 든 액자, 아버지가 그린 그림들을 보며 말했다. 유년시절 동물원 생활은 자기한테 전혀 이상할 것이 없었다고 했다. "제가 아는 전부였으니까요." 그는 빌라 바로 근처에 포탄이 떨어지는 모습을 보았다는 이야기도 했다. 불발탄이었기에 망정이지 폭발했다면 죽었을지 모른다고. 막달레나 그로스를 위해 포즈를 취하던 일도 기억했다. 막달레나가 몇 시간씩 점토를 만지작거리는 동안 그 앞에 앉아 있던 그는 실질적으로 점토 안에 존재하는 셈이었는데, 그녀의 기분 좋은 주목을 즐겼다고 했다. 안토니나가 날씨가 따뜻할 때는 빌라 위층 테라스를 화분으로 가득 채웠다는 것도, 사색적인 꽃 팬지(사색을 의미하는 프랑스어 'pensée'에서 이름이 유래했다)를 유독 좋아했다는 것도, 쇼팽·모차르트·로시니의 음악을 특히 좋아했다는 것도 리시를 통해 알았다. 질문 가운데 일부는 리시에게 뜻밖이었던 모양이다. 어머니의 체취·걸음걸이·제스처·말투·헤어스타일을 알고 싶어 이것저것 물어보았지만 리시는 "평균적이었다", "평범했다" 등으로만 답했다. 곧 나는 그것들이 리시에게는 떠올려보지 않았거나 타인과 나누고 싶지 않은 기억의 흔적이라는 사실을 깨달았다. 전쟁 말기에 태어난 리시의 여동생 테레사는 결혼해서 스칸디나비아에서 살고 있었다. 나는 어른이 된 리샤르트에게 함께 빌라에 가보면 어떻겠냐고 물었고 그는 흔쾌히 그러자고 했다. 우리는, 대장간에서 쓰는 모루 모양으로 장식된 문틀을 조심스레 넘어가 어린 시절의 집을 둘러보았다. 리시가 과거와 현재를 비교하면서 기억을 더듬어보는 모습에 나는 감명받았다. 안토니나가 전쟁이 끝나고 폭격으로 부서진 동물원에 돌아왔을 때 어린 리시가 했다고 묘사한 그 모습 그대로였다.

우리 역사에는 흔히 운명의 장난이라고 하는 현상이 간간이 나타난다. 베를린동물원이 바르샤바동물원과 같은 꼴을 당한 것도 그랬다. 폭격으로 심하게 파괴된 동물원은 루츠 헤크에게 고통이자 시련이었다. 몇 년 전 자신이 자빈스키 부부에게 안겨준 것과 똑같은. 『동물―나의 모험』이라는 자서전에서 루츠 헤크는 처참하게 파괴된 동물원을 감동적인 문체로 가슴절절하게 묘사했다. 마음의 준비도 못한 채 당해야 했던 자빈스키 부부와는 달리, 그는 바르샤바에서 직접 목격했기 때문에 결과를 어느 정도 예측하고 있었다. 책에서 그는 구체적인 동물원을 언급하지는 않았으나 사전 경험으로 마음의 준비를 했었다고 말했다. 전쟁이 끝날 무렵, 원정사냥을 통해 수집한 동물들, 방대한 양의 사진, 귀중한 일기도 사라졌다. 소련군이 진격해오자 루츠는 베를린을 떠났다. 우크라이나의 동물원들을 약탈했다는 이유로 체포당할까 두려웠기 때문이다. 그리고 과거처럼 해외 사냥 여행을 즐기면서 여생을 비스바덴에서 보냈고 1982년에 죽었다. 동생 하인츠 헤크가 죽고서 1년 뒤였다. 루츠의 아들 하인츠는 1959년부터 미국 뉴욕 주 캣스킬 산맥에서 프셰발스키말로 유명한 작은 동물원을 운영하고 있다. 전시에 하인츠 헤크가 양육하던 프셰발스키말의 계보를 잇는 말들이다. 당시 뮌헨동물원은 본산지인 몽골 지방을 빼고는 가장 많은 프셰발스키말을 보유한 곳이었다(일부는 바르샤바동물원에서 훔친 것이었다).

총 3백 명 정도가 유목민 생활로 접어드는 길목에서 바르샤바동물원이라는 간이역을 거쳐 갔다. 얀은 동물원에 얽힌 무용담의 진정한 영웅은 아내, 안토니나라고 생각했고 공개적으로도 그렇게 말했다. "안토니나는 항상 언제 생길지 모를 불상사를 두려워했습니다. 나치가 우리한테, 무엇보다 아들한테 앙갚음을 하지는 않을까, 우리를 죽이지나 않을까 전전긍긍했습니다. 그렇지만 절대로 드러내지 않고 혼자서만 삭였지요. 그러면서 [지하조직 활동을 하는] 나를 도왔습니다. 아내는 나한테 활동을 그만두라고 한 적이 없습니다." 얀이 이스라엘 신문 『예디옷 아하롯』의 기자 노아 클리거에게 한 말이다.

"안토니나는 평범한 가정주부였습니다." 다른 이스라엘 신문사 기자였던 단카 나르니쉬와의 인터뷰 내용이다. "정치나 전쟁에는 관여하지 않았고 마음도 여렸습니다. 그런데도 타인의 생명을 구하는 일에서 중요한 역할을 했고, 위험하다고 불평 한 번 하지 않았습니다."

"안토니나의 자신감은 가장 적대적인 동물조차 무장 해제시키는 특별한 힘이 있었습니다." 얀은 언젠가 어느 익명의 기자에게 동물에 대한 애정에서 나오는 안토니나의 특이한 능력을 이야기했다. "자신을 동물들과 동일시하는 것을 넘어 본인의 인간적인 특성을 버리고, 실제로 퓨마나 하이에나가 되는 것 같았지요. 그런 방법으로 동물들의 맹수 기질을 받아들이고 이해한 뒤에, 녀석들을 두려워하지 않는 수호자로 나서는 것이지요."

얀은 기자 야론 베커에게 안토니나의 성장과정을 이야기하기도 했다. "안토니나는 아주 보수적인 가톨릭 가정에서 보수적인 교육을 받으며 자랐습니다. 하지만 그것이 그녀에게 방해가 되지는 않았습니다. 오히려 그런 교육이 자신에게 충실하고, 가슴이 시키는 대로 하려는 아내의 의지를 더욱 굳게 해주었죠. 많은 자기희생이 따르는 가시밭길이라도 아내는 포기하지 않았습니다."

말카 드러커와 게이 블록은 과연 어떤 이들이 위험을 무릅쓰고 타인의 목숨을 구할까 하는 호기심에서 1백 명이 넘는 '구조자'들을 인터뷰하고 그들의 사람 됨됨이를 연구했다. 그리고 그들이 몇 가지 성격적인 특징을 공유한다는 판단을 내렸다. 그들은 단호하고, 판단이 신속하고, 대담하고, 독립적이고, 모험심이 강하고, 마음이 열렸고, 반항적이고, 보기 드문 융통성을 갖고 있었다. 특히 융통성 덕분에 신속하게 계획을 수정하고, 오랜 습관을 버리고, 판에 박힌 일과조차 쉽게 바꿀 수 있었다. 무조건 규범을 따르는 순종주의자가 아니라는 점도 그들의 공통점이었다. 많은 구조자들은 목숨을 걸고 생명을 구한다는 숭고한 원칙을 지켰지만 결코 자신을 영웅이라 생각하지 않았다. 당연히 할 일을 했다는 것이 그들의 전형적인 반응이었다. 언젠가 얀은 이렇게 말했다. "그저 의무를 다했을 뿐입니다. 누군가의 목숨을 구할 수 있다면, 당연히 그래야지요."[92] 어떤 이는 이렇게 말하기도 했다. "우리는 그것이 옳은 일이니까 했을 뿐입니다."

안토니나는 1971년에 삶을 마감했고, 3년 뒤에 그녀의 남편도 그 뒤를 따랐다.

36

I

2005년, 비아워비에자

폴란드 북동쪽에 위치한 원시림의 가장자리. 말 스물네 마리가 거대한 소나무와 눈부신 푸른 하늘 아래서 마시그래스를 뜯는 모습을 보노라면 마치 시간이 증발해버린 것 같다. 서리 내린 매서운 아침이면 말들은 뿌연 증기 속에서 풀을 뜯는다. 말들이 떠나면 가죽 냄새가 남는다. 몸에서 나오는 뿌연 증기는 그들과 함께 사라지지만, 향기는 어지럽게 뒤엉킨 말굽자국 위에 투명한 구름처럼, 몇 시간이 지나도록 떠돈다. 때로는 자갈이나 나뭇잎이 깔려 말굽자국이 찍히지 않은 곳에서 갑자기 그들의 체취가 느껴지기도 한다. 짐승 냄새가 나는 주머니 속으로 들어갔나 싶다가 문득 진한 야생말의 체취에 휩싸이게 된다.

봄부터 가을까지 말들은 사람의 도움 없이 생활한다. 여울에 들어가 물을 마시고 덤불·나뭇가지·조류·풀을 뜯어 먹으면서. 10월 중순이면 숲에 눈이 내리기 시작해서 5월까지 눈이 쌓여 있다. 겨울이면 말들은 앞발로 맹렬히 눈을 후벼 마른 풀이나 썩은 사과를 찾아 먹는다. 이때는 말을 탄 산림경비대가 건초와 소금을 가져다준다. 뛰고 도약하는 말답게 근육이 워낙 발달하다 보니 세상이 꽁꽁 어는 매서운 날씨에 한기를 차단해줄 지방은 거의 없다. 그래서 녀석들은 쉽게 헝클어지는 텁수룩한 털을 기른다. 그들이 프랑스 루아르 계곡에 산재한 선사시대 유적지의 동굴벽면에 그려진 말들과 가장 유사해 보이는 시기가 바로 이때이다.

2005년 현재에 어쩌면 고대부터 살았을 말들이 울창한 숲의 가장자리, 초원에서 풀을 뜯는 모습을 지켜보는 것이 얼마나 놀라운 일인지! 수천 년 전 선조들도 이렇게 바라봤겠지 생각하면 더욱 경이롭다. 더구나 녀석들은 누가 봐도 눈길이 갈 만큼 아름다운 동물이다. 등뼈를 따라 까만 줄무늬가 있고 갈기는 암갈색이다. 망아지들 중에는 안면이 검고 발굽 뒤쪽 윗부분에 거모라는 텁수룩한 털이 난 녀석들도 있다. 또한 다리 하나나 두 개에 얼룩말처럼 줄무늬가 있는 망아지도 있다. 귀가 길고 목이 두껍지만 전체적으로 단단한 체격에 민첩하기 이를 데 없다. 사시사철 똑같은 일반 말과는 달리 겨울이면 산족제비나 북극토끼처럼 흰색으로 변해 눈 덮인 풍경과 뒤섞이는 것도 이들의 특징이다. 추운 겨울이면 얼음이 결이 거친 갈기와 꼬리에 구슬처럼 엉겨붙는다. 눈 덮인 대지 위를 쿵쿵거리며 걸으면 발굽에 눈이 눌려 언 땅이 더욱 단단해진다. 그들은 날씨가 험하고 먹이가 부족해도 잘 자라는 생명력 강한 종이다. 수컷들은 이빨을 드러내고 목을 찰싹 때리면서 사납게 싸우지만 상처가 생겨도 마술사가 치유 주문이라도 외워준 양 금방 낫는다. "그들은 우리가 아는 세상보다 훨씬 오래되고 더욱 완벽한 세상에서 산다." 헨리 베스톤은 『세상 끝의 집』에서 야생동물에 대해 이렇게 말했다. "우리가 잃어버렸거나 결코 가져본 적 없는 다양한 확장 감각을 타고났으며, 우리가 결코 듣지 못하는 소리를 들으며 산다."

비아워비에자 숲에서는 재창조된 오록스도 볼 수 있다. 율리우스 카이사르가 특히 좋아했다는 사냥감인데, 카이사르는 로마에 있는 친구에게 오록스를 사나운 검은 황소로, "크기는 코끼리보다 조금 작고" 강하고 빠르다고 설명했다. "놈들은 사람이든 짐승이든 봐주는 법이 없지. 사람의 시선을 편안히 받아들이거나 길들여질 그런 동물이 아니라네. 아주 어려서 잡아도 마찬가지야." 카이사르의 편지를 보면 슈바르츠발트의 남자들은 별도로 혹독한 오록스 사냥 훈련을 받았던 모양이다(주로 황소만 잡고 암소들은 번식을 위해 남겨두었다). "많이 잡은 사람들은—뿔이 공개적으로 전시되어 증거가 되어주지—엄청난 영예를 누린다네. 오록스 뿔은 [……] 수요가 엄청나지. 가장자리를 은색으로 장식한 뒤에 [……] 큰 잔치에서 술잔으로 쓴다네." 카이사르의 말대로 가장자리를 은색으로 장식한 뿔들이 일부 박물관에 소장되어 있다. 그리고 1627년 최후의 순종 오록스가 죽음을 맞았다.

하지만 이곳, 폴란드와 벨로루시 국경에 위치한 비아워비에자 숲에서는 오록스·타팬말·유럽들소가 분명 풀을 뜯고 있다. 경비원들이 빈틈없이 감시하는 자연보호구역을 배회하면서. 이곳은 15세기 이래 황실의 꾸준한 사랑을 받았던 지역이고, 유럽의 여러 동화와 신화에 영감을 준 마법과 괴물의 왕국이었다. 15세기 폴란드 왕이었던 카지미에슈 4세는 이곳에 매료되어 말년에 7년(1485 – 1492)을 이곳에서 보냈다. 그는 숲 속의 소박한 집에 머물면서 정무를 처리했다.

얼마나 장엄하고 외경심을 일으키는 경치이기에 오랜 세월 동안 수많은 문화권 사람들을, 루츠 헤크·괴링·히틀러까지도 마법의 주문처럼 홀릴 수 있었던 걸까? 우선 이곳에는 울창한 숲이 있다. 하늘 높이 치솟은 소나무와 가문비나무, 요새처럼 든든한 수십 미터 높이의 느릅나무, 수령이 5백 년 된 참나무들까지. 이곳에는 1만 2천 종에 달하는 다양한 동물들이 살고 있다. 단세포인 원생동물부터 멧돼지·스라소니·늑대·말코손바닥사슴 등 몸집 큰 포유류까지. 또한 혈통 복원 작업의 산물인 오록스·타팬말·유럽들소 무리가 산다. 비버·담비·족제비·오소리·산족제비가 습지와 연못에서 미끄러지듯 헤엄친다. 포메라니아 독수리·박쥐·참매·올빼미·먹황새가 하늘을 난다. 언제 어느 때 방문하더라도 사람보다 엘크를 만날 확률이 높은 곳이다. 공기에서는 발삼과 솔잎, 물이끼와 헤더, 딸기와 버섯, 늪지대 목초지와 이탄 습지의 냄새가 난다. 이곳이 폴란드의 유일한 국립자연보호구역이며, 세계적으로 가치를 인정받아 유네스코 세계자연유산으로 지정된 것은 당연한 일이다.

보호구역에는 사냥꾼, 벌목꾼은 물론 어떤 종류든 엔진이 달린 탈 것은 출입이 허용되지 않는다. 덕분에 독특한 식물상과 동물상이 유지되는 안전지대로 남을 수 있었다. 소수 등반가들도 공원 경비원들이 안내하는 지정된 경로를 따라가야 한다. 쓰레기 투기와 흡연을 금하며 말도 낮은 속삭임 정도로만 해야 한다.

숲에서는 아무것도 들고 나갈 수 없다. 나뭇잎 하나, 돌멩이 하나도 기념품으로 들고 나가지 못한다. 인간의 모든 흔적, 특히 소음을 지양해야 한다. 공원 경비원들이 공원 안으로 물건을 들일 일이 생기면 고무바퀴가 달린 수레를 이용한다. 쓰러진 나무를 옮겨야 하는 경우에는 손으로 켜는 소형 톱을 사용하고 짐말들을 끌고 가서 싣고 나온다.

'엄중보호지역'으로 지정된 곳에 가면 쓰러지고, 죽고, 썩어가는 나무들이 많이 있는데 특이하게도 이것들이야말로 숲을 지탱하는 근간이자 강력한 힘을 만들어낸다. 환경운동가들이 죽은 나무 보호운동을 활발히 벌이는 것도 이런 이유 때문이다. 바람에 뽑힌 나무는 그대로 쓰러져 부패하면서 수많은 종들의 보금자리가 된다. 3,000종의 균류, 250종의 이끼, 350종의 지의류, 8,791종의 곤충, 포유류, 조류를 위해. 디오라마를 갖춘 박물관에서 전문 안내원이 공원의 생태와 역사를 가르친다. 하지만 이곳의 생태와 역사가 나치의 인종주의와 낭만주의 양쪽 모두를 얼마나 사로잡았는지 제대로 이해하는 방문객은 드물다.

비아워비에자 늪지대에 땅거미가 내린다. 수백 마리 찌르레기가 일시에 날아오르더니 공중에서 거대한 깔때기 모양을 만들었다가 연못 근처로 떼를 지어 내려온다. 연못의 수초에서 밤을 보낼 은신처를 찾으려는 것이다. 나는 찌르레기를 사랑했던 안토니나를 떠올리고, '찌르레기'라고 불렸던 막달레나를, 그리고 루츠 헤크를 떠올렸다. 헤크는 저서에서 찌르레기를 묘사했다. "삭도에 따라 달라 보이는 녹색에, 윤기가 자르르 흐르는 작은 찌르레기가 부리를 활짝 벌리고 낮은 소리로 지저귀며 노래한다. 작은 몸이 곡조에 따라 제대로 흔들린다."[93] 헤크의 야망, 괴링의 사냥감에 대한 갈망, 나치 철학으로 번창했던 우생학과 품종 개량이 결국, 아이러니하게도 수십 종의 희귀식물과 멸종위기동물을 구하는 데 도움이 되었다.

당연한 얘기지만 헤크의 나치 연루 및 혈통 복원 동기를 씁쓸한 시각으로 바라보는 일부 폴란드 애국주의자들은 전쟁 직후부터 헤크의 노력으로 탄생한 오록스 등을 폄하하기 시작했다. 고대 선조들과 닮았지만 엄밀히 말하자면 모조품일 뿐이라는 주장이었고, 지금도 그렇게들 말한다. 헤크 형제가 실험하던 시기에는 동물복제기술은 아직 나오지도 않았다. 당시 동물복제기술이 있었다면, 아마 헤크 형제는 완벽하게 익혀서 최고 권위자가 되었을 것이다. 비아워비에자 숲을 배회하는 타팬말과 오록스를 '유사 타팬말', '유사 오록스'로 불러야 한다고 주장하는 동물학자들은 녀석들의 정치적인 의미를 강조한다. '유사 타팬말'은 "진정한 야생동물은 아니지만 극적인 사건, 헌신, 속임수로 채색된 독특한 역사를 가진 중요하고 매혹적인 생명체다." 동물학자 피오트르 다슈키에프치와 기자 장 아이헨바움은 『돌아온 오록스…… 나치의 속임수』(1999)라는 책에서 이렇게 단언한다. 두 사람은 헤크 형제를 나치의 거대한 사기극을 연출한 사기꾼으로 묘사했다. 나치와 형제의 주장대로 멸종동물을 부활시킨 것이 아니라 새로운 종을 만들어냈다는 논지였다. 헤르만 라이헨바흐는 〈국제 동물 뉴스〉에 이 책에 대한 서평을 게재하면서 조금 다른 시각을 보여준다. 우선 헤르만 라이헨바흐는 다슈키에프치와 아이헨바움의 책에는 주장을 뒷받침할 만한 '근거'가 부족하다고 지적한다. 두 사람의 주장에 대한 라이헨바흐의 결론은 이렇다. 본질적으로 "프랑스식으로 말하면 '논쟁을 위한 논쟁'이고 [……] 미국식으로 말하면 근거 없는 말로 남을 헐뜯는 '중상'이다[……]. [하지만] 한편으로 헤크 형제는 그런 대접을 받아 마땅한 사람들이란 생각도 든다. 전후에 둘 다 나치 독재정권과의 연루를 솔직하게 인정하지 않았다. [……] 고대 독일의 환경을 (공원이라는 테두리 안에) 재현하는 일은 이미 프랑스 영토가 된 알자스를 되찾으려 했던 것처럼 지극히 나치다운 발상이다."[94]

하지만 라이헨바흐는 헤크 형제의 노력이 갖는 의미를 다각도에서 살핀다. "헤크 형제의 창조물은 숲과 초원이 뒤섞인 원시림 보존에 기여하고 있다. [……] 그리고 야생으로 돌아간 가축으로서, 오록스는 지난 수십 년 동안 유전적으로 빈약해진 소의 유전자 풀을 개선하는 데도 도움이 될 수 있다. 오록스의 혈통을 복원하려는 시도는 어리석은 짓이었을지 모른다. 하지만 결코 범죄행위는 아니었다." 그럼에도 비아워비에자 자연보호국의 Z. 푸체크 교수는 헤크의 소는 "20세기 최대의 과학 사기극"이라고 맹비난한다. 이처럼 잡지와 온라인을 오가며 논쟁이 계속되고 있다. 이를 둘러싼 논쟁에서, 『새: 형태와 기능』(1906)이라는 저서에서 미국의 C. 윌리엄 비브가 말했던 구절이 종종 인용되기도 한다. "예술작품의 아름다움과 천재성은 최초의 물리적 형태가 파괴되어도 재현 가능할지 모른다. 사라진 화음이지만 여전히 지휘자에게 영감을 줄 수도 있다. 하지만 살아 있는 생명체일 때는 다르다. 특정 종의 마지막 개체가 숨을 멈춘 다음에는, 천지개벽이 일어난다면 모를까, 사라진 종을 되살릴 수는 없다."

집착에는 참으로 여러 형태가 있다, 어떤 것은 극악무도한 결과를 낳고 어떤 것은 뜻밖의 행운을 낳기도 한다. 생명으로 가득한 비아워비에자 숲을 거니는 이들은, 이 공간이 루츠 헤크의 야망, 바르샤바동물원의 운명, 얀과 안토니나의 이타적인 기회주의에 어떤 역할을 했는지 결코 짐작하지 못할 것이다. 그들은 선사시대 동물과 원시림에 대한 나치의 집착을 이용해 위기에 처한 수십 명의 이웃과 친구들을 구했던 것이다.

Ⅱ

오늘날 바르샤바는 시야가 수백 미터 되는 탁 트인 녹색 도시다. 비스와 강변을 따라 나무가 일렬로 심어진 가로수길이 있고, 곳곳에 옛것과 새것이 자연스레 섞여 있으며, 어디를 가든 우람한 고목이 나무 향기와 시원한 그늘을 제공한다. 동물원과 프라스키공원에는 지금도 린덴나무가 지천이다. 여름이면 물릴 정도로 달콤한 린덴꽃 향기가 진동하고 꿀을 따느라 정신없는 벌들이 우글거린다. 예전과 마찬가지로. 강 건너 유대인 게토가 있었던 지역에는 밤나무가 많은 공원이 광장과 쓸쓸한 기념비를 둘러싸고 있다. 1989년 공산정권 몰락 이후, 폴란드인들은 그들 특유의 유머감각을 살려, 과거 게슈타포 본부 건물을 교육부로, KGB 본부를 사법부로, 공산당 당사를 증권거래소로 바꾸는 등의 변경을 실행했다. 구시가지의 건물은 바르샤바의 역사를 찬미하는 장엄한 찬가라 할 수 있다. 건물의 80퍼센트 이상이 파괴되어 사실상 폐허가 된 곳에 비스와 고딕이라는 자체 양식으로 '과거 모습대로' 복원했다. 17세기 베네치아인 베르나르도 벨로토의 데생과 그림이 중요한 자료가 되었고, 이를 진두지휘한 사람은 에밀리아 히조바였다(에밀리아는 제고타 조직원으로, 전쟁 당시 버튼을 누르면 열리는 벽을 고안해 유대인 은신처에 설치하도록 했던 건축가이다). 일부 건물은 폭격당한 도시에서 나온 파편들을 재활용하여 정면에 끼워 넣기도 했다. 수십 개의 동상과 위령탑과 기념비들이 바르샤바 거리를 우아하게 수놓고 있다. 폴란드는 침략과 파괴로 얼룩진 과거에 반쯤 잠긴 나라이기에, 진보로 동력을 얻으면서도 항상 부분적으로는 애도 중이다.

전쟁 초기 바르샤바 포위공격 때, 올케와 함께 머물렀던 도심의 아파트에서 시작해 안토니나의 발자취를 되짚어보기로 했다. 미오도바 거리로 걸어가서 오래된 해자를 건너고 구시가를 에워싼 부서진 담장들 사이를 빠져나갔다. 집들이 빽빽한 주택 지구에 들어서면 신발이 자꾸 미끄러져서 끊임없이 몸의 균형을 잡아주어야 한다. 수백 년 동안 오간 사람들의 발자국으로 닳고 닳아 반들반들 윤나는 포석 때문이다. 포석이 평퍼짐하게 커질 즈음에야 걸음이 편안해진다. 전후 도시를 재건하면서 설계자들은 가능한 한 과거의 돌을 많이 활용했다. 안토니나와 같은 시대를 살았던 브루노 슐츠가 『악어 거리』에서 묘사하는 거리의 포석들이 지금과 똑같다는 느낌을 주는 것도 그런 이유에서이다. 슐츠는 거리의 포석들이 형형색색의 모자이크 같다고 묘사했다. "어떤 것은 사람 살결처럼 연한 분홍색이고, 어떤 것은 금색, 어떤 것은 청회색인데, 모두 평평하고 벨벳처럼 부드러우며 햇빛을 받아 따뜻하다. 마치 밟히고 또 밟혀서 축복받은 무의 상태에 도달한 해시계처럼."[95]

이런 좁은 거리에는 모퉁이 건물마다 전기 가로등(한때는 기름이었으리라)이 달려 있고 강림절 달력(12월 1일부터 크리스마스 전날까지 24일을 표시한 별도의 성탄 준비용 달력. 날짜를 천이나 종이로 가려놓고 매일 하나씩 문 열듯 뜯어내는 식이다. 아기자기하게 만들어 주로 아이들에게 선물로 주어 크리스마스를 기다리게 한다.—옮긴이)처럼 쭉 늘어선 이중창들이 열려 있다. 까만색 스토브 연통 물받이가 기와를 얹은 지붕과 선명한 대조를 보인다. 페인트를 칠한 회벽들이 일부 훼손되어 살코기처럼 빨간 벽돌들이 드러나 있다.

울리차 피에카르스카(빵집 거리)로 접어들었다. 포석이 부챗살이나 소용돌이 모양으로 깔려 있었는데, 마치 강바닥이 그대로 굳은 것 같았다. 이어서 왼쪽으로 돌아 피프나(맥주) 거리로 들어서자 정면 2층에 오목하게 제단을 설치한 집이 나왔다. 폴란드에서 심심찮게 보이는 광경이었다. 측면이 헌화로 장식된 목조 성인상이 제단을 꽉 메웠다. 계속해서 카롤라 베예라(동전수집가 클럽)를 지나고, 뜰로 이어지는 세 개의 작은 나무문을 지났다. 그리고 왼쪽으로 돌자 모퉁이 건물의 위풍당당한 벽이 보이고 마침내 넓은 야외 시장광장이 나왔다. 전쟁 초기에 안토니나는 이곳에서 물건을 샀다. 당시 위험을 무릅쓰고 노점을 차렸던 노점상은 거의 없었고, 발트 해 특산물인 호박과 골동품을 파는 가게들도 모두 셔터를 내렸고, 귀족풍의 저택들도 문을 닫아걸었다. 1930년대에 작은 단지에 담긴 종이쪽지를 뽑아 운을 점쳐주던 앵무새들은 어디에도 보이지 않았다.

광장을 떠나 가까운 우물로 가기 위해 그을음투성이 벽돌담을 따라 옛 요새가 있는 쪽으로 한가로이 걸었다. 담은 깔때기 모양의 망루와 한때 궁수가 숨던 좁은 틈이 있는 중세 누대에서 곡선으로 휘었다. 여름이면 길을 따라 늘어선 고광나무가 하얀 꽃으로 거리를 장식하고 통통한 까치가 나무를 찾아든다. 벽보다 한참 높은 돌능금나무 가지와 잎사귀들이 햇빛을 가려주었다. 리체르카(기사) 거리에서 작은 광장과 바르샤바의 상징인 칼을 휘두르는 인어상이 장식된 검은 기둥과 마주쳤다. 안토니나가 자신과 동일시하지 않았을까 생각되는 키메라다. 반은 사람, 반은 동물인 바르샤바의 여성 수호자. 기둥 양쪽에서는 수염을 기른 신이 입에서 물을 뿜어내고 있었다. 안토니나가 양동이를 내려놓고, 분수 아래 주전자를 비스듬히 기울인 다음, 땅에서 생명의 물이 콸콸 쏟아지기를 기다리는 모습이 절로 그려졌다.

2

1 몇 년 전에는 도둑이 바르샤바동물원 새집을 부수고 들어와서 올빼미 여러 마리에 갈까마귀와 콘도르 한 마리씩을 훔쳐갔다. 당국은 올빼미와 갈까마귀는 눈속임용이고 도둑의 진짜 목표는 콘도르였을 것으로 추정했다. 콘도르의 밀거래 가격이 폭등한 시기였기 때문이다. 도둑이 아기펭귄을 훔쳐간 적도 있었다. 동물 절도는 동물원이라면 어디에서나 일어나는 사건이다. 주로 전문사육사나 실험실의 사주에 의해 발생하지만 가끔은 개인 수집가들이 이런 일을 저지르기도 한다. 특히 유명한 사례로, 뒤스부르크동물원에서 도둑맞은 아름다운 앵무새가 나중에 어느 부부의 아파트에서 박제 상태로 발견된 사건이 있었다. 이는 부부가 결혼기념일에 선물로 받은 것이었다.

2 1920년대에 대유행이었던 포고스틱의 특허를 낸 사람은 실제로 미국인 조지 핸즈버그였다.

3 홍학의 무릎은 반대 방향으로 꺾이는 것처럼 보이지만, 사실 이곳은 무릎이 아니라 발목이다. 무릎은 훨씬 위쪽에 있는데 깃털로 가려져 있어 보이지 않는다.

3

4 시골집에 관한 자세한 내용은 근처에 부동산을 갖고 있었던 헬레나 보구셰프스카에게서 들었다.

4

5 안토니나의 회상은, 은퇴한 기술자로 유년시절에 같은 장면을 목격했던, 빅토르 오쿠리치-코자린의 증언과 일치한다. 그는 당시를 이렇게 기억했다. "독일 비행기들이 머리 위로 저공비행을 하면서 많은 사람들을 쏘아 죽였다[……]. [그리고] 두 대의 폴란드 비행기가 들판 위에서 독일 폭격기를 공격했다. 불타는 비행기에서 나온 낙하산 하나가 나무 근처로 둥둥 떠내려 왔다."

6 Friedrich Nietzsche, *The Twilight of the Idols,* 1899.

5

7 주크박스는 뒷골목의 주크(jook)에 음악을 공급하기 위한 용도로 1930년대에 발명되었다. '주크'는 캐롤라이나 지방의 유럽계 후손들이 쓰는 크리올어로, 매음굴·도박장·무도장이 결합된 싸구려 술집을 말한다.

6

8 Stefan Starzyński, *Warsaw and Ghetto*, Warsaw: B.M. Potyralsey, 1964.

9 Israel Gutman, Resistance: *The Warsaw Ghetto Uprising*, New York: Houghton Mifflin, 1944, p.12.

10 *Proceedings of the Trial of the Major War Criminals Before the International Military Tribunal, Nuremberg,* vol.290, ND 2233-PS; Anthony Read, *The Devil's Disciplines: Hitler's Inner Circle,* New York: W.W. Norton, 2004, p.3.

11 Adam Zamoyski, *The Polish War : A Thousand Year History of the Poles and Their Culture,* New York: Hippocrene Books, 1994, p.358.

12 이스라엘에서 발행된 이디시어 신문에 실린 얀 자빈스키의 인터뷰 내용을 인용한 것이다. 자빈스키 부부가 이스라엘의 공식 홀로코스트 기념관인 야드바솀에 '열국의 의인'으로 등재될 무렵 진행된 인터뷰이다. 자빈스키 부부의 아들 리샤르트 자빈스키가 신문기사를 제공했다.

7

13 하인츠 헤크는 1928년 뮌헨에 위치한 헬라브룬동물원 원장이 되어 1969년까지 그 자리에 있었다.

14 1887년 폴란드 북동부 도시 비아위스토크에서 살던 안과의사 루도비치 라자르 자멘호프가 발명했다. 당시 그는 '희망'을 의미하는 '에스페란토' 박사라는 필명을 사용했는데, 덕분에 그가 발명한 언어를 에스페란토라고 부르게 되었다. 자멘호프 박사는 여러 언어를 사용하는 비아위스토크에서 살면서(폴란드인, 독일인, 유대인, 러시아인이 섞여서 사는 곳으로 네 가지 언어가 혼용되었다), 언어 장벽 때문에 서로 다른 인종 사이에 얼마나 많은 불신과 오해가 양산되는가를 깨달아 중립적인 세계 공통어를 만들었다.

8

15 Lutz Heck, *Animals — My Adventure,* trans. E.W. Dickies, London: Methuen, 1954, p. 60.

16 폴란드 과학자 타데우시 베툴라니가 오래전에 동일한 혈통 복원 공정을 시도했지만 성과가 없었다. 헤크는 베툴라니의 연구 결과를 도용했고 마침내 동물 30마리까지 훔쳤다. 헤크는 훔친 동물들을 독일로 보냈다가 나중에 로민텐과 비아워비에자 숲에 정착시켰다.

17 히틀러는 공개적으로 건강하고 혈기왕성한 아리아 종족을 옹호했지만 괴벨스는 내반족(內反足)이었고, 괴링은 비만에 모르핀 중독이었다. 히틀러 자신은 전쟁 말기에는 3기 매독과 각성제 및 신경안정제 중독으로 고생한 것으로 보이며, 파킨슨병을 앓았을 가능성도 농후하다. 매독전문의로 명성이 자자했던 테오 모렐이 히틀러의 주치의가 되어 어디든 동행했으며, 모렐은 주사기와 금박으로 싼 비타민을 항상 휴대하고 다녔다. 희귀 기록필름을 보면 히틀러가 죽 늘어선 소년들과 악수하는 장면이 보이는데, 악수하는 오른손은 떨리지 않지만, 등 뒤로 감춘 왼손은 파킨슨병의 특징인 떨림 증상을 보이고 있다.

히틀러가 비타민이라고 불렀던 것은 무엇이었을까? 범죄학자 볼프 켐퍼(*Nazis on Speed: Drogen im 3. Reich,* 2002)에 따르면, 제3제국의 독일군은 집중력 · 체력 · 담력을 키워주고, 고통 · 굶주림 · 피로를 덜어준다는 약품을 대량으로 주문했다. 1940년 4월부터 7월 사이, 군대는 퍼비틴과 이소판(300밀리그램) 정제를 3천 5백만 정이나 받았는데 둘 다 기분전환에 도움이 되지만 중독성이 있는 각성제였다.

"나치에 대한 참을 수 없는 반감"에도 불구하고, 나치 점령 하 폴란드에 배치되었던 스물두 살의 청년 하인리히 뷜은 1940년 5월 20일자 편지에서 쾰른에 있는 어머니에게 퍼비틴을 추가로 보내달라고 했다. 당시 독일 민간인들은 판매대에서 개인적인 소비를 위해 퍼비틴을 사고 있었다.(Leonard L. Heston and Renate Heston, *The Medical Casebook of Adolf Hitler*, London: William Kimber, 1979, pp.127–29.)

18   바이에른의 기업가 가문에서 성장한 요제프 멩겔레는 공문서의 종교란에 본인의 종교를 (나치가 선호하는 '신을 믿는 자'라는 표현 대신) 가톨릭으로 기재한 사람이다. 유전적 기형에 관심이 많았던 그는 '아우슈비츠 박사'로 불릴 무렵, 수감된 어린이들을 상대로 온갖 실험을 자행한 것으로 악명 높다. 포로의 생체 해부나 살해까지 포함하는 반인륜적 실험으로, 프랑크푸르트법원은 이를 "피에 굶주려 의도적으로" 자행한 "끔찍한 범죄"라고 비난했다. 한 수감자는 "교양인인 척 정중하게 행동하면서 잔인하고 사악한 짓을 일삼는 사람"이라고 그를 기억했다. 항상 오드콜로뉴 향수 냄새를 풍겼다는 그를 "무척 명랑한 사람," 혹은 "영화배우 루돌프 발렌티노 같은 사람"이라고 기억하는 이늘도 있었다.(Robert Jay Lifton, *The Nazi Doctors: Medical Killing and the Psychology of Genocide*, New York: Basic Books, 1986, p. 343) "처형 대상을 선발하거나 직접 사람을 죽일 때도 멩겔레는 남다른 초연함(혹자의 표현을 빌리면 공평무사함)과 수완을 보여주었다."(같은 책, p.347)
새로운 포로들이 도착하면 경비원들이 "쌍둥이(Zwillinge)! 쌍둥이!" 하고 소리치면서 멩겔레의 실험 대상을 찾아, 죄수들 사이를 왔다 갔다 했다. 실험에는 그야말로 무시무시한 방법들이 동원되었는데, 눈에 염색약을 주사해 색깔을 바꾸는 것은 그가 즐겨했던 실험이었다. 멩겔레는 사무실의 한쪽 벽에 외과수술로 제거해낸 눈동자들을 곤충 수집품처럼 핀으로 꽂아 일렬로 진열해놓았다.

19   Ute Deichmann, *Biologists Under Hitler, trans.* Thomas Dunlap, Cambridge, Mass: Harvard University Press, 1996, p.187.

20   Konrad Lorenz, "Dutch Domestikation verursachte Störungen artewigen Verhaltens," *Zeitschrift für angewandte Psychologie und Charaklerunde,* vol. 59, 1940, p.69.

21   히틀러의 측근으로 쾌속 승진으로 '공군 총사령관' 자리에 올랐을 뿐 아니라, '사냥의 대가'이자 '독일 숲의 지배자'로 부상했다. 그에게 사냥은 열광적인 취미 이상이었다. 유년시절을 성에서 보낼 당시엔 일상생활로서 사냥을 했다. 프랑스에 있을 때엔, 자신의 소유지에 있는 수사슴 한 마리를 비행기를 태워 보내게 하여, 그것을 쫓아가면서 사냥한 적도 있었다. 그는 늘 독일의 잃어버린 영광을 되찾겠다는 야망을 품고 살았다("우리의 시대가 다시 올 것이다!"라고 그는 종종 선언하듯 말했다). 주말은 주로 숲에서 보냈고 어떻게든 정치와 사냥을 연계시킬 구실을 만들어 고급 요리가 곁들여지는 성대한 수렵대회를 열었다. 히틀러는 직접 사냥을 하진 않

앉지만 사냥꾼 복장을 종종 했다. 특히 알프스 별장에 있을 때 복장을 보면, 당장이라도 사냥용 매를 풀어놓거나, 말안장으로 뛰어올라 뿔 달린 수사슴을 쫓아갈 것만 같다.

멧돼지 사냥에 흘딱 빠진 괴링은 멧돼지 잡는 창을 별도로 주문 제작해서 애지중지 갖고 다녔다. 총길이 1미터 25센티미터에 나뭇잎 모양의 창날은 푸른빛 도는 강철로 되어 있고, 흑갈색 마호가니 손잡이가 달려 있었다. 강철로 된 자루에는 주름 잡힌 것처럼 표면이 울퉁불퉁한 방울이 두 개 달려 있는데, 거기서 나는 덜컥덜컥 소리 때문에 덤불의 사냥감들이 겁을 집어먹곤 했다.

괴링은 1930년대 중반부터 1943년까지 친구, 외국 고위층 인사, 독일 수뇌부 인사들과 함께 수십 차례 사냥여행을 갔다. 기록을 보면 독일군이 러시아 전선에서 고전하던 1943년 1월과 2월에도 괴링은 자신의 성에서 로민텐 산 야생 멧돼지와 프러시아 산 최고급 수사슴을 사냥하고 있었다(같은 기간에 독일 공군 장교들에게 사교춤을 가르치기도 했다).

9

게토에서의 일상, 유대인 격리 수용, 집단수용소의 공포에 대해서는 훌륭한 책들이 많이 나와 있으므로 굳이 상세히 다루지는 않겠다. 특히, 1943년 4월에 발생한 게토 봉기를 생생하게 기록한 책으로 레온 나이버그가 쓴 『쓰레기 같은 인간들의 일기』가 떠오른다. 저자는 봉기진압 뒤 폐허가 된 게토에서 9월 말까지 무장한 낙오자들과 함께 싸웠다.

22   독일이 아닌 폴란드에서 발행된다는 점은 다르지만 유럽들소 혈통대장은 지금까지 이어지고 있다. 비아워비에자 숲에서 자라는 야생 들소에 대한 혈통 정보는 별도로 기록하지 않고 공원경비대가 지속적으로 관찰하면서 개체수를 파악하는 것으로 끝난다.

유럽들소 혈통에 관하여 상세한 사항을 알고 싶다면 아래 두 자료를 참조하기 바란다.

Piotr Daszkiewicz and Jean Aikhenbaum, *Aurochs, le retour......d'une supercherie nazie,* Paris: HSTES, 1999.

Frank Fox, "Zagrożone gatunki : Żydizi I żubry"(Endangered Species: Jews and Buffalo), *Zwoje,* January 29, 2002.

23 Heck, *Animals,* p.89.

10

24 근친교배로 인한 저주는, 복제라도 한 것처럼 비슷해진 현대의 젖소에도 적용된다. 젖소 한 마리를 죽일 수 있는 질병이 젖소 전체를 몰살시킬 수도 있다.

25 "Te Matrilineal Ancestry of Ashkenazi Jewry: Portrait of a Recent Founder Event": Doron M. Behar, Ene Metspalu, Toomas Kivisild, Alessandro Achilli, Yarin Hadid, Shay Tzur, Luisa Pereira, Antonio Amorim, Lluís Quintana–Murci, Kari Majamaa, Corinna Herrnstadt, Neil Howell, Oleg Balanovsky, Ildus Kutuev, Andrey Pshenichnov, David Gurwitz, Batsheva Bonne–Tamir, Antonio Torroni, Richard Villems, Karl Skorecki. *American Journal of Human Genetics,* March 2006.

26 그 사람이 지구에 혼자 살았던 것은 아니다. 다른 사람의 자손이 살아남지 않았을 뿐이다.

27 Pierre Lecomte du Noüy, *La dignité humaine,* 1944.

28 Norman Davies, *Rising '44: The Battle for Warsaw,* London: Pan Books, 2003, p.183.

11

29 『타임스』에 게재된 내용이 뉘른베르크 전범재판에서 인용되었다.
"The Fallen Eagles," *Time,* December 3, 1945.

30 폴란드는 전쟁 전 인구 3천6백만 명 중에 22퍼센트를 잃었는데 유럽 어느 나라보다 높은 비율이었다. 전쟁 후에, 예루살렘에 있는 홀로코스트 기념관인 야드바셈은 전쟁 기간에 6백만 명의 유대인뿐 아니라, 3백만 명의 가톨릭교도도 죽임을 당했다는 사실을 알리면서 폴란드 기독교도가 겪은 고난을 상세히 설명했다. "더욱 비극적인 것은 교육받은 지식인과 젊은이, 그리고 미래에 두 전체주의 정부 어느 쪽에든 반기를 들 가능성이 있는 사람들을 집중적으로 죽였다는 점이다[……]. 독일의 계획에 따르면, 폴란드인은 교육받지 않은 계층으로 노예가 되어 독일인 상전을 모셔야 할 운명이었다."

31 Michał Grynberg, ed., *Words to Outlive Us: Eyewitness Accounts from the Warsaw Ghetto,* trans. Philip Boehm, London: Granta Books, 2003, p.46.

언젠가 히믈러는 물리학자 베르너 하이젠베르크에게 얼음으로 뒤덮인 별들을 연구하는 연구소를 설립하라고 권했다. 오스트리아 한스 호르비거(1913년에 출간된 『얼음우주』의 저자)의 주장에 근거한 얼음우주론에 따르면, 달을 포함한 태양계 대부분의 행성은 거대한 얼음덩어리이기 때문이다. 냉동공학자 호르비거는 달과 행성들이 밤에 빛을 발한다는 사실, 태양계가 불과 얼음의 거대한 충돌에서 얼음이 승리하면서 생겨났다는 북유럽 신화를 토대로, 행성들이 얼음덩어리라는 확신을 갖게 되었다. 호르비거는 1931년에 죽었지만 그의 이론은 나치 과학자들 사이에 널리 퍼졌고, 특히 히틀러는 유독 추운 1940년대의 겨울이 얼음우주론이 사실임을 입증하는 증거라고 장담했다. 니콜라스 굿릭-클락은 『나치즘의 신비주의 뿌리』에서 "하인리히 히믈러의 개인 주술사"라고 불렸던 카를 마리아 빌리구트를 비롯한 괴짜들이 나치 친위대에 미친 영향을 탐구한다. 카를 마리아 빌리구트의 이론은 나치 친위대의 이념·논리·의식·현재의 템플기사단이자 다가올 아리아 인종의 유토피아를 위한 미래의 종축(種畜)이라는 조직원의 이미지에 영향을 주었다. 이런 목적에서 히믈러는 아넨네르베라는 연구소를 설립하고 독일 선사시대·고고학·인종을 연구하도록 했다. 연구소 직원은 나치 친위대 제복을 입었다. 히믈러는 또한 베스트팔렌에 있는 베벨스부르크 성을 손에 넣은 뒤, 즉시 친위대 교육 및 비밀종교의식에 활용하는 한편, "지상의 천년왕국이 될 위대한 독일 제3제국의 중심지에 거대한 규모의 친위대 바티칸 궁전을 세울 미래의 터전으로" 삼겠다는 대망을 품고 성을 개조했다.

32 Michael Mazor, *The Vanished City: Everyday Life in the Warsaw Ghetto,* trans. David Jacobson, New York: Marsilio Publishers, 1993, p.19.

33 Grynberg, *Words to Outlive Us,* pp. 46-47.

34 *After Karski,* p. 267, quoted in Davies, *Rising '44,* p.185.

15

35 엄밀하게는 바르샤바 의장이라고 부르지만 시장에 상응하는 자리이다.

36 Rostal, "In the Cage of the Pheasant."

37 Milton Cross, *Encyclopedia of the Great Composers and Their Music,* Doubleday, 1962, pp.560-61.

38 노동사무소를 통해 독일로 이송된 노동자들은 어깨에 'P'라는 자주색 글씨가 새겨진 옷을 입어야 했다. 교회에서도 받아주지 않았고 문화생활을 할 수도, 대중교통을 이용할 수도 없었다. 독일인과의 성관계는 사형에 해당하는 중범죄였다. Davies, *Rising '44,* p.106.

39 *Polacy z pomocą Żydom*(Poles Helping Poles), 2nd edition, Kraków: Wydawnictwo Znak, 1969, pp.39-45.

40 Philip Boehm, introduction to Grynberg, *Words to Outlive Us,* p.3

41 Jack Klajman with Ed Klajman, *Out of the Ghetto,* London: Vallentine Mitchell, 2000, pp.21,22.

16

42 Lonia Tenenbaum, in *Polacy z pomocą Żydom,* Poles Helping Poles.

43 Jan E. Rostal, "In the Cage of the Pheasant," *Nowiny i Courier,* October 1, 1965.

17

44 Karl Friederichs quoted in Deichmann, *Biologists Under Hitler,* p.160.

45 Friedrich Prinzing, *Epidemics Resulting from Wars,* Oxford: Clarendon Press, 1916.

46 1943년 4월 24일, 우크라이나 하리코프에서 친위대 장교들에게 했던 연설 내용이다. reprinted in United States Office of Chief of Counsel for Prosecution of Axis Criminality, *Nazi Conspiracy and Aggression,* Washington, D.C.: United States Government Printing Office, 1946, vol. 4, pp.572-78, 574.

47 루드비히 피셔의 말이 아래 자료에 인용되었다.

Gutman, Resistance, p.89.

48 Hannah Krall, Shielding the Flame: *An Intimate Conversation with Dr. Marek Edelman, the Last Surviving Leader of the Warsaw Ghetto Uprising,* New York: Henry Holt, 1977, p.15.

49 Stefan Ernest quoted in Grynberg, *Words to Outlive Us,* p.45.

50 Alexander Susskind, quoted in Daniel C. Matt, ed., *The Essential Kabbalah: The Heart of Jewish mysticism,* San Francisco: HarperCollins, 1995; translated from Dov Baer, Maggid Devarav l'Ya'aquov, p.71.

51 Nehemia Polen, *The Holy Fire: The Teachings of Rabbi Kalonymus Kalman Shapira, the Rebbe of the Warsaw Ghetto,* Lanham, Md.: Rowman & Littlefield, 1994, p.163.

52 Marek Edelman in Krall, *Shielding the Flame.* 전쟁 이후 심장병 전문의가 된 에델만은 자신의 직업 선택에 대해 이렇게 평했다. "사람이 죽음을 잘 알게 되면, 오히려 생명에 대한 책임감이 커지는 법이지요."

18

53 당카 하니시가 전후에 이스라엘에서 진행한 히브리어 인터뷰를 번역한 것이다. Haviva Lapkin of the Lorraine and Jack N. Friedman Commission for Jewish Education, West Palm Beach, Florida, April 2006.

54 Gunnar S. Paulsson, *Secret City: The Hidden Jews of Warsaw, 1940-1945,* New Haven, Conn.: Yale University Press, 2002, p.5.

55 Alicja Kaczyńska, *Obok piekła,* Gdańsk: Marpress, 1933, p.48; quoted in Paulsson, *Secret City,* pp.109–10.

20

56 Ruta Sakowska, ed., *Listy o Zagladzie (Letters About Extermination),* Warsaw: PWN, 1997. Jenny Robertson, *Don't Go to Uncle's Weddding: Voices from the Warsaw Ghetto,* London: Azure, 2000.

57 Janusz Korczak, *Ghetto Diary,* New Haven, Conn.: Yale University Press, 2003, p. x.

58 *Ghetto Diary,* p.8.

59   *Ghetto Diary,* p.8.

60   *Ghetto Diary,* p.107.

61   Betty Jean Lifton, introduction to *Ghetto Diary,* p.vii.

21

62   Irene Tomaszewski and Tecia Werbowski, *Zegota : The Rescue of Jews in Wartime Poland,* Montreal, Canada: Price–Patterson Ltd., 1994.

63   Gunnar S. Paulsson, *Secret City : The Hidden Jews of Warsaw, 1940-1945,* New Haven: Yale University Press, 2002, p.163.

64   Jan Żabiński, "The Growth of Blackbeetles and of Cockroaches on Artificial and on Incomplete Diets," *Journal of Experimental Biology,* Company of Biologists, Cambridge, UK, vol. 6, 1929, pp.360–86.

23

65   Emanuel Ringelblum, *Polish-Jewish Relations During the Second World War,* New York: Howard Festig, 1976, pp.89–91.

66   Michael Wex, *Born to Kvetch: Yiddish Language and Culture in All of Its Moods,* New York: St. Martin's Press, 2005, p.93.

67   Wex, *Born to Kvetch,* pp.117, 132, 137.

68   Judit Ringelblum, *Beit Lohamei ha-Getaot,* Haifa, Israel: Berman Archives; quoted in Paulsson, *Secret city,* p.121.

24

69   Otto Strasser, *Mein Kampf,* Frankfurt am Main: Heinrich Heine Verlag, 1969, p.35.

70   Cywia Lubetkin, *Extermination and Uprising,* Warsaw: Jewish Historical Institute, 1999; quoted in Robertson, *Don't Go to Uncle's Wedding,* p.93.

71   Stefan Korboński, *Fighting Warsaw: The Story of the Polish Underground State, 1939-1945,* New York: Hippocrene Books, 2004, p.261.

25

72 *Righteous Among Nations: How Poles Helped the Jews, 1939-1945,* edited by Władysałw Barloszewski and Zofia Lewin, London: Earlscourt Publications Ltd., 1969, pp. 255−59.

73 Schultheiss, Dirk, M.D., ed al., "Uncircumcision: A Historical Review of Preputial Restoration," *Plastic and Reconstructive Surgery,* vol. 101, no. 7, June 1998, pp.1990−98.

74 제2차 세계대전 뒤에 유대역사연구소에 맡겨진 개인 회고록으로, 나중에 *Righteous Among Nations* (p.258)에 포함되었다.

27

75 Goodrick−Clark, *The Occult Roots of Nazism,* p.161.

28

76 Ringelblum, *Polish-Jewish Relations,* p.101.

77 Sophie Hodorowicz Knab, *Polish Customs, Traditions, and Folklore,* New York: Hippocrene Books, 1996, p.259.

78 Janina in *Righteous Among Nations,* p.502.

79 Rachela "Aniela" Auerbach의 전후 증언(in *Righteous Among Nations,* p.491).

80 Basia, in *Righteous Among Nations,* p.498.

81 May 2, 1963.

29

82 Arthur Schopenhauer, *Parerga and Paralipomena,* trans. E. F. Payne, New York: Oxford University Press, 2000, vol.1, p.466(chap.5, "Counsels and Maxims").

30

83 특히 드레스덴에서 융단폭격으로 인한 화염에 희생된 사람의 수는 당시로서는 셀 수가 없을 정도였다. 지금은 당시 드레스덴의 사망자 수를 3만 5천 명으로 추산하고 있다. 애잔함의 상징이 된 아다지오 G단조를 만든 18세기 이탈리아 작곡가 토마소 알비노니의 진귀한 친필 악보들도 화염 속에서 사라졌다.

84 당시 많은 폴란드인이 징조와 주술을 믿었다. 카드(타로카드가 아니라 일반 카드)로 점을 치거나, 녹은 밀랍을 스푼으로 떠서 천천히 차가운 물에 부어 미래(특히 결혼)를 예언하는 일이 바르샤바 사람들에게는 예삿일이었다. 물에 풀린 밀랍의 형태가 운명을 말해준다는 것이었는데, 망치나 투구 모양은 남자라면 곧 군에 가게 됨을 의미했다. 여자라면 대장장이나 군인과 결혼하게 된다는 의미였다. 만일 소녀가 밀랍을 떨어뜨려 서랍장이나 기타 가구 비슷한 모양이 나오면 목수와 결혼하고, 밀이나 수레와 비슷하면 농부와 결혼한다고 했다. 바이올린이나 트럼펫은 음악가가 될 것임을 의미했다.

폴란드 민간전승에 따르면, 죽음은 큰 낫을 들고 수의를 입은 노파의 모습으로 인간에게 나타나는데, 개가 이 노파를 쉽게 알아볼 수 있다. 그러므로 "개의 꼬리를 밟고 개의 두 귀 사이로 바라보면" 죽음을 일별할 수 있다.

31

85 나중에 빌라에 와서 행패를 부린 "눈빛 사나운" 러시아군은 제3제국에 협력하던 블라소프 장군 휘하의 병사들이었다(당시 '블라솝치'라고 불렸다).

86 Stefan Korboński, *Fighting Warsaw: The Story of the Polish Underground State, 1939-1945,* trans. F. B. Czarnomski, New York: Hippocrene Books, 2004), p.352.

87 Jacek Fedorowicz quoted in Davies, *Rising '44,* pp.360−61.

32

88 Korboński, *Fighting Warsaw,* p.406.

34

89 Davies, *Rising '44*에 실린 기록사진.

35

90 Joseph Tenenbaum, *In Search of a Lost People: The Old and New Poland,* New York: Beechhurst Press, 1948, pp.297−98.

91 Davies, *Rising '44,* p.511.

92 Rostal, "In the Cage of the Pheasant."

36

93 Heck, *Animals,* p.61.

94 Herman Reichenbach, *International Zoo News,* vol.50/6, no.327, September 2003.

95 Bruno Schulz, *The Street of Crocodiles,* trans. Celina Wieniewska, New York: Penguin Books, 1977, pp.27−28.

2003년, 피아세츠키재단에서 막달레나 그로스의 작품 〈병아리〉를 폴란드자폐증연구기금 마련을 위한 경매에 내놓았다.

참고문헌

Aly, Götz, Peter Chroust, and Christian Pross. *Cleansing the Fatherland: Nazi Medicine and Racial Hygiene.* Baltimore, Md.: Johns Hopkins University Press, 1994.

Beebe, C. William. *The Bird: Its Form and Function.* Photos by Beebe. New York: Henry Holt, 1906.

Block, Gay, and Malka Drucker. *Rescuers: Portraits of Moral Courage in the Holocaust.* Prologue by Cynthia Ozick. Revised ed. New York: TV Books, 1998.

Calasso, Roberto. *The Marriage of Cadmus and Harmony.* Translated by Tim Parks. New York: Vintage Books, 1994.

Cooper, Rabbi David A. *God Is a Verb: Kabbalah and the Practice of Mystical Judaism.* New York: Riverhead Books, 1998.

Cornwell, John. *Hitler's Scientists: Science, War, and the Devil's Pact.* New York: Penguin Books, 2004.

Davies, Norman. *God's Playground: A History of Poland. Vol. 1, The Origins to 1795.* New York: Oxford University Press, 2005.

_____. *Heart of Europe: The Past in Poland's Present.* New York: Oxford University Press, 2001.

_____. *Rising '44: The Battle for Warsaw.* London: Pan Books, 2004.

Davis, Avram. *The Way of Flame: A Guide to the Forgotten Mystical Tradition of Jewish Meditation.* New York: Harper–Collins, 1996.

Deichmann, Ute. *Biologists Under Hitler.* Translated by Thomas Dunlop. Cambridge, Mass.: Harvard University Press, 1996.

Ficowski, Jerzy, ed. *Letters and Drawings of Bruno Schulz: With Selected Prose.* Translated by Walter Arndt with Victoria Nelson. Preface by Adam Zagajewski. New York: Harper & Row, 1988.

_____. *Regions of the Great Heresy: Bruno Schultz, a Biographical Portrait.* Translated and edited by Theodosia Robertson. New York: W. W. Norton, 2003.

Fogelman, Eva. *Conscience and Courage: Rescuers of Jews During the Holocaust.* New York: Anchor Books, 1994.

Fox, Frank. "Zagrożone gatunki: Żydzi i żubry (Endangered Species: Jews and Buffalo)," *Zwoje,* January 29, 2002.

Glass, James M. *"Life Unworthy of Life": Racial Phobia and Mass Murder in Hitler's Germany.* New York: Basic Books, 1997.

Goodrick-Clark, Nicholas. *The Occult Roots of Nazism: Secret Aryan Cults and Their Influence on Nazi Ideology.* New York: New York University Press, 2004.

Greenfield, Amy Butler. *A Perfect Red: Empire, Espionage, and the Quest for the Color of Desire.* New York: HarperCollins, 2005.

Grynberg, Michal, ed. *Words to Outlive Us: Eyewitness Accounts from the Warsaw Ghetto.* Translated and introduction by Philip Boehm. London: Granta Books, 2003.

Gutman, Israel. *Resistance: The Warsaw Ghetto Uprising.* New York: Houghton Mifflin, 1994.

Hale, Christopher. *Himmler's Crusade: The Nazi Expedition to Find the Origins of the Aryan Race.* Hoboken, N.J.: Wiley, 2003.

Heck, Lutz. *Animals——My Adventure.* Translated by E. W. Dickies. London: Methuen, 1954.

Heston, Leonard L., and Renate Heston. *The Medical Casebook of Adolf Hitler: His Illnesses, Doctors and Drugs.* London: William Kimber, 1979.

Hoffman, Eva. *Lost in Translation: A Life in a New Language.* New York: Penguin Books, 1990.

Iranek-Osmecki, Kazimierz. *He Who Saves One Life.* Foreword by Joseph Lichten.

New York: Crown, 1971.

Kater, Michael. *Doctors Under Hitler.* Translated by Thomas Dunlap. Chapel Hill: University of North Carolina Press, 1989.

Kisling, Vernon, and James Ellis. *Zoo and Aquarium History: Ancient Animal Collections to Zoological Gardens.* Boca Raton, Fl.: CRC Press, 2001.

Kitchen, Martin. *Nazi Germany at War.* New York: Longman Publishing, 1995.

Klajman, Jack, and Ed Klajman. *Out of the Ghetto.* London: Vallentine Mitchell, 2000.

Knab, Sophie Hodorowicz. *Polish Customs, Traditions, and Folklore.* New York: Hippocrene Books, 1996.

_____. *Polish Herbs, Flowers & Folk Medicine.* Revised ed. New York: Hippocrene Books, 1999.

Korbonski, Stefan. *Fighting Warsaw: The Story of the Polish Underground State, 1939–1945.* Translated by F. B. Czarnomski. Introduction by Zofia Korbonski. New York: Hippocrene Books, 2004.

Korczak, Janusz. *Ghetto Diary.* Introduction by Betty Jean Lifton. New Haven: Yale University Press, 2003.

Krall, Hanna. *Shielding the Flame: An Intimate Conversation with Dr. Marek Edelman, the Last Surviving Leader of the Warsaw Ghetto Uprising.* Translated by Joanna Stasinska and Lawrence Weschler. New York: Henry Holt, 1986.

Kühl, Stefan. *The Nazi Connection: Eugenics, American Racism, and German National Socialism.* New York: Oxford University Press, 1994. (*Times Literary Supplement,* August 5, 1994)

Lemnis, Maria, and Henryk Vitry. *Old Polish Traditions: In the Kitchen and at the Table.* New York: Hippocrene Books, 2005.

Lifton, Robert J. *The Nazi Doctors: Medical Killing and the Psychology of Genocide.* New York: Basic Books, 1986. (*New York Times Book Review,* September 25, 1986)

Lorenz, Konrad. "Durch Domestikation verursachte Störungen artewigenen Verhaltens." *Zeitschrift für angewandte Psychologie und Charakterkunde,* vol. 59 (1940): pp. 2–81.

Macrakis, Kristie. *Surviving the Swastika: Scientific Research in Nazi Germany.* New

York: Oxford University Press, 1993.

Matalon Lagnado, Lucette, and Sheila Cohn Dekel. *Children of the Flames: Dr. Josef Mengele and the Untold Story of the Twins of Auschwitz.* New York: William Morrow, 1991.

Mazor, Michel. *The Vanished City: Everyday Life in the Warsaw Ghetto.* Translated by David Jacobson. New York: Marsilio Publishers, 1993.

Milosz, Czeslaw, ed. *Postwar Polish Poetry.* 3rd ed. Berkeley: University of California Press, 1983.

Oliner, Samuel P., and Pearl Oliner. *The Altruistic Personality: Rescuers of Jews in Nazi Europe.* New York: Free Press, 1988. (*New York Times Book Review,* September 4, 1988)

Paulsson, Gunnar S. *Secret City: The Hidden Jews of Warsaw, 1940–1945.* New Haven, Conn.: Yale University Press, 2002.

Polen, Nehemia. *The Holy Fire: The Teachings of Rabbi Kalonymus Kalman Shapira, the Rebbe of the Warsaw Ghetto.* Lanham, Md.: Rowman & Littlefield, 1994.

Proctor, Robert. *Racial Hygiene: Medicine Under the Nazis.* Cambridge, Mass.: Harvard University Press, 1988. (*New York Times Book Review,* August 21, 1988)

Read, Anthony. *The Devil's Disciples: Hitler's Inner Circle.* New York: W. W. Norton, 2005.

Righteous Among Nations: How Poles Helped the Jews, 1939-1945. Edited by Wladyslaw Bartoszewski and Zofia Lewin. London: Earlscourt Publications Ltd., 1969.

Robertson, Jenny. *Don't Go to Uncle's Wedding: Voices from the Warsaw Ghetto.* London: Azure, 2000.

Rostal, Jan E. "In the Cage of the Pheasant." *Nowiny i Courier,* October 1, 1965.

Schulz, Bruno. *The Street of Crocodiles.* Translated by Celina Wieniewska. Introduction by Jerzy Ficowski. Translated by Michael Kandel. New York: Penguin Books, 1977.

Sliwowska, Wiktoria, ed. *The Last Eyewitnesses: Children of the Holocaust Speak.* Translated and annotated by Julian and Fay Bussgang. Postscript by Jerzy Ficowski. Evanston, Ill.: Northwestern University Press, 2000.

Speech to SS officers, April 24, 1943, Kharkov, Ukraine. Reprinted in United States Office of Chief of Counsel for the Prosecution of Axis Criminality, *Nazi Conspiracy and Aggression,* vol. 4, pp. 572–578, 574. Washington, D.C.: United States Government Printing Office, 1946.

Styczński, Jan. *Zoo in Camera.* Photographs. Text by Jan Zabiński. Translated by Edward Beach Moss. London: Murrays Sales and Service Co., n.d.

Szymborska, Wislawa. *Miracle Fair: Selected Poems of Wislawa Szymborska.* Translated and notes by Joanna Trzeciak. Foreword by Czeslaw Milosz. New York: W. W. Norton, 2001.

Tec, Nechama. *When Light Pierced the Darkness: Christian Rescue of Jews in Nazi-Occupied Poland.* (New York: Oxford University Press, 1986).

Tenenbaum, Joseph. *In Search of a Lost People: The Old and New Poland.* New York: Beechhurst Press, 1948.

Tomaszewski, Irene, and Tecia Werbowski. *Zegota: The Rescue of Jews in Wartime Poland.* Montreal, Canada: Price–Patterson Ltd., 1994.

Ulrich, Andreas. "Hitler's Drugged Soldiers." *Spiegel* online, May 6, 2005.

Wex, Michael. *Born to Kvetch: Yiddish Language and Culture in All of Its Moods.* New York: St. Martin' Press, 2005.

Wiedensaul, Scott. *The Ghost with Trembling Wings: Science, Wishful Thinking, and the Search for Lost Species.* New York: North Point Press, 2002.

Wiesel, Elie. *After the Darkness: Reflections on the Holocaust.* New York: Schocken Books, 2002.

Żabińska, Antonina. *Ludzie i zwięrzata* (People and Animals). Warsaw: Czytelnik, 1968.

_____, "Rysie" in *Nasz dom w ZOO* (Our House in the Zoo). Warsaw: Czytelnik, 1970.

Żabiński, Jan. "Relacja... (A Report... a personal reminiscence of Dr. Jan Żabiński deposited with the Jewish Historical Institute after World War II)," no. 5704, n.d. Reprinted in *Biuletyn Żydowskiego Instytutu Historycznego w Polsze* (Warsaw), no 5. 65–66 (1968).